LEO BORN

EISIGE STILLE

EIN MARA BILLINSKY THRILLER

Lübbe

Die Bastei Lübbe AG verfolgt eine nachhaltige Buchproduktion. Wir
verwenden Papiere aus nachhaltiger Forstwirtschaft und verzichten
darauf, Bücher einzeln in Folie zu verpacken. Wir stellen unsere
Bücher in Deutschland und Europa (EU) her und arbeiten mit den
Druckereien kontinuierlich an einer positiven Ökobilanz.

Vollständige Taschenbuchausgabe
der bei Bastei Lübbe erschienenen E-Book-Ausgabe

Copyright © 2023 by Bastei Lübbe AG, Schanzenstraße 6–20, 51063 Köln

Textredaktion: Bernhard Stäber
Lektorat/Projektmanagement: Stephan Trinius
Umschlaggestaltung: Covergestaltung: Massimo Peter-Bille
unter Verwendung von Motiven
© shutterstock: Bildgigant | Marcin Perkowski
Satz: hanseatenSatz-bremen, Bremen
Gesetzt aus der Stempel Garamond
Druck und Verarbeitung: GGP Media GmbH, Pößneck

Printed in Germany
ISBN 978-3-404-19264-9

2   4   5   3   1

Sie finden uns im Internet unter
luebbe.de
Bitte beachten Sie auch: lesejury.de

Prolog

»Heutzutage würde die Kreuzigung live im Fernsehen übertragen werden.«

Er ließ seinen Worten ein raues, kehliges Lachen folgen.

Der Prinz hielt Audienz. Nicht in einem Palast, sondern in einer verlassenen Lagerhalle, in der es nach Mäusedreck roch. Er war ja auch kein Adliger, sondern der Prinz des Dschungels, wie er sich manchmal selbst nannte.

»Nein, nicht im Fernsehen«, korrigierte er sich. »Sondern im Netz. Und alle würden zusehen, wie man dem armen Kerl die Nägel durchs Fleisch treibt, und dabei Doritochips essen.«

Rafael Mukundi hing an Prince Banguras Lippen. Wie vom ersten Moment an, seit jenem Abend, als sie sich in einem Club über den Weg gelaufen waren. Bangura stammte aus Sierra Leone, und trotz seiner gerade mal dreißig Jahre hatte er anscheinend mehr gesehen als die meisten Achtzigjährigen.

Sie saßen in einer Ecke der Halle auf schiefen Campingstühlen, ein kurioses Bild in dem ansonsten völlig leeren Gebäude. Banguras Lachen, bei dem er seine prächtigen weißen Zähne zeigte, hallte von den hohen Wänden wider. Durch die verdreckten, teilweise zersplitterten Fensterscheiben fiel Tageslicht ein, das Staubpartikel flimmern ließ. Draußen erklang das Motorbrummen eines sich nähernden Autos. Von der nahen Stadt war hingegen an dieser von einem Waldstück abgeschirmten Stelle kaum etwas zu hören. Neben Banguras Stuhl lag eine große längliche Nylontasche, aus der er einen Sportbogen und mehrere Pfeile zog, um sie Rafael mit plötzlich fast feierlicher Miene zu präsentieren. Einige Sekunden verstrichen. Rafael stellte keine Fragen, weil er wusste, dass Prince Neugier verachtete.

»Das ist ein Compound-Bogen der High Country Archery«, erklärte der Prinz des Dschungels. »Die Pfeile haben eine mechanische Innerloc-Spitze.«

Rafael nickte, als könnte er irgendetwas mit den Begriffen anfangen.

»Ich zeige es dir, Bruder.« Bangura stand auf, und Rafael tat es ihm gleich.

Sie konnten hören, wie das Auto zum Halten kam, der Motor wurde ausgeschaltet. Es folgte eine dumpfe Stille.

»Siehst du? Ich lege den Pfeil ein, platziere die Nocke sorgfältig auf der Bogensehne.«

Rafael nickte wie zuvor.

»Versuch du es.« Bangura reichte ihm Pfeil und Bogen.

Rafael konzentrierte sich und tat, was verlangt wurde.

»Mach es ruhig mehrmals. Ein tolles Gefühl, damit zu schießen. Der lautlose Tod. Sehr erhaben.« Wieder blitzten die Zähne in dem ovalen Gesicht. Makellos dunkle Haut, kurz geschorene kohlschwarze Haare, ein silbern funkelnder Ohrstecker in der Form eines Dolchs.

Draußen wurden Autotüren mit trockenem Knall zugeschlagen.

»Kriegst du es hin?« Bangura lachte. »Die Frage ist nur, was jetzt noch fehlt. Na, was denkst du?«

Rafael nahm den Pfeil von der Sehne und ließ den Bogen sinken.

Schritte näherten sich.

»Was fehlt noch?«, wiederholte Bangura.

Rafael gab keine Antwort.

Quietschend ging die Seitentür auf. Zwei von Banguras Männern führten eine Person in die Halle, der man die Hände auf den Rücken gefesselt und eine einfache Stofftasche übergestülpt hatte, damit sie nichts sehen konnte.

Bangura versetzte Rafael einen spielerischen Klaps auf den Hinterkopf. »Es fehlt natürlich ein Ziel, du Dummkopf.«

In Rafael breitete sich jäh eine Eiseskälte aus. Er sog die Luft ein, versuchte sich nichts anmerken zu lassen.

»Der lautlose Tod«, wiederholte Bangura leise. Seine Stimme hatte auf einmal diesen gefährlichen, unberechenbaren Klang angenommen, den er anscheinend wie auf Knopfdruck aktivieren konnte.

Rafael wagte kaum, die gefesselte, eher zierliche Gestalt anzusehen, die vor einer der nackten Wände positioniert wurde, während sich ihre beiden Bewacher neben Prince stellten.

»Den Pfeil einlegen, die Nocke auf der Sehne platzieren«, ertönten die geflüsterten Anweisungen. »Na los!«

Rafael gehorchte.

»Was ist los? Zittern deine Finger?«

Rafael versuchte das Beben seiner Hände zu unterdrücken, doch es gelang ihm nicht.

»Cool bleiben, Bruder.« Der Prinz des Dschungels betrachtete ihn aufmerksam. »Ja, wir sollten es wirklich irgendwann mal ins Netz stellen.«

Einer der beiden anderen Männer zückte sofort das Handy, um zu filmen. »Früher jagte der Mensch, um zu leben – heute, um zu erleben«, fuhr Bangura fort. »Oder wie geht der Spruch? Ach, ist doch scheißegal.«

Rafael schluckte. Er starrte den staubigen Boden an.

»Du musst dein Ziel schon ins Visier nehmen, Rafael. Sonst wird das nichts mit dem Treffer. Na los!«

Widerstrebend wanderte Rafaels Blick langsam nach oben. Er sah die Doc-Martens-Stiefel des Opfers, die hautenge Jeans, die abgewetzte Lederjacke. Kein einziger Farbtupfer, alles in tiefem Schwarz. Wie das Gefieder einer Krähe.

Zum Glück war das schmale, blasse Gesicht, das Rafael so vertraut war, verhüllt. Jetzt in diese dunklen Augen zu schauen, dazu hätte er niemals die Kraft gehabt.

In seinem Leben gab es wenige Menschen, die ihm etwas bedeuteten. Diese Frau hier gehörte zu ihnen.

7

»Zeig uns den lautlosen Tod«, forderte Prince Bangura. »Schieß!«

Rafael spannte die Bogensehne. Er sah Kommissarin Mara Billinsky an. Nahm ihre Hilflosigkeit wahr, ihre Angst.

»Schieß, Rafael!«

Die Sehne gab den Pfeil frei. Ein surrender Laut zerschnitt die Stille in der Lagerhalle.

Teil 1

Wenn das Böse uns findet

1

Drei Wochen zuvor

Jan Rosen drückte eine Taste seines Laptops. Auf dem angeschlossenen Wandmonitor startete eine Filmsequenz mit einigen verwackelten Bildern.

Die Schreibtischlampe war dezent herunter gedimmt. Nur der Schein des Bildschirms brach das matte Halbdunkel des fensterlosen Raums. Es war noch früh am Morgen, er war allein, um ihn herum herrschte Stille.

»*Shit!* Du bist ein Maulwurf geworden.« Das hatte Mara Billinsky gesagt, als sie Rosen einmal kurz an seinem neuen Arbeitsplatz im Untergeschoss des Präsidiums besucht hatte.

Es war ihm leichtgefallen, ihren Spott mit einem Lächeln an sich abperlen zu lassen. Im Grunde mochte er genau das, was seine Kollegin zum kritischen Heben ihrer Augenbraue veranlasst hatte: Hier unten war er abgeschnitten vom Ermittlerteam, stand nicht mehr im Brennpunkt, vor allem aber war er weg von der *Straße*, die Mara so sehr liebte und die ihm selbst immer Schweißausbrüche und Magengeschwüre beschert hatte. Anstelle von Einsätzen im Bahnhofsviertel verbrachte er nun seine Arbeitstage in der beruhigenden Ruhe der Kellerräume. Keine gebrüllten Befehle, keine quietschenden Reifen, kein Dienst an der Waffe.

Weitere Fortbildungen warteten noch auf ihn, um zu einem vollwertigen Mitglied der IT-Mega-Nerd-Truppe zu werden, wie Mara sie nannte. Er konnte kaum in Worte fassen, wie heilfroh er war, hier gelandet zu sein.

Aber auch hier beinhaltete seine Arbeit oft allzu Schreckliches. Schon kurz nach Rosens Abteilungswechsel ließen seine neuen Kollegen die landesweit in der Presse besprochene Plattform Avento hochgehen, einen von Kassel aus betriebenen Kinderpornografie-Ring im Darknet, bei dem sich fast 90.000 User unter Tarnnamen registriert hatten. Allein zum Besitz oder der Verbreitung von kinderpornografischen Bildern gingen mehrere Tausend Hinweise pro Jahr ein. Es war ein Sumpf, dessen Tiefe höchstens zu erahnen war.

Die Bilder auf Rosens Monitor wurden schärfer, er lehnte sich zurück. Die Kamera fing einen Mann ein, dessen Handgelenke und Fußknöchel an einen einfachen Küchenstuhl gefesselt waren. Er war nackt, abgesehen von einem Kissenbezug, der über seinen Kopf gestülpt war, sodass er zwar atmen, aber nichts sehen und nicht erkannt werden konnte. Hinter ihm war ein weißes Bettlaken aufgespannt, um zu verhindern, dass verräterische Einzelheiten wie Möbelstücke oder andere Gegenstände zu sehen waren.

Der Mann wurde von einem nicht im Bild sichtbaren Strahler beleuchtet und blutete unterschiedlich stark aus mehreren Wunden. Sein Kopf war zur Seite gesunken, er atmete offenbar heftig und war wohl bei Bewusstsein.

Eine stark vermummte Gestalt näherte sich dem Unbekannten schräg von hinten.

Rosens Muskeln spannten sich unwillkürlich an. Sein Mund war trocken, er war versucht, den Film zu stoppen. Er zog die Kopfhörer über. Das taten alle seine Kollegen, damit mögliche Schreie und Weinkrämpfe von Opfern nicht im gesamten Büro mit angehört werden mussten. Jetzt war er zwar noch allein, aber schließlich konnten gleich weitere Mitarbeiter den Dienst antreten.

Die Gewalt im Netz erreichte allmählich eine Dimension, die ihn zutiefst erschütterte. Es tauchten immer mehr dieser ungespielten Szenen auf, die vor Brutalität trieften. Woher kam der Drang des Menschen, Gewalt auszuüben? Woher die Faszination dafür? Die Gestalt präsentierte der Kamera eine Plastikflasche, deren Inhalt sie über den Gefesselten ergoss. Der Kopfkissenbezug wurde getränkt. Der Mann zuckte erschrocken zusammen, riss den Kopf hoch und begann vor Entsetzen zu kreischen. Es waren keine artikulierten Laute, sondern ein fast tierisches Gebrüll, das bei Rosen Gänsehaut auslöste.

Die Gestalt entzündete ein Streichholz. Der Mann schrie immer lauter und wand sich verzweifelt auf dem Stuhl, ohne dass die Fesseln nachgaben.

Rosen biss unwillkürlich die Zähne zusammen.

Mit lässigem Schwung warf die Gestalt das brennende Streichholz auf das hilflose Opfer.

Rosens Hand zuckte reflexartig, und er drückte doch noch die rettende Taste, um den Film vom Monitor verschwinden zu lassen.

War es zuvor noch angenehm warm gewesen, schien es auf einmal unerträglich stickig im Raum zu sein. Er atmete tief ein und wieder aus. Jetzt hätte er gern ein großes Fenster gehabt, um es aufreißen und frische Luft reinlassen zu können.

Bereitwillig ließ er sich vom Halbdunkel schlucken, als könnte es ihn schützen. Reglos saß er da.

Die Welt da draußen ist böse, dachte er.

2

Mara Billinsky dachte an Erik Nordin, und sie verfluchte sich dafür.

Sie folgte in gemächlichem Tempo dem Straßenverlauf, den Blick düster nach vorn gerichtet. Einmal hielt sie kurz an, um die heruntergelassenen Rollläden zu betrachten und das daran festgeklebte Schild zu lesen, das über die Schließung informierte. Wieder ein richtig gutes Restaurant in Nähe des Hauptbahnhofs, das die Pforten dichtmachte.

Mara ging weiter.

Bis vor einiger Zeit hatte es noch Anstrengungen gegeben, aus dem berüchtigten Bahnhofsviertel ein Trend-Quartier zu machen, doch davon war nicht mehr viel zu spüren. Im Gegenteil, alles schien immer mehr vor die Hunde zu gehen.

Sie ließ den Blick kreisen. All die weggeworfenen Einwegspritzen. An jeder Ecke Müll. Und dann die Gestalten, die sich in alten Schlafsäcken oder auf bloßem Pflaster am Rand der Bürgersteige zusammenrollten. Sie wurden zahlreicher. Der wabernde Gestank, die Graffiti an den Hauswänden, der tosende Beat aus den Eingängen der Strip-Schuppen.

Drei Jugendliche, die Mara als Laden- und Handtaschendiebe kannte, gingen auf die andere Straßenseite, als sie sie erblickten. Aus einem Laufhaus stöckelte eine Blondine, um im chinesischen Lebensmittelladen direkt nebenan einen raschen Einkauf zu erledigen. Tauben pickten in Essensresten. Einige Straßen entfernt jaulte eine Polizeisirene auf, um gleich wieder zu verstummen.

Eine vertraute Atmosphäre von Gewalt und Verzweiflung lag in der Luft, schwebte wie eine Drohung durch die Häuserschluchten.

Mara kannte das. Manchmal wurde sie förmlich angezogen von diesen Straßen; hier spürte sie auf paradoxe Weise, dass sie am Leben war. Sogar jetzt, an ihrem ersten Arbeitstag nach einem kurzen Urlaub, war sie hier unterwegs, auch wenn es gar keinen Ermittlungsanlass dafür gab. Aber gelegentlich musste man nach seinen Spitzeln sehen, einfach nur die Augen und Ohren offen halten.

Vor dem sogenannten Konsumhaus an der Ecke Niddastraße stand eine Schlange von Junkies, die mit leerem Blick vor sich hinstarrten. Sie lief an ihnen vorbei und spähte zum Himmel. Die Sonne zeigte sich, es war warm geworden. Mara hätte gern die Lederjacke ausgezogen, doch dann wäre ihre Pistole, die im Hüftholster steckte, für jeden sichtbar geworden. Dabei wussten die meisten Leute hier ohnehin, wer sie war. Die Krähe. Die *Billinsky*. Die Bullen-Lady mit den langen schwarzen Haaren und den schwarzen Klamotten.

Ja, sie dachte an Nordin.

Und ja, sie verfluchte sich dafür.

Nach der Aufklärung einer Verbrechensserie, die in der Presse als die Silberturm-Morde bekannt wurde, hatte sie spontan eine Woche freigenommen, um zur Ruhe kommen zu können.

Nordin hatte ihr jedoch einen Strich durch die Rechnung gemacht. Sechs Tage und sechs Nächte lang hatten sie von Lieferpizza und Sex gelebt. Abgeschottet von der Welt, zwei Einsame auf jener Insel, die Maras kleine düstere Wohnung bildete. Nun war er weg und doch ständig da. Seine kalten blauen Augen. Sein herausforderndes Grinsen. Der Geruch seiner Haut.

Der Schwede war zurück in seine Heimat geflogen, um sich dem Prozess zu stellen, bei dem untersucht werden sollte, ob seine Ehefrau, ebenfalls eine Polizistin, durch eine zufällige Kugel gestorben war oder ob er sie kaltblütig erschossen hatte.

Nordin war Teil einer noch recht neuen internationalen Ermittlertruppe, der inzwischen auch Mara angehörte. Sie waren damit betraut, einen im Verborgenen agierenden Verbrecher zu stellen, der sich in Deutschland unter dem Decknamen Polaris einen besorgniserregenden Ruf erworben hatte. Doch bisher hatte er es bestens verstanden, seinen wirklichen Namen, wie auch alle weiteren Details aus seiner Biografie, geheim zu halten. Es war, als versuchten sie, einen Geist einzufangen. Wie aus dem Nichts war mit dieser bislang erfolglosen Ermittlung Erik Nordin in Maras Leben gespült worden, nur um ein paar Wochen später schon wieder fortgerissen zu werden. Sie wusste nicht einmal, ob sie ihn jemals wiedersehen würde.

Scheiße!

Dieser verdammte, undurchschaubare Mistkerl.

An einem marokkanischen Stehimbiss machte sie halt, um sich mit Zaâlouk, einem Auberginensalat, von Nordin abzulenken. Was nur mäßig glückte. Auch ein anderer Mann fiel ihr ein, in ihren Augen eher noch ein Junge: Rafael Makiadi.

Sie hatte sich enorm für ihn eingesetzt, damit er nicht auf die schiefe Bahn geriet. Und gemeinsam mit Hanno Linsenmeyer, einem Sozialarbeiter, der Jahre zuvor dasselbe für Mara getan hatte, war es ihr sogar gelungen. Rafael befand sich nun in einem staatlich finanzierten Programm, das straffällig gewordene junge Menschen unterstützte, sich von ihrer kriminellen Vergangenheit zu lösen und eine geregelte bürgerliche Existenz aufzubauen.

Sie zog das Handy aus der Tasche und entdeckte, dass Rosen sich gemeldet, jedoch keine Sprachnachricht hinterlassen hatte. Aber jetzt war erst mal Rafael an der Reihe. Sie rief ihn an, die Mailbox-Ansage erklang, und sie bat um Rückruf. Gleich darauf versuchte sie es bei Hanno, der sofort dranging.

»Schön, von dir zu hören!«, rief er mit unverkennbar hessischem Zungenschlag. Er bereitete seinen Ausstieg aus dem Berufsleben vor, aber mit Rafael hatte ihn mehr verbunden als nur das rein Berufliche. Der Junge war ihm, genau wie Mara, mit seiner stillen, zurückgenommenen Art sehr ans Herz gewachsen. Es war Freundschaft, was diese drei vollkommen unterschiedlichen Charaktere verband.

»Hast du eigentlich mal wieder was von Rafael gehört?«, wollte sie wissen.

»Hm«, kam es nachdenklich von Hanno. »Der Junge macht sich etwas rar in letzter Zeit.«

»Grund zur Sorge?« Mara wurde der Espresso gebracht, den sie nach dem Salat noch rasch bestellt hatte.

»Ich glaube nicht. Er braucht wahrscheinlich einfach ein bisschen Ruhe. Ist ja auch völlig in Ordnung. Er hat die Mittlere Reife mit Bravour nachgeholt, und jetzt erledigt er einen Nebenjob in der kleinen Schraubenfabrik im Osthafen.« Hanno lachte. »Vielleicht ist er ja verliebt.«

»Ach? Ist da was im Busch?«

»Nicht, dass ich wüsste. Mich hat er jedenfalls in keine Geheimnisse eingeweiht. Er hat mir nur was von einem neuen Kumpel erzählt, mit dem er wohl viel Zeit verbringt. Er hat noch gesagt, wie er heißt, aber ich hab's vergessen, das war so ein komischer Name.«

»Das ist alles?«

»Das ist alles.«

»Okay«, meinte sie mit einem vagen Achselzucken. »Klingt ja im Grunde nicht sehr besorgniserregend.«

Erneut lachte Hanno. »Du hörst dich fast an, als wäre es dir anders lieber.«

Sie unterhielten sich noch eine Weile, und Mara nippte dabei an der kleinen Kaffeetasse. Kaum war das Gespräch beendet, klingelte ihr Handy erneut. Sie rechnete mit Rosen, doch es war ihr Chef, Hauptkommissar Rainer Klimmt, mit dem sie sich nach anfänglichen, teilweise heftigen Scharmützeln auf erstaunliche Weise zusammengerauft hatte. Er vertraute ihr inzwischen völlig, aber das zeigte er natürlich nicht oder nur im äußersten Notfall.

»Sehnsucht nach mir?«, fragte sie.

»Wie nach einer Wurzelbehandlung beim Zahnarzt«, brummte er. »Trotzdem frage ich mich mal wieder, wo Sie sich herumtreiben.«

»In freier Wildbahn.«

»Heute ist doch Schluss für Sie mit Faulenzen, oder täusche ich mich?«

»Nein, das stimmt schon. Aber bevor ich ins Büro komme, wollte ich noch 'ne Runde durch die dunkle Seite der Stadt drehen. Zur Einstimmung sozusagen.«

»Was ist denn eigentlich mit Ihrer internationalen Truppe?«

»Gute Frage, nächste Frage.« Sie hatte nun wirklich nicht die geringste Lust, ausgerechnet mit Klimmt über Erik Nordin zu reden.

»Ihre freche Klappe hab ich am meisten vermisst«, brummte er.

»Ich freu mich auch, wieder an Bord zu sein.«

»Eigentlich rufe ich wegen Rosen an. Er hat vorhin durchgeklingelt und irgendetwas vom Darknet geredet. Ich hab ihn an Sie verwiesen.«

»Okay, ich rufe ihn gleich zurück.«

»Wie geht's ihm seit dem Abteilungswechsel?«

Für Klimmt war eine solche Frage fast schon so etwas wie Gefühlsduselei, und Mara musste schmunzeln. »Ich habe den Eindruck, Rosen lebt regelrecht auf«, antwortete sie. »Als wäre eine Last von seinen Schultern gefallen. Wenn man bedenkt, dass er vor ein paar Wochen noch rumgelaufen ist wie der Tod auf Socken …«

»Dann fragen Sie ihn mal, was er will. Bei uns ist es ja momentan recht friedlich, jedenfalls seit der üblen Mordserie in der Hochfinanz. Und seit dieser Jogging-Geschichte in der Taunusanlage.«

»Da hat doch Schleyer mit einem Team ermittelt. Keine neuen Spuren?«

»Rein gar nichts.«

»Ja, insgesamt friedlich. Aber Sie wissen ja, Chef, wenn Sie so was sagen …«

Sie verabschiedete sich von ihm, um Rosen anzurufen. Schon beim ersten Läuten erklang seine Stimme: »Danke, dass du dich meldest, Billinsky. Ich war vorhin schon in deinem Büro.«

»Ich nicht. Also, Rosen, was gibt's?«

»Schlimme Sachen. Und zwar immer mehr davon. Kannst du bei mir vorbeikommen?«

3

Nie in ihrem Leben war sie hilflos gewesen.

Im Gegenteil, sie war eine Macherin. Konsequent, lösungsorientiert, anpackend. Sie kam überall zurecht, wusste eigentlich immer, wie es weiterging.

Jetzt hatte sie Dreckklumpen im Mund, die Oberschenkel waren von ihrem eigenen Urin verklebt, ihre Fuß- und Handknöchel gefesselt. Wie ein Gegenstand ohne jeden Wert, so fühlte sie sich, als sie in die Grube geschoben wurde.

Nie hatte sie um etwas gebeten, sie hatte sich alles selbst erarbeitet, wenn nötig erkämpft. Jetzt flehte sie, bettelte sie, würdelos und verzweifelt.

Weit über ihr stand die Sonne als glühende Kugel am Himmel. Keine Wolken zu sehen, dafür Baumwipfel, Zweigwerk, ein paar Vögel, die unter endlosem Blau dahinzogen.

Sie schrie, sie jammerte, sie heulte. Ungläubig starrte sie nach oben. Auf das Blatt der Schaufel, von der Erde fiel. Direkt in ihre Augen, ihren Mund, auf die von Tränen verschmierten Wangen.

Sekunde für Sekunde, Schaufel für Schaufel, immer mehr Erde, die ihren Körper bedeckte, immer mehr davon, immer schwerer.

Sie kreischte erneut. So laut, dass ihr Hals schmerzte. Sie verschluckte sich, würgte Erde, ihre Augen brannten. Das Sichtfeld wurde kleiner und kleiner, der Himmel schrumpfte, die Sonne verschwand. Mit der nächsten Schaufelladung landete ein Regenwurm auf ihrem Gesicht, feucht und glitschig, sie schrie und musste schon wieder Dreck schlucken.

Hörte sie ein Lachen?

Sie rang nach Luft, und noch nie war ihr Luft so köstlich vorgekommen, sie sog mehr davon ein, noch ein wenig mehr, während der Himmel fast vollends verschwunden war.

So wie die Luft gleich verschwinden würde.

Und ihr Leben.

Das herrliche Blau dort oben. Einfach nicht mehr da. Die köstliche Luft ganz dünn. Ein allerletzter abgerissener Fetzen Himmel. Und alles war dunkel.

Sie war allein.

Allein mit dem Tod.

4

»Hallo, Maulwurf«, sagte Mara. Sie schaute sich flüchtig in dem lang gezogenen, nur von Kunstlicht erhellten Kellerbüro für mehrere Kollegen um und nahm neben Rosen Platz.

»Wo warst du vorhin eigentlich?«, wollte er wissen. »Hast Wiedersehen mit deinem Revier gefeiert, nehme ich an.«

»Du kennst mich nun mal. Und du warst im Darknet unterwegs, wie ich höre.«

Sie saßen an seinem Schreibtisch, Blickrichtung Wand, an der der große Monitor hing. Zwei von Rosens Kollegen waren ebenfalls anwesend, aber mit großen Kopfhörern und eigenen Monitoren in andere Welten abgetaucht.

Wortlos führte er ihr die komplette Filmsequenz vor, die er sich bereits in den Morgenstunden allein und mit ziemlicher Beklemmung angesehen hatte.

Er beobachtete sie beim Zuschauen. Ihren intensiven Blick, der typisch für sie war. Wer hätte damals an ihrem ersten Arbeitstag gedacht, dass diese kleine, eher grazile Frau die Abteilung derart aufmischen würde? Klimmt hatte sie loswerden wollen, nun schwor er auf sie, wenn er es auch nie zugeben würde. Noch immer hatte selbst Rosen das Rätsel namens Mara Billinsky nicht entschlüsselt, aber er gestand sich ein, dass ihr trotziges, unnachgiebiges Terrierwesen gewaltigen Eindruck auf ihn machte. Auch heute noch, vielleicht sogar mehr als zu Beginn.

»Wer ist der Mann?«, fragte Mara am Ende der Filmsequenz.

»Ich habe nicht die leiseste Ahnung.«

»Dann brauche ich nach der vermummten Gestalt, die den

armen Kerl angezündet hat, gar nicht erst zu fragen. Oder nach dem Ort, wo der Mord gedreht worden ist.«

Nach einem ratlosen Kopfschütteln erwiderte er: »Aber der Ball liegt erst mal hier in unserer Abteilung. Wir arbeiten daran, irgendwelche brauchbaren Informationen auszugraben.«

»Wie bist du auf den Film gestoßen?«

»Routinemäßige Recherchearbeiten. In letzter Zeit sind vermehrt Szenen im Darknet mit besonders drastischen Inhalten aufgetaucht.«

»Zu welchem Zweck wird der Dreck hochgeladen? Kohle, nehme ich an.«

»Richtig. Ein normaler User, der nicht über unsere polizeilichen Zugangsmöglichkeiten verfügt, bekommt einen Teaser serviert, also einen Filmausschnitt, der ihn neugierig machen soll.«

»Ein Appetithäppchen«, meinte Mara mit angewiderter Miene.

Rosen nickte. »Will er den ganzen Film sehen, muss er zahlen.«

»Du weißt, ich bin mehr die Frau fürs Grobe. Der digitale Kram ist …« Mara zeigte ein schiefes Grinsen.

»Und du weißt, dass ich mir in der Richtung einiges an Knowhow draufgeschafft habe.« Rosen grinste seinerseits. »Ich könnte dir einen inoffiziellen Crashkurs anbieten. Zumal das alles nicht nur für unsere Digital-Spezialisten von Bedeutung sein könnte, sondern auch für dich. Der Film mit dem brennenden Opfer legt das jedenfalls nahe. Es bestehen seit Längerem Verdachtsmomente, dass ein Server, der randvoll ist mit gesetzeswidrigen Inhalten, von Deutschland aus betrieben wird.«

»Wie seid ihr darauf gekommen?«

»Ganz einfach. Neben Englisch wurde für die User Deutsch als Nutzersprache angeboten. Aber nur kurz, dann nicht mehr. Wahrscheinlich hat man die Möglichkeit zur Sprachauswahl wieder gelöscht, um genau einen solchen Verdacht nicht aufkommen zu lassen.«

»Wie weit seid ihr?«

»Meine neuen Kollegen versuchen, online ihre Schlingen auszuwerfen. Soll ich ins Detail gehen?«

»Das ist wirklich nicht meine Welt«, wehrte sie ab. »Aber ich komm in Kürze gern auf dein Crashkurs-Angebot zurück.«

»Jederzeit.« Er nickte eifrig. »Die Kollegen stehen ohnehin noch ziemlich am Anfang.«

»Das heißt, es gibt noch keine Verdächtigen, denen man auf die Füße treten kann«, schloss Mara aus seinen Worten.

»Nein, aber ich kann dich auf dem Laufenden halten. Auch wenn weiterer Dreck, wie du es treffend nennst, bei uns angespült wird.«

Maras Handy klingelte, und sie zog es aus der Jacke.

»Hier Billinsky.«

Die angenehme Stimme von Capitaine de Police Colette Pelletier erklang, begleitet von einem weichen Akzent: »Willkommen zurück, Kollegin! Bon jour.«

Die Französin gehörte wie Mara zu der internationalen Einheit und hatte eine führende Rolle eingenommen.

»Wir sollten unbedingt ein Meeting abhalten«, fuhr Pelletier fort. »Allein schon um die weiteren Schritte festzulegen.«

»Ich bin wieder an Bord«, sagte Mara schlicht. Sie wollte sich erkundigen, ob die Kollegin etwas von Erik Nordin und seinem Prozess gehört hatte, verbiss sich aber gerade noch die Frage.

Sie einigten sich rasch auf einen Termin und beendeten das Gespräch.

Rosen musterte Mara, als würde auch ihm eine Frage zu Nordin auf der Zunge liegen, doch er blieb stumm. Ja, Rosen kannte sie tatsächlich. Er wusste, wann man sie auf bestimmte Themen besser nicht ansprach.

Sie verabschiedete sich von ihm mit einem beiläufigen Heben der Hand.

In dem Großraumbüro, in dessen hinterster Ecke ihr Schreibtisch untergebracht war, wurde sie von Hauptkommissar Klimmt erwartet. Er quetschte seinen ausladenden Körper in ihren Stuhl, was sie nicht leiden konnte. Sein Schnurrbart war ausgefranst, am Bauch spannte der Hemdstoff bedenklich.

»Was machen Sie denn hier, Chef?«

»Eine Rettungsaktion in eigener Sache.«

Sie lachte angesichts seiner griesgrämigen Miene. »Wieso? Genervt von unserem liebsten Staatsanwalt von Lingert, der an irgendwelchen Ermittlungsergebnissen seine Zweifel hat?«

»Nein, von einer Dame, die genauso bockig und hartnäckig zu sein scheint wie Sie.«

»Ach? So was gibt's?« Mara platzierte ihr Hinterteil auf dem Rand des Schreibtischs.

»Machen Sie sich's erst gar nicht gemütlich. Reden Sie mal mit ihr, ich hab schon versucht, ihr begreiflich zu machen, dass sie bei mir an der falschen Adresse ist.«

»Was will sie?«

»Meiner Meinung nach eine Vermisstenanzeige aufgeben.«

»Und ihrer Meinung nach?«

»Sie hat mich in meinem Büro überfallen und ununterbrochen etwas davon gefaselt, dass jemand ermordet worden sei.« Er zuckte mit den Schultern. »Eine Verrückte. Das ist Ihr Kaliber.«

Mara stellte sich hin. »Okay, dann höre ich mir sie mal an.«

Als sie das Büro ihres Chefs erreichte, war die Tür verschlossen. Sie klopfte an und betrat den Raum.

Eine Frau mit dunklen Augen, die fast so intensiv funkelten wie Maras, blickte ihr entgegen.

»Das wurde auch höchste Zeit«, sagte die Fremde.

»Wofür?«, fragte Mara.

5

»Ist sie nicht wunderschön?«, fragte Prince Bangura und zeigte auf die junge Frau, die auf dem Sofa schlief.

Rafael Makiadi nickte.

»Schau dir nur an, wie die blonden Haare um ihr schmales Engelsgesicht fließen. Am liebsten würde ich sie zeichnen.«

Er lachte auf diese Art, bei der man nicht wusste, ob er es ernst meinte oder einfach nur Quatsch machte.

Aber es stimmte, die Frau war tatsächlich auffallend schön. Unschuldig kam sie Rafael vor, seltsam rein und unverdorben. Nicht so wie die Leute, mit denen Prince sich ansonsten umgab.

Sie ließen die schlafende Frau allein und begaben sich ins Nebenzimmer, wo afrikanische HipHop-Musik aus den Boxen quoll und drei Typen aus Banguras Gefolge auf Fatboys fläzten und einen Joint kreisen ließen. Sie gesellten sich zu ihnen, rauchten aber nicht mit. Hin und wieder ein wenig Gras, häufig auch bunte Pillen, die man sich grinsend einwarf, aber davon abgesehen duldete der Prinz des Dschungels keine Drogen, vor allem keinen Alkohol. Sie alle tranken Energydrinks, fast die ganze Zeit über, ständig reichten sie einander Flaschen mit grellbunten Flüssigkeiten.

»Wer ist die Blonde?«, fragte Rafael.

»Hübscher Käfer, was?« Prince lachte. »Sie ist ein Geschenk.«

»Geschenk?«, wiederholte Rafael irritiert. »Für wen?«

»Du würdest gern ein bisschen an ihr herumknabbern, stimmt's?«

»Nein, aber Hunger hätte ich schon«, versuchte Rafael das Gespräch in eine andere Richtung zu lenken.

Auf einmal mit tiefernstem Ausdruck rückte Prince' Gesicht nahe an sein eigenes. »Du hast keine Ahnung, was Hunger ist. Grummelt dein Bäuchlein ein bisschen? Könntest du einen Bissen vertragen?« Er winkte ab. »Hunger ist, wenn dein Bauch beim Wassertrinken wehtut und du Krämpfe kriegst. Wenn es sich anfühlt, als würde dein Magen von innen mit Rasierklingen traktiert. Wenn deine Lippen staubtrocken sind und deine Glieder schmerzen.« Grübelnd nickte er vor sich hin und drehte die Musik beinahe unhörbar leise. »Ich habe Hunger erlebt, als ich von Kabati, unserem Dorf, aufbrach, um nach Mattru Jong zu gehen. Mattru Jong ist eine Stadt. Dort sollte ich mich für eine ausgezeichnete ausländische Schule anmelden. Mein Dorflehrer hatte gemerkt, dass ich ein schlaues Kerlchen bin. Ich war derjenige mit den besten Noten. Sprachen lernte ich mühelos, Mathematik war ein Kinderspiel, ich konnte Noten lesen, ich vergrub mich den ganzen Tag in den alten Büchern einer winzigen Bibliothek. Der Stolz der Familie, das war ich. Vor mir lag eine strahlende Zukunft.«

Rafael drückte sich bequemer in den Fatboy und wartete darauf, dass Bangura fortfuhr. Er konnte nie genug bekommen von diesen Geschichten.

»Es war ein ganz gewöhnlicher Nachmittag, ich war dreizehn, ich war guter Dinge, wie immer, das Leben war großartig. Die Gerüchte von der Revolutionsarmee, die mordend und vergewaltigend durchs Land zog, versuchte ich zu ignorieren. Ich war auf halber Strecke nach Mattru Jong, als ich Gewehrsalven hörte und panisch flüchtenden Menschen begegnete. Kabati gibt es nicht mehr, sagten sie. Alles in Flammen, alle tot. Du musst fliehen, sagten sie. Und das tat ich. Tagelang rannte ich durch den Dschungel. In zerstörten Dörfern fand ich manchmal Bananen oder ein wenig Maniok, ansonsten hungerte ich, rannte ich, versteckte ich mich.«

Nicht nur Rafael, auch die anderen hörten gebannt zu. Das schlafende Mädchen hatte Rafael so gut wie vergessen. Der Motorenlärm, die Elektromusik, das Gegröle, der ganze übliche Bahnhofsviertellärm, der durchs offene Fenster hereinströmte, wurde von Banguras Stimme überlagert.

»Ein Nachmittag hatte gereicht, um meine Zukunft zu zerstören. Ich lief und lief und lief, damit ich den Revolutionären nicht in die Hände fiel. Entweder Tod oder Rekrutierung, das wäre meine Wahl gewesen, falls sie mich erwischten. Ich rannte wie der Teufel.«

Wieder lachte er, und wieder wusste man nicht, was Ernst war und was nicht. Er erteilte den anderen drei Typen geflüsterte Befehle, worauf sie sich erhoben und grinsend nach nebenan gingen. Schließlich fuhr er fort: »*Nguwor gbor mu ma oo*, sagte ich mir. Gott hilf uns! Hilf uns allen, die wir auf der Flucht sind. Es war das letzte Mal, dass ich mich an den alten Herrn im Himmel gewandt habe. Weißt du, was dann geschehen ist?«

Rafael schüttelte den Kopf.

»Ich werde es dir erzählen, Bruder. Aber nicht heute.« Prince griff nach der Plastikflasche mit dem blauen Getränk und nahm einen Schluck, dann zog er die Schnürsenkel seiner Air Jordans fester zu. Sein eben noch verschleierter, in der Tiefe der Erinnerungen verlorener Blick wurde stechend klar. Sein Dolch-Ohrstecker blitzte. Er drehte die Musik laut auf und lauschte den Klängen mehrere Minuten lang, bis er sie ausschaltete und die Geräuschkulisse von draußen sofort wieder dominant wurde.

Als Prince aufstand, wies er Rafael an, ihm zu folgen.

Sie gingen ebenfalls zurück ins nebenan liegende Zimmer.

Die junge Frau war inzwischen wach – und vollkommen nackt. Völlig verängstigt kauerte sie auf dem Boden. Blut lief ihr aus der Nase, auch aus ihrer aufgeplatzten Unterlippe. Ihr rechtes Auge begann sich blau zu verfärben und dick anzuschwellen. Neben ihr lag ihre Kleidung, in Fetzen gerissen.

Die drei Männer standen da und grinsten wie zuvor, einer von ihnen hielt lässig ein Handy zwischen den Fingern, ohne jedoch aufs Display zu achten.

Prince reichte Rafael eine rote Skimaske.

»Was soll ich damit?«

»Was schon? Anziehen.«

Nach kurzem Zögern gehorchte Rafael.

»Und jetzt schnapp dir die Kleine. Besorg es ihr ordentlich. Ich will sie schreien hören.«

Erschrocken ruckte Rafaels Kopf zu ihm herum. »Was?«

»Ich sagte doch, sie ist ein Geschenk.«

»Aber …«

»Du bist immer noch zu weich, Junge. Du musst unempfindlich werden.« Prince nickte ihm auffordernd zu. »Du musst lernen, dass dich die Gefühle anderer einen feuchten Scheiß interessieren. Nimm das Leben und press alles aus ihm raus.« Er langte in Rafaels Schritt, zog den Reißverschluss der Baggy-Hose nach unten und zerrte die Gürtelschnalle auf. Er zeigte auf das Mädchen, das sie hilflos anstarrte. »Na los, Rafael! Gehörst du zu uns, oder bist du bloß ein kleiner Scheißer? Schau aus dem Fenster ins Viertel. Siehst du den Abfall, die Spritzen, die jämmerlichen Typen? Riechst du ihre Pisse? Du kannst dich jederzeit bei denen in die Reihe stellen. Oder du schnappst dir die Kleine. Zeig ihr und mir, dass du kein Schlappschwanz bist. Und zwar jetzt!«

Er gab ihm einen heftigen Stoß.

Widerwillig bewegte sich Rafael auf die Frau zu, die ihn hilflos anstarrte.

Die Sohlen seiner neuen Nike-Sneaker, ein Geschenk von Prince, schlurften über den Boden. Schweiß brach ihm unter der Maske aus. Er kniete sich neben die Frau und schob sich Hose und Unterhose herunter. Er griff nach ihren Oberarmen. Sie zappelte wild, versuchte ihn zu schlagen, er schlug zurück, packte fester zu, jetzt auch die Oberschenkel, presste sie auseinander. Sie kreischte, ihre Haut war kalt, er drängte sich zwischen ihre Beine.

Banguras Helfer hinter ihm feuerten ihn an, während der

29

Prinz des Dschungels stumm blieb. Doch Rafael spürte seinen Blick im Rücken wie die Spitze einer Klinge.

Die Frau schrie nicht mehr, sie wimmerte nur noch. Rafael versuchte die kläglichen Laute zu ignorieren.

So kalt war ihre Haut, so verdammt kalt.

6

»Höchste Zeit, dass sich jemand darum kümmert«, sagte die Frau, die in Klimmts Büro stand, mit energischer Stimme.

Mara Billinsky musterte sie und wurde genauso direkt zurückgemustert.

Die Fremde trug Kleidung von unauffälliger, aber sicherlich kostspieliger Eleganz. Slipper, Stoffhosen, eine lässige hüftlange Jacke, alles in gedeckten Farben. Sie schien etwa vierzig zu sein, schlank, offensichtlich trieb sie regelmäßig Sport. Das dunkelblonde, knapp schulterlange Haar hatte sie zu einem praktischen Pferdeschwanz gebunden. Die starken Unterkiefer verliehen ihrem Gesicht etwas Herbes. In ihren Augen blitzte es aufmerksam, fokussiert.

Das kannte Mara. Von sich selbst.

»Ich bin Kommissarin Mara Billinsky. Und Sie sind?«

»Tessa Steinberg.« Vorwurfsvoll fügte die Frau hinzu:

»Ihr Chef hat sich ziemlich schnell verdünnisiert.«

»Obwohl verdünnisiert bei ihm kaum vorstellbar ist«, erwiderte Mara mit einem gelassenen Schmunzeln.

»Ich mag Humor, aber nur zum angemessenen Zeitpunkt.«

»Warum ist er jetzt unangemessen?«

»Weil ich meine Geschäftspartnerin vermisse.«

»Sie können eine Vermisstenanzeige …«

»Das hat mir der brummige Herr auch erklärt«, wurde Mara prompt unterbrochen. »Und ich habe das auch schon getan, es ist nur …«

»Dann wäre das ja erledigt«, revanchierte sich Mara. »Unsere Kollegen werden sich mit dem Fall beschäftigen.«

»Da ist was faul«, sagte Tessa Steinberg in einem harten, kategorischen Ton, der Mara hellhörig machte. Sie gehörte nicht zu den Beamten, die Leute, die aufgeregt und fordernd im Präsidium auftauchten, vorschnell als Nervensägen abtaten.

»Das hier ist die Mordkommission«, sagte sie fast beiläufig. Sie ließ sich auf der Kante von Klimmts Schreibtisch nieder und deutete auf die beiden Besucherstühle.

»Ich will nicht sitzen, ich will wissen, was los ist«, kam es von der Fremden, die tough wirkte, aber dennoch mitgenommen aussah. »Noch mal: Da ist was faul. Femke ist keine Frau, die wortlos ein paar Tage abtaucht, um auszuspannen und neue Kraft zu sammeln oder so etwas. Weder Kollegen noch Bekannte können sie erreichen, ihr Handy ist ausgeschaltet, auf E-Mails reagiert sie nicht.« Sie holte tief Luft. Es nahm sie tatsächlich mit, aber das wollte sie nicht zeigen. Auch das kannte Mara von sich.

»Sie erzählen mir jetzt sicher gleich, dass es häufig vorkommt, dass Leute für eine gewisse Zeit …«

»Nein, das erzähle ich Ihnen nicht«, unterbrach Mara sie erneut. Sie griff nach einem Schreibblock, der auf dem Tisch lag, und zog einen Kugelschreiber aus ihrer Jacke. »Der volle Name.«

»Femke de Jong. Zweiundvierzig Jahre alt. Geboren in Rotterdam. Seit Jahren lebt und arbeitet sie hier in Frankfurt. Kein Ehemann, keine Kinder, keine Beziehung.« Die Besucherin hielt ein iPhone der neuesten Generation hoch. Das Display zeigte das Foto einer Frau mit modisch kurz geschnittenen, rötlich blonden Haaren.

Weitere persönliche Angaben zu der Vermissten folgten, und Mara bemühte sich, so detailliert mitzuschreiben, wie Rosen es immer getan hatte.

»Wenn ich das richtig verstanden habe, verbindet Sie und Frau de Jong also eine geschäftliche Partnerschaft. Sie waren beide die Gründerinnen und fungieren als Geschäftsführerinnen einer Beratungsfirma namens J&S Consulting.«

»Bedingt.«

»Bedingt?«, wiederholte Mara mit gerunzelter Stirn.

»Zuletzt hat Femke das Unternehmen im Alleingang geführt. Ich hatte mich für einige Zeit zurückgezogen.«

»Warum?«

»Ich hatte privat nicht gerade eine traumhafte Zeit. Außerdem im Job jede Menge zu tun.« Die Frau sah Mara offen an. »Es wuchs mir über den Kopf. Ich litt an einem Erschöpfungssyndrom.«

»Sie haben das Privatleben angesprochen. Was …«

»Hören Sie zu, es war wirklich eine Scheißzeit.« In bissigem Ton setzte sie hinzu: »Ich war *fertig*. Okay? Soll ich Ihnen etwa eine Skizze zeichnen? Und es geht ja um Femke, nicht um mich.«

Mara ging nicht darauf ein. »Und jetzt sind Sie also wieder eingestiegen?«

Ein Nicken folgte. »Ja, aber so richtig erst letzte Woche. Mir fehlt noch der Überblick über die Projekte und Entwicklungen der letzten Monate.«

»Was genau macht Ihre Firma?«

»Wir beraten andere Firmen, wie sie besser werden können. Simpel formuliert.«

»Also wie man möglichst viele Mitarbeiter rausschmeißt, möglichst viel Steuern spart und möglichst viel Kohle macht?«

Zum ersten Mal huschte ein Schmunzeln über Tessa Steinbergs Gesicht. »So ähnlich.«

»Wann genau ist Ihr Kontakt zu Frau de Jong abgerissen?«

»Vor zwei Tagen.«

»Hm«, meinte Mara knapp.

»Ich weiß auch, dass das nicht sehr lange ist. Aber da ist noch etwas anderes.«

»Nämlich?«

»Vor einigen Wochen kam ein Freund von Femke und mir ums Leben. Unter sehr tragischen Umständen.«

»Welchen?«, fragte Mara in ihrer üblichen Pistolenschussart.

»Wir waren nicht nur freundschaftlich, sondern auch geschäftlich eng mit ihm verbunden, jedenfalls früher.« Sie holte Luft. »Es passierte an einem frühen Morgen. Unser Freund war auf seiner Laufrunde in der Taunusanlage. Er wurde auf eine Szene aufmerksam, bei der ein Mann eine junge Frau bedrängte. Bevor es zu einer Vergewaltigung kommen konnte, schritt er ein, um der Frau zu helfen. Der Täter setzte sich zur Wehr, schlug mit einem unbekannten Gegenstand zu und konnte fliehen. Bis heute weiß man nicht, wer das war. Wahrscheinlich wird überhaupt nicht mehr nach ihm gesucht.« Ein jäher Zorn brachte die Augen der Frau erneut zum Funkeln. »Unser Freund erlag seinen Kopfverletzungen.«

»Bernhard Keim«, ergänzte Mara.

»Ach? Sie sind darüber informiert?«

Die *Jogging-Geschichte*, wie Klimmt die Sache nannte. »Ich weiß keine Details. Meine Kollegen haben die Ermittlungen geleitet.«

»Die Vergangenheitsform ist sicher kein Zufall, oder? Ich hatte recht. Da wird nichts mehr unternommen.«

Mara machte nicht den Fehler, auf den Vorwurf einzugehen. »Was bringt Sie zu der Annahme, dass dieser Fall mit dem angeblichen Verschwinden von Femke de Jong in Verbindung steht.«

»Das Verschwinden ist nicht *angeblich*, es ist real. Sehen Sie, ich behaupte ja gar nicht, dass es da eine Verbindung gibt. Aber ich hatte nie in meinem Leben mit Gewaltverbrechen zu tun. Dann die schreckliche Sache mit Bernhard. Und nicht viel später ist plötzlich Femke verschwunden.« Zum ersten Mal schien ihre Verzweiflung, die sie vorher zu unterdrücken versucht hatte, offen durch. »Und ich habe schon viel erlebt, auch seltsame Zufälle, aber diesmal …«

Rosen hätte jetzt sicher die richtigen Worte gefunden, dachte Mara.

»Schon klar, Sie halten mich für eine Spinnerin, die Ihnen bloß die Zeit stiehlt. Und ich kann es Ihnen nicht einmal verdenken.«

Von ihrer demonstrativ zur Schau getragenen rauen Schale war tatsächlich nicht mehr viel übrig geblieben.

»Ich bin auch immer skeptisch, wenn es um seltsame Zufälle geht«, meinte Mara in verbindlicherem Tonfall.

Die Tür ging auf, und Klimmt schob sich langsam und breit wie ein Walfisch in den Raum. Sein Blick wanderte von Tessa Steinberg zu Mara. »Die Vermisstensache? Immer noch? Wie gesagt, wir sind die falsche Adresse …«

»Da steckt mehr dahinter«, sagte Tessa Steinberg. »Ich bin mir absolut sicher.«

»Denken Sie das auch, Billinsky?« Er musterte sie mit all der Skepsis, die er aufzubringen wusste, und das war bei Klimmt eine ganze Menge.

Mara verzichtete auf eine Antwort. Ihr Blick lag auf der Frau, die sich nun doch auf einen Stuhl sinken ließ, sichtlich müde und durcheinander.

7

Sie fuhren dem Abend entgegen, der als schwarzer Schleier den Himmel überzog. Prince saß am Steuer, Rafael auf dem Beifahrersitz. Sie waren jetzt nur noch zu zweit, was Rafael lieber war. Zu den anderen Typen in Banguras Gang hatte er bislang keinen Draht gefunden, und er bezweifelte, dass sich daran etwas ändern würde.

Der schwarze Porsche Cayenne war brandneu. Woher Prince den Wagen hatte, würde sein Geheimnis bleiben, wie es für ihn ohnehin normal war, Geheimnisse mit sich herumzutragen. Man wusste nie, was er vorhatte, doch gerade das stellte einen Teil der Faszination dar, die von ihm ausging.

Aus den Boxen von Bang & Olufsen tönte *Final Form* von Sampa the Great, dem in Sambia geborenen HipHop-Star, und Prince grölte mit: »… I'm out of shame, been passed it …«

Der Zwischenfall mit der jungen Frau lag Stunden zurück, Rafael hatte ihn aus seinem Bewusstsein gelöscht oder es zumindest versucht und sich nach außen hin so gegeben, als wäre nichts vorgefallen.

Auch Prince hatte kein Wort darüber verloren.

Sie befanden sich am Rande der Frankfurter Innenstadt, rechts von ihnen zog sich der Main dahin, ein Stück weiter bohrte sich die Skyline in den immer dunkler werdenden Himmel.

Prince steuerte den Wagen auf einmal nach rechts, um auf einem Halteverbotsstreifen zu parken. »Lass uns ein paar Schritte gehen.«

Sie folgten der Uferpromenade, wo kaum noch jemand unterwegs war. Der Fluss verströmte einen eindringlichen Geruch, es war noch warm von der Hitze, die während des Nachmittags geherrscht hatte.

Rafael musste daran denken, wie viel Zeit er inzwischen mit Prince verbrachte. Das Geld, die schnellen Autos, die coolen Bars und Clubs – er hatte sich weniger bewusst als vielmehr mit einer gewissen Beiläufigkeit tiefer in dieses Leben ziehen lassen. Was war die Alternative? Weiter dem lausigen Job in der Fabrik nachgehen? Hanno Linsenmeyer redete von anderen, besseren Schulen, jedes Mal, wenn sie sich sahen oder telefonierten, hatte er einen neuen Vorschlag. Was würde Hanno sagen, wenn er wüsste, was Rafael die ganze Zeit trieb? Und Mara Billinsky erst? Rafael wollte es lieber nicht wissen.

»Ich hatte einen Traum«, begann Prince unvermittelt in vertraulichem Ton und mit stärker durchdringendem Akzent zu erzählen, wie er es oft tat, wenn sie unter sich waren. »In dem Traum schiebe ich eine rostige Schubkarre vor mir her. Verdammt schwer, das Ding. Sie ist voll. Aber ich schaue nicht, was ich transportiere, ich will das nicht wissen. Um mich herum ist das Paradies. Mango- und Bananenbäume, etwas entfernt eine Kaffeeplantage. Doch es riecht nicht nach Früchten, sondern verbrannt. Und da ist außerdem ein Gestank, widerlich süßlich, und auch wenn ich ihn nicht kenne, weiß ich, was so stinkt. Erst dann merke ich, dass es überall brennt, da sind Qualmwolken, mehrere Feuer, Flammen stechen aus Hütten. Und ich schiebe immer weiter. Ich schwitze, mir tränen die Augen. Der Wind trägt das Schluchzen von Menschen zu mir, die ihre letzten Atemzüge ausstoßen. Ihre Körper sind verstümmelt, Hirnmasse dringt aus ihren Nasen und Ohren, ihre Eingeweide quellen durch Einschusslöcher in den Bäuchen. Die Augen der Sterbenden sind röter als das Blut, das aus ihnen fließt und meine Turnschuhe tränkt. Ich zwinge mich, diese Menschen nicht anzusehen, und erreiche einen kleinen Hügel.«

Er machte eine effektvolle Pause, ehe er fortfuhr: »Hier versuche ich den Toten, der in der Schubkarre liegt, auf den Boden zu wuchten, aber er bleibt einfach in der Karre. Ich muss mit beiden Händen drücken und schieben, bis auch er ein Teil des Leichenhügels ist. Mein Hirn fühlt sich an, als hätte man tausend Nadeln reingerammt, ich weiß nicht, ob es Tag oder Nacht ist, ich fühle nur den noch warmen Lauf meiner AK-47 auf dem Rücken. Jemand ruft mich, ich lasse die Karre und eile auf die brennenden Hütten zu. Davor treibt man Flüchtende zusammen. Erwachsene und Kinder, deren Furcht stärker riecht als das tote Fleisch der Ermordeten. Ich bleibe stehen, nehme mein Gewehr und ziele. Ich schieße. Plötzlich bin ich mir sicher, dass die Schüsse mich aus dem Traum reißen werden. Ich sehne den Moment herbei, an dem ich aufwache. Tatsächlich, auf einmal bin ich hellwach, vollkommen klar bei Verstand. Und weißt du, was das Verrückteste an dem Traum ist?« Urplötzlich lachte Prince laut auf, und der fast irre wirkende Ton bescherte Rafael eine Gänsehaut. »Na, was denkst du, Rafael?«

»Keine Ahnung«, erwiderte er vorsichtig.

»Dass es gar kein Traum ist.« Prince sprach weiter, leiser, verhaltener. »Nein, es war beschissene Wirklichkeit. Der Tod war mein Leben geworden. Bruder, so sieht es aus, wenn das Böse dich findet. Denn irgendwann haben sie mich natürlich erwischt. Die Rebellen. Sie waren versessen auf Frauen, die sie vergewaltigen, und auf Jungs, die sie rekrutieren konnten. Wir mussten uns in eine Reihe stellen. Wir zitterten. Buchstäblich. Ich meine es ernst, meine Knie schlotterten wie verrückt, ich dachte, ich habe keine Knochen mehr und falle gleich um. Sie legten eine Machete in den Staub und führten anschließend einen ausgemergelten, halb blinden Opa zu uns. Wir waren zu fünft. Halb verhungerte kleine Scheißer, die die Welt nicht mehr verstanden. Sie sagten, wer den Alten mit der Machete in Stücke haut, gehört zu ihnen. Der Rest wird bei lebendigem Leib verbrannt.«

Prince verfiel in ein längeres Schweigen.

Sie gingen weiter, inzwischen ganz allein, nicht einmal mehr vereinzelte Jogger waren noch zu entdecken. Nur auf den Mainbrücken schlängelte sich der zähe Feierabendverkehr wie eh und je dahin.

»Und was geschah dann, Rafael? Keine zwei Minuten später lag der jämmerliche Alte zerstückelt auf der Erde. Um ihn ein See aus Blut. Und die Rebellen lachten zufrieden.«

Rafael schwieg.

»Was denkst du, Rafael, wer von uns fünf Jungs war fähig, etwas so Verabscheuungswürdiges zu begehen?« Wieder lachte der Prince, und eine Antwort erübrigte sich. Er pfiff den Song von vorhin, dann sang er erstaunlich melodiös ein paar Liedzeilen: »… nah knock the walls off, fuck the whole key, we gonna hinge the whole door off …«

Sie erreichten eine weitere der vielen Brücken, deren Bogen den dumpfen Motorenlärm fast verschluckte, und befanden sich nun direkt darunter. Das Licht der Straßenlaternen streifte sie nur noch. Mit einer blitzschnellen Bewegung packte Prince Rafael und nahm ihn in den Schwitzkasten. Er wirbelte ihn um die eigene Achse, schleuderte ihn zu Boden und drückte ihn bäuchlings auf den harten Betonuntergrund, wobei er ihm gleichzeitig den Arm auf dem Rücken verdrehte.

Rafael war völlig überrumpelt, erschrocken schrie er auf.

Der Ärmel seines Hoodies wurde weit nach oben gerissen, eine Messerklinge blitzte in der Dunkelheit auf, drei rasche tiefe Schnitte, warmes Blut lief.

»Gleich wirst du richtig kreischen«, kündigte Prince an.

Das Knie im Rücken, der Arm schon fast ausgekugelt, das Brennen auf der Haut, das noch heftiger wurde, als Prince irgendetwas in die frischen Schnitte rieb.

»Das ist Salz«, erklärte Prince, und er hatte recht – Rafael kreischte tatsächlich laut auf. Noch mehr Salz, noch stärkere Schmerzen.

»Du darfst alles machen, Rafael, nur eine Sache nicht«, zischte Prince plötzlich ganz nah an Rafaels Ohr. »Versuch niemals wieder, mich zu verarschen. Du hast es der Kleinen nicht besorgt, bist nur ein bisschen auf ihr rumgerutscht. Ich weiß es, sie hat es zugegeben. Ich krieg *alles* raus, Bruder. Immer.«

Rafael stöhnte, sein Arm bestand aus Feuer, es tat weh. *Und wie es wehtat.*

Erst nach einer Weile ließ Prince von ihm ab. Er richtete sich auf und starrte auf ihn herab, jetzt wieder mit völlig emotionslosem, fast gelangweiltem Ausdruck. »Ich frag dich noch einmal, Rafael«, sagte er sachlich. »Zu wem willst du gehören? Zu all den *Losern* oder zu mir?«

Rafael keuchte. Überraschung und Schmerz trieben ihm Schweiß übers Gesicht. In seinen Augen standen Tränen, für die er sich schämte. Er wischte sie weg, seine Hand zitterte, seine Schulter, sein Arm, seine Haut taten immer noch weh. »Ich gehöre zu dir«, hörte er sich antworten.

Prince lachte. »Good Boy.«

»Du kannst dich auf mich verlassen.«

»Dann steh endlich auf, oder willst du hier die Nacht verbringen?«

Rafael kam auf die Beine, seine Knie fühlten sich weich an.

Prince war vorangegangen, und er beeilte sich, wieder an seiner Seite zu sein. Er spürte nicht nur den Schmerz. Auch etwas anderes nistete sich in seinem Bewusstsein ein. Er hatte sich entschieden. Für einen bestimmten Weg, auf dem es kein Zurück gab. Etwas in ihm zerrte ihn förmlich in diese Richtung, er konnte nichts dagegen tun. Er *wollte* es. Er hatte den Eindruck, dass er dafür geboren war, jedenfalls nicht für dieses andere Leben, das er sich anzueignen versucht hatte.

Prince hatte die Hände entspannt in die Hosentaschen geschoben. Von dem Messer, das wie durch einen Zaubertrick in seiner Hand gelegen hatte, war nichts mehr zu sehen, als hätte es gar nicht existiert. Er fing wieder an, den HipHop-Song zu singen: »It's like I'm born great, I'd be mad too …«

8

Andere Ermittler würden sich fragen, warum sie sich darauf eingelassen hatten. Oder hätten sich eben erst gar nicht darauf eingelassen. Aber sie nicht. Sie war nun mal Mara Billinsky.

Es ging nicht darum, dass sie auf ihren Instinkt hörte, einer vagen Ahnung nachgab oder etwas in der Art. Schon gar nicht darum, dass es eigentlich nicht ihre Baustelle war, vermissten Personen nachzuspüren. Es ging darum, dass sie Polizistin war. Es ging um ihr Verständnis von diesem Job, der sie nach wilden Jugendjahren vor einem Dasein ohne Richtung und Perspektive gerettet hatte. Sie war ein *Bulle*, verdammt noch mal.

Deshalb saß sie in diesem Augenblick am Steuer ihres schwarzen Alfas. Deshalb hatte sie Tessa Steinberg, deren bestimmte Art sie auf gewisse Weise an sie selbst erinnerte, auf dem Beifahrersitz Platz nehmen lassen. Und deshalb befanden sie sich auf dem Weg zu dem Haus, in dem Femke de Jong wohnte.

Es war schon Abend, als sie Dreieich erreichten, eine südlich von Frankfurt gelegene Stadt, an deren Rand die Holländerin sich eine stattliche Villa hatte bauen lassen, zu der Tessa Steinberg einen Schlüssel besaß.

»Ich weiß es wirklich zu schätzen, dass Sie das tun«, sagte sie zu Mara, die mit einem beiläufigen Kopfnicken antwortete und direkt vor dem Gebäude parkte.

»Was ist mit Frau de Jongs Wagen?«

»Steht in der Garage, davon habe ich mich schon überzeugt.«

»Haben Sie bei der Gelegenheit auch das Haus betreten?«

»Ja, mich aber nur oberflächlich umgeschaut. Keine Spur

von Femke. Kein Anzeichen, dass etwas Ungewöhnliches vorgefallen ist, das gebe ich zu. Aber trotzdem …« Sie fuhr mit der Hand durch die Luft.

»Dieses *Trotzdem* kenne ich«, meinte Mara, während sie zusammen ausstiegen.

Sie betraten die Villa, knipsten die Lichter an und schauten sich um, wobei Mara darauf achtete, so gut wie nichts zu berühren. Vom großen Entree mit Garderobe ging es direkt in einen riesigen Wohn- und Essbereich mit bodentiefen, edelholzgerahmten Fenstern und Wänden von über drei Metern Höhe. Sowohl das Erd- als auch das Obergeschoss waren mit Eiche-Landhausdielen ausgelegt, überall hing moderne Kunst an den Wänden. Es gab ein Designbadezimmer mit freistehender Wanne, ein mit Macbook und Flachbildmonitor ausgestattetes Büro und einen Ankleideraum mit begehbarem Wandschrank.

Nach der wortlos durchgeführten Begehung kehrten sie in den Wohnbereich zurück.

»Ich weiß«, sagte Tessa Steinberg zerknirscht. »Nichts deutet darauf hin, dass …«

Das Klingeln von Maras Handy unterbrach sie. Diese nahm den Anruf entgegen. »Was gibt's, Chef?« Sie drehte sich weg von der Frau.

»Erst mal meine übliche Frage: Wo stecken Sie?«, wollte Klimmt wissen.

»Sie würden's sowieso kaum glauben.«

»Hatten wir nicht gesagt, dass es in letzter Zeit ruhig war?«, meinte er sarkastisch. »Stellen Sie sich vor, ein jugendliches Pärchen hat beim romantischen Stelldichein am Waldrand etwas Bemerkenswertes entdeckt. Besser gesagt, der Hund, der dabei war. Hat was gewittert und angefangen zu buddeln.«

»Da war's vorbei mit dem Date, schätze ich.«

»Genau. Zum Vorschein kam eine Leiche, die erst kürzlich verscharrt worden sein muss. Und zwar bei lebendigem Leib.«

»Shit«, stieß Mara leise aus. »Etwa eine Frau?«

»Richtig. Gefesselt und der Erde übergeben.«

»Könnte es sich um …«

»Es *könnte* nicht nur, sie ist es«, unterbrach er sie. »Femke de Jong.«

»Kein Zweifel?«

»Nicht der geringste. Billinsky, nicht nur Sie, auch ich habe das Foto auf dem Handy sehen dürfen.« Er brummte genervt auf, wie man es von ihm kannte. »Noch mal, wo treiben Sie sich rum? Ich will Sie beim Fundort haben. Sofort.«

Langsam drehte sie sich wieder zu Tessa Steinberg um.

Ihre Blicke trafen sich. Das Gesicht der Frau vor Mara erstarrte.

9

Der nächste Morgen brachte gleißenden Sonnenschein. Über den Dächern der Stadt und in den Häuserschluchten stand die Hitze wie Beton.

Der Sommer scheint es gut zu meinen, dachte Mara. Sie mochte den Herbst eindeutig lieber, die Nebelschwaden, die trüben Tage, die raue Luft, die in ihre Wangen biss. Das hatte immer schon besser zu ihrem Wesen gepasst als dieses verfluchte Postkartenwetter.

Sie stand an einem Flurfenster des Präsidiums und sah nach draußen ins nahezu wolkenlose Blau des Himmels. Ein Moment der Ruhe nach einer Nacht, in der es keine Möglichkeit gegeben hatte, sich für eine kurze Stunde Schlaf zurückzuziehen.

Sie nippte an dem Becher mit scheußlichem Automatenkaffee, der sie an Rosen denken ließ. Wie oft hatten sie gemeinsam von der Brühe getrunken und sich dabei ausgetauscht. Laut Klimmt war man auf der Suche nach einem Beamten, der Rosens frei gewordenen Platz in der Abteilung einnehmen sollte, aber das gestaltete sich schwierig. Wahrscheinlich nicht nur wegen des allgegenwärtigen Mangels an Personal, sondern auch weil der Hauptkommissar besonders kritisch war, wenn es darum ging, jemanden zu finden, der mit Mara Billinsky zusammenarbeiten sollte. Die Krähe war als zähe, dickköpfige Ermittlerin bekannt und als Teampartnerin gefürchtet. Sie wusste das, aber es kümmerte sie nicht.

Erneut nippte sie an dem fast leeren Becher. Ein Blick zur Uhr. Die Zeit war vorangestürmt. Wie so oft. Bereits kurz nach Mitternacht hatte Gerichtsmediziner Dr. Tsobanelis im Beisein von Klimmt und Mara die Obduktion durchgeführt, die keine neuen Erkenntnisse gebracht, jedoch allen noch einmal deutlich vor Augen geführt hatte, wie qualvoll Femke de Jongs Tod gewesen sein musste.

Mit Tessa Steinberg hatte Mara nicht mehr viel gesprochen. Die Freundin der Ermordeten war angesichts der Nachricht zu erschüttert gewesen. »Ich hatte von Anfang an so ein furchtbares Gefühl«, hatte sie nur leise ausgestoßen.

Noch ein Blick zur Uhr. Mara seufzte. Sie war schon fast wieder zu spät für das Meeting mit Colette Pelletier, auf das sie im Moment überhaupt keine Lust verspürte. Nebenbei fiel ihr auf, dass sie Tessa Steinbergs Auftauchen zumindest von den nutzlosen, nervtötenden Gedanken an Erik Nordin abgelenkt hatte.

Dieser verfluchte Wikinger, dachte Mara, trank den letzten Schluck und zerquetschte den Becher, ehe sie ihn auf dem Weg in den Konferenzraum in einen Mülleimer fallen ließ.

Sie wurde bereits von Pelletier erwartet, die wahrscheinlich auf die Sekunde pünktlich erschienen war. Nach einer kurzen Begrüßung saßen sie einander gegenüber. Vor der Französin stand ein Becher aus einer nahen Konditorei. Der Kaffee duftete herrlich, was Mara bewusst machte, dass sie Nachschub brauchte, allerdings auf keinen Fall aus dem Automaten.

»Schön, dich zu sehen.« Eine Kollegin, die auf Höflichkeit Wert legte, wofür sowohl Mara als auch Nordin, dieses alte Raubein, eher bedingt empfänglich waren.

Sie unterdrückte ein Gähnen und bekam es zumindest hin, der Französin halbwegs freundlich zuzunicken.

»Möchtest du einen Schluck?« Pelletier schmunzelte und hielt ihr den Kaffee hin. »Hab doch mitbekommen, dass du drauf geschielt hast. Kannst gern alles haben.«

Nicht nur eine höfliche, sondern auch eine sehr aufmerksame Kollegin. Mara schmunzelte ihrerseits, bedankte sich und konnte nicht widerstehen, einen großen Schluck zu nehmen.

»Du siehst also, ich bin noch in Frankfurt«, begann Pelletier, ihr weicher Akzent umschmeichelte die Silben. Der Duft teuren Parfüms wehte über die leere Tischplatte hinweg. Sie war ähnlich grazil wie Mara, aber ein deutliches Stück größer. Ihre kurze Jacke war aus hellem weichem Stoff, die Hose lässig und weit geschnitten, wie es gerade wieder in Mode kam. Beides wirkte neu.

Die sprichwörtliche französische Eleganz, hier saß sie leibhaftig am Tisch. Einen größeren Gegensatz zu Maras schwarzer Gestalt hätte man sich kaum vorstellen können. Aber im Laufe der letzten – wenn auch erfolglosen – Ermittlungen waren sie gut miteinander ausgekommen. Auch wenn Mara immer noch nicht so recht wusste, wie Pelletier es aufnahm, dass sie und Nordin sich nahe-, *sehr* nahegekommen waren. Inwieweit die Französin ihrerseits auf den rauen Charme des Schweden ansprang, vermochte Mara einfach nicht einzuschätzen.

»Natürlich bist du noch in Frankfurt«, nahm sie den Faden wieder auf. »Wieso auch nicht? Wir haben den Mann, hinter dem wir her sind, schließlich nicht erwischt. Ich bin es gewohnt dranzubleiben. Auch an Polaris.«

»Das bin ich ebenfalls.« Pelletiers Ausdruck wurde ernster. »Aber ich bin auch ein Profi, und das heißt, ich mache mir nichts vor. Wenn man die Fährte verloren hat, hilft es nicht, sich das Gegenteil einzureden. Gönnen wir uns eine Pause. Polaris wird wieder auf sich aufmerksam machen. Und dann sind wir zur Stelle. Ich bin überzeugt, dass er aus Frankfurt verschwunden ist. Sicher auch aus dem Grund, weil wir ihm Feuer – wie sagt man auf Deutsch?«

»Feuer unterm Hintern gemacht haben«, schlug Mara vor.

Pelletier schmunzelte wieder. »Genau. Und das war auch gut. So nahe wie wir ist ihm bisher niemand gekommen. Aber es gibt eben nicht das kleinste Anzeichen dafür, dass er noch in der Stadt ist.«

»Dann müssen wir wenigstens herausfinden, in welche Richtung er sich abgesetzt hat.«

Die Französin seufzte und strich ihre Ponyfransen aus der Stirn. »Das stimmt schon. Aber ich muss meinen Leuten in Paris Ergebnisse vorlegen. Wenn ich das nicht kann, wird das Budget zusammengestrichen, schneller als ich *Bon jour* sagen kann, und sie beordern mich zurück. Es ist ja bei Weitem nicht so, dass ich das allein entscheiden kann. Und genau wie du habe ich noch andere, regionale Aufgaben zu erledigen.«

Mara schwieg.

In abschließendem Ton sagte Pelletier: »Zu dumm, dass auch Erik für unsere Truppe verloren ist. Seine Vorgesetzten in Stockholm haben unsere Arbeit stark unterstützt, vor allem dieser Lundmark.«

Maras Blick ruhte auf dem Kaffeebecher, den sie mit der Hand umschlossen hielt. Sie sah nicht auf, als sie meinte: »Ist er das? Verloren für unser Team?«

»Ehrlich, ich mache mir keine großen Hoffnungen, was Erik betrifft.«

»Hast du etwas gehört? Über seinen Prozess?«

»Du?«

»Würde ich sonst fragen?«

Nur kurz schauten sie einander in die Augen. »Allein schon dass Anklage erhoben wurde, ist kein gutes Zeichen. Ein Polizist, der seine Ehefrau, die auch Polizistin ist, erschießt … da werden sie sicher handfeste Beweise gegen ihn in der Hand haben. Bei einer solchen Sache muss sich die Staatsanwaltschaft sehr sicher sein.«

Wieder flüchtete sich Mara in Schweigen. Sie mochte es nicht, an Nordin denken zu müssen. Und sie mochte es noch weniger, über ihn zu reden.

»Wie auch immer«, fuhr Pelletier fort, »ich habe beschlossen abzureisen. Zurück nach Paris. Nun ja, wie gesagt, meine alleinige Entscheidung ist das nicht.« Sie stand auf und schien zu überlegen, ob sie um den Tisch herumkommen und Mara umarmen sollte, entschied sich aber dagegen.

»Ich sage nicht Lebewohl, sondern nur *Au revoir*.« Sie nickte nachdrücklich. »Wenn sich etwas ergibt, bin ich wieder dabei.«

»Ich auch«, meinte Mara nur.

Sie blieb sitzen, sah der Französin aber nicht hinterher, als sie aus dem Zimmer ging.

Stille breitete sich aus. Mara begann mit dem Becher herumzuspielen. Sie hasste dieses Gefühl, irgendetwas offenlassen zu müssen. Eine Aufgabe nicht erfüllt zu haben, das nagte an ihr. Es war nie ihr Ehrgeiz gewesen, viel Geld zu besitzen, einen hohen Rang oder durch erfolgreiche Ermittlungen in der Presse aufzutauchen. Aber sie lebte für ihren Job. Wofür auch sonst? Für ein Vorstadthäuschen mit Garten? Für ein aufregendes Leben mit großartigen Events, quirligen Freunden, aufregenden Reisen? Für die Liebe?

Ihre Lippen verzogen sich zu einem traurigen Grinsen.

In ihrem Leben hatte sie drei Männer geliebt. Drei. Nicht mehr, nicht weniger. Für sie hatte sie wirklich etwas *empfunden*. Erst Adrian Kruxdorf, der sie auf die schiefe Bahn geführt und ihr beigebracht hatte, was Rebellion bedeutete. Ein kleiner wilder Punk, der zu einem kalt berechnenden Kapitalisten geworden war und sie bei ihrem Wiedersehen Jahre später beinahe umgebracht hätte. Dann Carlos Borke, ein Polizeispitzel mit vielfältigen Verbrecherkontakten, die schließlich dazu führten, dass er einen gewaltsamen Tod gestorben war. Und zuletzt Erik Nordin.

Nein, fegte sie den Gedanken mit einem energischen Kopfschütteln weg. Der Schwede gehörte nicht in diese kurze Reihe. Sie liebte ihn nicht. Er war einfach nur – was? Anziehend? Was für ein Scheißwort. Und doch hatte er etwas, das genau das vermochte: sie anzuziehen. Was war es? Dass er auf Konventionen pfiff? Dass er sich – obwohl ein Bulle – an den dunklen Rändern der Gesellschaft heimisch fühlte? Genau wie sie selbst. Und genau wie Kruxdorf und Borke.

Ja, es waren nur Außenseiter, die Maras schwarzes Herz

erobern konnten. Eigenwillige Individualisten, die in keine Schublade passten. Weil auch sie eine Außenseiterin war. Und bleiben würde, egal wie erfolgreich sie ermitteln und sich auf das Bürokratenspiel einlassen mochte.

Sie wollte es nicht, aber in dem stillen, leeren Konferenzraum sah sie ihn schon wieder vor sich. Seine hochgeschnürten Stiefel, wie US-Soldaten sie trugen, die altmodische braune Pilotenlederjacke mit Fellkragen. Groß, kräftig, das weißblonde Haar kurz geschnitten. Kantiges Gesicht mit hart hervorspringenden Wangenknochen. So kantig wie sein Charakter. Das Blau seiner Augen strahlte etwas Eisiges aus.

Ehrlich, ich mache mir keine großen Hoffnungen, was Erik betrifft, hörte Mara noch einmal Colette Pelletiers Stimme. Zu gern hätte sie Nordin gesehen, in dem Moment, wenn das Urteil verkündet wurde. Wie mochte es lauten?

10

Erik Nordin wurde aufgefordert, sich zu erheben.

Er sah der Richterin direkt in ihre winzigen grauen Augen, in denen von Anfang an eine tiefe Abneigung ihm gegenüber aufgeblitzt war. Sie war über sechzig, grobknochig, mit kurzem, fast schlohweißem Haar. Die Silberrandbrille saß ganz vorn auf ihrer spitzen Nase.

Nordin stand kerzengerade da, die kalten Hände vor sich verschränkt. In seinem Nacken hatte sich ein hauchdünner Schweißfilm gebildet. Er wartete auf die Worte der Frau, von der so viel abhing, und zum ersten Mal verspürte er in seinem Inneren etwas, von dem er nicht so recht wusste, ob es Angst war.

Die Richterin betrachtete ihre Notizen und warf einen Blick in den Saal. Mit einem Räuspern setzte sie zur Urteilsverkündung an. Für Nordin schien die Zeit auf einmal unwirklich langsam voranzukriechen, als hätte jemand eine Slow-Motion-Taste gedrückt.

War es doch keine Angst, die er verspürte, sondern eher Hass? Aber auf wen? Seine Frau, die ihn hatte verlassen wollen?

Oder auf sich selbst?

Die Stimme der Richterin klang in Nordins Kopf seltsam unwirklich. Erst wie mit verminderter Geschwindigkeit, dumpf und träge, dann plötzlich prasselten die Worte förmlich auf ihn ein.

11

Sie saßen im *Five Guys* in der Nähe der Hauptwache und tranken die Reste ihrer Coke Zeros, der Tisch vor ihnen übersät von Pommes- und Burger-Verpackungen. Es roch nach Fett und Putzmitteln, außer ihnen waren fast keine Gäste mehr anwesend. Der Laden hatte bis Mitternacht offen, also keine halbe Stunde mehr, aber Prince Bangura machte keine Anstalten, bald mit ihnen aufzubrechen.

Rafael hockte in der Ecke, zwei andere aus der Gang rechts von ihm, der Prinz des Dschungels ihm gegenüber.

Seit über einer Stunde betrachtete Rafael ihn unauffällig, wie er mit konzentriertem Blick in einem Buch las. Auf dem Cover stand etwas von Wirtschaftskriminalität. Nie hatte Rafael jemanden getroffen, der so viel las, der sich praktisch die ganze Zeit über mit Wissen vollstopfte. Die Schnittwunden an Rafaels Arm taten noch weh, aber der Schmerz ließ nach. Nach dem Vorfall war Prince besonders nett zu ihm gewesen, hatte Witzchen gemacht, Vertrauen neu aufgebaut, wie nur er das konnte.

Plötzlich lachte Prince auf, belustigt und irgendwie auch abfällig. Ohne einen von ihnen direkt anzusprechen, sagte er: »Alles Quatsch, was hier steht. Die Leute denken immer, hinter jedem Mord steht eine große Geschichte, ein komplexer Zusammenhang. Aber viele Morde erklären sich aus Langeweile.« Noch einmal lachte er: »Und ich meine nicht das Totschlagen von Zeit.«

Rafael und die anderen grinsten.

»Scheiße, ich erinnere mich noch genau«, begann Prince in seinen Erinnerungen zu graben, wie er es häufig tat. »Über ein

Jahr war ich schon bei den Rebellen, bis ich endlich nicht mehr die Leichen mit Schubkarren wegschaffen musste. Das war ein Drecksjob. Irgendein jüngerer Typ als ich musste das dann übernehmen.«

So abrupt er zu erzählen begonnen hatte, so rasch hörte er auf, um sich wieder dem Buch zu widmen.

Rafael ließ die Worte auf sich wirken. Wie immer war sein Abscheu geringer als die Faszination. Er beneidete Prince regelrecht um die Erlebnisse aus dem Krieg. Warum zum Teufel war das so?

Er zog das Handy aus einer tiefen Tasche seiner Baggyhose und spielte damit herum. Der Chef aus der Fabrik hatte angerufen und Nachrichten hinterlassen. Rafael hörte sie nicht ab. Auch Mara und Hanno hatten sich immer wieder gemeldet. Etwas in ihm drängte ihn, Mara zurückzurufen, sein Finger schwebte über dem Button.

»Lasst uns abhauen«, meinte Prince. »Mal sehen, was die Nacht noch zu bieten hat.«

Rafael steckte das Handy wieder weg.

Später schlenderten sie die Zeil entlang Richtung Konstablerwache. Tagsüber das pulsierende Leben, strahlte der innerste Kern der Stadt nun etwas Düsteres, Gefährliches aus. Die breite Einkaufsstraße war beinahe menschenleer. Unter den Arkaden lagen in abgenutzten Schlafsäcken reihenweise Obdachlose.

Noch später besuchte die Vierergruppe einen Club. Elektro-Musik, abgeschirmte Nischen, ein diffuses Halbdunkel, in das Lichtblitze fetzten. Die Tanzfläche war voll mit jungen Leuten in teuren Markenklamotten. Unglaublich hübsche Frauen wiegten sich im Takt. Keine kleinen Angestellten aus Hanau, nein, hier musste man schon was vorzeigen können. Es war die zurzeit wohl angesagteste Location, hier kam man nicht so einfach herein. Es sei denn, man gehörte zu Prince Bangura, der nur sein Grinsen blitzen ließ, und die Türen öffneten sich für ihn und seine Begleiter. Kein nerviges Schlangestehen, keine Begutachtung durch Security-Personal. »Willkommen und viel Spaß heute Nacht!«

Rafael ließ die anderen vorangehen und zog sich an den hinteren Teil eines Tresens zurück, wo noch ein wenig Platz war. Von hier aus konnte er die knapp gekleideten Schönheiten beim Tanzen beobachten. Man sah ihnen die Villen an, in denen sie aufwuchsen, die exklusiven Schulen oder Unis, die sie besuchten, die Tennisstunden, die Reisen, die Zukunft, die vor ihnen lag. Menschen, die auf einem anderen Planeten lebten als er. Hätte er Prince nicht getroffen, wäre er nie in ihre Reichweite gekommen.

Er bestellte sich eine Coke Zero, und als er einen Schluck trank, tippte ihn jemand von hinten an die Schulter. Beim Umdrehen erwartete er die grinsende Grimasse von Prince zu sehen, doch es war jemand anders. Er erschrak beinahe, seine Kinnlade klappte herunter.

Der Kopf des Mädchens beugte sich zu ihm nach vorn, ihre Haare kitzelten sein Kinn, ihre Stimme rief gegen die Musik an: »Ich wollte dir was sagen.«

Sie führte ihn zu einem Gang, von dem aus man Ausweichtoiletten aufsuchen konnte, die weniger stark frequentiert wurden. Hier war es ruhiger.

Er erkannte trotz des schwachen Lichts, dass die Verletzungen in ihrem Gesicht verarztet und einigermaßen unter einer dicken Schicht Schminke versteckt waren.

»Ich wollte dir Danke sagen.«

Rafael fiel wieder auf, wie hübsch sie war. Engelshaar, Engelsgesichtchen. Schlanke Gestalt, helle Haut, ein ovales Gesicht mit wie hingetupft wirkenden Sommersprossen, auf die in diesem Moment flackernde Lichtblitze fielen.

»Danke? Wofür?« Er senkte den Blick, spürte Verlegenheit ins sich aufsteigen.

Wieder beugte sie sich zu ihm vor, obwohl es hier nicht ganz so laut war. »Dafür, dass du nur so getan hast, als würdest du mich vergewaltigen.« Sie sprach das letzte Wort unbefangen aus, als wäre es ein ganz gewöhnlicher Begriff, den man den ganzen Tag über benutzte.

Er nickte nur, gleich noch verlegener.

»Und außerdem muss ich mich bei dir entschuldigen.« Spielerisch wickelte sie eine Haarsträhne um ihren Zeigefinger. »Weil ich es vor Prince zugegeben hab. Mir ging es echt schlecht, er ratterte eine Frage nach der andern runter, und irgendwann ...«

Rafael sah ihr in die Augen, und sie verstummte. »Du musst dich wirklich nicht entschuldigen. Ich kenne das. Also, wenn Prince etwas von einem wissen will.«

Sie tauschten einen wissenden Blick.

»Warum ist es überhaupt so weit gekommen, dass ... äh.« Rafael gingen die Worte aus.

»Lass uns rausgehen«, schlug sie vor. »Da ist es ruhiger.«

Die Nacht war erstaunlich mild, die Sichel des Mondes schimmerte seltsam grell.

Sie zogen sich in eine Hofeinfahrt zurück, nur ein Stück vom Haupteingang des Clubs entfernt.

»Ich hab Mist gebaut«, erklärte das Mädchen. »Und Prince war der Ansicht, ich hätte eine kleine Bestrafung verdient.«

»Eine *kleine* ist gut«, meinte Rafael dumpf. »Was hast du getan?«

»Ich hab zu viel gequatscht. Mit Typen, die ich kaum kenne. Vor allem zu viel über Prince. Darüber, dass ich ihn kenne und was ich über ihn weiß und so weiter.«

»Und das hat gereicht?«

»Und ob!« Sie zeigte ein schiefes Lächeln. »Glaub mir, ich hab meine Lektion gelernt.«

»Aber warst du nicht entsetzt, dass ...« Erneut vollendete er seinen Satz nicht.

Sie winkte lässig ab. »Ich hab Prince verdammt viel zu verdanken. Ohne ihn würde ich mir immer noch irgendwelche Scheißdrogen reinziehen und am Straßenstrich stehen.«

»Und *mit* ihm? Ich meine, was machst du jetzt?«

»Vor allem lernen.« Ihr Ausdruck erhielt etwas Verschmitztes. »Eben dass man nicht zu viel quatscht. Und du? Wie bist du an Prince geraten?«

»Mir hat er auch geholfen. Es war in einem Club. Keinem so teuren wie dem hier. Zwei Arschlöcher in Springerstiefeln sagten, sie würden mich nach draußen schleifen und mir meine *Affenhaut* in Streifen abziehen. Sie fingen an, mich zu vermöbeln. Plötzlich war Prince da und hat sie total fertiggemacht. So schnell konnte ich kaum gucken. Ich hab so was nie zuvor gesehen. Er hat ihnen alle Knochen gebrochen, jedenfalls kam's mir so vor.«

Sie musterte ihn interessiert. »Also, ich finde deine Haut sehr hübsch.« Er merkte, wie ihm das Blut zu Kopf stieg.

»Bist du auch aus Afrika?«

»Nein, ich bin hier geboren. Wie meine Mutter. Aber mein Vater stammt aus Kinshasa in der Republik Kongo.«

»Wie spannend«, rief sie aus. Ihr Parfümduft und ihr Alkoholatem wehten zu ihm herüber.

»Ich hab ihn nie kennengelernt«, sagte Rafael. »Meinen Vater.«

»Ich meinen schon.« Sie zog eine Grimasse. »Leider. Er ist ein Volltrottel.«

Sie lachten beide los.

»Wie heißt du eigentlich?«

»Rafael.«

»Ich bin Celine.« Erneut spielte sie mit einer Haarsträhne.

»Schöner Name.«

»Jedenfalls passt er zu mir.«

»Das finde ich auch.«

Celine schmunzelte, dann wurde sie auf einmal ernst. »Lass uns woanders hingehen«, raunte sie ihm zu.

»Wohin?«

»Wir finden bestimmt ein cooles Plätzchen.«

»Aber Prince ...«

»Schick ihm doch eine Nachricht, dass du müde bist und dich auf den Heimweg machst.«

»Hm«, meinte er vage.

Sie schaute zum Himmel hoch. »Ist die Nacht nicht herrlich? Ich liebe den Sommer.«

Abrupt ergriff sie seine Hand und zog ihn fort.

Erst sträubte er sich, doch dann folgte er Celine.

12

In den vergangenen zwei Tagen war es noch wärmer geworden. Über Frankfurt hatte sich eine Hitzeglocke gebildet, die die Stadt schwitzen ließ. Die Sonne brannte, und die Flusspegel begannen ebenso zu sinken wie Mara Billinskys Stimmung. Die ersten achtundvierzig Stunden waren entscheidend für Mordermittlungen, doch im Fall Femke de Jong hatte diese Zeitspanne keine Ergebnisse gebracht.

Mara wurde unterstützt von Kommissar Patzke, einem der älteren Kollegen, der sich nur schwer damit abfinden konnte, ihr zuzuarbeiten. Alte Animositäten schwelten, er riss sich kein Bein aus und beschränkte sich auf routinierten Dienst nach Vorschrift. An ihm allein lag es allerdings nicht, dass die Sache so zäh verlief, sondern auch an einem Täter, der gewissenhaft vorgegangen war und keine verwertbaren Spuren zurückgelassen hatte, nicht einmal ein Härchen oder eine Kleidungsfaser. Eine umfassend durchgeführte Funkzellenauswertung hatte ebenfalls nichts Verwertbares ergeben.

Was Maras Frust noch steigerte: Auch sie selbst hatte wenig bis nichts über Femke de Jongs Aufenthaltsorte und Aktivitäten in den Tagen vor ihrem Tod herausgefunden. War das Opfer an einem unbekannten Ort festgehalten worden? Falls ja, aus welchem Grund?

Da de Jong über keine familiären Bindungen verfügte, jedenfalls in Deutschland, hatte Mara mehrfach Tessa Steinberg für ausführliche Befragungen aufgesucht. Doch bei den Gesprächen hatte sich erstaunlich wenig Neues ergeben. Auffällig war, dass sowohl de Jong als auch Steinberg über eine stattliche Anzahl an geschäftlichen, jedoch kaum privaten Kontakten verfügten. Oder war das gar nicht verwunderlich bei Personen, in deren Leben die Karriere einen derart großen Raum einnahm?

Egal, woran es lag, Mara fand einfach keine Ansatzpunkte, sosehr sie sich auch auf ihre Aufgabe stürzte. Wie immer eigentlich. Oder tat sie das auch, um nicht mehr über Nordin nachzugrübeln? Sie gab sich lieber keine Antwort darauf. Nach wie vor hatte sie nichts von ihm gehört und wohl auch nicht erwartet, dass er sich meldete.

Jedenfalls war es ihr schon deutlich leichtergefallen, sich zu konzentrieren.

Auch jetzt, an diesem Spätnachmittag, als sie wegen des Mini-Crashkurses zum Darknet wieder Rosens Kellerreich aufsuchte.

»Also, Rosen, erklär mir mal auf simple Weise, als wäre ich eine Siebenjährige, wie ich in dieses verdammte Darknet komme.«

Mit für seine Verhältnisse bemerkenswertem Schwung setzte er zur Erklärung an. »Grundsätzlich läuft das so ab. Du gehst einfach auf irgendeine Website, auf der es den DOOR-Browser gibt. Ich bin jetzt hier zum Beispiel bei Byteworld, einer Computerzeitschrift, und dann kannst du dir DOOR problemlos downloaden. Weißt du, dass das eine Verschlüsselungssoftware ist?«

»Weißt du, wer Joey Ramone war?« Sie zwinkerte ihm zu. »Nein, Rosen, keinen Schimmer von dem ganzen Kram.«

»Ohne DOOR oder eine andere Anonymisierungssoftware kommst du nicht ins Darknet. DOOR stellt sicher, dass sich deine Spur nicht zurückverfolgen lässt. Wenn du also den Browser heruntergeladen hast, öffnest du ihn – und schon steht dir das Darknet offen.«

»Und wo finde ich, was ich suche?«

»Auch hier gibt es so was wie Wikipedia und natürlich Suchmaschinen.« Rosen ließ den Cursor über den Bildschirm fliegen, tippte auf der Tastatur herum und erklärte weiter. »Da gibst du am besten auf Englisch deine Suchbegriffe ein und hoffst genau wie im gewöhnlichen Internet auf brauchbare Ergebnisse. So findest du eine Reihe von Marketplaces, auf denen du dich nach Herzenslust umschauen und Waren oder Dienstleistungen einkaufen kannst.«

»Und wie kriegt ihr die bösen Jungs, wenn verhindert wird, dass digitale Spuren hinterlassen werden?«

»Genau damit hat unsere Abteilung jeden Tag zu kämpfen.« Er nickte gewichtig. »Wegen der Verschlüsselung mit dem DOOR-Browser und weil jeder Aufruf einer Website über eine Vielzahl an Servern auf der ganzen Welt läuft, lässt sich fast nicht zurückverfolgen, wer im Darknet etwas Verbotenes anbietet. Deshalb interessiert uns vor allem die Schnittstelle zwischen Darknet und dem sogenannten echten Leben. Also die Stelle, wo verbotene Ware beim Käufer landet, etwa ein Postfach, ein Briefkasten oder eine andere Übergabestelle. Das sind Punkte, an denen wir zugreifen können.«

»Und wenn ich *nur* Konsumentin bin?«, kam es von Mara. »Also, wenn ich zum Beispiel nur Filme runterlade oder anschaue? Was ist dann der Zugriffspunkt? Die Bezahlung, schätze ich.«

Rosen nickte erneut mit ernster Miene. »Ja, aber auch das ist höchst komplex. Die Bezahlung wird mittels Bitcoins getätigt. Als Kunde brauchst du erst mal eine Wallet für die Bitcoins. Da hast du die Auswahl zwischen recht vielen Anbietern, zum Beispiel Blue Address oder Silver Box. Zwecks Sicherheit gibt es eine Zwei-Faktor-Authentifizierung, VPN, eine Browser-Erweiterung und noch ein paar andere ...«

Sie hob die Hand. »Ich ergebe mich. Zu viele Details, sorry.«

»Okay, du müsstest dich jedenfalls anonym und mithilfe einer Überweisung per Paysafecard-Account bei einer Bitcoin-Börse eindecken. Da gibt es ebenfalls mehrere. Unsere Abteilung nutzt bei Ermittlungen oft eine argentinische Börse namens TimoshiTango.«

»Okay …«, meinte Mara mit einem ratlosen Grinsen.

»Wenn du auf deinem Darknet-Marktplatz eine Wallet eröffnet hast, erhältst du eine ziemlich lange und komplizierte Bitcoin-Adresse, in der Regel eine lange Abfolge von Klein- und Großbuchstaben, kombiniert mit Ziffern.« Rosen nippte an einer Wasserflasche und fuhr fort: »Der Zahlungsvorgang ist noch komplizierter als diese codeartige Zeichenadresse. Du springst dabei ständig zwischen unterschiedlichen Online-Plattformen hin und her, darunter natürlich die Bezahlseiten und die Bitcoin-Wallets. Und das sind dann die Punkte, an denen wir versuchen draufzuspringen, was aber extrem schwierig ist. Eine andere Möglichkeit bieten Chat-Verläufe. Verkäufer und Käufer tauschen vor einer Transaktion häufig Fragen und Antworten aus, auch da versuchen wir, uns digital dranzuhängen.«

»So, das waren schon mal eine Menge Details für die Problemschülerin«, meinte Mara. »Können wir den Crashkurs ein anderes Mal fortsetzen?«

»Klar, wann immer du möchtest.«

»Was mich nämlich auch interessiert: Seid ihr weitergekommen mit dem Mann, der vor laufender Kamera verbrannt worden ist? Irgendwelche Anhaltspunkte, aus denen sich auf etwas schließen lässt?«

»Nein, leider nicht.«

»Los, wir schauen uns das noch mal an.« Rosens Gesicht drückte nicht gerade Begeisterung aus, aber er spielte die grauenerregende Filmsequenz auf dem Monitor erneut ab, diesmal im Mute-Modus.

»Weißes aufgehängtes Laken als Sichtschutz. Der Mörder vermummt. Der Kissenbezug auf dem Kopf des Opfers in schlichtem Weiß«, kommentierte Mara. »Daraus lässt sich nicht das Geringste ableiten. Bleibt der arme Kerl. Kannst du den dichter heranholen?«

Rosen zoomte näher an den sterbenden Mann heran und starrte widerwillig auf den Monitor.

»Was ist das? Ein Leberfleck oder Muttermal?« Mara wies mit dem Zeigefinger auf den Arm, der am oberen Ende des Stuhlbeins fixiert worden war.

Er zoomte noch dichter heran.

»Siehst du, Rosen? Auf dem Handrücken ist ein auffällig geformter Hautfleck. Fast wie ein gleichschenkliges, abgerundetes Dreieck.«

»Das hat Potenzial für eine Identifizierung«, stimmte er schmallippig zu. Offenbar ärgerte es ihn, dass er das Detail bisher übersehen hatte.

»Immerhin etwas«, meinte sie, allerdings wenig euphorisch. »Und was ist mit den Ermittlungen hinsichtlich des Servers, der sich auf deutschem Boden befinden soll?«

Jetzt nickte Rosen eifrig. »Da sieht's besser aus. Meine Kollegen haben verschiedene Personen auf dem Schirm, die als Betreiber infrage kommen.«

»Wenn die Schlinge sich zuzieht, möchte ich dabei sein.« Sie zwinkerte ihm zu. »Oder zumindest in der Nähe.«

»Das kann ich mir vorstellen.« Er machte sich, ganz der alte Rosen, eine ausführliche Notiz in seinen Moleskin-Block. »Ich werde deinen Wunsch nicht unerwähnt lassen.«

Mara verabschiedete sich und machte sich auf in ihr Büro, um noch einige telefonische Nachforschungen im Fall Femke de Jong zu erledigen. Die gemeinsame Firma von de Jong und Steinberg war eine sehr überschaubare, offenbar höchst effiziente und erfolgreiche Truppe. Die Befragungen der Mitarbeiter hatten bislang nichts Bemerkenswertes ergeben, doch Mara wollte noch einmal nachfassen. Außerdem war sie auf den Namen einer Assistentin gestoßen, die erst vor Kurzem entlassen worden war: Adelheid Ginzek. Noch war es ihr nicht gelungen, die Frau zu erreichen.

Es war längst dunkel, als Mara in den Feierabend aufbrach. Sie besorgte sich in ihrem Lieblingsweinladen am Luisenplatz eine Flasche Rosso Del Conte, eine Marke, die sie vor Kurzem für sich entdeckt hatte, und gleich um die Ecke von ihrem Zuhause eine Pizza zum Mitnehmen.

In ihrer kleinen Wohnung machte sie es sich bequem und zog nicht nur die Jacke und die Stiefel aus, sondern auch die enge Jeans. Zum Abendessen, das sie auf dem Wohnzimmerteppich mit den vielen Totenköpfen einnahm, gönnte sie sich eine ohrenbetäubende Ladung Guns n' Roses. Noch immer hatte sie es nicht geschafft, die Räume wohnlicher einzurichten, was weniger an knapper Zeit, dafür eher an fehlendem Sinn für Nestbau lag. Einzig ein Kaktus, den ihr Rosen einmal geschenkt hatte und der genauso widerstandsfähig war wie Mara selbst, fand sich in ihrem Wohnzimmer.

Die Wohnung war dunkel, aber Mara mochte diesen Ort so, wie er war. Seine Kargheit half ihr, abzuschalten und nicht an bestimmte Personen zu denken. An Rafael allerdings dachte sie gern. Immer noch verwundert darüber, ihn so selten ans Telefon zu kriegen, wollte sie sich erneut bei ihm melden, als es an ihrer Tür klingelte.

Genervt sah sie auf. Sie war nicht auf Besuch eingestellt – kein Wunder, sie war *so gut wie nie* auf Besuch eingestellt. Rasch nahm sie noch einen Schluck von dem sizilianischen Rotwein, um sich schließlich widerwillig zu erheben.

Das summende Geräusch war von der Tür gekommen, also befand sich der ungebetene Gast bereits im Gebäude.

Mit dem Glas in der Hand näherte sie sich dem Wohnungseingang. Dass sie nur noch T-Shirt, Slip und Socken trug, störte sie nicht, sie war nicht gerade das, was man als schüchtern bezeichnete.

Mara spähte durch den Spion. Sie zuckte zusammen.

Ihr Körper versteifte sich. Mit einem zweiten Blick überzeugte sie sich, dass sie keine Gespenster sah. Erneut klingelte es.

Im Flur war es dunkel, nur vom Wohnzimmer flirrte Helligkeit bis hierher. Mara leerte das Glas mit einem großen Schluck und öffnete die Tür mit einem entschlossenen Ruck.

Nein, es war kein Gespenst. Sie sah direkt in eisblaue Augen.

»Scheiße!«, stieß sie aus.

»Nette Begrüßung«, erwiderte Erik Nordin mit einem schmalen Grinsen.

»Ich dachte, du wärst im Knast.«

Sein Blick wanderte über ihre nackten Beine. »Darf ich reinkommen?«

»Einen Scheiß darfst du.«

13

Tessa Steinberg hatte gar nicht gemerkt, wie schnell die Zeit vergangen war. Warme Abendluft drang durch die geöffneten Fenster ihres Büros, in dem sie sich so lange nicht aufgehalten hatte, und machte sie müder, als sie ohnehin schon war. Sie löste ihren Pferdeschwanz, lockerte die Nackenmuskulatur und streckte die Arme.

Nach einem Gähnen klickte sie sich weiter durch die Dateien, zu denen man sich nur mit einem doppelt verschlüsselten Passwort Zugang verschaffen konnte.

Plötzlich war die Erschöpfung, die sich an sie herangeschlichen hatte, wie weggeblasen. Sie klickte weiter und weiter, sie las und las. Vergewisserte sich immer wieder, dass sie sich nicht täuschte.

Femke de Jong, wie auch Tessa selbst, war bekannt dafür gewesen, sehr gewissenhaft zu sein. Nichts ging verloren. Tessa klickte weiter und weiter, öffnete eine Datei nach der anderen. Im Monitor ihres Laptops las sie Vertragsentwürfe.

Entwürfe, die wesentlich weiter vorangeschritten waren, als sie es je für möglich gehalten hätte.

Sie stutzte, schüttelte irritiert den Kopf.

Durch die Fenster hallte der übliche City-Lärm bis zu ihr an den Schreibtisch, auch um diese Zeit noch. Wie oft sie mit Femke nach einem langen Arbeitstag noch durch die Bars gezogen war. Sie hatten keine Familien, sie waren unabhängig, selbstständig, erfolgreich. Tessa lächelte traurig. Die schönen Erinnerungen verschwammen, verwandelten sich in ein konturenloses und doch grauenhaft intensives Bild: Femke unter der Erde, erbärmlich röchelnd, von Angst zerfressen, den Tod vor

Augen. Lebendig im eigenen Grab. Was mochte einem Menschen in solchen Momenten durch den Kopf gehen?

Trotz der Hitze war Tessa plötzlich eiskalt.

Abrupt stand sie auf, um sich ans Fenster zu stellen. Ihre Gedanken kehrten zurück zu den digitalen Entwürfen, die sie entdeckt hatte, und von dort direkt weiter zu der Polizistin. Wie immer sie sich die Beamten im Präsidium vorgestellt haben mochte, jemanden wie Mara Billinsky hatte sie gewiss nicht erwartet. Was war von der Ermittlerin zu halten?

Tessa griff zu ihrem Handy.

Sollte sie Billinsky wegen der Vertragsentwürfe anrufen?

Oder wäre das ein Fehler, den sie noch bereuen würde?

14

Das Licht im Treppenhaus erlosch automatisch, und plötzliche Dunkelheit umhüllte den Schweden.

Noch immer standen sie einander gegenüber, Mara mit dem leeren Weinglas in der Hand. Im Wohnzimmer klingelte ihr Handy, aus einem Reflex heraus sah sie sich um. Ein Moment, den Erik Nordin nutzte, um sich an ihr vorbeizuschieben und in den Wohnungsflur zu gelangen. Er knallte seine Reisetasche, dieselbe wie beim letzten Mal, auf die abgewetzten Bodendielen.

»Hey!«, protestierte Mara.

Er drehte sich zu ihr um. Das spärliche Licht aus dem Nebenzimmer fiel in den Flur.

»Bist du auf der Flucht, Nordin?«

»Warum sollte ich auf der Flucht sein?«

»Weil sie dich verurteilt haben«, antwortete sie hart. »Das war deine Ankündigung. Wenn ich zurückgehe, werfen sie mich in den Knast.«

Da war dieses Gefühl, das sie immer in seiner Gegenwart erfasste. Ein Argwohn, allerdings vermischt mit einer anderen, nur schwer bestimmbaren Regung, die sie eigentlich hatte ignorieren wollen.

»Ich wurde freigesprochen«, erklärte Nordin schlicht.

Sie zog die Augenbraue hoch.

»Jetzt schau mich nicht so zweifelnd an.«

»Du hast nicht viel dafür getan, meine Zweifel zu zerstören.«

»Ich wurde freigesprochen«, wiederholte er. »Und ab jetzt hörst du von mir nichts mehr zu der Geschichte. Warum auch? Würde ich sagen, ich bin unschuldig, würdest du antworten, dass das alle Verdächtigen behaupten.«

»Und? Bis du unschuldig?«

»Natürlich. Ich habe meine Frau nicht erschossen.« Nachdrücklich setzte er hinzu: »Ich bin unschuldig.«

»Das behaupten alle Verdächtigen«, entgegnete sie trocken. »Immerhin sind sie so weit gegangen und haben einen Prozess gegen dich in die Wege geleitet. Nur wegen ein paar Indizien?« Ihre Finger formten Anführungszeichen.

»Ich wurde entlastet.«

»Soll heißen?«

»Die Zeugenaussage eines Kollegen hat letztlich dafür gesorgt, dass alles recht schnell über die Bühne ging und ich wieder frei war.«

»Und im Vorfeld der Verhandlung ist dieser Kollege nicht befragt worden?«

»Wieso bist du immer so misstrauisch, Billinsky?«

Sie entgegnete nichts, ihre Lippen bildeten einen schmalen Strich.

Mit einer jähen Bewegung stieß er die Wohnungstür zu, die mit einem trockenen Knall ins Schloss fiel. Stille setzte ein. Plötzlich machte er einen Schritt auf sie zu und packte den Ausschnitt ihres T-Shirts, um sie an die Tür zu drücken. Er beugte sich zu ihr herunter und küsste sie, ihren Mund, ihren Hals. Sie versuchte ihn wegzustoßen, das Glas rutschte ihr aus den Fingern, zersplitterte klirrend auf dem Boden. Seine großen Hände umschlossen fest ihre Handgelenke, sie vermochte es nicht, sich seinem Griff zu entwinden, es war ein Kampf, der entbrannte, ein verbissenes Ringen, seine Lippen, seine Zunge, seine Hände, erneut versuchte sie ihn von sich zu stoßen, doch sie merkte, dass sie das nur halbherzig tat – und schließlich gab sie auf.

Sie ließ es zu, sie drückte ihn nicht mehr von sich, sondern an sich.

»Billinsky«, stieß er heiser aus, sein Mund an ihrem Ohr.

»Scheiße, Nordin«, antwortete sie leise.

Viel später, als der Morgen heraufzog und sich das Schwarz vor dem Fenster grau zu färben begann, hörte Mara das leise, gleichmäßige Atmen. Ein ungewohntes Geräusch, direkt neben ihr. Du träumst, sagte sie sich.

Sie suchte die Umrisse von Nordins Körper. Eine tiefe Ungewissheit beschlich sie und verhinderte, dass sie wieder in den Schlaf fand. Behutsam schob sie sich vom Bett, um nach nebenan ins Wohnzimmer zu gehen. Die Dielen waren kühl unter ihren bloßen Füßen. Splitternackt stellte sie sich ans Fenster, den Blick ausdruckslos auf die wie ausgestorben daliegende Wohnstraße in Bornheim gerichtet. Sie fühlte noch immer den Stachel des Zweifels. Zweifel an Nordin.

Mara hörte ihn nicht, doch sie spürte es, als er hinter ihr auftauchte.

Seine Hände legten sich auf ihre Schultern, sie zuckte nicht zusammen, stand einfach reglos da.

»Wir müssen weitermachen«, flüsterte er.

»Womit?«, fragte sie mit anzüglicher Betonung.

Er lachte leise. »Damit auch. Aber vor allem mit den Ermittlungen. Wir müssen Polaris finden.«

»Wir kennen nicht mal seinen richtigen Namen. Wir wissen fast nichts über ihn.«

»Immerhin waren wir zweimal knapp an ihm dran.«

»Knapp reicht aber nicht.«

Mit sanftem Druck drehte er sie zu sich herum, zwei nackte Silhouetten vor der Fensterscheibe, auf die erste zögerliche Sonnenstrahlen trafen.

»Willst du aufgeben, Billinsky? Ausgerechnet du?«

»Pelletier will aufgeben. Sie ist schon nach Paris zurückgeflogen.«

»Wenn wir einen neuen Anhaltspunkt haben, wird sie zurückkommen. Kannst du dich nicht noch einmal bei deinen Spitzeln umhören? Bei diesem Ramon, zum Beispiel. Der Typ ist Gold wert.«

»Das ist er«, stimmte sie zu.

»Sprich mit ihm. Es muss einen Hinweis auf Polaris geben.«
Sie erwiderte nichts.

»Sprich mit Ramon«, wiederholte Nordin eindringlich.

15

Es hatte ihn völlig unerwartet getroffen, dass er seinen behaglichen Kellerplatz tatsächlich einmal verlassen musste. Doch die Anweisung, die ihm bei der üblichen Frühbesprechung erteilt worden war, ließ kaum Spielraum. Also raus aus dem Keller, Jan Rosen.

Er rief Mara an, obwohl dazu eigentlich keine Veranlassung bestand, vielleicht einfach bloß aus alter Gewohnheit, aber es erklang nur die Voicemail. Egal, sagte er sich.

Als er sich auf dem Parkplatz des Präsidiums in seinem Audi hinters Steuer setzte, fühlte er zu seiner Erleichterung kein Unbehagen aufkommen. Weshalb auch, nichts deutete auf eine gefahrvolle Situation hin. Zumal es heute keineswegs darum ging, es mit durchgeknallten, gewaltbereiten Dreckskerlen aus dem Bahnhofsviertel oder, noch schlimmer, völlig abgebrühten Berufskriminellen aufzunehmen. Er musste lediglich einen Informanten aufsuchen, der schon früher als Zeuge und nützlicher IT-Spezialist in Erscheinung getreten war. Ein simpler Austausch, der nicht telefonisch erfolgen sollte.

Deshalb empfand Rosen kein unangenehmes Gefühl in der Magengrube, wie er das von früher kannte.

Er hatte auch nicht versucht, sich vor der Sache zu drücken, das wäre zu peinlich gewesen. Schließlich war sich keiner der neuen Kollegen im Klaren darüber, wie sehr er unter seinem Job gelitten hatte. Niemand, nicht einmal Billinsky, wusste, dass bei seinen Gesprächen mit dem psychologischen Dienst mehrere Symptome einer posttraumatischen Belastungsstörung festgestellt worden waren.

Nein, das war Rosens Geheimnis. Auch, dass diese Symptome jetzt noch hin und wieder kalt unter seiner Haut umherkrochen. Dass ihn wie aus dem Nichts Flashbacks überfielen, unter der Dusche, an der Supermarktkasse, überall. Er hörte noch überdeutlich die Stimme des Psychologen, der die Anzeichen herunterbetete wie eine To-do-Liste: Schlafstörungen und Albträume. Konzentrationsschwäche. Der Drang, sich von anderen fernzuhalten. Extreme Lärmempfindlichkeit. Reduziertes Gefühlsleben. Der letzte Punkt: allgemeine sexuelle Probleme und Impotenz. Wenigstens das war ihm erspart geblieben. Andererseits … es hatte sich auch keine Gelegenheit ergeben, das nachhaltig zu überprüfen.

Er verscheuchte die Gedanken, fuhr weiter durch Frankfurt und vergewisserte sich mit gelegentlichen Seitenblicken auf das Display, dass er korrekt der vom Navi vorgegebenen Route folgte. Die Computerstimme hatte er abgestellt, er neigte dazu, sich von diesen akustischen Anweisungen nervös machen zu lassen.

Immer noch hatte er kein unbehagliches Gefühl, alles war in Ordnung.

Er erreichte das Ziel. Parkte zentimetergenau ein. Stieg aus.

Ein Mehrparteienwohnblock im Stadtteil Bockenheim. Studentische Umgebung, Cafés, ein Buchladen, es war nicht weit zur Goethe-Universität. Rosen überprüfte das Handy. Keine Nachrichten. Er stellte es auf lautlos, ging auf den Block zu und klingelte. Ein Summton erklang. Ohne sich über die Sprechanlage erkennen zu geben, gelangte er ins Innere des Gebäudes. Auf dem Treppenabsatz im ersten Stock wurde er von Thilo Heckmann erwartet, den er von Telefonaten und Fotos kannte, aber vorher nie persönlich getroffen hatte.

Sie nickten einander knapp zu, und Heckmann führte ihn in die Wohnung, wo sie sich an einem schmucklosen Tisch gegenübersaßen, auf dem eine silberne Thermoskanne und eine Tasse mit Eintracht-Frankfurt-Emblem standen. Nackte Wände, kein einziges Foto, spärliche Einrichtung, kaum persönliche Gegenstände. Ein Schreibtisch am Fenster, auf dem jede Menge Computer-Equipment der neuesten Generation stand.

Selbst Billinskys Zuhause wirkte wohnlicher, dache Rosen flüchtig.

Auf Heckmanns Gesicht zeigte sich ein kurzes, etwas angespannt wirkendes Grinsen. Er war Mitte zwanzig, kurz geschorenes Haar, Ziegenbärtchen. Lässige Klamotten. Bequeme Chino und Sneaker, die Schnürsenkel offen.

»Mir wurde mitgeteilt, Sie hätten neue Informationen«, verfiel Rosen automatisch in seine förmliche Redeweise.

Wieder der Anflug eines Grinsens. »Wir beide sind uns nie begegnet, oder?«

»Äh. Nein.«

»Nun ja, ich wundere mich nur. Weil ich … Also, das mit den Informationen ist so eine Sache.«

»Wie soll ich das verstehen?«

Heckmann nahm sich mit einer abrupten Bewegung die Thermoskanne und goss die Tasse voll. Sofort roch es nach Pfefferminz. Er trank und setzte die Tasse wieder ab, ohne Rosen etwas anzubieten. »Na ja, ich kenne Sie eben nicht.«

Rosen hielt ihm den Dienstausweis hin, und er warf einen Blick darauf.

»Es ist nicht so, dass ich Ihnen misstraue.« Heckmann begann, die silbern funkelnde Kanne auf der Tischplatte unablässig um die eigene Achse zu drehen.

Das irritierte Rosen, der sich zwingen musste, nicht ständig zu dem silbern funkelnden Ding zu starren. »Meinen Kollegen zufolge hätten Sie angedeutet, neue Informationen zu haben und …«

»Ich hab gar nichts angedeutet. Ehrlich.«

»Aber Sie haben doch dem Treffen zugestimmt.«

»Zugestimmt würde ich das nicht nennen. Ihr Kollege hat gesagt, er kommt vorbei oder würde jemanden schicken und … na ja.«

»Aha«, sagte Rosen unentschlossen.

Die Drehung der Kanne wurde beschleunigt.

Nicht nur Rosen, auch der merkwürdige Gastgeber wirkte irritiert. Oder eher nervös. Aber weshalb?

Heckmann nahm die Kanne vom Tisch und drehte sie nun in seinem Schoß unentwegt im Kreis herum.

Ja, der Kerl war in der Tat nervös.

»Wenn Sie nicht mit mir reden wollen …«, setzte Rosen an, wusste aber nicht so recht, was er sagen sollte. Um nicht nur ratlos dazusitzen, zog er sein Handy aus der Jackentasche und überprüfte es. »Sorry«, murmelte er halblaut.

Er stellte fest, dass er in den letzten fünf Minuten sechsmal von den Kollegen angerufen worden war. Außerdem hatten sie ihm eine Nachricht geschickt: *bist du schon bei TH? neue infos. mit TH stimmt was nicht. halte ihn hin, wir kommen zur verstärkung. evtl. fluchtgefahr. VORSICHT!* Langsam ließ er das Handy sinken. Er verspürte jähe Anspannung.

Die Worte aus der Textnachricht kreisten in seinem Kopf. *Halte ihn hin*, sagte er sich. Aber wie sollte er das anstellen? Plötzlich stand ihm Schweiß auf der Stirn, kalt und nass. Er war sich sicher, dass Heckmann das nicht entging.

Rosen ließ das Handy wieder verschwinden und räusperte sich.

Der junge Mann mit dem Ziegenbärtchen hielt noch immer die Thermoskanne in der Hand, spielte aber nicht mehr damit herum. Wachsamkeit lag in seinen Augen. Aufglimmendes Misstrauen.

»Vielleicht können wir ja doch eine Basis finden«, begann Rosen von Neuem. »Also, was ich meine, ist … äh, dass Sie mir absolut vertrauen können. Ich weiß, dass Sie schon öfter mit uns zusammengearbeitet haben und …«

Was redest du da?, fragte er sich selbst in Gedanken. Er

ertappte sich dabei, dass er mit halbem Ohr verzweifelt nach draußen zu hören versuchte, ob sich eines oder mehrere Fahrzeuge mit hoher Geschwindigkeit näherten. Die ganze Situation überforderte ihn, er fühlte sich überrumpelt.

Genau das war es doch, was er nicht mehr wollte!

Er gestand sich ein, dass er am liebsten sofort davongerannt wäre, nichts wie weg aus dieser seltsamen leeren Wohnung.

»Es geht um Informationen hinsichtlich einiger Videos, in denen ...« Er hatte den Satz kaum angefangen, da hörte er plötzlich den lauten Motor eines Wagens. Bremsen quietschten.

In Heckmanns Blick tat sich etwas. Er durchschaute, was los war. Ansatzlos federte er von seinem Stuhl hoch, das Silber der Thermoskanne blitzte.

Alles ging so schnell, dass Rosen keine Zeit blieb, auch nur zusammenzuzucken.

16

Wann war sie zuletzt zu spät zum Dienst erschienen?

Es musste eine Ewigkeit her sein.

Mara stampfte den Flur entlang, sauer auf sich selbst. Sie war nun wahrlich keine Disziplinfanatikerin, aber auch jemand mit Piercings, Tattoos und abgewetzter Lederjacke konnte seine Prinzipien haben. Und wenn es um den Job ging, hatte sie welche.

Als sie an ihrem Platz ankam, der von einer mobilen Trennwand abgeschirmt wurde und an dem auch noch Rosens verlassener Schreibtisch stand, stellte sie mit einem Blick zur Uhr fest, dass sie wegen des verfluchten Frankfurter Verkehrs noch einmal einiges an Zeit verloren hatte. Sie schlüpfte hastig aus der Jacke, ließ den Laptop hochfahren, öffnete das Fenster, checkte Anrufe und E-Mails, verdrängte die in ihrem Kopf aufblitzenden Bilder der zurückliegenden Nacht mit Nordin – alles gleichzeitig, ohne sich hinzusetzen.

Rosen hatte sich gemeldet, aber keine Nachricht hinterlassen. Auch Tessa Steinberg hatte angerufen. Zweimal, ebenfalls ohne Nachricht. Schon am Vorabend. Mara erinnerte sich. Das war der Moment gewesen, als Nordin unversehens vor ihrer Tür gestanden und wieder ein Stück ihres Lebens an sich gerissen hatte.

Mara sank erst jetzt in ihren Drehstuhl und schaffte es irgendwie, die Beine auf den mit Eselsohr-Papierkram und leer getrunkenen Kaffeebechern übersäten Schreibtisch zu legen. An diesem Tag trug sie aufgrund der hartnäckigen Hitze nicht ihre geliebten Doc Martens, sondern schwarze Chucks.

Rosen kann warten, beschloss sie. Wesentlich neugieriger

hatten sie Tessa Steinbergs Anrufe gemacht. Mara wählte ihre Nummer.

»Danke, dass Sie zurückrufen, Kommissarin Billinsky.« Steinbergs Stimme klang reservierter als sonst. »Ich denke allerdings, die Sache hat sich erledigt.«

»Welche Sache?«

»Ich bin auf unserem Firmenserver auf etwas gestoßen, das mir wichtig erschien.«

»Immerhin so wichtig, dass Sie mich deswegen recht spät noch angerufen haben.«

»Sorry für die Störung.«

»So meine ich das nicht, Sie können sich jederzeit bei mir melden. Aber wieso der Sinneswandel? Was ist denn nun so wichtig-unwichtig?«

»Ach, es gab jemanden, der Femke und mir ein Angebot für unsere Firma gemacht hat.«

»Jemand wollte Ihnen J&S Consulting abkaufen? Wer?«

»Ein Investor, der uns ein wenig dubios vorkam.« In beschwichtigendem Ton fügte sie hinzu: »Das ist vielleicht nicht das richtige Wort, aber wir haben relativ wenig über ihn in Erfahrung bringen können, und die Angelegenheit war schnell vom Tisch. Wir hatten sowieso nie die Absicht …« Sie beendete den Satz nicht, sondern sagte stattdessen: »Übrigens, ich bin gerade auf dem Weg in ein Meeting. Viel zu tun! Ich muss mich schleunigst wieder reinarbeiten, Femke hat natürlich auch beruflich eine große Lücke –«

»Wir können das Gespräch später fortsetzen«, unterbrach Mara sie. Rasch verabschiedeten sie sich voneinander.

Grübelnd drückte sich Mara tiefer ins Stuhlpolster, die Füße immer noch auf dem Tisch. Tessa Steinberg hatte heute einen anderen Eindruck auf sie hinterlassen, nicht mehr so geradlinig und entschieden. Nur wegen der Eile aufgrund des anstehenden Meetings? Nein, da war mehr.

Die Geräusche schlurfender Schritte ertönten, und Patzke

schob seinen allmählich in die Breite gehenden Körper vor die Trennwand. Er trug kakifarbene Barker-Wildleder-Sneaker, die neu waren und nicht zu ihm passten.

»Ich hab's geschafft«, meinte er ohne Begrüßung und mit einer Art, als hätte er einen Achttausender bezwungen. In der Hand hielt er ein Blatt Papier.

»Glückwunsch«, erwiderte Mara, ohne sich zu regen. »Und was genau?«

»Ich hab dieses Tantchen aufgespürt.«

»Tantchen«, wiederholte sie. Seine Ausdrucksweise sollte wohl irgendwie Lässigkeit vorgaukeln. Mara hatte ihn nie leiden können, aber es war auch nicht gerade eine leichte Übung, ihre Zuneigung zu gewinnen, wie ihr selbst nur allzu bewusst war.

»Sie war wohl zwei, drei Wochen verreist«, fuhr er fort. »Aber jetzt ist sie wieder in Frankfurt. Adelheid Ginzek, meine ich. Die ehemalige Assistentin von J&S Consulting.«

Mara rang sich zu einem knappen *Gut gemacht* durch.

»Ich kann das erledigen«, bot er ohne Enthusiasmus an. »Also die Befragung.«

»Nein, ich werde sie selbst aufsuchen.«

»Ich kann mitkommen.« Noch weniger Enthusiasmus.

»Nicht nötig, das schaffe ich schon.«

»Dann schicke ich dir mal Adresse und Kontaktdaten.«

»Okay.«

Ohne weiteren Kommentar verschwand er wieder. Mara schmunzelte. Nein, Patzke mochte es wirklich nicht, ausgerechnet der Krähe zuzuarbeiten.

Etwa eine Stunde später wurde Mara von Adelheid Ginzek empfangen, einer gertenschlanken Frau. Sie wirkte freundlich, und man konnte sich vorstellen, dass sie tüchtig war. Ihre Wohnung im Ginnheim war nicht groß, aber penibel sauber, sehr aufgeräumt und besonders liebevoll eingerichtet, wie Mara mit leichter Belustigung feststellte, als sie den Blick flüchtig über all die Likörgläschen, die Püppchen mit Porzellangesichtern und den sonstigen offenbar mit Bedacht platzierten Krimskrams wandern ließ.

Sie saßen sich in Rattanstühlen vor dem Bücherregal gegenüber, das nach der Coverfarbe geordnete Liebesromane präsentierte.

»Seit wann arbeiten Sie nicht mehr für J&S Consulting?«, begann Mara ohne Umschweife, obwohl sie die Antwort kannte.

»Seit ein paar Monaten.«

»Sie haben die Firma auf eigenen Wunsch verlassen. Korrekt?«

»Ja, das stimmt.«

»Aus welchem Grund?«

Ein wenig verlegen neigte Adelheid Ginzek den Kopf. »Ich weiß, was passiert ist. Also, warum Sie mich sprechen wollen. Ihr Kollege am Telefon hat gesagt, im Rahmen aktueller Ermittlungen oder so etwas. Aber ich bin im Bilde. Eine frühere Kollegin hat mich angerufen und mir gesagt, dass Femke de Jong tot ist.« Leiser fügte sie an: »Das ist doch richtig, oder?«

Mara nickte.

»Das tut mir leid. Ich mochte sie nicht so sehr, aber sie war eigentlich ganz okay.«

»Das klingt jetzt nicht sehr überschwänglich, aber dafür ehrlich. Und das ist mir lieber.«

Die Frau musterte Mara noch einmal etwas genauer, als zweifelte sie immer noch daran, dass ihre Besucherin wirklich eine Kriminalbeamtin sein konnte.

»Hing Ihr Ausscheiden aus der Firma mit der fehlenden Sympathie für Femke de Jong zusammen?«, kam Mara wieder zum Punkt.

»Nein. Hm. Oder vielleicht doch.«

»Sie waren Femke de Jong direkt unterstellt?«

»Ich war ihre Assistentin, ja, aber im Alltag habe ich für beide Chefinnen gleichwertig gearbeitet, würde ich sagen.«

»Warum mochten Sie sie nicht? Schlechte Arbeitsatmosphäre? Hat es an Respekt für Sie und Ihre Position gefehlt? Hat sie Ihnen zu viel Arbeit zugemutet und zu wenig bezahlt?«

»Sie fragen ja sehr unverblümt.«

»Dann können Sie auch so antworten.«

Wieder schimmerte ein Anflug von Verlegenheit im schmalen Gesicht von Adelheid Ginzek auf. »Ich verstehe mich als Profi. Job ist Job, privat ist privat. Ich schätze es nicht, wenn sich das vermischt.«

»Das geht mir auch so«, bemerkte Mara. Auch wenn es manchmal leichter gesagt als getan ist, dachte sie. »Daraus schließe ich, dass es bei J&S nicht so professionell zugeht?«

»Was die Arbeit betrifft, schon«, lenkte die frühere Assistentin ein. »Aber mal ehrlich, wenn es auf so – ich sage mal – exponierter Ebene zu einer Liebesbeziehung kommt, ist der Stress nicht mehr weit. Das spielt doch in den Joballtag rein.«

Mara hob fragend eine Augenbraue.

»Ach, das wussten Sie nicht?« Adelheid Ginzek legte kurz die Hand auf den Mund. »Das heißt, alle anderen Mitarbeiter haben den Mund gehalten. Da sehen Sie es, das ist ein Thema, das zu viel Gewicht bekommt – und dann traut sich keiner mehr, etwas darüber zu sagen.«

»Wer hatte eine Liebesbeziehung?«

»Femke de Jong und Tessa Steinberg natürlich. Beide ohne männlichen Partner, beide nie verheiratet.« Sie machte eine ausholende Geste. »Da hat es bei mir gleich klick gemacht. Aber egal, das stört mich im Grunde nicht. Ich bin eben ein Profi. Und ich hab wirklich nichts dagegen. Solange man sein Privatleben im Griff hat und es aus den Meetings raushält, versteht sich.«

»Also belastete das Thema den Arbeitsalltag?«

»Nicht, als noch alles eitel Sonnenschein war«, meinte Adelheid Ginzek. »Aber wenn es Regenwolken gab …« Wieder eine Geste mit der Hand.

»Regenwolken heißt Streit.«

»Und wie!« Heftiges Kopfnicken. »Ein echtes Drama. Eifersucht, Vorhaltungen. Kaffeetassen, die an die Wand flogen.«

»Wer war auf wen eifersüchtig?«

»Tessa auf Femke. Offenbar wollte Femke nur noch geschäftlich mit ihr verbunden sein, nicht mehr auf privater Ebene.« Missbilligendes Kopfschütteln. »Keine angenehme Situation, das können Sie mir glauben. Für alle, meine ich. Schließlich haben beide vereinbart, dass Femke den Laden allein weiterführen und Tessa eine Auszeit nehmen sollte. Liebeskummer, nicht etwa ein Erschöpfungssyndrom war der Grund dafür. Wie auch immer, ich sagte mir jedenfalls, genug ist genug. Echt, das ging mir alles auf die Nerven, ich reichte von einem Tag auf den anderen die Kündigung ein.«

»Tessa Steinberg hat die Sache also sehr mitgenommen.«

»Absolut.« Erneut ein schnelles Nicken. »Ich dachte immer, das ist eine Frau, die nichts umwirft, aber sie war total fertig.«

»Und nun ist Femke de Jong ermordet worden«, kam es betont beiläufig von Mara.

Diesmal folgte ein verhaltenes, aber umso bedeutungsvolleres Nicken. »Ich bin fast in Ohnmacht gefallen, als ich es gehört habe.«

»Und was dachten Sie? So ganz spontan?«

»Ich dachte …« Adelheid Ginzek stoppte sich. »Hm, das möchte ich lieber nicht sagen.«

»Hatten Sie einen Verdacht?«

Die Frau schwieg.

Mara wollte die nächste Frage stellen, als ihr Handy klingelte. Sie zog es aus der Jacke. Die angezeigte Nummer gehörte zu Rosens neuer Abteilung.

»Billinsky hier.«

»Hallo, hier ist Pit Geyer.«

Rosens neuer Vorgesetzter, sie kannte ihn flüchtig.

»Was gibt's?«, fragte sie, genervt wegen der Störung ausgerechnet in diesem Moment.

»Sie sind doch befreundet mit Jan, oder?«

War sie das? Sie hatte nicht viele Freunde, aber der schüchterne, penible Jan Rosen gehörte wohl mittlerweile länger dazu, als es ihr selbst so richtig klar geworden war.

»Was ist mit ihm?«

»Er hat Pech gehabt.«

17

An der Hand führte sie ihn zum Sofa.

Es war das Sofa, auf dem er sie hatte vergewaltigen sollen.

Sie ließen sich auf die Polster sinken. Er legte den Arm um sie und spürte ein warmes Kribbeln im Bauch, das noch stärker wurde, als sie sich bereitwillig an ihn schmiegte und ihn anschaute.

»Wo kommst du her, Rafael?«

»Äh, ich bin von hier. Aus Frankfurt. Das weißt du doch.«

Celine lächelte. »So meine ich das nicht. Prince' Freunde sind sonst nicht wie du. Deine Seele. Wo kommt *die* her?«

Darauf wusste er nichts zu antworten.

Sie spielte mit einer Decke, die zerwühlt auf dem Sofa gelegen hatte, dann stieß sie sie auf den Boden. Es war warm im Zimmer.

Sie küsste ihn.

Er hatte vorher gewusst, dass es so kommen würde, und doch überraschte ihn das alles.

Wie lange war er nicht mehr geküsst worden? Er hatte bisher nur eine einzige Freundin gehabt. Und sonst nie mit irgendwem rumgemacht. Das Kribbeln wurde intensiver.

Sie streichelte seine Wange, nur der Hauch einer Berührung, dann wuschelte sie durch seine schwarzen Haare, die an den Seiten extrem kurz geschnitten waren, auf dem Kopf jedoch einen wilden Schopf bildeten. »Ich find deine Frisur echt geil.«

»Ist abgeguckt.« Er schmunzelte verlegen. »Von Kingsley Coman. Das ist ein französischer Fußballer.«

»Und deine schöne Haut hast du also von deinem afrikanischen Vater. Ist er auch so süß wie du?«

»Er ist tot«, murmelte Rafael. »Ein Flugzeug schoss beim Start auf dem Flughafen über das Startbahnende hinaus. Raste mitten in den angrenzenden Marktplatz. Die beiden Piloten wurden zu zwei Jahren Freiheitsstrafe verurteilt, wegen fahrlässiger Tötung in etlichen Fällen. Tja, sie waren halt betrunken. Das war der schlimmste Flugunfall in Afrika überhaupt, glaube ich. Über dreihundert Tote. Einer davon war mein Vater.«

Betroffenheit stieg in Celine auf, ihre Augen zeigten es ihm, und sie sah gleich noch hinreißender aus.

»Stell dir vor, er war nur zu Besuch in seiner Heimat. Nach seiner Rückkehr wollte er sich hier in Frankfurt zusammen mit meiner Mutter und mir eine Existenz aufbauen.«

Die Tränen kamen ihm. Sie überraschten ihn völlig, nicht einmal vor Mara oder Hanno hatte er geweint.

Celine küsste ihn erneut.

»Ich wollte …«, begann er.

»Nicht sprechen«, unterbrach sie ihn flüsternd.

Gegenseitig zogen sie sich aus. Rafael war so dankbar, dass es sie gab, dass er hier war. Die Sofafedern quietschen, und sie mussten kichern, aber nur kurz, um weiterzumachen, lange, sehr lange.

Später lagen sie ineinander verschlungen da, Haut an Haut, ihr Schweiß vermischte sich. Sie schwiegen, und das war schön. Die Stille, die Verbundenheit. Es war dunkel geworden. Auf einer schmutzigen, angestoßenen Untertasse stand eine Kerze, und ihre Flamme warf einen Lichtfächer an die Wand.

Rafael seufzte entspannt auf, die Lider gesenkt, im nächsten Moment riss er die Augen auf. Sein Blick fuhr zu der halb geöffneten Tür, die ins Nebenzimmer führte.

»Was ist?«, fragte Celine, die merkte, dass er sich anspannte.

Er löste sich von ihr und stand auf. Rasch bückte er sich, um sich die Decke zu schnappen und sie sich zusammengerafft vor den Schritt zu halten. Vorsichtig bewegte er sich auf die Tür zu.

»Hübsche Aussicht«, kommentierte Celine hinter ihm mit einem Lachen.

Er erreichte die Tür und hielt inne. Im gesamten Gebäude herrschte Totenstille. Er spähte ins Nebenzimmer. Niemand da. Sie waren allein.

Celine lachte nicht mehr, sondern sah ihn fragend an.

Er ließ die Decke fallen und legte sich wieder zu ihr. »Mir war so komisch. Als würde uns jemand beobachten.«

»Wer sollte uns beobachten?«

»Keine Ahnung.« Rafael grübelte. »Aber manchmal habe ich das Gefühl, als wäre er da. Als wüsste er immer genau Bescheid, was man tut.« Leiser fügte er an: »Ich meine Prince.«

»Hm.« Celine verzog abwägend den Mund. »Das geht mir auch so. Irgendwie. Und das ist echt beunruhigend. Manchmal ... da hab ich eine Scheißangst vor ihm. Einfach weil man nie weiß, was er als Nächstes tut. Wenn er sauer wird, muss man verflucht aufpassen. Aber weißt du, was das Verrückte ist? Gleichzeitig finde ich es auch irgendwie *beruhigend*, dass er da ist. Er gibt mir das Gefühl, er würde mich beschützen. Und das ist neu für mich. Nicht allein zu sein. Sich auf jemanden blind verlassen zu können. Nachdem ich es akzeptiert hatte, dass er der Boss ist, war es, wie über eine Brücke zu gehen. Äh, das hört sich bescheuert an, aber so war es. Auf der anderen Seite der Brücke gab es Sicherheit, Schutz. Vorher war ich immer nur ein wehrloses Ding, aber mit ihm ...« Diesmal war sie es, die verlegen wurde. »Fuck, was rede ich für einen Mist.«

»Nein«, widersprach er rasch. »Ich verstehe genau, was du meinst. Prince hat was Respekteinflößendes, aber eben auch was total Faszinierendes. Er hat mir ... Weißt du, ich war nie gemacht für das normale Leben. Schule, Job und so. Das ist öde. Totale Zeitverschwendung. Ich will *leben*.«

»Ich auch, Rafael.«

»Man spürt, wenn man *anders* ist.«

Sie küssten sich, und in dem Augenblick, als ihre Lippen sich berührten, ertönte eine Stimme: »The love that folllows us is sometimes trouble.«

Sie zuckten beide erschrocken zusammen.

Im Türrahmen stand Prince Bangura.

18

Nein, keine Gehirnerschütterung, ganz bestimmt nicht.

Ja, der Arzt war sicher.

Nein, er hatte noch nicht den Psychologischen Dienst aufgesucht.

Nein, er würde sich ganz sicher nicht krankschreiben lassen, damit würde alles nur wieder von vorn anfangen.

Ja, wirklich nur eine Beule, nicht einmal eine Platzwunde, nicht mal genäht.

Jaaa. Mit einer blöden Thermoskanne.

Nein, er täuschte sich nicht, er fühlte sich schon wieder halbwegs okay.

Jaaa. Er würde den Psychologischen Dienst auf jeden Fall noch aufsuchen.

Nein, nicht irgendwann, sondern sehr bald.

Das Telefonat mit seiner Mutter war für Jan Rosen beinahe noch quälender gewesen als die ersten wirren Sekunden, nachdem er aus der Ohnmacht erwacht war. Seine Kollegen hatten einen Notarzt herbeigerufen und sich um ihn gekümmert.

Nicht nur um ihn, auch um Thilo Heckmann, der nach dem Schlag mit der Thermoskanne hatte flüchten wollen und Rosens Kollegen praktisch in die Arme gelaufen war.

Wenigstens das. Wenigstens hatten sie den Typen.

Ja, Rosen fühlte sich gut. Das hatte er seiner wieder einmal besorgten Mutter versichert. Aber entsprach es auch der Wahrheit? Gab es einen unberechenbareren Gegner als einen Schock? Rosen kannte sich damit aus. Ein Schock konnte einen auf tausend Arten erwischen, wie mit einem Vorschlaghammer, aber auch fast unmerklich, geradezu sanft wie eine Sommerbrise, nur um einen umso unerbittlicher in der Hand zu haben und langsam zu zerdrücken.

Nein, bloß keine Sitzung beim Psychologen, jedenfalls nicht gleich.

Sondern weitermachen. Das hatte er von Billinsky gelernt. Einfach weitermachen. Aber seinen Platz im Keller, den würde er vorerst nicht mehr so leichtfertig verlassen, so wollte er es auch gegenüber Hauptkommissar Pit Geyer oder anderen Vorgesetzten vorbringen, das nahm er sich fest vor.

Er legte die letzten Meter auf der Adickesallee zurück und bog ab, um zum Parkplatz zu gelangen. Als er aus dem Audi stieg, entdeckte er sie. Er schob die Hände in die Hosentaschen und bewegte sich auf sie zu.

»Hübsches Pflaster«, meinte sie, als er seitlich vom Eingang vor ihr stehen blieb.

Er betastete unbewusst, als hätte er es vergessen können, das große gepolsterte Pflaster, das die Beule bedeckte und unübersehbar aus seinen schütteren blonden Haaren hervorstach. »Ja, sehr dekorativ. Deswegen habe ich es mir zugelegt«, antwortete er, um Schlagfertigkeit bemüht.

Mara Billinsky schmunzelte auf diese vertraute spöttische Art, bei der ihre Lippen eine schiefe Kerbe bildeten. »Du bist echt ein Pechvogel.«

Er hob die Schultern. »Ein tolles Team: die Krähe und der Pechvogel.«

»Andererseits hast du verdammt Glück gehabt. Hätte sicherlich schlimmer ausgehen können. Auch wenn ich nicht genau weiß, ob Thermoskannen zur Kategorie der tödlichen Waffen zählen.«

Rosen verzog säuerlich den Mund. »Deinen Humor vermisse ich da unten im Keller, das kann ich dir sagen.«

»Sorry, ich kann nicht anders.« Auf einmal musste sie laut lachen, doch darin schimmerte eine Wärme auf, die er selten an ihr wahrgenommen hatte. Fast sah es aus, als würde sie ihn an sich drücken wollen. Dann allerdings sagte sie rasch und betont sachlich: »Okay, dann wollen wir mal rein in die gute Stube.« Das Vertrauliche hatte sich bereits wieder aufgelöst.

Im Präsidium begaben sie sich zu einem der beiden kleineren Verhörzimmer. Auf dem Weg drückte Rosen ihr seinen Dank dafür aus, dass sie mit von der Partie war, um ihn zu unterstützen.

»Dein Chef hatte keine Einwände«, erklärte sie. »Zumal es immer noch keine Antworten auf die Filmsequenz gibt, in der dieser gefesselte Mann getötet wird. Daher fanden es alle logisch, dass jemand von der Mordkommission bei der Befragung von Thilo Heckmann dabei ist.«

Sie betraten das Verhörzimmer, und Rosen bereitete das Aufnahmegerät vor – der einzige Gegenstand auf dem kleinen Tisch. Filmisch konnte die Befragung nicht dokumentiert werden, die Ausrüstung dafür gab es nur im großen Verhörraum, aber eine Tonbandaufnahme genügte normalerweise.

»Thilo Heckmann ist also eigentlich ein Spitzel eurer Truppe.« Mara stand an die Wand gelehnt und scrollte per Handy durch zwei E-Mails, die Rosen ihr vorhin noch zugeschickt hatte.

»Ein Informant«, berichtigte Rosen mit spröder Stimme.

»Und dann …« Sie verstummte und machte eine einladende Geste, damit er weitersprach.

»Und dann wurden die Kollegen auf etwas aufmerksam. Auf Heckmanns Konto tauchten erstaunlich hohe Überweisungen auf, deren Absender sich nicht ermitteln ließ, nicht einmal von unseren Spezialisten. Zudem suchte er online innerhalb kürzester Zeit signifikant oft nach Flügen und Hotels im Ausland. Und das obwohl er seit Jahren nicht verreist war.«

Sie stutzte. »Moment mal, das heißt, ihr habt euren eigenen Spitzel nacktgemacht.«

»Informanten.«

»Er wusste natürlich nichts davon.«

Rosen bekam einen verkniffenen Ausdruck. »Nein.«

»Ihr hattet dafür keine rechtliche Grundlage.«

»Wer sagt das?«

»Dein Blick, Rosen.«

»Ja, das ist für uns eine etwas … wacklige Angelegenheit.«

Mara grinste und steckte das Handy ein. »Du weißt ja, ich hab keine Probleme mit wackligen Angelegenheiten.«

Er setzte sich. »Ich war nicht eingeweiht. Die Kollegen verschafften sich noch einmal einen Überblick, als ich schon auf dem Weg zu Heckmann war. Sie kamen zu dem Schluss, dass er kurz davorstand, den Absprung zu machen. Wohin auch immer.«

»Wie kam es überhaupt dazu, dass ihr ihn so sorgfältig durchleuchtet habt?«

»Er war immer zuverlässig. Aber auf einmal hat er sich auffällig verhalten. Hat Informationen nicht weitergeleitet, sich mit Personen getroffen, über die er ebenfalls sehr verschwiegen war. Personen, die wir bereits auf dem Schirm hatten.«

Fünf Minuten später wurde Thilo Heckmann von einem uniformierten Beamten hereingeführt, der gleich wieder verschwand, um vor der Tür Posten zu beziehen. Zu dritt saßen sie am Tisch. Heckmann hielt sein Kinn mit dem Ziegenbärtchen gesenkt, um Maras forschendem Blick auszuweichen.

»Warum sind Sie in Panik geraten?«, fragte Rosen.

»Panik?«, murmelte der Mann.

»Na ja, der Gewaltausbruch, die Flucht. Das wirkte alles impulsiv, ungeplant. Eben panisch. Was war der Auslöser?«

»Ich hatte den Eindruck, ihr wollt mich irgendwie verarschen. Die ganze Zeit schon. Ihr misstraut mir.«

»Wie kommen Sie denn darauf?«, erwiderte Rosen.

»Ich hab jetzt schon öfter gehört, was ihr Typen macht«, murmelte Heckmann. »Ihr von der Polizei. Ihr nutzt die Leute aus, und wenn ihr sie nicht mehr braucht, zieht ihr sie über den Tisch.«

»Warum hätten wir das tun sollen?«

»Wie gesagt, das war schon länger mein Eindruck.«

»Kein Grund, gleich die Thermoskannenkeule auszupacken«, warf Mara bissig ein.

Heckmann bemühte sich weiterhin, an ihr vorbeizuschauen. »Außerdem habt ihr versucht, Druck auf mich auszuüben.«

»Das ist Unsinn.« Rosen schüttelte den Kopf. »Und das wissen Sie.«

»Lassen Sie den Quatsch«, sagte Mara schneidend. »Ab jetzt wird Klartext geredet.«

»Ich will einen Anwalt«, stieß Thilo Heckmann hervor. »Und zwar sofort.«

Es klopfte, und Pit Geyer kam herein, ein untersetzter Mittvierziger mit Hornbrille und beginnender Glatze. Er sah Rosen und Billinsky an. »Ich muss euch beide sprechen. Wichtige Neuigkeiten.«

19

Prince Bangura lachte rau.

Instinktiv grapschte Rafael nach der Decke und hielt sie sich vor den nackten Körper, während Celine in ihrer Nacktheit völlig entspannt blieb.

»The love that follows us is sometimes trouble«, wiederholte Prince. Er kam auf sie zu und quetschte sich zwischen sie aufs Sofa. Lässig zog er sich seine verspiegelte Sonnenbrille von der Nase. »Die Liebe, die uns folgt, bedeutet manchmal Ärger. Shakespeare, *Macbeth*. Sagt euch zwei Schnuckelchen das was? Für euch wäre eher *Romeo und Julia* passend, stimmt's?« Wieder lachte er.

Celine stand auf und begann sich in aller Ruhe anzuziehen.

Prince schaute ihr zu, und sein Ausdruck entspannte sich.

»Als ich sieben war, ging ich am Ende jeder Woche zum Marktplatz«, erzählte er. »Dort versammelten sich die Erwachsenen, um Dorfangelegenheiten zu besprechen. Sie saßen auf langen Holzbänken. Wenn die Diskussionen langsam zu Ende gingen, hüstelte mein Vater, damit sie die Klappe hielten, und dann wurde ich gerufen. Ich stellte mich in die Mitte und sagte Monologe aus Shakespeare-Stücken auf. In meinem braven Schul-Englisch. Nicht alle verstanden die Worte, aber das spielte keine Rolle. Es war der Moment, der zählte. Das Erlebnis. Mein Vater erklärte immer, ich würde Lehrer werden und später Politiker und dafür sorgen, dass es uns allen besserginge.«

Rafael hockte noch immer nackt unter der Decke, er äußerte keinen Ton. Auch Celine blieb stumm, mit ihrem Blick hing sie an Prince' Lippen. »Wir hatten einen alten Kassettenrekorder, und mein Vater nahm meine Stimme auf. Eine Kassette mit meinen Vorträgen trug ich ständig in der Hosentasche mit mir herum. Die Hose hatte ich auch an dem Tag an, als mir zum ersten Mal im Leben ein Gewehr in die Hand gedrückt wurde, um mich zum Soldaten zu machen. Es war ungeladen. Ein uraltes, rostendes G3 aus Beständen der deutschen Armee. Zerlegen, zusammensetzen, zerlegen, zusammensetzen. Immer wieder. Bis ich Blasen an den Fingern hatte.«

Er fischte einen kleinen, mit Tabletten gefüllten, Zellophanbeutel aus seiner schwarzen Baggyhose und reichte jedem von ihnen eine. Celine schluckte sie sofort, Rafael zögerte erst, dann folgte er ihrem Beispiel.

»Pillen hab ich damals auch gekriegt«. Prince nickte. »Erst gab es Jelly Beans, dann gab es Kugeln. Gewehr laden. Zielen. Schießen. Auf Bäume, Sperrholzplatten, Wahlplakate, auf alles Mögliche. Dann auf Tote, die man aufsetzte und an Hauswände lehnte. Sahen aus, als würden sie nur eine Pause einlegen. Ich zwang mich, nicht mehr an meine Zukunft als Politiker und an meine Familie zu denken, ich würde sie ohnehin nicht wiedersehen. Ich zielte und schoss. Und das machte ich so gut, dass ich eine AK 47 bekam. Die war neuer und besser. Auch neue Klamotten bekamen wir. Kurze grüne Armeehosen, T-Shirts und Sportschuhe, die schon von anderen getragen worden waren. Unsere alten Sachen wurden ins Feuer geworfen. Ich sah meine Hose in den Flammen und erinnerte mich an etwas. Ich rannte hin und versuchte, die Kassette aus der Hosentasche zu retten, aber es war zu spät. Meine Shakespeare-Stimme verbrannte. Ich weinte. Es war mir peinlich, und ich achtete darauf, dass niemand es mitbekam.«

Nach einer kurzen Stille fuhr Prince fort: »Wir erhielten Marschbefehl. Unser Korporal sagte, es würde eine bedeutende Prüfung auf uns warten. Wir würden stark sein müssen. Für mich würde die Prüfung besonders groß sein. Aber das wusste ich noch nicht.« Er sah von Celine zu Rafael. »Könnt ihr euch vorstellen, was da im Dschungel auf mich wartete?«

20

»Sorry, dass ich euch in die Parade fahren musste«, sagte Hauptkommissar Pit Geyer, der Mara und Rosen in sein Büro führte, wo sie an einem kleinen Besprechungstisch Platz nahmen. »Aber es gibt Dinge, die ihr erfahren solltet, ehe ihr weiter mit unserem Freund plaudert.«

Sein Blick suchte Mara. »Ich war nie ein Freund davon, dass jede Abteilung nur ihr eigenes Spielfeld beackert. Das ist für mich Steinzeit, wir müssen die Kooperation sogar noch weiter intensivieren. In diesem Sinne, besten Dank für die Unterstützung, Kollegin.«

»Immer gern.«

»Und wir sind da an etwas Großem dran. Erst waren es nur vage Verdachtsmomente, aber aktuelle Informationen lassen Thilo Heckmann in neuem Licht erscheinen.«

»Welche Informationen?«, fragte Mara.

Geyer sprach leiser, eindringlicher: »Wir haben Heckmann offenbar falsch eingeschätzt. Eher durch Zufall haben sich Hinweise verdichtet, dass er über seine Aktivitäten im Darknet hinaus auch Kontakt zu Leuten unterhält, die besonders großen Wert darauf legen, anonym zu bleiben, und die offenbar in Sachen Onlinekriminalität keine kleinen Fische sind.«

»Deswegen habt ihr Heckmann auf einmal so intensiv überprüft«, schloss Mara.

In Pit Geyers Gesicht zuckte ein Muskel. »Sie wissen davon?« Er sah kurz zu Rosen und gleich wieder zu Mara. »Es wäre mir lieber gewesen, wenn dieses Detail …«

»Das glaube ich Ihnen gern«, unterbrach Mara ihn. »Aber ich kann mit Geheimnissen umgehen, keine Sorge.«

»Rosen, haben Sie unserer Kollegin auch von dem Server auf deutschem Boden berichtet?«

Rosen nickte und berichtigte mit üblicher Beflissenheit: »*Wahrscheinlich* auf deutschem Boden.«

Sein Vorgesetzter schüttelte den Kopf. »Nein, mit absoluter Sicherheit. Deshalb sitzen wir hier und reden. Mir ist noch nicht ganz klar, wie tief Heckmann mit drinsteckt, aber ihr beide müsst Folgendes wissen: Wir bereiten den Zugriff vor.«

»So weit sind wir schon?«, kam es überrascht von Rosen.

Geyer nickte entschlossen.

»Ich will dabei sein«, forderte Mara.

Der Hauptkommissar sah sie zweifelnd an. »Ich weiß nicht, ob das noch möglich ist.«

»Ich werde es möglich machen«, erwiderte sie.

Der Motor des Alfas röhrte, die Landschaft flog links und rechts vorbei. Im Rückspiegel wurden die Bankentürme der Stadt immer kleiner. Klimmt war knurrig gewesen wie eh und je, aber letztlich hatte er ihre Teilnahme an dem Einsatz abgesegnet. Pit Geyer hatte ebenfalls keine Einwände. Allerdings hatte Maras Anwesenheit dazu geführt, dass auch er selbst dabei sein wollte. Und so saß er nun auf dem Beifahrersitz, die Ruhe in Person, und telefonierte ab und zu mit den Kollegen, die die letzten Schritte vor dem Zugriff vorbereiteten.

Dass Rosen in Frankfurt zurückblieb, war nicht explizit zum Ausdruck gebracht worden. Nach ihrer kurzen Besprechung hatten sie sich lediglich in stillschweigendem Einverständnis getrennt, damit er dafür sorgen konnte, dass Thilo Heckmann wieder in seine Zelle in der Untersuchungshaft gebracht werden konnte.

Nun war es beinahe schon dunkel. Bürokratie war zeitraubend, aber Mara gab sich Mühe, dass sie aufholten. Sie schaffte die Strecke unter einer Stunde, was Geyer zu einem anerkennenden Nicken verleitete. Sie ließ sich von ihrem Navi auf eine Landstraße dirigieren. Gleich darauf fuhren sie direkt auf das Städtchen zu, das sich nach ein paar engen Kurven fast überfallartig aus der malerischen Gegend mit Feldern, sanften Hügeln und dunklen Wäldern schälte.

»Willkommen in Lauterbach«, meinte Mara. Ihre Augenbraue hob sich. »Nicht gerade der Ort, an dem man eine Schaltzentrale für moderne Onlinekriminalität erwarten würde.«

»Falls unsere Informationen sich als richtig herausstellen«, gab Geyer zu bedenken. »Am besten nehmen Sie den öffentlichen Parkplatz dort hinten. Die letzten Meter können wir zu Fuß zurücklegen.«

»Zu Befehl«, sagte Mara mit lässiger Ironie. Sie fühlte sich gut. Der anstehende Einsatz schien sie nicht zu besorgen, sondern etwas Befreiendes zu haben. Beim Aussteigen nahm sie ihr Handy. Sie stellte fest, dass Nordin mehrfach versucht hatte, sie zu erreichen, und ihr eine Nachricht geschickt hatte, die sie nur überflog. Tatsächlich, es hatte was für sich, nicht über den Schweden nachdenken zu müssen, sondern die ganze Aufmerksamkeit etwas anderem zu widmen.

Verwinkelte Gassen, Kopfsteinpflaster, viel Fachwerk, keine Passanten und kein Pkw-Verkehr. Tiefe Stille lag über Lauterbach, einer Kleinstadt am nordöstlichen Rand des Vogelbergs, ganz in der Nähe von Fulda. Der Kontrast zu Frankfurt hätte wirklich kaum größer sein können.

Die Straßenbeleuchtung kam hier spärlich zum Einsatz und half nur wenig angesichts der sich nun endgültig herabsenkenden Finsternis. Nach wie vor war es beinahe heiß: Mara schwitzte in ihrer Motorradlederjacke, auch wenn sie darunter nur ein T-Shirt trug. Auf Geyers Stirn schimmerten ebenfalls Schweißtropfen, und das sicher nicht allein wegen der Temperatur.

»Wir beide werden nicht in vorderster Reihe mitspielen«, stellte er erst jetzt klar, als sie nebeneinander eine enge Gasse durchquerten.

»Zurückhaltung liegt mir nicht so sehr.«

Er lächelte schmal. »Ich hab schon einiges über Sie gehört, deshalb sage ich es lieber unmissverständlich: Das war kein Diskussionspunkt, sondern eine dienstliche Anweisung.«

»Zu Befehl«, wiederholte Mara nur.

»Sie gehören nicht zu meiner Abteilung. Ich will unter allen Umständen verhindern, dass ausgerechnet Sie hier in einer Situation landen, die … na, Sie wissen schon.«

»Erwarten Sie denn eine Situation, die … na, Sie wissen schon?«

»Ganz und gar nicht«, erwiderte er überzeugt.

Gleich darauf erreichten sie den verabredeten Treffpunkt, wo Geyers Leute sie bereits erwarteten. Hinter einer kleinen Bankfiliale hatten sie eine optimale Sicht auf ein ebenfalls kleines, zweistöckiges Wohnhaus, das mit seiner Fachwerkfront, dem buttergelben Anstrich und dem Schindeldach perfekt mit der Nachbarschaft verschmolz.

Nach einer kurzen Teambesprechung näherte sich die Truppe dem Gebäude: vier Beamte, die auf den Haupteingang zugingen. Nur Mara und Geyer hielten sich zurück.

Das surrende Geräusch einer Wohnungsklingel zerschnitt die Stille des Abends. Leiser und etwas länger ertönte der Türsummer. Die Männer verschwanden einer nach dem anderen im Haus, in dem lediglich ein Fenster erleuchtet war.

»Wie sicher sind wir, dass sich nur zwei Personen im Gebäude aufhalten?«, fragte Mara, deren Flüstern nun doch ihre Anspannung verriet.

»Sehr sicher«, gab Geyer unverändert überzeugt zurück. Er wirkte konzentriert und ruhig, was Mara gefiel.

Langsam bewegte sie sich ein Stück weiter nach rechts, die Sohlen ihrer Chucks verursachten keinen Laut auf dem Kopfstein.

»Wohin?«, zischte Geyer, ohne sich nach ihr umzudrehen, den Blick weiter auf das Haus gerichtet.

»Ich will die Rückseite im Auge behalten.«

»Nicht nötig. Es gibt keinen Hinterausgang. Niemand rechnet mit uns. Außerdem sind das keine Gewaltverbrecher. In einer halben Minute ist alles vorüber, und wir haben zwei Festnahmen.«

»Hoffentlich.«

»Bleiben Sie in meiner Nähe«, verlangte er leise. Doch Mara legte noch ein paar Schritte mehr zurück, verließ aber nicht den Parkplatz, auf dem eine Hecke Deckung bot.

Plötzlich peitschten Schüsse auf. Jemand schrie. Weitere Schüsse. Schreie. Mara zog ihre Pistole aus dem Hüftholster.

Sie hörte, wie ein Fenster aufgerissen wurde. In der Dunkelheit nahm sie einen Schatten wahr, der sich auf ein Fenstersims schob und zum Sprung ansetzte.

Ein Fehler!, dachte sie. *Die Rückseite!*

Sie rannte los.

»Billinsky!«, hörte sie hinter sich Geyer rufen.

Der Schatten flog durch die Luft und landete geschmeidig auf der Grasfläche, die sich hinter dem Gebäude bis zu einem Lattenzaun erstreckte. Dahinter verlief ein Fußweg, außerdem begann der Wald.

Mara beschleunigte, die Augen auf den Schatten gerichtet, der über den Rasen hinwegstürmte und über den Zaun glitt. Sie blieb dran, überwand ebenfalls die windschiefen Latten und sprintete auf die schwarze Wand aus Bäumen zu, zwischen denen die flüchtende Gestalt verschwand.

Schneller!, sagte sie sich.

Sie ließ sich ihrerseits vom Waldrand schlucken. Ihre Lungen brannten, sie fühlte das Adrenalin durch ihren Körper rasen. Wie aus dem Nichts ragte der Schatten vor ihr auf. Eine blitzschnelle Bewegung, das Funkeln einer Klinge.

Mara schrie überrascht auf, ihre Stimme unwirklich schrill. Sie versuchte auszuweichen, doch die Klinge drang ins Leder ihrer Jacke ein.

21

Prince Bangura hatte aus der Seitentasche seiner Baggyhose eine Halbliterflasche mit einem Energydrink gezaubert, die sie kreisen ließen. Celine lehnte sich an ihn, völlig entspannt, fast entrückt. Rafael, inzwischen angezogen, saß weiterhin in seiner Sofaecke. Er fühlte sich seltsam leicht, nicht euphorisch, aber doch in einem Zustand glücklicher Gelassenheit.

»Die Kassette mit meiner schönen Stimme, die Shakespeare zitierte«, meinte Prince gewollt theatralisch. »Ein Opfer der Flammen. Auch eine Tragödie. Allerdings eine wahrhaftige, keine Dichtung.«

»Die Prüfung«, erinnerte ihn Celine. »Welche Prüfung hat auf dich gewartet?«

»Or have we eaten on the insane root that takes the reason prisoner?« Prince lachte auf. »Wisst ihr, was das heißt?« Er trank einen Schluck und sagte mit tiefer Bühnenstimme: »Oder haben wir von der Wurzel des Wahns gegessen, die den Verstand gefangen nimmt?«

»Erzähl weiter, Prince, bitte!« Celine drückte sich dicht an ihn.

»*Eine* Prüfung? Es waren Hunderte!« Er seufzte. »Ich musste nicht mehr auf Tote schießen, um ein guter Schütze zu werden. Sondern auf Lebende, um ein guter Mörder zu werden. Aber im Krieg spricht man von Gefallenen, nicht von Ermordeten. Und bei Völkermord drückt man gern beide Augen zu, und zwar den Toten.« Er verteilte noch weitere Tabletten, und Rafael und Celine griffen zu. »Wenn man Pillen schluckt, geht alles leichter. Vor allem das Töten.«

Nach einer Stille nickte Prince feierlich, dann fuhr er fort:

»Wir schossen, was das Zeug hielt. Wir machten Witze und gaben uns High fives. Wir schlenderten durch ausgebrannte Dörfer wie Typen in einem Hollywoodfilm, qualmende Waffe in der Hand, Zigarette im Mundwinkel. Ich hatte alles vergessen. Meine Familie, meine Zukunftswünsche. Mein altes Leben holte mich nicht einmal in Träumen ein. Ich war ein neuer Mensch. Eine vierzehnjährige Tötungsmaschine. Verdammt stolz war ich auf mich. Und dann kam sie, die schwerste Prüfung von allen. Der Zufall führte Regie. Oder der Teufel, wer weiß das schon?«

»Was ist passiert?« Nun war es Rafael, der fragte.

»In einem der Dörfer wurden Gefangene zusammengetrieben. Frauen, Männer, alte, junge. Es waren Flüchtlinge, die aus allen Richtungen an genau diesem Flecken gelandet waren, den unsere glorreiche Rebellenarmee schon besetzt hatte. Da waren sie, all diese Leute, die in Todesangst wimmerten, zitterten, sich einpissten, vor uns auf die Knie fielen. Wir mussten uns in einer Reihe aufstellen. Ein mit Pillen zugedröhntes Erschießungskommando mit einem Durchschnittsalter von vielleicht fünfzehn Jahren. Ich stand ziemlich genau in der Mitte der Reihe. Wir schoben die Magazine in die Gewehre. Klick, klick, klick! Das kann ich heute noch hören. Ich spähte in die Menschenmenge und wurde vom Blitz getroffen.«

Prince machte eine Pause und trank einen großen Schluck. »Ich erkannte einige der Menschen, die dort um ihr Leben bettelten. Sie waren alle da. Meine Mutter, meine Schwester, mein Vater, der immer gehüstelt hatte, damit alle in unserem Dorf still waren und meiner Shakespeare-Stimme lauschen konnten.«

Fassungslos starrten Rafael und Celine ihn an.

»Die Wurzel des Wahns, die den Verstand gefangen nimmt.« Prince lachte plötzlich auf, dieses irre Lachen, das manchmal mit einer jähen Heftigkeit aus ihm drang und sofort wieder verklang. Er starrte die nackte Wand an. »Es kam der Befehl, das Gewehr anzulegen.«

22

Mara Billinsky reagierte.

Ohne einen klaren Gedanken fassen zu können. Rein intuitiv.

Alles spielte sich in Sekundenbruchteilen ab und kam ihr doch eigenartig langsam vor, wie in Zeitlupe.

Erneut das Blitzen der Klinge, die sich im dicken Leder ihrer Jacke verfangen hatte.

Ein zweiter Stoß.

Sie konnte ausweichen, schlug im selben Moment mit dem Griff ihrer Pistole zu, verfehlte den Kopf des Mannes, der deutlich größer als sie war. Sein Atem wehte ihr ins Gesicht. Sie roch seinen Schweiß, schlug noch einmal zu. Er stieß einen erstickten Schrei aus, sank in die Knie und fiel auf den Waldboden.

Mara keuchte, versuchte sich zu sammeln, wollte *Hierher!* rufen, doch ihre Stimme war weg. Erst jetzt wurde ihr bewusst, dass keine Schüsse mehr fielen. Sie bückte sich, ergriff das Springmesser mit der gut zehn Zentimeter langen Klinge und behielt es in der linken Hand, während sie mit rechts weiterhin die Pistole fest umschloss. Noch immer rang sie nach Atem.

Die Geräusche eiliger Schritte ertönten, Pit Geyer und ein weiterer Kollege tauchten auf.

»Billinsky!«

Erleichterung spiegelte sich in Geyers Gesicht wider. Beide Männer starrten den bewusstlos am Boden liegenden Fremden an.

»Ist er tot?«, fragte Geyer.

»Er hatte eine kleine Verschnaufpause nötig«, erwiderte

Mara, froh über das bisschen Ironie, das sie zusammenkratzen konnte.

»Dafür ist der zweite Mann tot.«, erklärte Geyer. »Er hat eine Pistole gezogen und auf uns geschossen. Aber unsere Jungs sind alle okay. Sie auch, hoffe ich?«

Mara hielt das Messer hoch, Geyer nahm es entgegen. »Gut, dass der Typ nicht auch eine Schusswaffe hatte«, murmelte er.

»Genau daran hab ich gerade denken müssen.« Sie wandte sich ab.

Dann hättest du keine Chance gehabt, sagte sie sich. Die Erkenntnis entfaltete sich mit einer dumpfen Wucht in ihrem Kopf. Dann wäre es *aus* gewesen.

Ihre Knie wurden weich. Es war gewiss nicht die erste lebensgefährliche Situation gewesen, in die sie unversehens geraten war, aber es fühlte sich immer wie beim ersten Mal an.

Sie atmete tief ein und wieder aus, starrte in den Wald. Die Narbe auf ihrer Wange, beigefügt mit einem Gasanzünder in einer ähnlichen Extremsituation, begann zu jucken. So war es immer. Sie strich mit den Fingerkuppen sanft darüber, wie um sich zu beruhigen.

Geyer trat neben sie. »Ich hätte es nie für möglich gehalten, dass wir heute in eine Schießerei geraten.«

»Surprise, Surprise«, gab sie mit verhaltener Stimme zurück.

»Chef, der Kerl kommt zu sich«, rief der zweite Beamte Geyer zu, der sich gleich zu ihm gesellte.

»Dann wollen wir doch mal sehen, wen wir da haben.«

Mara ließ sich noch einen langen Moment Zeit, ehe sie sich wieder umdrehte. Auch die übrigen Beamten tauchten auf.

Der Mann, der sie mit dem Messer angegriffen hatte, kam auf die Beine. Aus einer Platzwunde seitlich am Kopf drang Blut. Ihm wurden Handschellen angelegt. Er war jung, nicht mal Mitte zwanzig, wie sie schätzte, sportlich gekleidet und hatte ein ähnliches Ziegenbärtchen wie Thilo Heckmann.

Mara sicherte ihre Waffe, um sie ins Holster zu schieben.

Ihre Knie fühlten sich nicht mehr ganz so weich an. Ihre Narbe juckte allerdings noch heftig. Sie befühlte das Loch, das die Messerklinge in ihrer geliebten Jacke hinterlassen hatte. Der Himmel über den Wipfeln der Bäume war sternenklar, die Hitze hatte nachgelassen, es wehte sogar ein leichter, angenehmer Wind.

»Ein wirklich schöner Abend«, stieß Mara leise aus, ein bitteres Lächeln auf den Lippen.

23

Prince Bangura setzte seine Sonnenbrille auf, obwohl nur die Flamme eines Kerzenstummels für ein wenig Helligkeit sorgte. Die Nacht war weit vorangeschritten.

Rafael und Celine tauschten einen kurzen, unauffälligen Blick aus.

Die Worte, mit denen Prince sie alle drei in seine Vergangenheit gezogen hatte, hingen noch in der Luft. Der bisher letzte Satz war wie mit Händen zu ergreifen.

Es kam der Befehl, das Gewehr anzulegen.

Celine leerte die Flasche mit dem Energydrink. Die Stille sorgte für Verlegenheit, jedenfalls ging es Rafael so.

Nach einer Weile nahm Prince die Brille wieder ab. Er musterte Rafael und legte ihm den Arm einnehmend um die Schultern, wie er es oft tat. »Wo waren wir vorhin?«, fragte er. »Ah ja, bei der Wurzel des Wahnsinns. Wie nah bist du ihr schon gekommen, Rafael? Na, wie sieht's aus?«

Rafael senkte den Blick.

»Manchmal wird man vom Leben gezwungen, eine Entscheidung zu treffen. Dann heißt es hopp oder top, Leben oder Tod. Und man steht da, es gibt keinen Ausweg, und man macht sich fast die Hosen voll.«

Rafael sah wieder auf, Prince nickte ihm aufmunternd zu. »Manchmal hat man keine andere Möglichkeit, als einen knallharten Cut zu machen. Man muss sich aus dem Leben, das man kannte, wie mit einer Machete rausschneiden.« Er strich durch Rafaels Haare, beinahe so sanft wie zuvor Celine, als Rafael und sie zu zweit gewesen waren. »Was ist das Leben, das du kennst, Bruder?«

Rafael zuckte mit den Achseln.

»Na los, rede schon.«

»Da gibt es nicht viel zu erzählen«, meinte Rafael schüchtern.

»Und bei dir, Celine?«

»Es gibt dich, Prince.«

Er lachte auf. »Das war die richtige Antwort.« Wie zuvor fiel sein Blick auf Rafael. »Wen gibt es in deinem Leben? Außer Celine und mir?«

»Nicht so viele.« Achselzucken. »Meine Mutter, schätze ich.«

»Na klar, die Mama. Wohl dem, der eine Mama hat. Was macht sie?«

Rafael schaute an Prince vorbei. »Sie rackert sich ab. Reibt sich auf. Kleine Nebenjobs für die Miete, die Rechnungen.«

»Steck ihr mal ein paar Scheine zu. Ich geb dir doch genug.«

»Mach ich.«

»Hast du keine Freunde außer uns?«

»Na ja, vielleicht Hanno.«

»Hanno?« Prince lachte. »Ist das ein Hund?«

Celine kicherte.

»Er ist schon ziemlich alt. Ein Sozialarbeiter. Hat mir viel Scheiße vom Hals gehalten.«

»Anscheinend ein guter Mann.«

»Ja, das ist er wirklich.«

»Das klingt nach einem einsamen Leben. Gut, dass du mich gefunden hast. Und Celine natürlich.«

»Und dann ist da noch Mara«, meinte Rafael. Er hatte die Worte gar nicht aussprechen wollen, ihr Name sollte nicht hier erwähnt werden, das sagte ihm ein unbestimmtes Gefühl. Aber er war ihm einfach über die Lippen gerutscht.

»Mara?«, fragte Prince. »Wer ist Mara?«

24

Mara kam erst spät in der Nacht nach Hause. Nordin lag in ihrem Bett, als gehörte er hierher. Er wachte in dem Moment auf, als sie das Schlafzimmer betrat.

»Schlaf weiter«, raunte sie ihm zu. Sie wusste nicht, ob sie erleichtert oder enttäuscht war, als nur Sekunden später wieder tiefe Atemzüge zu ihr drangen.

Wie immer nach einer extremen Situation voller Gefahr und Adrenalin war sie hin- und hergerissen zwischen dem Wunsch nach Nähe und dem Drang, allein sein zu müssen, zwischen aufgekratzt und erschöpft.

Sie schlüpfte leise aus Jacke, T-Shirt und Jeans und schlich ins Wohnzimmer, wo sie sich auf den Boden setzte, in der Hand ein Glas Rotwein, umgeben von Dunkelheit und Stille. An Schlaf war nicht zu denken. Erst in den frühen Morgenstunden nickte sie doch ein, den Rücken ans Sofa gelehnt, die Beine ausgestreckt, das Glas neben sich leer.

Nach der Morgendämmerung entlud sich über Frankfurt ein Gewitter, das sie weckte. Sie erhob sich steif, ging ins Bad und stellte sich unter die Dusche. Frische Klamotten aus dem Schrank, eine schnelle Tasse pechschwarzen Kaffee im Stehen in der Küche.

Nordin schlief noch immer. Oder tat er nur so?

Als Mara das Haus verließ, stieg schon wieder Hitze auf, wühlte sich in die Häuserschluchten, machte die Luft schwer und klebrig. Über einem Ramones-T-Shirt trug sie heute eine zerschlissene Jeansjacke in verblichenem Schwarz.

Rosen erwartete sie beim Kaffeeautomaten, ihrem alten Stammplatz. Er hatte noch das Pflaster am Kopf, trug ein bordeauxfarbenes T-Shirt und zeigte eine besorgte Miene. »Geyer hat mich über alles informiert«, sagte er und schob eine Münze in den Schlitz. »Wie geht's dir?«

»Bestens«, antwortete sie aus dem ständigen Impuls heraus, bloß nie eine Schwäche zu zeigen, und zuckte betont gleichmütig die Achseln.

»Hast du schlafen können?«

»Wie ein Stein.«

Er taxierte sie zweifelnd. »Wenn ich in solchen …«

»Danke dir, den kann ich jetzt brauchen«, unterbrach sie ihn und nahm ihm den Becher aus der Hand.

Er entgegnete nichts und zog sich einen zweiten Kaffee aus dem Automaten. Nach dem ersten Schluck sagte er: »Der Mann, der gestern ums Leben gekommen ist, hieß Kevin Friedrich. Er war ein begabter Musterschüler. Einer Karriere im IT-Bereich stand nichts im Wege, außer der Verlockung, im Darknet noch schneller noch mehr Geld zu machen als in einem Unternehmen. Wir gehen davon aus, dass er der Haupttäter ist. Also, war.« Rosen, der schon seit fünf Uhr morgens im Dienst war und alle Ergebnisse aus der Nacht aufgearbeitet hatte, fügte noch einige Details hinzu.

»Der zweite Mann, also derjenige, den du, äh, verhaftet hast …«

»Schöne Umschreibung«, warf sie beiläufig ein.

»… ist Friedrichs jüngerer Bruder. Er heißt Michael. Ähnlicher Werdegang wie bei Kevin. Auch sehr talentiert. Auch mit vielversprechender Zukunft. Auch abgetaucht, bevor die Karriere Fahrt aufnehmen konnte, um sich im Darknet auf dubiose Geschäftspraktiken zu konzentrieren.«

»Wo befindet er sich jetzt?«

»Er hat eine Gehirnerschütterung, und sein Anwalt hat ihn vorerst für vernehmungsunfähig erklären lassen.«

»Das heißt, wir konzentrieren uns erst mal wieder auf Thilo Heckmann.«

»Falls du Zeit hast«, meinte Rosen anspielungsreich. »Klimmt hat schon das ganze Gebäude nach dir durchkämmt.«

»Er hat mich auch ein paarmal angerufen.« Mara verzog den Mund. »Kein Wunder, er will Fortschritte im Mordfall Femke de Jong sehen.«

»Falls du keine Zeit für Heckmann hast …«

»Heckmanns Kompagnon hat mich fast abgestochen«, fiel sie ihm ins Wort: »Die Zeit nehme ich mir.«

Wenige Minuten später waren sie wieder im selben Verhörraum wie gestern, diesmal allerdings waren sie zu viert, da Heckmann mittlerweile über juristischen Beistand verfügte, einen staubtrocknen Rechtsanwalt namens Keller-Blume, über dessen Doppelnamen Mara schon mehr als einen Witz gemacht hatte.

»Ich möchte noch einmal unterstreichen«, begann Keller-Blume sofort, »dass es keine Grundlage gibt, meinen Mandanten weiterhin festzuhalten. Den Umstand der versuchten Körperverletzung …«

»Versuchten?« Mara grinste ihn herausfordernd an.

»Wie auch immer, diesen Umstand haben wir eingeräumt, aber eine Fluchtgefahr besteht keineswegs, denn …«

»Und ob die besteht«, unterbrach ihn Mara erneut und ließ sich auf ihren Stuhl fallen.

Rosen nahm ebenfalls Platz. Er betätigte den Rekorder und sprach die bei Aufnahmen üblichen einleitenden Worte hinsichtlich Datum, Uhrzeit und anwesenden Personen. Ohne Übergang setzte er hinzu: »Es ist uns gestern Nacht gelungen, einen Server sicherzustellen.«

Der Anwalt und sein Mandant wechselten einen Blick.

»Ich bin keine Expertin, aber das ist ein Server von gewaltigen Kapazitäten«, nahm Mara den Faden auf. »Unsere Kollegen werden ihre helle Freude daran haben, das Ding auseinanderzunehmen. Sie, Herr Heckmann, allerdings weniger.«

Aus Heckmanns Gesicht wich die Farbe. Wieder suchte er

Blickkontakt zu Keller-Blume. »Das sind neue Entwicklungen, über die …« begann der Jurist, kam aber nicht weit.

»Das Beste hab ich noch gar nicht verkündet.« Mara grinste erneut auf ihre typisch herausfordernde Art. »Wir haben einen Mann festnehmen können, der Ihnen bekannt ist. Michael Friedrich. Er hat eine Beule, die größer ist als die meines Kollegen hier, und wir werden ihn uns vornehmen. Das hätten wir auch gern mit seinem Bruder getan, aber Kevin Friedrich kam auf die großartige Idee, sich dem Zugriff zu widersetzen, und wurde dabei getötet. Zuvor hat er auf Beamte geschossen. So was macht keiner, der nur Lappalien zu vertuschen hat.«

»Etwaige Gesetzesübertretungen der Brüder Friedrich haben keine Relevanz für meinen Mandanten.«

»Das hätte Ihr Mandant wohl gern«, rief Mara mit schneidender Stimme.

»Wir gehen davon aus«, übernahm Rosen betont sachlich, »dass die Friedrichs als Betreiber des erwähnten Servers fungiert haben. Aufgrund der engen Verbindung Ihres Mandanten zu den Brüdern gehen wir außerdem davon aus, dass Ihr Mandant nicht nur von den Aktivitäten gewusst, sondern diese tatkräftig unterstützt hat.«

Thilo Heckmann saß regungslos, mit hängenden Schultern und gesenktem Kopf auf seinem Stuhl.

»Und es wäre echt besser für Ihren hochgeschätzten Mandanten«, sprach Mara mit bohrendem Blick weiter, »genau jetzt seine verdammte Klappe aufzumachen. Seit gestern sieht es nicht nur für Michael Friedrich schlecht aus, sondern auch für ihn.«

»Herr Heckmann«, schaltete sich wieder Rosen mit einfühlsamer Stimme ein, »Sie sind doch eigentlich kein *Verbrecher*. Ich meine, Sie gehören nicht zu denen, die Polizeibeamte mit tödlichen Waffen angreifen.«

»Thermoskannen lassen wir mal außen vor«, bemerkte Mara lässig.

Rosen wurde rot, sprach aber unverändert ruhig weiter: »Herr Heckmann, je länger Sie schweigen, desto mehr verschlechtern Sie Ihre eigene Situation.«

Heckmann sank ein wenig tiefer in sich zusammen. Sein Anwalt flüsterte ihm etwas ins Ohr, doch er schien nicht darauf zu achten.

Mara verständigte sich durch einen raschen Blick mit Rosen. Sie waren ganz nah dran. Würde der Kerl einknicken?

25

Es war irgendwann in den Nachmittagsstunden. Sonnenschein, brütende Hitze. Prince Bangura und Rafael Makiadi schlenderten nebeneinander die Straße entlang und drängten sich dabei durch die Menge. Celine hatten sie zurückgelassen.

Sie waren auf dem Weg zu einer im gesamten Viertel beliebten türkischen Bäckerei, um sich einen Mokka zu gönnen und Fladenbrot und Baklava zu besorgen.

Ein Handyton erklang. Sofort hatte Prince sein iPhone am Ohr. »Gibt's was Neues?« Seine Stirn furchte sich. »Was? Das gibt's doch nicht!« Seine Miene wurde noch ernster. Er grummelte etwas in seiner Heimatsprache, was nur vorkam, wenn er zornig war. »Wir müssen aufpassen. Haltet mich auf dem Laufenden, okay?«

Das Gespräch war vorbei, das Handy verschwand wieder in der Hosentasche

»Schlechte Nachrichten?«, erkundigte sich Rafael.

»Die Wurzel des Wahnsinns«, ging Prince nicht auf die Frage ein. »Weißt du noch?«

»Na klar.«

»Nimm dich vor ihr in Acht, Bruder. Oder noch besser, freu dich auf sie. Warte, bis sie dich erwischt, und ergib dich ihr. Sie ist die Einzige, der du dich ergeben darfst.« Abrupt blieb er stehen.

Rafael hielt ebenfalls an.

»Versprichst du mir das?«

Automatisch nickte Rafael.

»Sag Ja«, forderte Prince.

»Ja.«

»Gut so.«

Sie setzten ihren Weg fort. »Man muss offene Ohren haben. Und man darf nichts vergessen, was man mal aufgeschnappt hat. Schließlich kann man nie wissen, wozu es irgendwann gut sein wird. Hab ich recht, Rafael?«

»Du hast recht, Prince.«

Prince stieß sein kehliges Lachen aus. »Und man muss vorbereitet sein. Ständig. Auf alles. Erwarte das Unerwartete. Schau dich mal um, Bruder. Schau dir all diese Idioten an. Sie achten auf nichts in ihrer Umgebung. Wir könnten uns ihnen ohne Mühe bis auf Zentimeter nähern und sie kaltmachen. Dabei leben sie im Dschungel.«

»Hier? Ein Dschungel?«, warf Rafael zweifelnd ein.

»Du denkst natürlich wie sie. Das hier ist die *Zivilisation*, stimmt's? Hier geht es *zivilisiert* zu. Vergiss es. Es ist in Wirklichkeit ein Dschungel, und er ist genauso unberechenbar und blutig wie meine Heimat. Als ich ein Soldat war, fühlte ich mich sicher. Unbesiegbar. Wir waren ständig high, wir schnupften sogar *Brown Brown*. Das war Koks mit Schießpulver vermischt.« Mit einem Seitenblick zu Rafael prüfte Prince die Wirkung seiner Worte, ehe er fortfuhr: »Ich lief durch ein Dorf, das wir eingenommen hatten. Ich war betrunken, *stoned*, und ich war müde. Ich ließ mich in eine Hängematte fallen und döste ein. Wird wohl mal erlaubt sein, da ist ja nichts dabei. Oder, Rafael? Stimmt's?«

»Stimmt, Prince.«

»Ein Scheiß stimmt. Als ich die Augen nämlich wieder aufschlug, stand ein Soldat der Armee neben mir und stieß mir die Mündung seines Gewehrs ins Gesicht. Meine eigene Waffe hatte er mir abgenommen, ich Trottel hatte nichts davon bemerkt. Er führte mich mit vorgehaltener Mündung zum Dorfplatz. Ich musste mich in einer Reihe mit meinen Kameraden hinstellen, die sich genauso easy hatten übertölpeln lassen wie ich. Ein Erschießungskommando marschierte heran und nahm

Aufstellung, wie wir es auch immer gemacht hatten. Aber diesmal stand ich auf der falschen Seite. Auf der Seite ohne Waffen. Du hast es nicht anders verdient, sagte ich mir, du hast gepennt, du warst nicht vorbereitet.«

Unvermittelt verstummte Prince.

»Und dann?«, fragte Rafael.

»Dann wurde ich erschossen.«

Teil 2

Warum wir uns im Dunkeln fürchten

26

Durch das übliche Gewimmel hindurch sah Mara Billinsky ihn an der Ecke Kaiserstraße stehen.

Er betrachtete sein Display, eine große Gestalt in Tanktop, langem offenem Leinenhemd, um das Hüftholster zu verstecken, Cargohose und leichten Schnürstiefeln.

Mara schob sich eilig durch die bunte Masse aus Junkies und Obdachlosen, Kleinkriminellen und unbescholtenen Menschen, die im Bahnhofsviertel arbeiteten und sich nun auf den Heimweg machten.

Es roch nach den Gemüse- und Obstauslagen vor den Läden, nach Dönerfleisch und Pizza, nach Schweiß, Urin und Benzin. Aus den Stripschuppen drangen Elektrobeats und Stimmengewirr. Vom Asphalt stieg Wärme auf.

»Bist ganz schön spät«, meinte Nordin, als sie vor ihm stehen blieb.

»Sei froh, dass ich überhaupt da bin. Ist sonst nicht meine Art, mich zu irgendwas überreden zu lassen, das Schwachsinn ist.«

»Im Stress?«

»Kann man so sagen.« Sie musste an Klimmt denken, der ihr Druck machte, an Tessa Steinberg, mit der sie zu einer weiteren Befragung verabredet war, an Thilo Heckmann, der doch noch zu einer Aussage bereit gewesen war. Und das Erlebnis in Lauterbach ließ sie noch immer nicht los. Das würde auch so bleiben, so war es jedes Mal.

Als könnte er ihre Gedanken lesen, meinte Nordin: »Letzte Nacht war es spät bei dir. Alles gut gelaufen?« Sein Akzent hob sich scharf vom monotonen Hintergrundlärm ab.

»Großartig«, erwiderte sie in sarkastischem Ton, der mögliche weiteren Fragen abwürgte. Sie hatte nicht die geringste Lust, ihn in die Details einzuweihen. Sie hatte *niemals* Lust, irgendwen an ihrem Gefühlsleben teilhaben zu lassen, wie ihr wieder einmal auffiel.

»Dann mal los.« Nordin zeigte unbestimmt in das Gewimmel ringsum. »Wo finden wir ihn?«

Mara übernahm die Führung, und es dauerte nur wenige Minuten, bis sie den Mann sahen, wegen dem sie den Weg hierher gesucht hatten: Ramon. Ein als Bettler getarnter Dieb, der immer zwischen einer Hofdurchfahrt und einem Sexshop in einer der belebtesten und verrufensten Straßen des Viertels hockte. Das dicke Sofakissen unter seinem Hintern war hoffnungslos durchgesessen. Er war klein und drahtig. Sein langes schwarzes Haar hatte er zu einem Zopf gebunden. Vor ihm war eine blecherne Keksdose platziert, in der ein paar Münzen funkelten. Aus winzigen, listigen Augen sah er ihnen entgegen.

Sie stellten sich rechts und links von ihm hin, während die Passanten an ihnen vorbeiströmten.

»Schön, dich mal wieder zu treffen, Billinsky.«

Mara nickte ihm zu und zeigte knapp zu Nordin. »Das ist mein Kollege. Hör zu, Ramon, wir sind hier, um dir ein paar Fragen zu stellen.«

»Ganz was Neues.«

»Fragen zu einem bestimmten Mann.« Mara hielt ihm einen Zwanzigeuroschein hin. Er nahm ihn entgegen und ließ ihn wortlos in der Brusttasche seines speckigen Karohemds verschwinden. »Es geht um jemanden, über den du uns schon einmal gute Tipps geben konntest. Einen Mann ohne Namen. Ohne Gesicht. Ohne Geschichte.«

Ramon kicherte. Er war einer der wenigen Spitzel, über die Mara verfügte – aber einer der besten, die es im Viertel gab. »Du hast keinen Erfolg gehabt, Billinsky, was? Tja, er ist entwischt. Zu clever für euch.«

»Dir ist also klar, um wen es geht«, kam es von Nordin, doch Ramon beachtete ihn nicht, sondern ließ den Blick entspannt über die Menge wandern. »Billinsky, du weißt genau, ich mag es nicht, wenn du nicht allein zu mir kommst. Wir haben ein besonders vertrauensvolles Verhältnis. Dabei sollte es auch bleiben.«

Mara machte nicht den Fehler, darauf einzugehen. »Bleiben wir bei dem Mann ohne Namen.«

Ramon winkte ab. »Und du denkst wirklich, da reichen zwanzig Euro?«

»Du wirst immer gut von mir versorgt, und dabei wird es bleiben, keine Bange. Wir wollen wissen, wann der Mann aus Frankfurt abgehauen ist.«

»Im Viertel wird er Polaris genannt. Der Nordstern. Weil er aus dem Norden stammt, wohl aus Skandinavien.«

»Das ist uns längst bekannt.«

»Mehr weiß ich nun mal nicht über ihn. Aber du offensichtlich auch nicht, Billinsky. Wie gesagt, er ist zu clever für die Bullen.«

Nordin brummte unwirsch auf.

»Wann ist er abgehauen?«, wiederholte Mara. »Und wohin?«

Ramon kicherte vor sich hin.

Nordin schob sich näher an ihn heran und beugte sich mit drohendem Blick zu ihm herunter. »Sie hat dich was gefragt! Also raus damit!«

Zum ersten Mal sah Ramon ihn an, allerdings wirkte er nicht sonderlich eingeschüchtert. Er brachte sogar ein freches Grinsen zustande. »Wer behauptet denn, dass er von hier verschwunden ist?«

Zu wenig Zeit und zu viele Fronten, an denen sie kämpfte. Mara kannte das, es trieb sie sogar auf besondere Weise zusätzlich an, doch diesmal war es wirklich verdammt schwer.

Zurück im Präsidium, teilte sie ihrem Kollegen Patzke pflichtschuldig mit, dass eine Befragung anstand, von der sie sich einiges versprach. Er machte jedoch keinen enthusiastischeren Eindruck als zuletzt, was ihr nur recht war. Zeitweise hatte es ihr gutgetan, ihrem Einzelgängercharakter entgegenzuwirken und mit Rosen ein Gespann zu bilden. Aber es gab eben nur *einen* Rosen, und sie sehnte den Tag keineswegs herbei, an dem Klimmt ihr einen neuen Teampartner präsentieren würde.

Mara saß auf ihrem Drehstuhl und versuchte Ordnung zu schaffen, sowohl in dem Chaos auf dem Schreibtisch als auch in ihrem Kopf. Sie war noch dabei, abermals die Stichworte zu überfliegen, die sie sich nach dem Gespräch mit Adelheid Ginzek aufgeschrieben hatte, als ihre Besucherin eintraf, sich vor die Trennwand stellte und alles mit skeptischem Blick beäugte.

»Das ist also Ihre Schaltzentrale, Frau Kommissarin«, sagte Tessa Steinberg mit einer Mischung aus Spott und Enttäuschung.

»Nehmen Sie Platz.« Mara deutete auf einen chromgefassten Besucherstuhl.

»Kein dunkler Verhörkerker mit einer Lampe, mit der sie mir ins Gesicht strahlen, um mich zu blenden? Keine Spiegelwand?«

»Das kommt dann beim nächsten Mal«, meinte Mara trocken.

»Ich bestehe darauf«, behielt Tessa Steinberg ihren Spott bei. »Falls es ein nächstes Mal gibt. Ganz ehrlich, war es wirklich notwendig, mich hierher zu bestellen? Wir hätten uns auch spontan sehen können, wenn Sie noch Fragen zu Femke haben.« Sie setzte sich, ihr Pferdeschwanz wippte. Wieder trug sie Slipper und Stoffhosen, dazu ein sommerlich leichtes Oberteil, alles in hellen, dezenten Farben.

»Ich habe Fragen zu Ihrer Person.«

»Schon wieder?« Ein abfälliges Rollen der Augen. »Sie sollten nicht mit mir Ihre Zeit vertrödeln, sondern langsam Fortschritte bei den Ermittlungen machen.« Weniger forsch setzte sie hinzu: »Wenn Sie meine offene Meinung hören wollen.«

»Nein, will ich nicht«, entgegnete Mara gelassen. »Aber ich will hören, warum Sie mir einen entscheidenden Punkt verschwiegen haben. Nämlich den Umstand, dass Sie eine Liebesbeziehung mit Frau de Jong unterhalten haben.«

»Was soll daran entscheidend sein?«

»Darüber werden wir reden.«

»Nein, werden wir nicht. Das ist eine Privatangelegenheit.«

Mara taxierte sie. »Und Mord? In Ihren Augen auch eine Privatangelegenheit?«

»Wollen Sie mich provozieren?«

Mara lehnte sich zurück. Ruhig fragte sie: »Warum haben Sie es nicht erwähnt?«

»Weil es nichts mit Femkes Tod zu tun hat.« Ihre auffallend starken Unterkiefer mahlten.

»Das Ende der Beziehung hat Ihnen zugesetzt, nicht wahr?«

»Nicht besonders.«

»So sehr zugesetzt, dass die Trennung der Grund für Ihre Auszeit war.«

»Na und?«, blaffte Tessa Steinberg. »Haben Sie derart wenige Verdächtige ermitteln können, dass Sie jetzt etwas vollkommen Abwegiges konstruieren wollen?«

»Ich konstruiere nichts, ich stelle Fragen.«

»Fragen, die zu nichts führen.«

»Es sind die Antworten, die zu etwas führen sollen«, sagte Mara in hartem Stakkatoton. Nur um dann auf geradezu beiläufige Art ein einziges Wort hinzuzufügen: »Eifersucht.«

»Bitte?«

Die beiden Frauen funkelten sich über den Schreibtisch hinweg an.

»Das ist kein sensationell neues Motiv, aber Sie ahnen nicht, wie oft Eifersucht in Tötungsdelikten eine Rolle spielt.«

»Ich war nicht eifersüchtig«, erwiderte Tessa Steinberg mit

ebenso harter, metallischer Stimme. »Ich war erschöpft und ausgepowert! Außerdem habe *ich* Sie darauf hingewiesen, dass Femke verschwunden ist. Das hätte ich bestimmt nicht getan, wenn ich etwas zu verbergen hätte.«

Mara ging nicht darauf ein. »Was können Sie mir über Femke de Jongs Liebesleben sagen? Ich meine, *nachdem* sie sich von Ihnen getrennt hatte.«

»Gar nichts.«

»Weil Sie nichts darüber wissen oder weil Sie es vorziehen, sich lieber nicht dazu zu äußern?«

»Weil ich nichts weiß!«

»Noch mal deutlich gefragt: Hatte Femke de Jong nach der Trennung von Ihnen eine Liebesbeziehung mit jemand anderem – oder sogar schon während der Beziehung mit Ihnen?«

»Tatsächlich, Sie wollen mich provozieren!«, zischte Tessa Steinberg. »Ich empfinde diese Art der Fragestellung als –«

»Nach dem Beginn Ihrer Auszeit hat Femke de Jong ihr ohnehin schon hohes Arbeitspensum noch einmal erheblich gesteigert. Das lässt sich aus E-Mail-Verläufen und den ausgewerteten Daten ihres Handys problemlos nachvollziehen. Demzufolge hat sie außerdem kaum von zu Hause aus gearbeitet, sondern enorm viele Stunden im Büro verbracht, oft bis in den späten Abend.« Mara taxierte ihre Besucherin. »Gab es etwa in der Firma jemanden, mit dem oder mit der Femke de Jong eine Liebesbeziehung …«

»Nein!«

»Gerade eben sagten Sie aus, Sie wüssten nichts über das Liebesleben Ihrer Geschäftspartnerin …«

»Ich weiß, was ich gesagt habe.« Das wütende Funkeln in Tessa Steinbergs Augen nahm immer mehr zu. »Sie wollen mich jetzt wohl nicht auch noch fragen, ob ich ein Alibi habe.« Ein abfälliges Lachen schloss ihre letzte Bemerkung ab.

Mara grinste sie kalt an. »Haben Sie ein Alibi?«

Keine Antwort.

»Ein Alibi für den Abend und die Nacht vor dem Auffinden des Leichnams. Aber auch für die beiden Tage davor.«

»Ich war zu Hause und habe mich über die Entwicklungen unserer Firma in den letzten Monaten auf den neuesten Stand gebracht.« Auch Tessa Steinberg verstand es, im Stakkato zu sprechen.

»Zeugen?«, fragte Mara.

»Keinen. Aber Sie können ja auch meine Handy- und Laptopdaten auswerten, oder?«

»Handys und Laptops kann man in der Wohnung zurücklassen.«

»Und jetzt wollen Sie mir sicher sagen, ich brauche einen Anwalt.«

»Was Sie brauchen, weiß ich nicht. Es ist mir auch egal. Ich brauche Antworten. Und Ihre Antworten überzeugen mich nicht.«

Tessa Steinberg sprang vom Stuhl auf. »Ich habe es gewiss nicht nötig, mir so etwas anzuhören. Sie haben nichts in der Hand gegen mich.«

»Das behaupte ich auch nicht. Wie gesagt, ich stelle nur Fragen.«

»Und ich gehe jetzt, Frau Kommissarin!«

Damit rauschte sie davon, wobei sie mit der Schulter gegen die mobile Trennwand krachte, während Mara ruhig sitzen blieb, den Blick nachdenklich auf den Schreibtisch gerichtet.

Im Geiste ging sie alle bisherigen Gespräche mit Tessa Steinberg durch. Sie besah sich ihre Notizen, die daraufhin entstanden waren. Ein mehrfach unterstrichener Name fiel ihr auf: Bernhard Keim. Der Mann, der dabei zu Tode gekommen war, als er eine junge Frau vor einer Vergewaltigung bewahren wollte.

Mara hatte Patzke darauf angesetzt, die damals ermittelnden Kollegen zu befragen und insgesamt noch einmal nachzufassen – und das bereits vor zwei Tagen.

»Patzke!«, rief sie an der Trennwand vorbei ins Großraumbüro hinein.

Nach einigen Sekunden erklangen Schritte. Ihr Kollege tauchte auf, wieder in seinen coolen Sneakern, für die er zu alt war, und wieder mit reichlich Verdruss im Gesicht.

»Hab ich was nicht mitgekriegt?«, murrte er. »Zum Beispiel, dass du jetzt der Boss bist? Oder was brüllst du hier so rum?«

Ihr Mund verzog sich zu einem schiefen Grinsen. Sie sagte nichts.

»Oder sehe ich das irgendwie falsch, Billinsky?«

»Wo du recht hast, hast du recht. Nein, ich bin nicht der Boss. Ja, ich hätte nicht brüllen müssen.«

Überraschung zeigte sich in seinem Blick. Er hatte wohl mit einer anderen Antwort gerechnet.

»Sorry, Patzke«, fuhr sie fort. »Kann ich dir nun eine Frage stellen, oder passt es eher schlecht?«

Er nickte. »Schieß los.«

»Bernhard Keim. Getötet, als er Hilfe leisten wollte. Die junge Frau, der er zu Hilfe kam. Ich hatte dir doch gesagt … Ich meine, ich hatte dich freundlich gebeten, dich –«

»Übertreib's nicht gleich, Billinsky«, unterbrach er sie, offenbar nicht mehr so sauer. »Ich habe mich mit den Beamten unterhalten, die den Fall bearbeitet haben, dabei kam allerdings nichts Neues heraus. Ich habe auch mit Keims Familienangehörigen und seinen Mitarbeitern gesprochen. Zuerst war nichts auffällig, aber dann gab es übereinstimmende Aussagen, die darauf hinweisen, dass Keim in den Wochen vor seinem Tod nervös und angespannt gewirkt haben soll.«

»Ein möglicher Grund dafür?«

»Da hatte niemand eine Idee.«

»Vielleicht nur Zufall.« Mara runzelte die Stirn. »Oder eine Sache, die man sich nachträglich eher einbildet, als dass es tatsächlich der Wahrheit entspricht. Das hätten wir nicht zum ersten Mal.«

»Jedenfalls gab es in keiner der Aussagen auch nur den kleinsten Anhaltspunkt, der im Zusammenhang mit dem de-Jong-Mord steht.«

»Und das Mädchen, das Keim vor einer Vergewaltigung oder Schlimmeren bewahrt hat?«

»Sie war nicht so leicht aufzutreiben, aber ich hab's geschafft. Sie kommt als Nächstes dran.«

»Ich würde das gern übernehmen.« Sie musterte ihn von ihrem Drehstuhl aus. »Falls das für dich in Ordnung ist.«

»Ist es.«

»Wie heißt sie?«

»Sophie Maurer. Ich schicke dir eine Übersicht per Mail. Alles, was sich in meinen Befragungen ergeben hat.«

»Danke, Patzke.«

»Bitte, Billinsky.«

Damit ließ er sie allein. Wieder verfiel sie ins Grübeln. Sie legte die Füße auf den Tisch und blickte aus dem Fenster, das einen unverändert strahlend blauen Himmel sehen ließ. Dieser seltsame Bernhard-Keim-Fall war ihr von Anfang an im Hinterkopf geblieben. Nicht drängend wichtig, aber doch beachtenswert.

Die angekündigte E-Mail von Patzke traf ein. Fast im selben Moment klingelte Maras Handy. Es war Nordin. Sie nahm die Füße vom Tisch, drückte den Anruf weg und klickte Patzkes Nachricht an, die mehrere Anhänge enthielt. Einer davon beschäftigte sich mit Sophie Maurer. Doch die Angaben zu der jungen Frau waren recht spärlich. Immerhin fanden sich die Adresse und eine Telefonnummer. Mara entschied, sie unangekündigt aufzusuchen. Das führte oft zu spontaneren, ehrlicheren Antworten.

Als sie aufbrechen wollte, tauchte Klimmt auf.

»Ach, Sie geben uns die Ehre und sind ausnahmsweise mal hier«, meinte er.

»Wir wollen nicht extra drauf anstoßen, oder?« Sie stand auf und griff nach der Jeansjacke, die sie über die Lehne gehängt hatte.

Er musste husten. »Schon wieder auf dem Sprung?«

»Sieht so aus.« Sie schlüpfte in die Jacke.

»Was sind Sie eigentlich? Eine One-Man-Polizeibehörde, oder so was?«

»One Woman«, korrigierte sie ihn im Vorbeigehen und war schon auf dem Weg nach draußen.

27

Nordin saß auf Maras Teppich mit den Totenköpfen, genau wie sie es immer tat. In der linken Hand hielt er eine Tasse Kaffee, eines der wenigen Lebensmittel, die er in der Wohnung auftreiben konnte. Mit der anderen Hand legte er das Mobiltelefon ans Ohr.

Schon beim ersten Klingeln nahm sie ab. Wie immer, wenn er anrief.

»Bist du es, Erik?«, fragte sie.

Er mochte Colette Pelletiers französischen Akzent. Ihre Stimme war sanft, ihre Sprechweise melodiös. Welch ein Kontrast zu Billinskys punktgenauer Härte.

»Bon jour, Colette«, sagte er rau ins Telefon.

»Wie geht es dir?«

»Sehr gut. Ich bin auf freiem Fuß.«

Zuerst hatten sie sich immer auf Englisch unterhalten, doch seit dem Einsatz in Frankfurt kommunizierten sie auf Deutsch, was beide nahezu perfekt beherrschten.

»Wo bist du, Erik? Zu Hause?«

»Nein, sondern da, wo du auch sein solltest.«

»Sag nicht, du bist in Deutschland.«

Er lachte. »Wie schnell kannst du hier sein?«

»Theoretisch in ein paar Stunden. Aber praktisch …« Sie ließ den Satz vielsagend offen.

»Dann mal los«, meinte er unbeeindruckt. »Pack deine Schminktasche, vergiss nicht die internationale Sondergenehmigung zum Tragen von Schusswaffen und setz dich in ein Taxi zum Flughafen.«

»Du bist verrückt! Ich habe schon Billinsky gesagt, dass ich das nicht …«

»Er ist noch hier«, unterbrach er sie ruhig.

»Wer?«

»Wer schon? Polaris. Es gibt stichhaltige Beweise, dass er die Stadt nie verlassen hat.«

Pelletier entgegnete kein Wort. Er konnte sie praktisch vor sich sehen. Ihr perfekt geformtes ovales Gesicht, in der Stirn die flammend roten Ponysträhnen, die grünen, immer hellwachen Augen.

»Stichhaltige Beweise?«, wiederholte sie.

»Ich habe vorhin mit meinem Chef telefoniert. Lundmark gibt grünes Licht, wenn es aus Paris grünes Licht gibt.«

»Erik …« Sie sprach seinen Namen mit einem tiefen Seufzen aus.

»Wir haben noch etwas zu erledigen.«

»Ich weiß nicht, ob ich das hier bei uns durchkriegen kann. Es geht um Kapazitäten, es geht ums Budget, du kennst das.«

»Ich verlasse mich auf dich.«

Sie lachte auf. »Du machst es dir einfach.«

»Nein, niemals.«

Nach einer kurzen Pause fragte sie mit veränderter Stimme: »Hast du dich schon mit Billinsky getroffen?«

Nordins Blick wanderte durch die kleine, nackte Wohnung. Ein einsamer Kaktus als einziges grünes Fleckchen. Eine leere Rotweinflasche auf dem Boden und ein zerknautschtes T-Shirt mit dem Namen irgendeiner Band auf dem Sofa. Ein Schwarz-Weiß-Poster der Sängerin PJ Harvey, eine große Sammlung alter Vinyl-LPs und das einzige Bild: Es zeigte Mara Billinskys Mutter, die schon lange tot war und Mara als kleines Mädchen auf dem Schoß hielt, Mutter und Kind mit beinahe identischen großen dunklen Augen. Das war ein Geschenk ihres Vaters Edgar, mit dem er sie nach einem langen Kleinkrieg zwischen ihnen beiden überrascht hatte. Nordin wusste das, weil Mara es einmal wie nebenbei erwähnt hatte –

126

einer der wenigen Momente, in denen sie ihm Einblicke in ihre Vergangenheit gewährt hatte.

»Erik, bist du noch dran?«, rief die Französin. »Ich weiß, das ist privat. Es geht mich eigentlich nichts an, aber in dem Fall … Wenn es weitergeht, müssen wir drei sehr eng zusammenarbeiten. Ich würde gern wissen, woran ich bin.«

»Frag doch einfach, was du fragen willst«, sagte er mit plötzlicher Direktheit.

Sie ließ sich Zeit, ehe sie erwiderte: »Ich wundere mich nur ein wenig. Findest du, ihr passt gut zusammen?«

»Findest du, *wir* beide würden besser zusammenpassen?«

Diese Frage war schon immer mitgeschwungen, wenn er und Colette Pelletier aufeinandergetroffen waren, deutlich spürbar, bisher allerdings unausgesprochen.

»Nein, auf keinen Fall«, erwiderte sie betont schroff. »Aber ausgerechnet *ihr* zwei. Wie Nitro und Glycerin, so kommt ihr beiden mir manchmal vor.«

Als er nicht antwortete, sagte sie wieder mit verbindlicher Stimme: »Du hast mit mir nie darüber geredet, was in Småland passiert ist.«

»Mit Billinsky schon. Darum geht es dir, nicht wahr? Das hat dich verletzt.« Erneut stellte er sich Pelletiers hübsches Gesicht vor, diese Mischung aus verlässlicher Stärke und femininer Sanftheit.

»Warum hast du mir nie davon erzählt?«, fragte sie.

»Ich weiß es nicht.«

»Okay, vielleicht hat es mich verletzt. Oder zumindest enttäuscht.«

»Ich bin freigesprochen worden. Das ist es, was zählt.«

»Ja, es ist vorbei.«

Wer weiß, dachte er insgeheim. In Schweden hatten ihn Kollegen immer noch spüren lassen, dass sie von seiner Schuld überzeugt waren. Alles hatte letztlich an einer einzigen Zeugenaussage gehangen.

»Erik, bist du noch dran?«, fragte sie in sein Schweigen hinein.

Er betrachtete die etlichen in den Teppich eingewebten Totenköpfe. »Ich zähle auf dich, Colette.«

28

Die ersten Reporter verließen bereits den Saal. Einige saßen noch auf den in Reihen aufgestellten Stühlen und packten Aufnahmegeräte, Blöcke und Kugelschreiber in ihre Schultertaschen und Rucksäcke.

Jan Rosen stand nach wie vor am Rednerpult. Das Mikrofon vor ihm war ausgeschaltet. Er spürte noch die Röte, die trotz des abnehmenden Lampenfiebers seine Wangen färbte, aber Erleichterung und eine gewisse Zufriedenheit breiteten sich in ihm aus. Sie wogen sogar das ärgerliche Thermoskannen-Erlebnis auf.

Der Pressesprecher war verhindert gewesen, Rosens Vorgesetzter Pit Geyer hatte sich vor dem kurzfristig anberaumten Termin gedrückt, und so hatte Rosen einspringen und den Platz an der Seite von Staatsanwalt Christian von Lingert einnehmen müssen. Verschiedene Journalisten hatten auf den Erhalt von Informationen gedrängt, nachdem sich die Ereignisse in Lauterbach herumgesprochen und Fragen aufgeworfen hatten.

Von Lingert drückte Rosen kurz und bündig die Hand und zog sich rasch zurück, im Schlepptau eine Assistentin. So dauerte es nur Sekunden, bis Rosen allein zurückblieb, umhüllt von Stille und abgestandener Luft.

Er machte die paar Schritte zum Fenster und öffnete es, obwohl die Klimaanlage nach wie vor leise summte. Wärme strömte über ihn hinweg, und er hoffte, dass die Halbmondflecken unter seinen Armen niemandem aufgefallen waren.

Während er die Ärmel des rosafarbenen Hemdes hochkrempelte, flirrten Sätze, die er zuvor ins Mikrofon gesprochen hatte, durch seinen Kopf: *Entscheidender Schlag gegen den weltweit wohl fünftgrößten Darknet-Marktplatz … ein mutmaßlich Verantwortlicher von Beamten in Notwehr getötet, zwei weitere festgenommen, davon einer bereits umfassend geständig … Beschlagnahmung des Marktplatz-Servers … knapp eine Million aktive Nutzer auf der Plattform … Auswertungen noch nicht beendet, weitere Ermittlungen in Vorbereitung …*

Rosens Gedanken sprangen zu der Filmsequenz mit dem gefesselten Mann, der qualvoll in den Flammen sterben musste, und zu weiteren, auf dem Server gespeicherten Gewalttaten. Wer hatte solche Szenen hochgeladen? Wer hatte die Taten durchgeführt?

Ja, es würde weiter ermittelt werden. Sie hatten mit dem Einsatz in Lauterbach eine hervorragende Basis für weitere Ermittlungserfolge geschaffen. Das hatte sich im gesamten Präsidium herumgesprochen und Rosens Abteilung viel Schulterklopfen eingebracht.

Deshalb hatte Rosen während des Pressetermins auch darauf hingewiesen, dass verschiedene Abteilungen involviert gewesen waren und dabei Kommissarin Mara Billinskys Rolle besonders hervorgehoben. Schließlich hatte sie einen der Männer im Alleingang gestellt. Außerdem war er immer schon der Ansicht gewesen, dass Billinskys Erfolge aufgrund ihrer Außenseiterrolle zu wenig Würdigung erfuhren. Vielleicht hatte er dem mit seinen Worten ein wenig entgegenwirken können.

Komisch, dass er noch nichts von ihr gehört hatte.

Er nahm sein Handy und rief sie an, aber sie meldete sich nicht.

Wo mochte sie mal wieder stecken?

29

Eine Bruchbude am Rande des Bahnhofsviertels. Vier Stockwerke hoch, abblätternder Putz, schiefes Dach, Abfall rechts und links der Eingangstür, die nur angelehnt war.

Wer wäre hier schon freiwillig hereingegangen?

Mara schwitzte. Die Sonne war ein konturenloser Klumpen, weit oben am Himmel, glühend und von blassem Gelb. Kein Windhauch, die Luft wie Kleister. Die stille Straße war wie leer gefegt.

Sie überflog die Namen auf den Klingelschildern, ohne den von Sophie Maurer zu finden, und betrat den Siebzigerjahre-Wohnblock. Die Kabinentür des engen, mit obszönen Schmierereien übersäten Aufzugs stand offen. Es roch nach Pisse. Sie entschied sich für die Treppe. Laut Akten zum Tötungsfall Bernhard Keim wohnte die Zeugin im vierten Obergeschoss.

Mit jeder Stufe nahm die Hitze zu. Hier war schon lange nicht mehr richtig gereinigt oder auch nur gelüftet worden. Oben angekommen, stellte sich Mara vor die einzige Wohnungstür und drückte die Klingel. Dreimal, viermal. Als sie bereits unverrichteter Dinge gehen wollte, wurde geöffnet. Ein Teenager, nein, eine junge Frau taxierte sie aus verschlafenen Augen durch den Türschlitz.

»Sind Sie Sophie Maurer?«

Ein Gähnen, ein Nicken.

Mara stellte sich vor und verlangte, hereinkommen zu dürfen.

Noch ein Gähnen, noch ein Nicken.

Sie folgte Sophie in ein kaum eingerichtetes Zimmer, wo sie nebeneinander auf einem Sofa Platz nahmen. Eine zerknautschte Decke ließ erahnen, dass Sophie hier eben noch ein Nickerchen gemacht hatte.

Dass sie kaum was anhatte, schien sie nicht zu stören. Sie gab sich völlig ungezwungen, streckte ausgiebig die Arme und lächelte Mara ohne Scheu an. Knappes Top mit Spaghettiträgern, winziger Slip, Ringelsöckchen in Rosa und Lila, die den mädchenhaften Eindruck noch verstärkten. Sophie wirkte in einem Augenblick wie zwölf, dann wieder wie eine Frau Anfang dreißig. In Wirklichkeit war sie, wie Mara wusste, zwanzig Jahre alt.

»Ich muss mit Ihnen über den Vorfall im Park sprechen«, erklärte Mara. »Die versuchte Vergewaltigung.«

»Das hab ich doch schon alles erzählt.« Sophie kreuzte ihre nackten Beine zum Schneidersitz.

»Schildern Sie mir trotzdem noch einmal alles ganz genau.«

Nach einem gleichgültigen Achselzucken betete sie die Sätze herunter. Lange Nacht in den Clubs, allein auf dem Weg nach Hause, ziemlich betrunken, schon fast morgens, in einem Park.

»Taunusanlage?«, fragte Mara nach, auch wenn es daran keinen Zweifel gab.

»Ja, bei dieser Statue. Beethoven-Denkmal oder was das ist.«

»Und weiter?«

Wieder erfolgte das Herunterbeten von Einzelheiten. *Plötzlich ein Typ, zerrt sie ins Gebüsch, reißt ihr die Klamotten runter. Schrecken, Furcht, Schreie.* Sophies zuvor gleichgültige Miene war ernst geworden.

»Und weiter?«

Ein zweiter Typ, in Jogginghose, T-Shirt und Laufschuhen. Ein Kampf der beiden Männer, an dessen Ende einer auf der Flucht und der andere tot war.

Mara nickte. Exakt so stand es in den Akten. »Dem Angreifer waren Sie nie zuvor begegnet, richtig?«

»Nee. So ein Arschloch!«

»Und auch Bernhard Keim hatten Sie vor diesem Tag nie zuvor gesehen?«

»Meinen Retter? Nee.« Sophie fuhr sich beiläufig durch die verstrubbelten blonden Haare und sah die Kommissarin von der Seite an. Wieder wirkte sie kindlich und erwachsen zugleich. Und sehr naiv. Oder täuschte sich Mara?

»Die Wohnung ist auf Sie gemeldet. Leben Sie allein hier?«

»Ja. Aber ich will raus aus dem Loch. Irgendwas Schönes. Aber find mal was Bezahlbares in Schweineteuer-Frankfurt.«

»Sie werden mit Sozialleistungen unterstützt, richtig?«

»Stimmt. Aber ich bin auf der Suche. Ich will einen coolen Job, und dann komm ich auch hier raus.« Sophie gähnte erneut. »Er hat mir ganz schön leidgetan.«

»Bernhard Keim?«

»Na klar. Wegen seiner Situation und so. Er hat sich bestimmt schon so gefreut – und dann so was.«

»Worauf gefreut?«

»Dass er nicht mehr malochen muss und das Leben genießen kann. Reisen und so weiter. Was Leute, die Kohle haben, halt so machen.«

Mara hob eine Augenbraue. »Nicht mehr malochen?«, wiederholte sie fragend und ratterte im Kopf sämtliche Fakten durch, die Patzke für sie gesammelt hatte. Sophie kratzte sich mit ihren rot lackierten Nägeln am Knie. »Der Typ hat doch kurz vorher seine Firma verkauft. Er wollte einen auf Aussteiger oder Frühpensionär machen.« Sie bearbeitete weiter ihr Knie, ohne Mara anzuschauen. »Oder hab ich da was falsch verstanden?«

30

Trotz der Klimaanlage schwitzte Tessa Steinberg. Sie hatte sich von ihrer Assistentin einen eiskalten Smoothie bringen lassen, doch die erfrischende Wirkung ließ schon wieder nach. So wie ihre Konzentration. Sie war es einfach nicht mehr gewöhnt, stundenlang am Schreibtisch zu sitzen und ihr Gehirn randvoll mit Details vollzustopfen.

Wieder klickte sie die weit vorangeschrittenen Vertragsentwürfe an. Die Zeilen zu lesen hatte etwas Beunruhigendes. Was war hinter ihrem Rücken gelaufen? Zugleich fühlte sie sich wie in einer Zwickmühle. Sie hatte versucht, ihrer Assistentin auf den Zahn zu fühlen, aber von der jungen, erfreulich fleißigen Frau war nichts zu erfahren.

Femke de Jong war vorsichtig gewesen. Außerdem hatte sie selbst Jura studiert und war auf rechtlichem Terrain sehr bewandert. Falls sie einen Verkauf der Firma tatsächlich in Betracht gezogen hatte, dann hätte sie sich niemanden anvertraut. Nicht einmal dem Anwalt, der J&S Consulting beratend zur Seite stand

Tessa schloss die geöffneten Dateien eine nach der anderen und musste automatisch an die Kommissarin denken. Sie erinnerte sich an den bohrenden Blick der Frau, von der eine Intensität ausging, die Tessa durchaus faszinierend fand.

Sie stand auf. Ihr Rücken tat weh. Sie streckte sich, um ihn ein wenig zu entspannen.

Ihr Handy klingelte. Aus einem vagen Gefühl heraus, rechnete sie mit Kommissarin Billinsky. Aber es war ein Mann.

»Hallo«, sagte sie und verbarg nicht, dass sie sich freute. Eine Business-Bekanntschaft – und doch …

»Hallo, Tessa«, erwiderte er.

Seit Tessa und Femke sich im Laufe gemeinsam verbrachter, schier unendlich langer Bürotage nähergekommen waren, hatte sie sich nicht mehr so richtig verliebt. Erst recht nicht in einen Vertreter des männlichen Geschlechts.

Moment mal, sagte sie selbst, so weit ist es noch lange nicht!

»Wie geht es dir?«, fragte er.

»Sehr gut.« Sie spürte, dass ein Lächeln ihre Mundwinkel umspielte.

31

Ein Kerl in einem silbernen BMW hupte Mara wild an. Sie konnte seine Verärgerung gut verstehen, hatte sie ihm doch besonders frech die Vorfahrt genommen.

Danach bemühte sie sich, ihr Tempo zu drosseln. Es war sowieso nur noch Schrittgeschwindigkeit möglich, die City quoll einmal mehr über vor Autos. Und nicht nur Mara provozierte Hupkonzerte, überall wurden die Fahrer wütend aufeinander. Wie üblich steigerte sich mit den Temperaturen auch die Aggressivität.

Während der Schneckenfahrt überprüfte Mara ihr Handy. In der Zeit, als sie Sophie Maurer befragt und es stummgeschaltet hatte, waren eine Menge Anrufe eingegangen. Einige von Jan Rosen, aber auch von Hanno Linsenmeyer. Sie wollte beide zurückrufen, wenn sie wieder im Büro war, und scrollte im Internet durch die News-Seiten. Ein brandneuer Artikel über den Einsatz in Lauterbach weckte ihr Interesse. Sie las ihn quer und entschied, dass sie nicht nur mit Patzke, sondern auch mit Rosen ein Hühnchen zu rupfen hatte.

Endlich erreichte sie das Präsidium. Beim Aussteigen spähte sie zum Himmel. Wolkenfetzen trieben in der Ferne langsam auf die Stadt zu. Ein abkühlendes Gewitter wäre mal nötig, dachte sie flüchtig und band sich ihre Haare zu einem Pferdeschwanz zusammen.

Im nächsten Moment entdeckte sie den Mann, der ganz in der Nähe des Präsidiums den dürftigen Schatten ausnutzte, den ein Kastanienbaum bot.

Er winkte ihr zu, und Mara machte sich auf dem Weg zu ihm.

Mittlerweile hatte er die sechzig überschritten, sein Gesicht war von Falten ganz zerknautscht, aber bei ihm waren es vor allem Lachfalten. Nie hatte Mara einen liebenswürdigeren Menschen getroffen als Hanno Linsenmeyer.

»Was machst du denn hier?«

»Ich war gerade in der Gegend, und da dachte ich, ich schaue mal, ob ich dich zufällig erwische.« Hanno schnippte den Rest seiner selbst gedrehten Zigarette weg und trat sie aus.

»Du hast angerufen.«

»Ja, aber bis du zurückrufst …« Er lachte.

»Hab's eilig.«

»So kenne ich dich, Mara.« Er nahm seine Eintracht-Frankfurt-Schirmmütze ab, um sich den Schweiß von der Stirn zu wischen. In seine Gesichtszüge trat eine Ernsthaftigkeit.

»Was ist los? Geht es um Rafael?«

»Du erinnerst dich an unser letztes Telefonat? Tja, wir waren wohl zu sorglos. Alles schien in Ordnung, er hat sich selten gemeldet, dann eine Zeit lang überhaupt nicht mehr. Erst dachte ich mir, was solls, er ist jung. Aber dann …«

»… bist du unruhig geworden«, schloss Mara.

»Bauchgefühl.« Hanno tippte sich in die Magengegend. »Du kennst mich ja. Und ich kenne meine Pappenheimer. Also, nachdem er auf meine Nachrichten immer unverbindlicher reagiert hatte, habe ich ein- oder zweimal versucht, ihn zu Hause abzupassen. Erfolglos. Also bin ich zum Osthafen gefahren.«

»Zu der Schraubenfabrik, in der Rafael arbeitet.«

»Wo er arbeiten *sollte*.«

Vor Überraschung schüttelte Mara den Kopf. »Er hat doch nicht wirklich den Job geschmissen?«

»Seit drei Wochen hat er sich dort nicht mehr sehen lassen und weder auf Anrufe noch Nachrichten reagiert. Auch nicht auf die per Einschreiben zugeschickte Kündigung.«

»Schöne Scheiße«, kommentierte Mara.

»Ich dachte, über diesen Punkt wäre er längst hinaus.«

»Ich auch.«

Er machte eine ratlose Geste. »Ich habe ihm auf die Voicemail gesprochen. Mehr als einmal!«

»Keine Reaktion, nehme ich an.«

»Ich möchte wissen, wo er steckt.« Ein tiefes Seufzen begleitete Hannos Worte. »In seinen vier Wänden hält er sich anscheinend so gut wie gar nicht mehr auf.«

Mara wusste, wie sehr ihm das zusetzte. Seine Arbeit war nie nur ein Gelderwerb gewesen. Er lebte dafür, und sie konnte sich nicht vorstellen, was er nach seinem nun ins Auge gefassten Abschied mit sich anfangen würde.

»Was war das Letzte, was du von ihm gehört hast?«, fragte sie.

»Nur unverbindliches Zeug. *Alles cool. Na klar, mal treffen, aber nicht diese Woche. Ciao, bis bald!*«

»Du hattest doch mal einen Freund erwähnt.«

Er musterte sie verständnislos, aber nur kurz. »Ach so. Stimmt. Wie heißt der noch gleich?«

»Keine Ahnung. Du hattest seinen Namen nämlich vergessen«, erklärte Mara.

»Richtig«, rief Hanno. »Ich und Details. Das Alter, schätze ich. Aber ich hab sowieso nicht die geringste Ahnung, ob die Freundschaft noch aktuell ist.«

Nach einer Pause fügte er hinzu: »Mir war es einfach nur wichtig, dass du im Bilde bist.«

»Das ist auch gut so, Hanno.« Dann meinte sie fast wie bei einer Ermittlung: »Wo können wir ansetzen? Ich muss gestehen, ich habe Rafael immer nur allein oder mit dir getroffen, niemals in Gesellschaft seiner Freunde.«

Mit immer noch unverhohlener Besorgnis nickte er ihr zu. »Ich höre mich mal um. Arbeitskollegen in der Schraubenfabrik. Frühere Kumpels.«

»Vielleicht ist es nur eine seiner Launen«, sagte Mara, obwohl sie selbst nicht daran glaubte.

Noch mehr Wolken zogen auf. Nachdenklich blickte Mara die dicht befahrene Straße hinunter. Sie war beunruhigt. Was sie gerade gehört hatte, gefiel ihr ganz und gar nicht.

Wenige Minuten nach dem Gespräch mit Hanno war Mara wieder in Rosens Kellerreich abgetaucht. Sie erschien an seinem Schreibtisch und hielt ihm den Online-Zeitungsartikel, den sie zuvor entdeckt hatte, im Abstand von ein paar Zentimetern vor die Nase.

»Hab ich dir diese Würdigung zu verdanken?«

Er sah verdattert zu ihr hoch, pausierte das Video, das er gerade sah, und zog die Kopfhörer ab. »Äh, was?«

Sie wiederholte die Frage.

Er nickte eifrig. »Ob Schleyer oder Patzke oder einer von den anderen, so viele Kollegen sind schon mit positiver Presse bedacht worden, da dachte ich mir …«

»Dachtest du dir«, unterbrach sie ihn und steckte das Handy weg.

»Begeistert wirkst du nicht gerade.«

»Sehr scharfsichtig.«

»Es war gut gemeint«, verteidigte er sich, auf einmal rot angelaufen. »Wirklich, es war doch nicht …«

»Schon gut, Rosen.« Sie winkte ab. »Aber nächstes Mal wäre ich mit weniger Ruhm und Ehre einverstanden.«

»Sorry«, meinte er so kleinlaut, dass er ihr schon wieder leidtat.

»Sonst irgendwas Neues?«, fragte sie.

»Jede Menge.« Erneut folgte sein eifriges Kopfnicken. »Die Auswertungen des Servers und der Bankkonten der Festgenommenen laufen. Nicht nur Heckmann, auch Friedrich wird ein Geständnis ablegen. Jedenfalls sieht alles danach aus. Die Beweislast ist erdrückend, sie können den Kopf nicht mehr aus der Schlinge ziehen.«

Mara deutete auf das Standbild, das auf seinem Monitor zu sehen war. »Du musst dir jetzt wieder verdammt viel Schmutz zu Gemüte führen, was?«

»Ja, leider. Unglaublich, wie viele drastische Videos sich im Netz finden lassen. Hier wird es wohl gleich zu einer Vergewaltigung kommen.« Das Standbild zeigte die bildschirmfüllende Nahaufnahme einer männlichen Gestalt von hinten, die einen Hoodie und eine rote Mütze oder Skimaske trug.

»Die Betreiber behaupten, sie könnten keine Angaben über diejenigen machen, die Inhalte hochladen und als Verkäufer agieren«, fuhr Rosen fort. »Ebenso wenig über diejenigen, die diese Inhalte konsumieren und dafür bezahlen. Aber auch in der digitalen Welt kann man nicht immer vermeiden, Spuren zu hinterlassen. Dabei spielt unter anderem die Häufigkeit eine Rolle. So hat die Person, die diesen Film hochgeladen hat«, auch er zeigte nun kurz auf das Monitorstandbild, »noch viele weitere Inhalte auf den Server gestellt, um damit Geld zu machen. Schritt für Schritt versuchen wir, uns ihr zu nähern.«

»Genau wie ich da draußen auf der Straße«, bemerkte Mara knapp und stürmte bereits in ihrer üblichen Eile davon.

Als sie verschwunden war, setzte Rosen sich die Kopfhörer wieder auf und ließ den Film weiterlaufen. Konzentriert betrachtete er den Monitor. Das Bild war erst stark verwackelt, wurde dann jedoch ruhiger. Der Mann in Hoodie und Skimaske, dessen Rücken zu sehen war, bewegte sich auf ein Sofa zu, auf dem eine nackte junge Frau lag. Allem Anschein nach war ihr bereits vor dieser Szene Gewalt angetan worden, wie die Schrammen und Verletzungen in ihrem ängstlichen Gesicht zeigten.

Der Mann zögerte, dann riss er sich die Hose runter und stürzte sich auf die Frau, um ihr die Beine auseinanderzupressen. Kurz darauf war der Film zu Ende, ohne dass furchtbare

Details gezeigt worden waren wie in etlichen anderen Sequenzen dieser Art.

Rosen lehnte sich zurück und atmete erleichtert auf, wie jedes Mal, wenn ihm ein besonders schlimmer Anblick erspart blieb.

Auf dem Weg aus dem Keller in die oberen Stockwerke malte Mara sich aus, wie düster die Aufgabe war, der Rosen sich in seiner neuen Funktion immer wieder stellen musste.

Keine Frage, sie mochte die Straße lieber, so merkwürdig das auch sein mochte, aber das war einfach ihr Revier. Nordin war in diesem Punkt genau wie sie. Wohl nicht nur in diesem, dachte sie und spielte mit dem Gedanken, ihn anzurufen. Aber sie entschied sich dagegen. Stattdessen meldete sie sich bei Rafael. Natürlich ohne ihn ans Handy zu kriegen. Sie hinterließ eine Nachricht mit der dringenden Bitte um Rückruf.

Sie rauschte in das Großraumbüro und gab Patzke ein Zeichen, dass sie ihn sprechen wollte. Fast zehn Minuten saß sie am Schreibtisch, ehe er sich endlich sehen ließ, wieder mit genervter Miene.

Noch bevor er zu einer Frage ansetzen konnte, wollte sie wissen, weshalb nirgendwo in seinen Berichten etwas davon zu lesen war, dass das Tötungsopfer Bernhard Keim kurz vor dem Unglück seine Firma verkauft hatte.

Patzke stutzte. »Ist das denn so?«

»Das versuche ich gerade herauszufinden.«

Er kratzte sich am Hinterkopf. Grübelte. Hämmerte mit den Zähnen auf einem Kaugummi herum. »Stimmt schon, ich erinnere mich …« Der genervte Ausdruck löste sich ziemlich schnell auf, und er lief so hochrot an, wie das sonst nur Rosen schaffte. »Äh, sollte ich da tatsächlich was unerwähnt gelassen haben …«

»Wenn es wirklich einen Verkauf gab«, unterbrach Mara

ihn, »müssen wir wissen, wer der Käufer war. Diese Information ist auch hinsichtlich der Befragungen von Tessa Steinberg wichtig für uns.«

»Keims berufliche Situation hat doch keinerlei Bedeutung für den Zwischenfall, den wir …«

»Kein Zweifel, es ist gut möglich, dass es für die Ermittlungen keine Rolle spielt. Aber wir müssen eben immer jeden einzelnen Punkt abklopfen, um alles ausschließen zu können. Als ob ich dir das sagen müsste.« Sie verstummte kurz und sprach deutlich leiser weiter: »Patzke, ich bin ja nicht doof, mir ist klar, dass du keinen Bock hast, mich zu unterstützen. Sag's also klipp und klar, wenn's so ist, dann mache ich meinen Scheiß allein. Wär nicht das erste Mal.«

Bedröppelt schielte er unentwegt kauend nach unten auf seine Sneaker. »Ich liefere die Infos nach«, murmelte er. »So schnell wie möglich.«

»Danke, Patzke.«

»Bitte, Billinsky.«

Mit gesenktem Kopf schlich er davon.

Als Mara eine knappe Stunde später am Kaffeeautomaten stand, um sich einen Becher zu ziehen, hörte sie hinter sich Schritte. Sie drehte sich um, sah Patzke auf sich zukommen und wappnete sich schon für einen Austausch der heftigeren Art, doch er meinte nur: »Ich hab dir eine E-Mail geschickt, aber ich wollte es dir auch gleich persönlich sagen.«

»Was?«

»Bernhard Keim hat seine Firma tatsächlich verkauft. Und zwar an ein Unternehmen namens Exspira.« Er buchstabierte. »Ich habe mich drangesetzt und versucht, mehr über Exspira herauszubekommen. Das ist aber anscheinend eine echt harte Nuss.«

Sie trank einen Schluck. »Danke, Patzke.«

»Bitte, Billinsky.«

Ohne ein weiteres Wort trat er den Rückzug an.

Mara grübelte kurz, dann zog sie das Handy aus der hinteren Tasche ihrer Jeans, um eine Nummer anzuwählen, die zu einem Büro im Keller gehörte.

»Ich weiß, du hast gut zu tun«, sagte sie, nachdem Rosen sich gemeldet hatte. »Aber könntest du trotzdem für mich etwas recherchieren? Sozusagen als Back-up. Patzke ist an derselben Geschichte dran, doch ich traue dir mehr zu als ihm.«

»Bist du, äh, noch sauer?«

»Als ob *ich* sauer werden könnte«, meinte sie trocken.

»Wie kann ich dir helfen?«

Mit knappen Worten schilderte sie den Hintergrund, um ihn dann auf die dünne Spur von Exspira anzusetzen.

32

Als schon wieder das Signal für eine eingegangene Sprachnachricht ertönte, schaltete Rafael sein Handy auf stumm.

»Da ist jemand offenbar schwer gefragt«, meinte Prince Bangura.

Rafael winkte nur ab. Er wollte nicht telefonieren, er wollte nicht mal Prince eine Antwort geben, sondern einfach bloß ein bisschen Ruhe. Sein Kopf war seltsam taub von den vielen Pillen. Außerdem war es besser, sich nahezu unsichtbar zu machen, wenn Prince eine Stinklaune hatte.

Sie saßen zu zweit auf dem Sofa. Die anderen Typen aus Banguras Gefolge waren damit beschäftigt, die wenigen Habseligkeiten aus der Wohnung nach draußen in einen Kastenwagen zu schaffen. Der Prinz des Dschungels hatte entschieden, dass es Zeit war, das kleine Refugium aufzugeben.

»Du kannst ruhig mal mit anpacken«, meinte einer von ihnen zu Rafael.

Als er aufstehen wollte, um der Aufforderung trotz seines bleiernen Schädels nachzukommen, hielt ihn ein kurzes Handzeichen von Prince auf. »Warte mal.«

Also blieb Rafael sitzen.

»Hast du eine Ahnung, was ich an dir mag, Rafael?«

Man wusste nie, worauf es hinauslief, wenn eine Unterhaltung so begann.

Er schüttelte den Kopf, nicht mehr nur müde, sondern auch wachsam.

»Dass du deine Klappe hältst.« Prince lachte, aber das hieß nicht unbedingt, dass sich seine Stimmung gebessert hatte. »Dass du zum Beispiel nie gefragt hast, was ich getan habe, als ich damals ein Teil des Rotznasen-Erschießungskommandos war.«

Aus dem Badezimmer drang Wasserrauschen zu ihnen. Celine duschte. Sie wollte gern in der kleinen Wohnung bleiben, doch Prince hatte sich noch nicht festgelegt, ob er das erlauben würde. Die ganze Zeit über hatte er telefoniert, und bei jedem einzelnen Gespräch geflucht. Sonst war Prince immer lächelnd über alles hinweggegangen. Zum ersten Mal beschlich Rafael das Gefühl, Prince stünde unter Druck.

»Hey, Raf! Anpacken!«, kam wieder die Aufforderung.

»Halt deine Schnauze!«, blaffte Prince. »Du siehst doch, dass ich mich mit meinem Bruder unterhalte.« In seinen Augen blitzte es gefährlich, dann wirkte er wieder eher nachdenklich. »Das sind alles Idioten, aber du hast was in der Birne, das mag ich.«

»Hast du Ärger?«, fragte Rafael, obwohl er eigentlich nichts in dieser Richtung hatte äußern wollen.

Als er schon damit rechnete, keine Antwort zu erhalten, erwiderte Prince: »Und es gibt noch mehr Idioten. Wegen denen machen wir hier auch die Fliege. Es ist nie gut, zu lange irgendwo zu bleiben, aber im Moment schon gar nicht. Sicher ist sicher.«

Das Rauschen der Dusche verklang. Celine fing an, irgendeinen albernen Popsong zu trällern.

»Nun sag schon, Rafael.« Prince zog die Sonnenbrille aus und sah ihn durchdringend an.

»Was?«

»Bei wem du so gefragt bist.« Prince lächelte. »Wer ruft dich die ganze Zeit an oder schickt dir Nachrichten?«

»Gefragt bin ich nun echt nicht, ich kenne ja kaum jemanden, das weißt du doch.«

»Aber eine Frau kennst du.«

»Wen meinst du?«

»Du bist nicht dämlich, also stell keine dämlichen Fragen. Die Frau, von der du mir erzählt hast. Mit der du befreundet bist.« Das Lächeln wurde breiter, der Blick zugleich noch durchdringender. »Mara. So heißt sie doch, oder?«

33

Ich habe eine Überraschung für dich. Als Mara sich am Morgen auf dem Weg ins Präsidium befand, hatte sie noch immer Nordins raue Stimme im Ohr. Ebenso wie das Gewitter, das sich nachts mit gewaltigen Donnerschlägen und prasselndem Regen über Frankfurt entladen hatte, aber nun wieder einer neuen Hitze gewichen war.

Im Büro angekommen, fragte sie sich erneut, was mit der Überraschung gemeint sein konnte. Sicherlich nichts Romantisches, das war kaum vorstellbar bei einem Mann wie Nordin. Für Mara fühlte es sich nach wie vor fremd an, morgens nicht allein aufzuwachen, einen nackten Körper neben sich zu wissen, Atemgeräusche zu hören.

Sie war sich noch nicht sicher, ob sie das wollte. Und ob *er* das wollte. Worauf steuerten sie beide da gerade zu? Mara nippte an dem Kaffee, den sie sich auf dem Weg hierher gekauft hatte, um nicht mit Nordin am Frühstückstisch sitzen zu müssen. Sie war es nun mal nicht gewöhnt, Gesellschaft zu haben. Schon gar nicht vor neun Uhr morgens.

Mochte sie diesen rätselhaften, oft kalt und unnahbar wirkenden Schweden wirklich so sehr? Oder wühlte sich da lediglich eine viel zu lange unterdrückte Sehnsucht an die Oberfläche? Die Sehnsucht nach ein paar wild im Bauch umherflatternden Schmetterlingen? Wäre das so erstaunlich nach den vielen Jahren, in denen Maras Hand öfter die Dienstwaffe als fremde Haut berührt hatte?

Ich habe eine Überraschung für dich.

Machte sie das nervös? Unruhig? Vielleicht.

Mara trank den Kaffee leer und lief zu Patzke hinüber, um

sich zu erkundigen, ob er über die ominöse Firma schon etwas herausgefunden hatte. Das war nicht der Fall, aber er versprach, unverzüglich weiterzumachen. *Danke, Patzke. Bitte, Billinsky.*

Sie las noch einmal alles durch, was sie über den Mord an Femke de Jong zusammengetragen hatten, und das war erschreckend wenig. Sie konnte weder ein Tatmotiv noch einen Verdächtigen vorweisen. Passenderweise rief Klimmt an, der gewiss Ermittlungsfortschritte präsentiert bekommen wollte. Mara nahm den Hörer erst gar nicht in die Hand, sondern wartete, bis das Klingeln erstarb.

Sie machte sich auf den Weg zum Getränkeautomaten, um auf den guten Kaffee einen schlechten folgen zu lassen. Mit dem Becher in der Hand blieb sie am Fenster neben dem Automaten stehen und schaute gedankenversunken nach draußen. Rafael fiel ihr ein. Er hatte immer noch nicht zurückgerufen, und sie hatte sich noch nicht einmal bei Hanno erkundigt, ob es ihm inzwischen gelungen war, etwas Neues in Erfahrung zu bringen. Du musst endlich dein übliches Tempo aufnehmen, sagte sie sich unzufrieden. Woran lag es? An Nordin?

Schritte näherten sich. »Ich dachte mir schon, dass ich dich hier finde«, ertönte eine vertraute Stimme.

Sie drehte sich um. »Auch einen Kaffee, Rosen? Du siehst aus, als könntest du einen vertragen.«

»Stimmt.«

»Ich lade dich ein.«

Als sie ihm seinen Becher hinhielt, unterdrückte er gerade ein Gähnen. Er hatte Ringe unter den stark geröteten Augen und nahm den Kaffee dankbar entgegen. Sein froschgrünes Kurzarmhemd war zerknittert, unter den Achseln war eingetrockneter Schweiß zu sehen.

»Ich hab fast die ganze Nacht recherchiert«, erklärte er nach dem ersten Schluck.

»Du bist verrückt!«

»Du hast uns geholfen, ich helfe dir. Das ist nicht der Rede wert.« Noch ein schneller Schluck. »Ich war im Netz unterwegs und hab ziemlich viel herumtelefoniert, auch mit ausländischen Kollegen. Da war dann die Zeitumstellung ganz nützlich.«

»Stichwort Exspira?«, fragte Mara neugierig.

Rosen nickte. »Bernhard Keim hatte eine Firma, die von der Art her J&S Consulting ähnelte. Es ging um Beratung von Unternehmen in Sachen Strategien, Finanzierung und so weiter. Keim war alleiniger Eigentümer, ein echter Selfmademan. Er erhielt ein Kaufangebot, das er annahm.«

»Von Exspira.«

»Einer Firma, die erst ein halbes Jahr zuvor gegründet worden war und schon bald nach dem Geschäft mit Keim wieder abgewickelt wurde.«

»Heißt das, Exspira gibt es gar nicht mehr?«

»Genau das heißt es.«

»Und wer waren die Eigentümer?«

»Eine Einzelperson. Und es war echt mühsam, etwas über diese Person in Erfahrung zu bringen. Der Mann, der Exspira zumindest auf dem Papier gegründet hat, ist ein neunundachtzigjähriger Fischer aus Leknes auf den Lofoten. Ein Mann fast ohne Schulbildung, der in einer Einrichtung für Demenzkranke lebt.«

»Ich verstehe, wir sprechen von einer Deckfirma.«

»Ja, es ist ein gängiges Vorgehen von Deck- oder Scheinfirmen, sich die Identitäten real existierender Personen auszuborgen, um hinter diesem Schutzschild kriminelle Machenschaften zu verfolgen.« Wie immer bei solchen Gelegenheiten sprach Rosen, als hielte er einen Vortrag für Polizei-Nachwuchskräfte.

»Jemand hat sich also Keims Unternehmen einverleibt«, meinte Mara. »Aus welchen Gründen? Geldwäsche, Betriebsspionage?«

»Ich weiß es nicht. Aber allein schon die geschäftlichen Kontakte und vor allem die weitreichenden Kenntnisse über diese Kontakte sind oft Anreiz genug für verbrecherische Aktivitäten. Bernhard Keim verfügte durch seine intensive Beratertätigkeit über enormes Wissen, was Struktur und Vermögen jeder Company betrifft, mit der er geschäftlich zu tun hatte.«

»So läuft also der Hase. Es geht um Unternehmenskriminalität. Nicht meine Baustelle. Es sei denn, die Schweinerei hat mit einer noch größeren Schweinerei zu tun, nämlich mit Mord.«

Rosen hob die Achseln. »Es ist zu früh, um eindeutige Schlussfolgerungen zu ziehen. Übrigens, Exspira heißt im Lateinischen *aushauchen, verscheiden*. Das passt ja ganz gut.«

»Du hast mir echt geholfen. Danke, Rosen.«

»Und jetzt?«

Sie warf ihm einen angriffslustigen Blick zu. »Ich muss mich mal wieder verstärkt J&S Consulting zuwenden. Beziehungsweise der einzig verbliebenen Geschäftsführerin. Und vorher kann ich deinen Ex-Kollegen Patzke noch davon erlösen, die Exspira-Nuss knacken zu müssen. Du warst schneller.«

»Es wäre mir recht, du würdest meinen Namen nicht ausdrücklich erwähnen. Patzke muss das wirklich nicht wissen.«

Sie schmunzelte. »Wie du magst.«

Ein Handy klingelte, Mara griff automatisch nach ihrem, aber das Signal kam von Rosens Apparat.

»Ja, hier Rosen.« Sein müdes Gesicht wurde ernst, als er dem Anrufer zuhörte. »Ach, tatsächlich? … Das klingt ja nach einer völlig neuen Entwicklung … Billinsky? Ich stehe direkt neben ihr und … Was? Äh. Ach so.« Er sah sie kurz an, dann wieder weg. »Verstanden!« Seine Gestalt straffte sich. »Bin schon auf dem Weg!«

Mit einem Klick beendete er das Gespräch.

»Was gibt's denn für eine aufregende neue Entwicklung?«, wollte Mara wissen.

»Sorry, Billinsky, ich muss sofort los!« Damit eilte er davon.

Sie sah ihm mit hochgezogener Augenbraue hinterher.

»Ich melde mich bei dir!«, rief er ihr noch zu.

Als Mara kurz darauf in den Büroräumen von J&S Consulting auftauchte, wurde ihr mitgeteilt, dass Frau Steinberg zurzeit des Öfteren von zu Hause aus arbeite, so auch an diesem Tag. Mara fuhr zu der ihr bereits bekannten Adresse im Nordend, die gar nicht weit entfernt von ihrem eigenen Zuhause war.

Es handelte sich um ein großes, durch einen mit Kastanienbäumen und Sträuchern begrünten Hinterhof abgeschirmtes Gebäude. Umgeben von schlichten weißen Wohnblocks in nüchterner Kastenform war es ein echter Blickfang. Backstein aus dem 19. Jahrhundert, die Fassade mit zahlreichen verschnörkelten Schmuckornamenten verziert, schmiedeeiserne Balkone. Eine versteckte Pracht, wie sie typisch war für diese Ecke der Stadt.

Mara wollte gerade klingeln, da sprang die Eingangstür auf und Tessa Steinberg hastete ihr entgegen, nur um dann angesichts des unerwarteten Besuchs abrupt stehen zu bleiben.

»Sie?«, lautete die knappe, kühl vorgebrachte Frage.

»Ich«, sagte Mara.

Zum ersten Mal, seit Mara sie kannte, trug Tessa Steinberg das Haar offen. Eine duftige Parfümwolke wehte ihr voraus. Sie hatte ein geblümtes, schulterfreies Kleid an, das viel von ihren gebräunten sportlichen Beinen sehen ließ, und trug eine modische Sonnenbrille.

Eher Rendezvous als Businessmeeting, mutmaßte Mara, obwohl es eine recht frühe Tageszeit für diese Art von Vergnügen zu sein schien.

»Was wollen Sie, Kommissarin Billinsky?«

»Mit Ihnen sprechen.«

»Schlechter Zeitpunkt.«

»Alternativloser Zeitpunkt«, konterte Mara. »Es wird nicht lange dauern.«

»Dann brauchen wir ja nicht extra reingehen.« Sie deutete auf eine Bank neben einem der Kastanienbäume, und Mara nickte.

Sie nahmen Platz, eingehüllt von einem sanften Schatten, den die weit ausladenden Äste in dem ansonsten sonnenlichtdurchfluteten Hof warfen.

»Sie wollen mir doch wohl nicht weismachen, dass Ihre lächerlichen Verdächtigungen gegen mich zu irgendetwas geführt hätten.« In Tessa Steinbergs zuvor noch entspannte Züge mischte sich wieder einmal etwas Energisches.

»Nein, will ich nicht«, erwiderte Mara offen.

»Wie kommen Sie denn ansonsten voran mit Ihren Mordermittlungen?«

»Sie haben einmal erwähnt, dass es ein Kaufangebot für Ihre Firma gab«, ging Mara über die Frage hinweg. »Aber Sie und Ihre Partnerin haben abgelehnt.«

»Worauf wollen Sie hinaus?« Der energische Tonfall blieb unverändert.

»Exspira«, sagte Mara unvermittelt.

»Bitte?« Tessa Steinbergs Augen blitzten wachsam.

»Ihr guter Bekannter Bernhard Keim hat seine Firma an ein Unternehmen namens Exspira verkauft. Kurz darauf erhielten Sie und Ihre Partnerin ein ähnliches Angebot. Etwa auch von Exspira?«

»Bevor ich darauf antworte, möchte ich mich erst juristisch beraten lassen.«

»Ich nehme das mal als ein Ja«, meinte Mara lässig. »Eine höchst verdächtig agierende Deckfirma, die es bereits nicht mehr gibt.« Ihr Blick spießte die Frau förmlich auf. »Wussten Sie das?«

Tessa Steinberg sah überrascht auf. »Nein, davon hatte ich keine Ahnung. Bernhard war damals wirklich begeistert. Er erzählte uns von dem sprichwörtlichen *Angebot, das man nicht ablehnen kann.* Er machte Femke mit jemandem bekannt, der Exspira vertreten hat. Auch wir fanden, dass das alles sehr seriös klang, doch wir kamen zu dem Schluss, dass die Erfolgsgeschichte von J&S Consulting noch nicht zu Ende war. Wir standen prächtig da, hatten hervorragende Kontakte. Wir waren bestens etabliert – und sind es noch.«

»Was wollen Sie partout vor mir verschweigen?«

»Nichts.«

»Was wollen Sie partout vor mir verschweigen?«, wiederholte Mara mit unerbittlichem Ton.

Einige Sekunden verstrichen in Stille.

»Na gut.« Ein tiefer Seufzer, ein unwilliges Nicken. »Für mich war die Sache mit einem möglichen Verkauf unserer Firma erledigt. Ich nahm ohnehin meine Auszeit. Als ich schließlich zurückkam und Femke tot war, stellte ich fest, dass sie während meiner Abwesenheit doch wieder Verhandlungen mit dieser Firma aufgenommen hatte. Es gibt sogar Vertragsentwürfe, die weit gediehen waren. Und …« Nach einem weiteren Seufzer fuhr sie fort: »Und ich glaube, dass bereits Geld an Femke geflossen war. Geld, das sie eventuell nicht ordnungsgemäß … Nun ja, es ist noch nicht sicher, ich wollte vermeiden, dass irgendein Schatten auf Femke fällt und …«

»An der Steuer vorbei. So was in der Art?«

»Möglich.« Tessa Steinberg klang ungewohnt verlegen.

»Aber Auszeit hin oder her, für einen Verkauf hätte es dennoch Ihrer Zustimmung bedurft.«

»Femke und ich hatten eine Übereinkunft, von der nur wir beide wussten. Ich wollte nicht nur temporär, sondern endgültig aus dem Unternehmen ausscheiden.«

»Aufgrund Ihrer privaten Verstrickungen mit Frau de Jong, schätze ich mal.«

»Wie immer Sie es ausdrücken wollen,« antwortete Tessa Steinberg mit einem verkniffenen Zug um die Lippen.

»Das heißt, Frau de Jong hat sich im Alleingang zu einem Verkauf entschieden.«

»So sieht es heute für mich aus.«

»Wer von Exspira ist bei der ersten Kontaktaufnahme an Sie beide herangetreten?«

»Ein Rechtsanwalt, der die Firma vertrat und bevollmäch-
tigt war, Verhandlungsgespräche einzuleiten.«

»Wie heißt er?«

»Einen so wohlklingenden Namen kann man kaum vergessen: Ignaz Gregorius. Wie gesagt, er ist absolut glaubwürdig auf-
getreten. Vertrauensvoll, gewinnend. Sie haben den Verdacht,
dass Exspira etwas mit dem Mord an Femke zu tun hat, richtig?«

»Sie haben den Herrn mit dem wohlklingenden Namen
nicht eingehender überprüft? Oder überprüfen lassen?«

»Da unser Nein auf seine Offerte relativ schnell erfolgte,
war das aus unserer Sicht nicht mehr nötig.« Tessa Steinberg
räusperte sich. »Ich muss nun wirklich los.«

»Keine Sorge, Ihr Rendezvous muss nicht mehr allzu lange
warten«, meinte Mara in frechem Tonfall, der ihr einen miss-
billigenden Blick eintrug. Sie zog ihr Handy hervor und gab
den Namen Ignaz Gregorius ein, doch sie stieß auf so gut wie
keine Informationen und startete die Bildersuche. Als die spärlichen Ergebnisse angezeigt wurden, hielt sie das Display ihrer
Gesprächspartnerin hin. »Erkennen Sie ihn auf einem der Fotos
wieder?«

Tessa Steinberg nahm das Handy an sich. »Der hier ist es.«

Mara rückte näher an sie heran. Die Aufnahme zeigte einen
Mann, der in Businessanzug, weißem Hemd und Krawatte an
einem Schreibtisch saß und distinguiert in die Kamera lächelte.
Ein Foto, wie man sie häufig auf Firmenwebsites entdeckte. Er
war etwa vierzig oder Mitte vierzig, glatt rasiert und hatte Ge-
heimratsecken. Seine Hände lagen auf der aufgeräumten Tischplatte, die Finger waren miteinander verschränkt. Maras Blick
fiel auf den Handrücken. Dort war ein Muttermal zu erkennen.

Sie zog das Bild größer.

Das Muttermal wies eine auffällige Form auf.

Sie kannte es.

Sie hatte es schon einmal gesehen – in einer kurzen, abscheu-
lichen Filmsequenz.

34

Die Unterhaltung mit Pit Geyer geisterte Rosen noch im Kopf herum, als er sich auf dem Weg in das Verhörzimmer befand.

Er will nur mit dir reden ... er vertraut dir ... nutze das aus, Rosen, es wird uns helfen, weiterzukommen ...

Der fehlende Schlaf machte sich endgültig bemerkbar. Vor der Tür blieb er stehen, um ausgiebig zu gähnen und sich zu sammeln. Dann betrat er den Raum, wo er bereits von Thilo Heckmann und dessen Rechtsbeistand Keller-Blume erwartet wurde.

Rosen nahm Platz und wollte das Aufnahmegerät betätigen, da hob der Anwalt die Hand.

»Wir bleiben unter uns, hoffe ich. Das wurde uns zugesagt.«

Rosen nickte.

»Ihre Kollegin, also, die Art Ihrer Kollegin ist einem vertrauensvollen Miteinander nicht förderlich. Jedenfalls aus Sicht meines Mandanten.«

Rosen ließ das unkommentiert.

»Man hat uns ein gewisses Entgegenkommen signalisiert«, kam es wieder von Keller-Blume.

»Hauptkommissar Geyer hat mich davon unterrichtet«, erwiderte Rosen vorsichtig.

»Wenn Herr Heckmann weiterhin kooperiert, wird sich seine Situation grundlegend verbessern.«

Weiterhin, wiederholte Rosen in Gedanken und nickte den beiden Männern zu. Was mochte da noch kommen?

Die Aufnahme lief. Er sprach die üblichen einleitenden Worte. Nach einer kurzen Stille wandte er sich an Heckmann. »Wir waren zuletzt bei den Zahlungseingängen, die auf Ihrem Konto ...«

»Herr Heckmann möchte seine Aussage abändern«, warf Keller-Blume ein. »Nicht was den Geldverkehr, sondern was die Anonymität der Personen betrifft, die Inhalte auf den Server geladen haben.«

Rosens Müdigkeit löste sich schlagartig auf. »Herr Heckmann, bitte sprechen Sie.«

Heckmann richtete sich ein wenig im Stuhl auf, als müsste er seine Kräfte bündeln. »Ich will aber ... Also.« Er warf einen Seitenblick zu Keller-Blume.

»Im Falle einer für andere Personen belastenden Aussage ist mein Mandant auf Schutz angewiesen.«

»Um welche anderen Personen geht es?«

»Schutz«, wiederholte Keller-Blume betont. »Ihr Kollege Geyer hat dies in Aussicht gestellt.«

»Dann können Sie sich darauf verlassen. Noch mal, Herr Heckmann, um wen geht es?«

Heckmann sah vor sich hin auf den Tisch. »Natürlich sind die meisten Leute, die den Server genutzt haben, für uns völlig Unbekannte. Aber eben nicht alle. Es gibt jemanden, mit dem die Friedrich-Brüder in engem Kontakt gestanden haben. Ich weiß nicht, ob sie das alles allein hätten aufziehen können.«

»In jedem Fall nicht allein – Sie haben sie ja auch unterstützt.«

»Ich war doch nicht mehr als ein digitaler Laufbursche.«

»Die Funktion meines Mandanten wurde ausreichend geklärt«, schaltete sich der Anwalt erneut ein. »Heute steht jemand anders im Mittelpunkt.«

Rosen nickte Heckmann aufmunternd zu. »Haben Sie auch einen Namen zu diesem Jemand? Sonst kommen wir nicht weiter.«

»Ich will ja auch reden, es ist nur ...« Er verfiel in Schweigen.

»Ich sehe, dass Sie Angst haben, und ich verstehe das sehr gut«, sagte Rosen mit beruhigender Stimme. »Aber ich verspreche Ihnen, Sie sind nicht auf sich allein gestellt. Wir können Ihnen helfen und Ihnen Schutz bieten.«

»Dieser Mann ist gefährlich. Ich traue ihm wirklich alles zu. Und ich will nicht in sein Visier …« Erneut stoppte Heckmann mitten im Satz. Fahrig wischte er sich übers Gesicht. Trotz der Klimaanlage glänzte seine Stirn vor Schweiß.

Rosen sah ihn an. »Um wen geht es?«

Zur selben Zeit war Mara bereits zurück im Präsidium.

Sie eilte, das Handy am Ohr, im typisch energischen Billinsky-Gang in Richtung der Aufzüge und versuchte Rosen zu erreichen. Doch er nahm keinen ihrer Anrufe entgegen. An seinem Maulwurfsplatz im Keller war er auch nicht, also machte sie sich auf den Weg zu ihrem eigenen Büro.

Sehr beschäftigt, der Kollege, dachte sie und musste schmunzeln, als sie sich an Rosens angespanntes Gesicht während seines Telefonats erinnerte. Mit wem hatte er gesprochen? Seinem beflissenen Tonfall nach zu urteilen wahrscheinlich mit Hauptkommissar Pit Geyer.

Sie huschte um die Trennwand, die ihren Bereich vom Rest des Großraumbüros abteilte, und blieb wie angewurzelt stehen.

Auf ihrem Drehstuhl saß ein Besucher, die Beine bequem ausgestreckt, die Arme hinter dem Kopf gefaltet, sodass der Bizeps den Leinenstoff seines Hemdes spannen ließ.

»Das ist mein Platz«, sagte sie.

»Bitte.« Erik Nordin stand auf. Er ging zum Fenster, wo er sich umdrehte und sein Hinterteil auf dem Sims niederließ.

Sie streifte die Jeansjacke ab, unter der sie ein schwarzes Top trug und hängte sie nachlässig über die Lehne, um sich dann hinzusetzen. »Wie bist du überhaupt hereingekommen?«

»Du fragst, als wäre ich ein Eindringling. Ich bin dein *internationaler Teamkollege*, schon vergessen? Ich habe mich mit

Klimmt unterhalten, und er hat mir angeboten, hier auf dich zu warten. Nicht mal er war so unfreundlich wie du.«

»Ja, Klimmt ist ein richtiger Goldschatz.«

Sein Mund verzog sich zu einem Grinsen. »Du bist immer auf Angriff gepolt, Billinsky, stimmt's?«

»Dafür bist du ein Lämmchen. Also, was willst du? Ich hab zu tun, ich muss unbedingt mit Rosen …«

»Und meine Überraschung? Du hast gedacht, das war nur ein Spruch.«

»Dann mach's nicht so spannend.«

»Komm mit«, forderte er sie mit einem beiläufigen Rucken seines Kopfs auf.

»Wohin?«

»Um wen geht es, Herr Heckmann?«, fragte Rosen erneut auf seine ruhige, geduldige Art.

Heckmann rang mit sich, das war ihm deutlich anzusehen. Seine Stimme war auf einmal leise: »Ich hab ihn nie persönlich getroffen. Aber Michael und Kevin haben oft über ihn gesprochen. Er hing kohlemäßig mit drin.«

»Das heißt, er war nicht nur ein Kunde, sondern eine Art Partner der Friedrich-Brüder.«

»Ja, das klingt wahrscheinlich zu businessmäßig, aber es stimmt schon, sie haben ihm Geld gegeben. Ich glaube, er hatte ihnen vorher was geliehen, damit sie das Ding auf die Beine stellen konnten. Er wollte immer nur Bargeld, nix da Kryptowährung und der ganze Kram, das hat sie genervt. Davon abgesehen hat er jede Menge Filmmaterial hochgeladen. Unterschiedliches Zeug. Aber immer ging es um Gewalt. Mal heftiger, mal weniger heftig. Mal wohl eher zufällig mitgefilmt, mal ein bisschen inszenierter.«

»Wie heißt der Mann?«

»Ich kenne nur seinen Vornamen. Und ich weiß nicht mal,

ob der echt ist. Klingt irgendwie nach einem Spitznamen oder Decknamen, oder so was.«

»Wie heißt er?«, wiederholte Rosen unverändert geduldig.

»Prince.«

Mara folgte Nordin, der sie bis zu einem der hinteren, weniger genutzten Besprechungsräume führte. Er klopfte nicht an, sondern öffnete die Tür und ließ ihr den Vortritt.

Als sie den Raum betrat, sah ihr eine Frau entgegen, die am Fenster stand, bekleidet mit einer in sanftem Grün gehaltenen Bluse und hellen Stoffhosen. Auch die Augen, die Mara betrachteten, waren grün.

»Hallo, Pelletier!«

»Hallo, Billinsky!«

Falls Mara überrascht war, ließ sie es sich nicht anmerken. Sie setzte sich an den rechteckigen Tisch, auf dem nichts stand außer einem Beamer. Auch Colette Pelletier und Erik Nordin nahmen Platz.

»Das ist meine Überraschung«, erklärte er unnötigerweise. »Das Kernteam ist wieder vollzählig. Es geht weiter!«

Keine der beiden Frauen äußerte einen Ton.

Der Schwede grinste spöttisch. »Etwas mehr Euphorie, bitte.«

»Gibt es denn Anlass zur Euphorie?«, fragte die Französin.

»Dafür werden wir schon sorgen«, antwortete er überzeugt. »Ich will, dass wir den nächsten Schritt machen.«

Mara schwieg weiterhin. Colette Pelletiers Rückkehr hatte sie tatsächlich nicht erwartet, jedenfalls nicht so schnell.

»Wir werden weiterbohren.« Nordin nickte Pelletier zu.

»Weiterbohren?« Im Gesicht der Französin zeigte sich Irritation. »Was soll das heißen? Ich hatte erwartet, dass ihr etwas Konkretes habt.«

Mara bedachte Nordin mit einem abschätzenden Seitenblick. »Ich dachte, ihr habt eine Präsentation vorbereitet«, fuhr Pelletier fort und deutete auf den Beamer. »Etwas, das ich an meine Chefs in Paris weitergeben kann, als Grundlage für weitere Ermittlungen. Erik, du hast von stichhaltigen Beweisen geredet, dass Polaris noch hier ist.«

»Stichhaltig?«, warf Mara mit einem weiteren Blick auf Nordin ein.

»Das heißt, du weißt davon nichts, Billinsky?« Pelletier sah von Mara gleich wieder zu Nordin.

»Colette«, sagte er, »wenn wir die Sache zusammen …«

Sie unterbrach ihn, indem sie vom Stuhl hochfederte und einen Fluch auf Französisch ausstieß. »Erik, ich kann es einfach nicht fassen.«

»Bleib cool. Ich sag dir, wenn …«

»Erik, ich gebe dir vierundzwanzig Stunden. Falls du dann nichts vorweisen kannst, bin ich weg, und die ganze Sache ist gestorben.«

Diesmal erwiderte er nichts.

Sie stürmte aus dem Zimmer und knallte die Tür zu.

Der Schwede starrte grimmig vor sich hin. »*Jävla skit*«, knurrte er. *Verdammte Scheiße!*

»Deine Überraschung ist dir echt gelungen«, sagte Mara trocken.

Es war wieder einmal eines dieser Kaffeeautomaten-Meetings. Wie oft waren sie genau hier, an diesem schlecht beleuchteten Ende eines langen nackten Flurs, schon entscheidende Schritte weitergekommen? Dabei war es viel zu heiß für die künstliche Brühe, aber das war ihnen egal.

»Ignaz Gregorius«, sprudelte Mara los, die Rosen natürlich zuvorkam. Ohne Luft zu holen und froh darüber, das Treffen mit Nordin und Pelletier aus ihren Gedanken vertreiben zu können, schilderte sie das Gespräch mit Tessa Steinberg. Zum

Abschluss präsentierte sie das im Internet gefundene Foto des Mannes mit dem auffälligen Muttermal auf dem Handrücken.

Er betrachtete es eingehend. »Das heißt, ich soll mich um diesen Herrn kümmern.«

Sie grinste. »Rosen, ich hätte es nicht schöner ausdrücken können.«

»Darf *ich* jetzt erzählen? Es geht nämlich um Thilo Heckmann.«

Er brachte sie gleichermaßen auf den neuesten Stand, im Gegensatz zu ihr in dem besonnenen, fast spröden Tonfall, den sie an ihm schätzte und verfluchte, je nach Situation. »Wir kommen weiter«, schloss er, »Stück für Stück.«

»Prince«, meinte Mara betont. »Sagt dir das etwas? In irgendeiner Verbrecherkartei mal aufgeschnappt? Von jemandem gehört, der diesen schönen Namen hat?«

»Ich glaube nicht. Aber was nicht ist …«

»… kann ja noch werden.«

Schritte ertönten, ihre Köpfe ruckten zur Seite. »Der fehlt mir noch«, murmelte Mara, ohne die Lippen zu bewegen und so, dass nur Rosen sie hören konnte.

»War ja klar, wo ich Sie finde, Billinsky«, rief der Hauptkommissar, der wie ein Bär auf sie zustapfte, das Hemd schweißgetränkt, die zusehends grauer werdenden Strubbelhaare am Kopf klebend. Er stellte sich zu ihnen. »Ich habe das Gefühl, Sie gehen mir aus dem Weg.«

»Gut, dass Sie nie viel auf Gefühle geben.«

»Und ich weiß natürlich auch, warum Sie mir aus dem Weg gehen. Weil Sie im Mordfall Femke de Jong feststecken und mit Ihrem kleinen bisschen an Weisheit am Ende sind.«

»Nein, es ist eher so, dass dieser Mord in einem größeren Zusammenhang betrachtet werden muss. Jedenfalls deutet immer mehr darauf hin.«

»Was Sie nicht sagen«, blaffte er wenig überzeugt. »Was ist denn nun mit dieser Steinberg?«

»Daran habe ich von Anfang an nicht so recht geglaubt.«

»Sie haben doch was von Frauenliebesdrama erzählt und …«

»Das war ja auch ein bemerkenswerter Aspekt. Ein Motiv hätten wir uns daraus vielleicht noch zimmern können. Eifersucht, gebrochenes Herz. Aber wenn das wirklich der Auslöser für eine solche Tat gewesen wäre, kann ich mir einfach nicht vorstellen, dass Tessa Steinberg den Mord auf diese Weise durchgeführt hätte. Es wäre eher im Affekt geschehen – oder wenn doch geplant, dann weniger aufwendig. Man muss das Opfer in seine Gewalt und an den Tatort bringen. Man muss das Grab ausheben. Das klingt nicht nach dem Werk einer Frau.«

»Und falls sie Helfer hatte?«

»Da springt uns bislang niemand ins Auge. Außerdem war sie es, die Femke de Jong vermisst gemeldet hat. Das könnte zwar durchaus Teil eines besonders dreisten Ablenkungsmanövers sein, aber …« Sie ließ den Satz unvollendet und winkte ab.

»Trotzdem. Was war mit Steinbergs Alibi?«, hakte Klimmt nach.

»Nicht überzeugend. Aber eben auch nicht belastend genug. Aus dem inzwischen durchgeführten digitalen Tracking geht hervor, dass Steinberg, wie sie behauptet, tatsächlich in den fraglichen Tagen fast ausschließlich zu Hause und online aktiv gewesen ist. Es gibt auch keine Anzeichen dafür, dass sie sich je in Tatortnähe aufgehalten hat. Keine Faserspuren, kein Kopfhaar, keine Abdrücke von Schuhsohlen.«

»Der oder die Täter sind also sehr gewissenhaft vorgegangen«, ergänzte Rosen. »Das spricht eher für Profis als für eine Unternehmerin, die nie zuvor in eine kriminelle Tat verwickelt gewesen ist.«

Klimmt strich sich über den wild wuchernden Schnurrbart. »Es gibt also nichts, worüber ich auch nur ansatzweise mit der Staatsanwaltschaft reden kann. Billinsky, Sie schließen Steinberg als Verdächtige aus, hab ich das richtig verstanden?«

»Noch nicht völlig, aber so gut wie.«

»Und der größere Zusammenhang«, er machte mit den Fingern Anführungszeichen, »den Sie vorhin erwähnt haben?«

Sie berichtete ihm über die beiden Toten, Ignaz Gregorius und Bernhard Keim.

Er hörte zu, skeptisch wie meistens. »Aber auch da gibt es nichts«, meinte er dann, »was ich zur Staatsanwaltschaft tragen kann. Wir wissen ja nicht mal, wer dieser Gregorius war.«

»Aber er kann eine Verbindung sein. Ermordet, genau wie de Jong. Und außerdem für die Firma tätig, an die Keim sein Unternehmen verkauft hat.«

»Das ist trotzdem gleich null. Oder haben Sie etwas Konkretes in der Hand?«

»Ich bin dran. Da wird noch mehr rauskommen.«

»Was macht Sie so zuversichtlich?«

Rosen räusperte sich. »Ich lasse euch allein und hefte mich an die Fersen von Ignaz Gregorius.« Mit einem Nicken eilte er los.

»Also, Billinsky, was macht Sie so zuversichtlich?«

»Mein Bauchgefühl.«

»Das hab ich befürchtet.« Klimmt fummelte sich schon wieder in seinem Schnurrbart herum und brummte: »Dann erkläre ich Staatsanwalt von Lingert, dass er sich vollkommen entspannen kann. Wir haben ja noch Kommissarin Billinskys Bauchgefühl.«

Mara ließ den leeren Becher in den Mülleiner fallen. »Genau, machen Sie das mal.«

35

Er überquerte den Eisternen Steg, die Fußgängerbrücke, die über den Main führte, hielt aber etwa in der Mitte inne, um sich aufs Geländer zu stützen und eine Verschnaufpause einzulegen. Eine in die Jahre gekommene, einsame Gestalt, trotz oder gerade wegen der vielen Passanten, vor allem Touristen, die Fotos von der Skyline im Sonnenschein machten.

Ja, eine Pause hatte er inzwischen häufiger nötig. Die zu vielen selbst gedrehten Kippen, die pfeifende Lunge, die morschen Knochen. Das Alter eben. Hanno Linsenmeyer zog die Schirmmütze vom Kopf, um sich durch die immer noch zu langen, inzwischen dünnen und mausgrauen Haare zu streichen. Er schwitzte, er hatte Durst. Unter ihm schob sich ein Ausflugsschiff, das Deck ebenfalls voller Touristen, übers Flusswasser, das einen neuen Tiefststand erreicht hatte. Sein Blick folgte der trägen Fahrt. Das Lachen der Leute wurde zu ihm nach oben geweht und dann gleich wieder vom Stimmengewirr hinter ihm überdeckt. Ein Schwarm Krähen beschrieb eine Kurve in der Luft und verschwand in der Weite aus Hannos Sicht.

Wie oft mochte Mara Billinsky hier gestanden haben, so allein wie er in diesem Moment? Im Gegensatz zu ihm allerdings nicht etwa ein bisschen müde, sondern von Orientierungslosigkeit geplagt, unsicher darüber, welchen Weg sie einschlagen sollte. Sie hatte ihm einmal davon erzählt, dass der Eiserne Steg in früheren Zeiten ein Fluchtpunkt für sie gewesen war. Ein Ort, um durchzuatmen und sich den Fragen zu stellen, die auf jeden einmal zurollten wie mächtige Felsbrocken. Was anfangen mit seiner Lebenszeit, schwarz oder weiß, sicher oder risikoreich, hopp oder top?

Im Laufe der vielen Jahre als Sozialarbeiter hatte Hanno etliche Jugendliche begleitet, die auf einem gefährlich dünnen Seil tanzten und denen der Absturz drohte. Er konnte sich an jeden Einzelnen erinnern, jeder war ihm auf die eine oder andere Weise ans Herz gewachsen, aber kaum jemand so sehr wie Mara. Wie lang lag diese Zeit zurück, als auch sie, noch weit entfernt von einer Laufbahn bei der Polizei, auf diesem Seil balanciert war, angezogen von einem Dasein abseits der sogenannten normalen bürgerlichen Gesellschaft. Er sah sie vor sich, schon damals diese herausfordernde, angriffslustige Wildheit im Blick, den sie der Welt aus ihren schwarzen Augen entgegenschleuderte. Wie sehr sie sich verändert hatte – und wie sehr sie sich auf ihre Art dennoch treu geblieben war.

Auch zu Rafael Makiadi hatte Hanno eine besondere Beziehung aufgebaut. Der Junge war komplett anders gewesen als Mara. In sich gekehrt, grüblerisch, gehemmt. »Du kannst länger den Mund halten als ein Mönch mit Schweigegelübde«, hatte Hanno einmal zu Rafael gesagt. Ein sensibler Bursche mit großen Zweifeln, vor allem an sich selbst. Im Grunde herzensgut und doch auch angezogen von allem, was verboten war, was *anders* war. Wie alle diese Jugendlichen, irgendwie verloren, zu früh erwachsen geworden, und doch kindlich, unbedarft.

Hanno löste sich vom Geländer, zog sein Handy hervor und rief Rafael an. Vergeblich, wie erwartet. Er schickte eine Nachricht mit dem Vorschlag, sich zu treffen, und erhielt darauf eine ausweichende und unkonkrete Antwort. Rafael sagte nicht direkt ab, stimmte aber auch nicht zu. Wie immer in letzter Zeit.

Zwei Stunden später fühlte Hanno sich nicht mehr so müde, allein war er hingegen noch immer. Er saß etwas verloren auf einem der Metallsitze, die an einer Bushaltestelle angebracht waren. Allerdings wartete er nicht auf den Linienbus. Er spielte mit einem Gedanken, den er bislang stets verworfen, für den er sich sogar geschämt hatte.

Unentwegt behielt er den schlichten Block im Auge, in

dem vor allem Sozialwohnungen untergebracht waren. In der kleinsten davon, direkt unter dem Schrägdach, hatte er Rafael im Zuge eines Hilfsprogramms für ehemals straffällige Jugendliche eine Bleibe verschafft.

Zwei Schlüssel hatte er für die winzige Wohnung bekommen und einen davon selbst behalten. Nicht um den Jungen zu überwachen, nur für Notfälle. Was momentan nicht zutreffend war. Oder doch? Wenn Rafael mir nichts, dir nichts seinen Job schmiss, dann … Oder war es gar nicht mir nichts, dir nichts?

Nicht im Bilde zu sein, zerrte an seinen Nerven. Dafür mochte er Rafael eben zu sehr.

Mit einem Seufzer stand Hanno auf und schlurfte in seinen abgewetzten Ledersandalen über die Straße auf den Block zu. Er betrat den Altbau, hätte sich über einen Aufzug verdammt gefreut und kämpfte sich die Stufen hoch. Kurz darauf stand er in der Eineinhalb-Zimmer-Wohnung, in der er nichts Auffälliges vorfand. Unaufgeräumt, ein paar Staubmäuse, abgestandene Luft. Nein, alles wie erwartet. Und doch hatte Hanno den Eindruck, dass sich der Junge nur noch selten hier aufhielt.

Es war heiß, das Dach kaum isoliert. Hanno öffnete ein Fenster, was die Hitze kaum erträglicher machte. Er sackte auf einen der beiden dreibeinigen Hocker, die in der engen Kochnische standen. Nichts war alarmierend, und trotzdem beschlich ihn ein ungutes Gefühl. Wie er es schon die ganze Zeit über hatte.

»Hm«, meinte er ratlos, ein verlorener kleiner Laut in der Stille ringsum.

Er wollte gerade wieder aufbrechen, als das Geräusch eines Schlüssels im Türschloss erklang.

Sekunden darauf standen Rafael und ein anderer Mann vor ihm.

»Was willst du hier, Hanno?« Rafael gab sich keine Mühe, seine Verärgerung zu verbergen.

Der zweite Mann verharrte reglos auf der Stelle. Er trug eine

Sonnenbrille, sodass Hanno seine Augen nicht sehen, aber seinen Blick dennoch auf sich spüren konnte. Ein Blick, der Unbehagen auslöste.

»Willst du mich deinem Freund nicht vorstellen, Rafael?«, fragte Hanno.

»Du kannst dich doch nicht einfach in meine Wohnung reinschleichen.«

»Ich bin nicht geschlichen.«

Obwohl er mit Rafael sprach, sah Hanno noch immer den Fremden an. Dunkle Haut, Kurzhaarschnitt, sportliche Figur, lässige Haltung.

Ja, allein die Anwesenheit des Mannes löste ein ungutes Gefühl in ihm aus.

36

Auch in Schweden konnte es im Sommer heiß werden, allerdings auf eine andere Art. Das hier war ein verdammter Brutkasten aus Beton und Stahl. In der Luft klebte Staub, man konnte kaum atmen, man konnte kaum denken.

Erik Nordin lief mit dumpfer Entschlossenheit durch die Straßen. Was war ihm schon geblieben außer Entschlossenheit?

Er hatte sich den Weg gemerkt, den Billinsky ihm zuletzt gezeigt hatte. Er musste nur noch einmal abbiegen, dann die Kreuzung überqueren, und er wäre am Ziel. Unbewusst spannte er sich an, ballte die Hände zu Fäusten. Seine Schritte wurden länger.

In den Tagen seit seiner Rückkehr nach Frankfurt hatte er versucht, sich umzuhören, doch er verfügte hier über keine Kontakte, keine Anlaufstellen, er war auf Billinsky angewiesen, und das war neu für ihn. Neu und frustrierend. Es musste etwas passieren!

Er spähte zwischen Passanten hindurch und entdeckte die Gestalt, die im Schneidersitz zwischen einer Hofdurchfahrt und einem Sexshop auf einem alten Sofakissen hockte.

Sekunden später baute sich Nordin vor dem kleinen, drahtigen Mann auf, blickte auf ihn hinunter. »Du weißt doch noch, wer ich bin, oder? Wir müssen reden.«

Ramon sondierte die Lage mit einem misstrauischen Blick, der die gesamte Umgebung miteinschloss. »Wo ist Billinsky?«

»Sie kann nicht kommen, deshalb bin ich hier.«

»Ich rede nur mit Billinsky.«

»Vor allem redest du zu wenig.«

»Du kannst dich auf den Kopf stellen, Mann, aber ich werde nicht …«

Nordin unterbrach ihn, indem er ihn blitzschnell am Pferdeschanz packte und mit einem Ruck auf die Beine wuchtete. Mit hartem Griff schleifte er ihn in die Hofeinfahrt, wo er ihn fest gegen die Mauer drückte. Ramon wollte sich dem Griff entziehen, aber gegen den Schweden hatte er keine Chance.

»Letztes Mal hast du gesagt, Polaris ist noch in der Stadt.« Sein Mund war nahe an Ramons Ohr, er roch den Schweiß des Mannes, spürte die Furcht, die ihn erfasst hatte.

»Das hab ich jedenfalls gehört«, stieß Ramon aus.

»Das soll alles gewesen sein?«

»Sonst hätte ich es Billinsky gesagt.«

»Von wegen. Du hast dir jedes Wort genau überlegt und immer nur Andeutungen gemacht.«

Nordin wickelte sich den Zopf einmal ums Handgelenk und presste Ramons Oberkörper noch fester gegen die Mauer. »Polaris ist noch hier, richtig?«

»Mann, ich bin nicht seine Sekretärin, ich weiß es nicht.«

»Ich scheiß auf deine Andeutungen.« Nordins Stimme war ein unheilvolles Zischen. »Billinsky hat dir das durchgehen lassen. Ich nicht.« Er rammte ihm die linke Faust in die Nierengegend. Ramon kreischte vor Schmerzen. »Was hast du gehört, du kleine Ratte? Na los! Mach endlich das Maul auf!«

Ramon stöhnte. Schweiß lief in Strömen an ihm herab. »Es sind nur Gerüchte«, brachte er kaum hörbar über die Lippen.

»Was für Gerüchte?«

»Polaris ist untergetaucht. Aber er mischt trotzdem noch mit. Das hab ich zumindest gehört.«

Ein zweiter Faustschlag, wieder das Kreischen, wodurch ein Passant, auf sie aufmerksam wurde und plötzlich neben ihnen stand.

»Verpiss dich!«, fuhr Nordin ihn an. Der Fremde folgte dem Rat noch schneller, als er aufgetaucht war.

»Also was ist jetzt, Ramon? Ist Polaris untergetaucht, oder mischt er mit?«

»Dass er plötzlich in Frankfurt war, hat einige der Bosse im Viertel ziemlich aufgeschreckt. Die Albaner, die Rocker, die Araber, die Kroaten. Aber ...« Er verstummte.

Nordin drückte mit der Rechten noch fester zu, Ramons Stirn schrammte immer wieder gegen die Mauer, er blutete.

»Aber *was*?«

»Polaris lässt sie in Ruhe.«

»Wieso?«, wiederholte Nordin skeptisch. »Welches Revier steckt er ab?«

»Ich habe wirklich nicht die leiseste Ahnung.«

»Welches Revier? Was ist mit Waffen? Nutten? Drogen« Nordin ratterte die Stichworte herunter, obwohl er kaum Hoffnung hatte, einen Treffer zu landen. Polaris hatte andere Spielfelder für sich entdeckt. Nur welche?

»Ich hab echt keine Ahnung«, jammerte Ramon kläglich.

Und ich habe nur dich, du kleiner Scheißer, dachte Nordin. Der nächste Schlag, noch einer, noch einer. Ramon sackte zusammen, er hing nur noch schlaff und kraftlos in seinen verschwitzten Klamotten. Der Schwede hielt ihn nach wie vor am Zopf fest, jetzt allerdings allein aus dem Grund, dass er nicht auf den Boden sackte.

Ramon röchelte.

»Was hast du gehört?«

»Nichts.«

»Ich brech dir alle Knochen«, raunte Nordin ihm ins Ohr, jedoch endgültig ohne Hoffnung, mehr aus ihm herauszubekommen. Was sollte er nun anfangen? Wenn Colette Pelletier Frankfurt verließ, war es vorbei, das wusste er, dann würde alles im Sande verlaufen.

»Ein Haus«, kam es von Ramon.

»Was?«, schrie Nordin ihn an.

»Ein Unterschlupf.«

»Was ist das – ein *Unterschlupf*? Ein Versteck?«

»Ja.«

»Was ist damit?« Er lockerte seinen Griff und ließ Ramon an der Mauer nach unten auf den Asphalt rutschen. Dann ging er in die Knie und beugte sich zu ihm herunter. »Was ist damit?«

»Ich weiß nicht, ob da was dran ist«, flüsterte Ramon, der sich auf dem Boden zusammenkauerte, voller Angst vor weiteren Schlägen.

Jetzt war Nordins Stimme wieder ein drohendes Zischen: »Raus mit der Sprache!«

37

»Also, Hanno, was willst du hier?«, blaffte Rafael noch einmal genervt.

Bevor Hanno antworten konnte, meldete sich der Unbekannte zu Wort, ein angedeutetes spöttisches Grinsen auf den Lippen. »Okay, Bruder. Ich mache einen Abflug, und du quatschst mit deinem alten Kumpel. Wir sehen uns später in der City.« Seine Stimme war angenehm und melodiös, begleitet von einem schwachen Akzent, den Hanno nur schwer einzuordnen vermochte.

Gleich darauf waren sie zu zweit.

»Sorry, Rafael, ich wollte nicht …« Hanno suchte nach Worten. Er hatte wegen seines Eindringens in die Wohnung ein schlechtes Gewissen und spielte mit der schweißverkrusteten Mütze herum. »Es ist einfach so, dass ich mir Sorgen gemacht hab.«

»Du redest doch immer davon, dass ich jetzt selbst verantwortlich bin für das, was ich tue. Volljährig, kein kleiner Junge mehr, bla, bla, bla. Dann lass mir mal ein bisschen Luft zum Atmen.«

Rafael ließ sich auf dem anderen Hocker nieder. Er hatte die Worte nicht mit Heftigkeit ausgestoßen, sondern dumpf, fast unbeteiligt. So war es immer mit ihm. Er vermied Blickkontakt und hatte etwas Brütendes, Abwartendes, selbst wenn er zornig war.

»Luft zum Atmen hast du doch«, erwiderte Hanno nach einer Pause. »Ich will dich ja nicht kontrollieren, aber du weichst mir aus. Und Mara weichst du auch aus.«

»Quatsch.«

»Okay, ich hätte nicht hier hereinkommen sollen, das sehe ich ein.« Er hockte die Mütze wieder auf, obwohl es so warm war. »Aber versteh doch, Rafael, du vertröstest uns die ganze Zeit. Du antwortest spät oder überhaupt nicht auf Nachrichten. Du machst dich *unsichtbar*. Noch mal: Es geht nicht um Kontrolle, es geht um Freundschaft.«

Rafael sah auf den Laminatboden, sein Gesicht wirkte seltsam ausdruckslos. »Ich hab eben viel zu tun«, murmelte er, betont gleichgültig. »Der Job und so weiter. Der ganze Mist eben.«

»Welcher *Mist*? Das ist es ja, ich hab gar keine Ahnung mehr, was bei dir los ist.«

»Musst du auch nicht.«

»So meine ich das auch nicht, aber ...« Hanno seufzte. Es war nie leicht gewesen, Zugang zu Rafael zu finden. Aber eine solche Distanz, wie sie jetzt in der kleinen Wohnung spürbar war, hatte es schon lange nicht mehr zwischen ihnen gegeben.

»Ich komme einfach nicht mehr an dich ran«, meinte Hanno nach einer langen Stille in offener Hilflosigkeit. »Und das finde ich schade. Es macht mich traurig.«

Rafael schlug die Beine übereinander. Er trug die teuren Sneaker, die Hanno bereits an ihm kannte. Auch die übrigen Kleidungsstücke wirkten nicht gerade günstig.

»Bist du verliebt?« Hanno grinste in dem offenkundigen Versuch, die frühere Vertrautheit zwischen ihnen wiederherzustellen.

»Nein«, sagte Rafael barsch. »Na ja, vielleicht«, fügte er versöhnlicher an.

»Hey!« Hanno hielt den Daumen ausgestreckt nach oben. »Ich nehme an, du willst nicht mehr darüber erzählen.«

»Nein, will ich nicht.«

»Schon gut. Der Gentleman schweigt. Ist doch klar.«

»Hanno, ich kann dich beruhigen. Du machst dir unnötig Sorgen. Bei mir ist alles tiptop.«

»Schön wär's«, erwiderte Hanno dumpf.

Zum ersten Mal suchte der Junge, der gar kein Junge mehr war, Blickkontakt. Vorsichtig, von unten nach oben, wie früher schon, fast wie ein scheues Tier. »Wie meinst du das?«

»Ich weiß Bescheid.«

Rafael lugte gleich wieder nach unten, als säße er allein im Zimmer. Der Junge legte es stets darauf an, möglichst unter dem Radar zu bleiben.

»Ich weiß, was los ist, Rafael. Die Fabrik, die Kündigung.«

Rafael stand auf, trat an die kleine Spüle und schenkte sich aus dem Wasserhahn ein schlieriges Glas halb voll, dann trank er einen Schluck.

»Ich denke, du hast keine Ahnung mehr, was bei mir los ist«, wiederholte er sarkastisch Hannos Worte. »Aber es geht nicht um Kontrolle, was? Nein, natürlich nicht.«

»Warum hast du mir nichts gesagt?«

Keine Antwort.

»Wir hätten das doch wenigstens mal bequatschen können. In Ruhe, wie früher. Es hätte bestimmt nicht geschadet.«

Keine Antwort.

»Hey, Junge?«

Rafael stellte das Glas auf die Spüle, dass es laut knallte.

Hanno konnte geradezu sehen, wie er *dichtmachte*, eine Mauer um sich herum entstehen ließ. Er kannte das von ihm.

Langsam stand er ebenfalls auf. Er trat näher zu Rafael, um ihm sanft die Hand auf die Schulter zu legen. »Was hast du jetzt vor?«

»Ich gehe.«

»Nein, ich meine *generell*.«

Rafael schob Hannos Hand weg.

»Wir müssen eine Lösung finden.«

»Wir müssen gar nichts.«

Rafael drängte sich an Hanno vorbei, der ihn erneut an der Schulter berührte, um ihn zum Bleiben zu bewegen.

»Lass mich, Hanno.«

»Nein!«

Hannos Griff wurde fester, und in Rafaels eigentlich so sanften Augen blitzte etwas auf, das Hanno nie zuvor darin wahrgenommen hatte. Etwas, das ihn erschreckte.

»Hanno, nimm deine Scheißhand weg!« Die Worte drangen leise über Rafaels Lippen und zugleich auf eine Art, die Hanno erneut einen Schrecken einjagte.

»Junge, ich möchte einfach nur …«

Hanno kam nicht weiter.

Etwas in Rafael explodierte.

38

Mara öffnete die Wohnungstür, um Jan Rosen einzulassen. Durch ein langes Teammeeting, an dem Rosen teilnehmen musste, hatten sie sich im Präsidium nicht mehr austauschen können und hier ein späteres Treffen abgemacht.

Obwohl sie nun schon lange zusammenarbeiteten, konnte man die Gelegenheiten, bei denen er sich in Maras vier Wänden aufgehalten hatte, an einer Hand abzählen. Wie immer auf eine etwas linkische, verlegene Art betrat er den Flur, einen kurzen Gruß auf den Lippen.

Gleich darauf saßen sie auf dem Boden, den Rücken jeweils am Sofa, und unwillkürlich wurde Mara bewusst, wie oft sie in den letzten Tagen mit Nordin auf dieselbe Art hier gesessen hatte. Wo steckte er? Sie hatte ihn angerufen, jedoch nicht erreicht. Wenn er da war, sehnte sie sich manchmal nach dem gewohnten Alleinsein. War er allerdings fort, musste sie ständig an ihn denken. »Scheiße«, murmelte sie halblaut.

»Was?«, fragte Rosen, der seine Notizen ordnete, eine Aufgabe, der er sich wie üblich penibel und geduldig widmete.

»Nix.«

»Er ist hier, oder?«

»Niemand ist hier. Außer uns beiden.«

»Ich meine, er wohnt hier, oder?«

»Wer?«

Rosen schmunzelte. »Im Flur steht eine Reisetasche, die ich schon mal im Präsidium gesehen hab. Aber nicht bei dir, sondern bei einem Kollegen. Nämlich als besagter Kollege das erste Mal aus Stockholm nach Frankfurt gekommen war.«

»Na gut, Rosen, besagter Kollege ist irgendwie hier.« Sie wedelte gereizt mit der Hand in der Luft. »Aber er *wohnt* nicht hier, okay?«

»Sorry, wollte dich nicht aufregen.«

»Du bist es nicht, der mich aufregt, keine Sorge.« Sie schaute aus dem offenen Fenster. Der wolkenfreie Himmel begann sich dunkel zu färben. »Schluck Wein gefällig?«

»Ein Wasser wäre mit lieber bei der Hitze.«

»Leitungswasser okay?«

»Klar.«

Sie stand auf und kehrte mit zwei Stilgläsern zurück, eins mit Wasser, eins mit Rotwein gefüllt.

»Dann lass uns mal loslegen«, meinte er nach einem ersten Schluck. »Also, die Sache mit Heckmann und Friedrich gerät ins Stocken.«

»Ach? Ich dachte, da müssten wir nur noch die Schlinge zuziehen.«

»Stimmt schon. Aber nachdem sie für meine Begriffe ziemlich offen und glaubwürdig ausgesagt haben, halten sie sich jetzt sehr bedeckt, was ihre Geldquellen angeht.«

»Weil das Ganze doch anonym über die Bühne geht.«

»Ich spreche nicht von ihren Darknet-Kunden, sondern von denen, die ihnen behilflich waren, die Sache aufzubauen. Server, Räumlichkeiten und so weiter.«

Mara nippte an ihrem Glas. »Ich wusste nicht, dass sie in der Richtung auf Hilfe angewiesen waren.«

»Das ist auch nicht geklärt, sondern eher noch ein Streitpunkt. Vor allem zwischen Pit Geyer und mir.« Er zuckte mit den Schultern. »Und ich kann ihn auch verstehen. Geyer würde am liebsten einen Schlussstrich unter die Lauterbach-Geschichte ziehen. Zumindest was Heckmann und die Friedrich-Brüder betrifft. Das ist ja auch ein Erfolg für Geyer. Aber als ich ihre Kontobewegungen noch ein gutes Stück weiter nach hinten verfolgt habe, bin ich auf Zuwendungen gestoßen, deren Herkunft nicht zu klären ist. Und da hüllen sich Heckmann und Friedrich in Schweigen.«

»Warum schweigen Typen, die grundsätzlich zur Aussage bereit sind?«, stellte Mara eine rhetorische Frage und gab sich selbst die Antwort: »Aus Angst.«

»Vielleicht. Das ist alles nicht so leicht offenzulegen wie etwa bei einem Gewaltverbrechen.«

»Stichwort Gewalt«, nahm sie den Faden sofort auf. »Was ist denn mit dem ziemlich brutal um die Ecke gebrachten Ignaz Gregorius? Bist du da weitergekommen?«

»Wie hat es angeblich der einzigartige Sokrates formuliert? Ich weiß, dass ich nichts weiß.«

»Und wie formuliert es der einzigartige Jan Rosen?«

»Dass ich leider nichts über diesen ominösen Ignaz Gregorius in Erfahrung bringen konnte.« Er schüttelte den Kopf. »Es ist zum Verrücktwerden. Diesen Mann gab es anscheinend gar nicht. Wo er geboren wurde und gelebt hat? Keine Ahnung. Wo er seinen Jura-Abschluss gemacht hat? Keine Ahnung. Welche Klienten er hatte?«

»Keine Ahnung«, fiel sie ihm ins Wort.

»Das war ein Schattenmann. Ein Geist.«

»Eine Verbindung zu Heckmann und den Friedrich-Brüdern lässt sich also auch nicht herstellen?«

»Abgesehen von der Verbindung, dass sein Tod auf dem von ihnen betriebenen Server gelandet ist? Nein.«

»Damit wären wir auch schon bei einem weiteren Unbekannten.«

»Du meinst Prince?«

»Du hast's erraten.«

Ziemlich genau zur selben Zeit ließ sich Rafael Makiadi in die schmuddeligen Polster einer kleinen Striptease-Bar sinken. Nachdem Prince nicht mehr in dessen Wohnung aufgetaucht war, hatte er Rafael zu diesem Treffpunkt bestellt, wo er ihn auch schon im Kreise weiterer Mitglieder seines üblichen Gefolges erwartete.

Die Bar lag nicht im Bahnhofsviertel, sondern in unmittelbarer Nähe zur Messe. Ein muffiges Kellerloch mit winzigem Ecktresen, wenigen Sitzgruppen und einer kleinen Bühne, auf der sich eine Blondine mehr oder weniger lasziv zu Achtzigerjahre-Synthiepop auszog. Es war noch früh am Abend. Außer der Gruppe von Prince waren nur drei in die Jahre gekommene Schlipsträger anwesend, die die Bewegungen der jungen Frau verfolgten, Bier schlürften und sich kichernd Sprüche zuraunten.

Prince erhielt einen Anruf. Er stand abrupt auf, das Gesicht plötzlich angespannt, und ging vor die Tür, um ungestört telefonieren zu können. Die anderen schwiegen, spielten mit ihren Handys herum und nippten an ihren mitgebrachten Energydrinks. Die gelangweilt aussehende Frau, die hinter dem Tresen arbeitete, hatte offenkundig nichts dagegen, dass sie nichts bestellten.

Nur aus den Augenwinkeln verfolgte Rafael die Bewegungen der Stripperin. Er dachte an Hanno, was ihm überhaupt nicht recht war, also versuchte er sich auf Celine zu konzentrieren. Wie sie heute Morgen nebeneinander aufgewacht waren, nackt, Haut an Haut. Ein makelloser Moment. Und dann war der Tag über ihn gekommen, mit all seinen Unvorhersehbarkeiten. Das Leben war verrückt. Himmel und Hölle lagen nah beieinander, das hatte er immer schon geahnt, *gewusst*, nicht jedoch mit dieser felsenfesten Überzeugung wie heute.

Prince kehrte zurück und setzte sich neben Rafael, der ein Stück rücken musste, um ihm Platz zu verschaffen.

»Na, Rafael, hast du noch nett geplaudert mit dem Opi?«

Rafael sah ihm nicht ins Gesicht, als er antwortete: »Ja, alles klar.« Er wollte nicht an das unverhoffte Zusammentreffen mit Hanno erinnert werden und versuchte beharrlich, es aus seinen Gedanken zu verdrängen.

»Siehst ein bisschen angespannt aus. Wirklich alles in Ordnung?«

Rafael hob den Blick: »Du auch. Ehrlich gesagt.«

Prince lachte sein kehliges Lachen und ging, typisch für ihn, nicht darauf ein. »Wie gefällt dir dieses Etablissement?«

Rafael zuckte mit den Schultern. »Nicht gerade first class.«

»Anders ausgedrückt: ein Drecksladen.« Prince zwinkerte ihm zu. »Dient nur dazu, um ein bisschen Geld zu waschen und die jungen Dinger für die Schuppen rund um den Bahnhof anzulernen. Eine echte Rumpelkammer. Aber hier hat man wenigstens seine Ruhe.« Er schaute in die Runde, um sicherzugehen, dass alle ihm zuhörten. Was sowieso jeder tat. »Es gibt eine Aufgabe, die es zu erledigen gilt. Und ich frage mich, wer von euch die richtigen Männer dafür sind.«

Keiner von ihnen sagte etwas, aber ihre Augen drückten Bereitschaft aus.

Nur Rafael hielt den Blick gesenkt, in Gedanken noch bei Hanno. Das T-Shirt klebte ihm am Rücken, er hörte einfach nicht auf zu schwitzen. Seine Finger zitterten leicht, und er versteckte sie in den Hosentaschen.

»Rafael«, rief Prince gegen die Musik an. »Meinst du, du bist schon cool genug für einen echten Job?«

»Sicher«, sagte er mechanisch.

»So sicher bin ich mir da nicht.« Prince zwinkerte ihm erneut zu. »Vielleicht bist du einfach noch zu jung. Obwohl es *zu jung* gar nicht gibt. Im Gegenteil, je jünger man ins Wasser geworfen wird, desto schneller lernt man schwimmen. Und desto weniger lässt man sich ablenken. Das ist die Erfahrung, die ich gemacht habe. Ich war noch ein Nasenbohrer, als ich in die Strömung geworfen wurde. Deswegen seid auch ihr so jung. Ich habe einen Blick für coole Jungs.«

Er verfiel in Schweigen, auch sonst äußerte keiner einen Ton.

»Sei fest bereit zu sterben, denn Tod und Leben, beides wird dadurch süßer«, zitierte er dann mit einem rätselhaften Lächeln auf den Lippen. »Shakespeare wusste, wovon er redete, das muss man ihm lassen.«

Wieder richtete er seinen Blick auf Rafael. »Vielleicht ist es besser, ich erledige es selber und nehme nur einen oder zwei von euch mit zur Unterstützung.«

»Ich schaffe das schon«, sagte Rafael.

»Hm, ich überlege es mir, Bruder.«

»Mit Prince habe ich mich selbstverständlich auch beschäftigt«, erklärte Jan Rosen beflissen. »Es gibt gleich mehrere Personen mit diesem Vornamen, die in Sachen Cyberkriminalität auffällig waren, aber keine davon scheint unser Mann zu sein.«

»Vielleicht solltest du über den Cyber-Bereich hinausgehen«, schlug Mara vor.

»Das habe ich schon gemacht.«

»Na klar, Rosen, unser Einserschüler.«

»Und es gibt da tatsächlich eine Person, die mir als einzige ins Auge gestochen ist. Nicht weil es eine Verbindung zu unseren aktuellen Fällen gibt – einfach nur, weil dieser Prince interessant zu sein scheint. Wie auch immer: Ich bleib dran.« Er schmunzelte. »Obwohl das dein Satz ist.«

»Du kannst ihn dir ruhig ausleihen, auf mich trifft er sowieso nicht mehr zu. Ich dreh mich ständig nur im Kreis und … Ach, drauf geschissen, irgendwie bin ich nicht so bei der Sache wie sonst.«

»So kommen wir wohl wieder auf die Reisetasche zurück, was?«, bemerkte er für seine Verhältnisse frech. Mara musste grinsen.

»Und damit zu *besagtem Kollegen*«, fügte Rosen hinzu.

»Besagter Kollege kann mich mal.«

Maras Handy klingelte.

Rosen schmunzelte erneut. »Ist *er* das?«

Sie betrachtete das Display und nahm den Anruf entgegen. »Was gibt's, Nordin?«. Im nächsten Moment verfinsterte sich ihr Gesichtsausdruck. »Aufgelegt. Der Kerl kann mich wirklich mal.«

Nordin hörte Maras Stimme und beendete spontan die Verbindung. Zu früh!, dachte er und steckte das Handy weg. Zu früh, um die Karten aufzudecken, er musste sich erst vergewissern, mehr herausbekommen.

Er steckte das Handy weg und nahm hinterm Steuer des Wagens Platz, den er eben vor der winzigen Filiale einer Leihfirma entgegengenommen hatte. Es tat gut, den Motor zu starten und loszufahren. Das gab ihm das Gefühl, in der fremden Stadt aktiv sein zu können, nicht mehr auf Mara oder Pelletier angewiesen zu sein.

Er schaltete das Radio ein und gleich wieder aus. Musik lenkte nur ab. Er beschleunigte und richtete seine Gedanken auf das Ziel, das er sich gesetzt hatte. Die Worte, die Ramon voller Angst ausgestoßen hatte, beschäftigten ihn. Würde sich die Spur als Niete erweisen, befand er sich auf direktem Weg in eine Sackgasse. Wenn *nicht*, gab es allerdings eine neue Chance.

Nordin beschleunigte noch einmal und fuhr der Dunkelheit entgegen, die den Himmel über Frankfurt flutete.

39

Es war eine tropische Nacht mit drückend schwülen Temperaturen. Die ganze Stadt ächzte unter der Hitze, das Viertel tobte. Überall Gruppen betrunkener Männer, die in Striptease-Clubs und Laufhäuser einfielen.

Stampfende Musik, Gelächter und Gegröle, das Hupen teurer Schlitten und das Surren von E-Scootern, neongrelle Blitze von den vielen Leuchtschriftzügen über den Hauseingängen.

Ramons Batik-T-Shirt war völlig verschwitzt. Er erhob sich von seinem ebenfalls schweißnassen Sitzpolster und wollte gerade die eingesammelten Münzen aus seiner Keksdose in einem kleinen eingestaubten Sportrucksack verstauen, als zwei Männer bei ihm stehen blieben. Er drehte sich zu ihnen um. Zwei junge Typen, kaum älter als zwanzig. Nike-Klamotten, Goldkettchen, dunkle Augen.

»Is' was?«, fragte Ramon.

Anstelle einer Antwort packten sie ihn blitzschnell an den Oberarmen. Bevor er protestieren konnte, drängten sie ihn in die Hofeinfahrt wie schon zuvor der ausländische Bulle.

»Hey!«, rief er empört.

Sein Rucksack lag doch noch auf dem Asphalt, auch das Sitzpolster. Was sollte das?

»Hey! Ihr habt doch einen Knall, verfl…«

Ein Tritt zischen die Beine ließ Ramon schmerzhaft aufstöhnen. Im Hinterhof war ein schwarzer Porsche Cayenne geparkt, dessen Hintertüren offen standen. Einige Minuten zuvor hatte Ramon beiläufig bemerkt, wie der Wagen an ihm vorbeigefahren war, ihm aber keine weitere Beachtung geschenkt.

Ein weiterer Mann saß am Steuer des Autos.

Die beiden anderen zwangen Ramon ins Wageninnere und quetschen sich links und rechts von ihm auf die Rückbank.

»Was wollt ihr?« Ramon keuchte. Er hatte Angst. Eine *Scheißangst.*

»Fresse halten!«

Er hielt sich an den Befehl und versuchte, seine Gedanken zu ordnen und sich zu beruhigen. Was ziemlich misslang. Mittlerweile schwitzte er nicht mehr wegen der Hitze, sondern aufgrund der nackten Furcht, die sich in ihm ausbreitete wie ein Fieber.

Nach einer Fahrt von etwa zwanzig Minuten stoppte der Porsche, der Motor wurde ausgeschaltet. Kurz darauf fand sich Ramon auf der Hinterseite einer leer stehenden Autowerkstatt wieder, die zu einem kleinen Industrieareal mit Hallen und einer Fabrikanlage gehörte.

Er wurde mit dem Rücken an die Wand gedrückt, seine Hände waren ihm mit Kabelbindern auf den Rücken gefesselt. Die Werkstatt verdeckte die Sicht auf die Stadt. Von einer weit entfernten Laterne drang nur ein Schleier aus milchigem Licht bis zu dieser Stelle, die zusätzlich durch Büsche und Sträucher abgeschirmt war.

»Was wollt ihr?«, fragte er erneut, seine Stimme war nur noch ein Stammeln. Keiner der drei Fremden erwiderte etwas, sie glotzten ihn nur spöttisch grinsend an.

Unaufhörlich strömte Schweiß an Ramons Körper herab, aus jeder einzelnen Pore, eine wahre Flutwelle. Plötzlich rissen ihm die Typen Hose und Unterhosen herunter. Er schrie erschrocken auf, sie lachten ihn aus.

Zwischen den Sträuchern hindurch kam jemand auf sie zu, erst durch hohes, ausgedörrtes Gras, dann fast geräuschlos über den staubigen Asphalt. Es war ein dunkelhäutiger Mann, älter als die übrigen, gewiss über dreißig. Er war schlank, seine Bewegungen leicht und geschmeidig, fast schon anmutig, wie Ramon in einem Sekundenbruchteil von absurder Klarheit registrierte. Er trug eine Sonnenbrille, die er trotz der Dunkelheit nicht abnahm. Ein breites Grinsen ließ makellos weiße Zähne aufblitzen.

»Du bist also Ramon. Schön, dass wir uns kennenlernen.« Gelassener Tonfall, ein leichter Akzent. »Was für eine herrliche Nacht! Da kann man gar nicht verstehen, warum die Menschen sich im Dunkeln fürchten.«

Ramon hatte von diesem Mann gehört. Er *musste* es sein, und sofort spürte er die warme Flüssigkeit, die an der Innenseite seines Oberschenkels hinablief. Diesmal war es kein Schweiß.

Der Blick des Fremden wanderte genau dorthin. »Ist das Angst oder unbändige Freude, mich zu treffen?« Er lachte, und das Lachen, in das die anderen drei einfielen, wurde mit lautem Hall von der Hallenrückwand zurückgeworfen.

»Du sagst ja gar nichts.«

Ramon bekam kein Wort über die Lippen. Er zitterte.

»Dabei höre ich immer wieder, dass du sehr viel redest.« Die Stimme wurde leiser. »Viel zu viel, mein Freund. Das ganze Viertel, die ganze Stadt weiß das. Ramon singt wie ein Vögelchen.«

Ramon schüttelte wild den Kopf.

Der Mann hatte plötzlich ein Schnappmesser in der Hand, dessen Klinge er mit einem metallischen Klick aus dem Griffstück springen ließ.

»Und ich höre vor allem, dass du mit den falschen Leuten redest.«

»Nein!«, kreischte Ramon.

»Na los, mit welchen Bullen hast du gesprochen?«

»Mit keinem!«

Der Mann griff mit der linken Hand nach Ramons Penis, zog ihn schmerzhaft in die Länge und setzte lässig das Messer an. Erneutes Gelächter.

»Mit welchen, Ramon?«

Die Finger auf seiner Haut waren kalt, eisig, noch kälter als die Klinge.

»Ich kenne nur eine Bullenfrau«, jammerte Ramon, zitternd und keuchend.

»Wie heißt sie?«

Ramons Antwort kam ganz leise.

»Na so was, den Namen höre ich öfter in letzter Zeit. Zu oft. Mit wem redest du sonst noch, Ramon?«

»Mit niemandem, ehrlich!«, schrie er.

»Soso.«

Ramon spürte, wie der Druck der Klinge zunahm.

»Da war noch ein Bulle, aber den kenne ich nicht. Keine Ahnung, wer das ist. *Ehrlich!*«, rief er panisch.

Der Mann lachte erneut. »What a fool honesty is. Das ist von Shakespeare. Was für ein Narr Ehrlichkeit doch ist.«

»Bitte, bitte …«, stammelte Ramon, Tränen in den Augen, Spucke auf dem Kinn.

»Du bittest? Aber gern, Ramon.«

Die Hand mit der Klinge zuckte, Blut spritzte. Ein jäher Schmerz zerfetzte Ramons Unterleib.

40

Gleißendes Sonnenlicht wurde von der Wasserfläche zurückgeworden. Ein neuer Morgen, hell und frisch, noch vor dem Einsetzen der hartnäckigen Hitze. Ein einsamer Ruderer in seinem Kanu zog mit gleichmäßigen, ästhetischen Bewegungen an Tessa Steinberg vorbei, die das Ufer entlangschlenderte.

Sie hatte die Ballerinas abgestreift und trug sie in der Hand, um barfuß im noch einigermaßen kühlen Gras zu laufen. Keine einzige Minute hatte sie geschlafen. Trotzdem verspürte sie keine große Müdigkeit, eher eine angenehme Leichtigkeit, zum ersten Mal seit langer Zeit.

Heute würde sie spontan einen freien Tag einlegen, früher undenkbar, doch J&S Consulting schien auf einmal weiter weg zu sein als in der Zeit von Tessas Rückzug. So lange war die Firma ihr Lebensinhalt gewesen – und nun bloß noch ein Job? Vielleicht.

Sie blieb stehen, und auf einmal war Femke irgendwo bei ihr, als würde sie sie aus einem Versteck heraus beäugen. Langsam senkte Tessa den Blick und betrachtete ihre nackten Füße im Gras.

Nein, sie wollte nicht an Femke denken, Femke hatte sie verletzt, hatte sie absertiert. Als wäre sie eine bloße Affäre gewesen und nicht die Partnerin fürs Leben, mit der man eine gemeinsame Existenz aufbaute. Eine Einheit, die allen Stürmen trotzte.

So kitschig hatten sie es einmal bei einem romantischen Abendessen ausgedrückt. Wer von ihnen? Femke oder sie selbst?

Egal, es spielte keine Rolle mehr. Was zählte, war die Tatsache, dass es ihr endlich besserging, vor allem seit sie nicht mehr von dieser penetranten Kommissarin belästigt wurde.

Bilder des Vorabends schwirrten um sie herum. Es war das zweite Mal, dass sie sich mit diesem Mann getroffen hatte. Er strahlte etwas Faszinierendes aus, das gestand sie sich ein, aber davon abgesehen war es seine Argumentationsweise, die für sich sprach. Alles, was er sagte, hatte Hand und Fuß.

Auch der Vorschlag, den er ihr unterbreitet hatte.

41

Mara steuerte das Großraumbüro an, in dem sie in den letzten Jahren mehr Stunden verbracht hatte als bei sich zu Hause. Sie trug eine Sonnenbrille, was weniger mit dem strahlenden Sommermorgen als eher mit fehlender Nachtruhe zusammenhing. Normalerweise machte ihr das nichts aus, aber diesmal hatte sie wegen eines Mannes schlecht bis gar nicht geschlafen.

Wegen eines Typen!

Sie konnte es selbst nicht fassen. Sie kam sich in ihrer eigenen Haut fremd vor. Es verlieh ihr ein nagendes Gefühl von Schwäche, als erhielte ihr schwarzer Panzer, den sie sich in all den Jahren so mühsam zugelegt hatte, tiefe Risse.

Gefühle sind kein Zeichen von Schwäche, sondern von Stärke, hätte ihr Hanno Linsenmeyer in seinem unerschütterlichen Glauben an das Gute versichert.

Ja, Hanno. Wurde Zeit, dass sie ihn anrief und sich erkundigte, ob er bei Rafael mehr Glück gehabt hatte als sie. Im Gehen zog sie das Handy aus der Hosentasche, wählte Hannos Nummer, doch es war nur das Anrufsignal zu hören. Wahrscheinlich lag er noch in den Federn.

Als sie ihren Schreibtisch erreichte, wurde sie bereits erwartet.

Sie ließ sich ihre Überraschung nicht anmerken und stiefelte schnurstracks an ihrem Chef vorbei, der seinen massigen Körper diesmal in Rosens verwaisten Drehstuhl gequetscht hatte.

Die Brille ließ sie auf der Nase, die zu große Motorradlederjacke, die die Waffe im Hüftholster verbarg, zog sie aus. Vielleicht war es ein verrückter Aberglaube, dass sie trotz der Temperaturen wieder auf ihr Lieblingsstück zurückgegriffen hatte.

Ohne dieses abgewetzte Teil auf den Schultern fehlte einfach etwas.

Sie setzte sich hin, um den Rollboy aufzuschließen und daraus den Laptop zu nehmen, ihn anzuschließen, hochzufahren und sich im System einzuloggen.

»Kater?«, fragte Klimmt. Sein dicker, gekrümmter Zeigefinger wies auf seine Augen. Er meinte die Sonnenbrille.

»Nee.« Mara zog den Pferdeschwanz straffer.

»Ich muss mit Ihnen reden.«

»Das hab ich mir fast gedacht.«

Sonnenlicht stach grell durch das große Fenster ins Büro. Mara stand auf, ließ die Jalousie ein großes Stück herunter und drehte sich wieder um. Mit dem Hinterteil lehnte sie sich an die Fensterbank.

»Es geht um den de-Jong-Fall«, brummte der Hauptkommissar.

»Aha.« Sie verschränkte die Arme vor der Brust.

»Sie haben noch nie in einem vergleichbaren Zeitraum so wenige Ergebnisse auf den Tisch gelegt.«

»Ich ...«

»Und was ist eigentlich mit Ihrer internationalen Truppe? Was das betrifft, hab ich zugesichert, Sie zu unterstützen. Jedenfalls soweit ich es kann und es die hiesigen Aufgaben nicht beeinträchtigt. Was ist nun mit dieser Französin? Ich bin ihr hier über den Weg gelaufen, und sie hat gesagt, sie sei drauf und dran, schon wieder abzureisen. Mademoiselle hat ziemlich sauer gewirkt.«

»Ich ...«

»Und der Schwede? Bei diesem Wikinger weiß ich echt nicht, woran ich bin. Und das kommt weiß Gott nicht oft vor bei mir.«

»Ich ...«

»Hören Sie, Billinsky, das mache ich nicht, um Ihnen eine reinzudrücken, sondern weil ich meinen Laden am Laufen halten muss.«

Sie stutzte. »*Was* machen Sie nicht, um mir eine reinzudrücken?«

»Ich nehme Ihnen den de-Jong-Fall weg.«

»Was?« Ihre Stimme schallte durch den Raum.

»Das Einzige, was Sie zu einem positiven Ende gebracht haben, war diese Sache in Lauterbach. Und da heimst Kollege Geyer die Lorbeeren ein. Völlig zu Recht, das ist sein Spielfeld. Der de-Jong-Fall muss neu angepackt werden. Und zwar von jemand anderem.«

»Von wem?«, fragte sie leise, tonlos.

»Patzke hat Sie ja bereits unterstützt, er ist also im Thema und wird das übernehmen. Ich stelle ihm Schleyer zur Seite, ein eingespieltes Team.«

»Na klasse. Dick und Doof. Man weiß nur nicht so genau, wer Dick und wer Doof ist.«

Klimmt schlug laut mit der flachen Hand auf Rosens leeren Schreibtisch. »Billinsky! Sie sind wirklich nicht in der Position, um andere Kollegen runterzumachen. Ich tue Ihnen damit einen Gefallen, glauben Sie's mir.«

»Ergebensten Dank«, erwiderte sie bissig.

»Bringen Sie erst mal Klarheit in diesen internationalen Kram. Also, was ist nun mit dem Wikinger?«

Wieso kam er schon wieder auf Nordin zurück?, dachte sie genervt. »Fragen Sie ihn selbst, ich bin nicht seine Erziehungsberechtigte.«

»Ich halte mich an Sie. Denn er ist ja nie greifbar. Wie Sie sonst immer.« Mit einem Kopfschütteln blaffte er: »Sie beide passen echt gut zusammen.«

Wusste er Bescheid?, wunderte sie sich. Nun ja, er ist nicht blöd, gab sie sich gleich in Gedanken die Antwort. Oder war es doch nur so dahingesagt?

Klimmt musste plötzlich husten. Es schüttelte ihn richtig, er lief rot an. Ob er eine Erkältung hatte? Bei den heißen Temperaturen?

Erst allmählich ebbte der Hustenanfall ab, aber er war immer noch rot im Gesicht, und er schwitzte heftig.

»Alles okay?«, fragte sie mit vagem Seitenblick zu ihm.

»Alles großartig«, murmelte er nur, ohne sie anzusehen.

Maras Bürotelefon klingelte. Sie ging vom Fenster zu ihrem Platz und ergriff den Hörer. »Billinsky.«

Es war ein Kollege des KDD: Kriminaldauerdienst. Sie hörte zu, während sie Klimmts forschenden Blick wahrnahm. »Was?«, rief sie. Noch aufmerksamer hörte sie zu, dann sagte sie knapp: »Ich bin unterwegs.«

»Wo brennt's jetzt schon wieder, Billinsky?«

Sie schlüpfte in ihre Jacke. »Ein Hilfsarbeiter wollte pinkeln und ist hinter einer ehemaligen Werkstatt über etwas gestolpert.«

»Hä? Gestolpert?«

»Eine männliche Leiche. Ermordet. Und vorher gefoltert.«

Klimmt zog eine angewiderte Grimasse, als wäre die Tat gerade eben vor seinen Augen ausgeführt worden.

»Mist«, lautete sein Kommentar. Doch Mara hörte ihn nicht mehr, sie war bereits losgeeilt.

Jan Rosen notierte sich etwas in sein ordentlich geführtes Notizbuch. Er saß an seinem Platz im Kellergeschoss des Präsidiums, kontrollierte die Notizen und nickte zufrieden. Dann wandte er sich wieder den beiden Monitoren zu. Seine Finger flogen über die Tastatur, er war in seinem Element, allein in den grenzenlosen Weiten des digitalen Netzes und den Tiefen nationaler und internationaler Polizeidatenbanken.

Inzwischen hatte er den Suchradius deutlich erweitert und war auf weitere Hinweise zu dem Mann namens Prince gestoßen. Dabei gab es nicht den kleinsten Hinweis darauf, dass er mit den aktuellen Fällen in Verbindung zu bringen war. Aber etwas an seiner noch sehr unvollständigen Biografie hatte Rosen vom ersten Moment an aufmerksam werden lassen. Außerdem hatte er von Billinsky oft genug hören müssen, es käme nicht allein auf Schwarz-auf-Weiß-Fakten an. Auch auf das gute alte Bauchgefühl.

Er betrachtete noch einmal den in Großbuchstaben aufgeschriebenen Namen: PRINCE CONATEH. Rasch ließ er seine Finger wieder über die Tasten huschen.

Ein leiser Signalton und ein aufploppendes Fenster des im E-Mail-Programm integrierten Kalenders zeigten Rosen an, dass ihm gerade noch zehn Minuten bis zu einem Termin blieben, dem er mit einer gewissen Nervosität entgegensah. Er hätte lieber weitergemacht.

Dennoch fand er sich natürlich auf die Minute pünktlich in einem kleinen Besprechungsraum ein, wo er mit dem Rechtsbeistand der Herren Heckmann und Friedrich zusammentraf, der um das Gespräch gebeten hatte. Nach einer kurzen förmlichen Begrüßung nahmen sie einander gegenüber Platz.

»Um einen schnelleren Ablauf zu ermöglichen und letztlich uns allen Zeit zu ersparen, möchte ich Ihnen auf diesem Wege etwas mitteilen«, erklärte Keller-Blume in gewichtigem Tonfall. »Meine Mandanten werden ihren bisherigen Aussagen keine weiteren Details mehr hinzufügen.«

Rosen hatte schon so etwas geahnt. »Warum?«, fragte er schlicht.

»Ganz einfach. Weil sie alles gesagt haben, was sie wissen, und was einer möglichst lückenlosen Aufdeckung sämtlicher Geschehnisse dienlich ist.«

»Alles noch nicht«, widersprach Rosen. »Es geht weiterhin um die Hintermänner.«

»Die nur in Ihrem Kopf existieren.« Keller-Blume rollte die Augen und lächelte gekünstelt. »Sehen Sie, ich kann mich auch direkt an Ihren Vorgesetzten wenden, um zu einer schnellen endgültigen Entscheidung zu kommen. Denn genau daran scheint mir Herr Hauptkommissar Geyer sehr interessiert zu sein. Meine Mandanten werden jedenfalls für keine weitere Befragung zur Verfügung stehen. Alles, was von Ihnen offengelegt werden kann, haben sie offengelegt. Damit ist die Übereinkunft, mit der wir alle einverstanden waren, von unserer Seite aus erfüllt.«

Dieser Mann hatte etwas Aalglattes, das Rosen verachtete. Aber er kam einfach nicht dagegen an und suchte krampfhaft nach der passenden Antwort. So war es immer. In einem verbalen Duell fiel es ihm – obwohl er sich häufig genug als intellektuell mindestens ebenbürtig einschätzte – äußerst schwer, die Oberhand zu gewinnen. Auch diesmal fühlte es sich wie eine Niederlage an, als Keller-Blume aufstand und sich mit einem raschen Kopfnicken und selbstzufriedenem Ausdruck verabschiedete.

Rosen blieb noch ein paar Sekunden sitzen, um die Unterhaltung Revue passieren zu lassen. Er brauchte einfach ein bisschen Zeit, auch das war immer so. Dann rief er per Handy Pit Geyer an, um ihn ins Bild zu setzen. Geyer nahm die Information relativ gleichgültig hin.

Rosen machte sich auf den Rückweg zu seinem Platz im Keller. Die Aussicht, seine Nachforschungen vertiefen zu können, freute ihn. Da musste man sich wenigstens nicht mit schmierigen Winkeladvokaten auseinandersetzen. Der Gedanke an die Recherchen brachte ihn dazu, sich jetzt rasch noch bei Billinsky zu melden, um auch ihr die neuesten Infos zukommen zu lassen.

»Ja?«, erklang ihre Stimme kurz angebunden.

Rosen blieb mitten auf dem Flur stehen. »Störe ich?«

»Ziemlich.«

»Wo bist du?«

»An einem taufrischen Tatort.«

»Was ist passiert?«

»Ein Mord.«

Sie hatte die Verbindung einfach getrennt, ohne ein weiteres Wort.

Rosen betrachtete nachdenklich das Display seines Handys, als könnte es ihm irgendwelche Aufschlüsse liefern. Billinsky hatte sich *anders* angehört. Angespannt, natürlich, das war nichts Neues. Aber das allein war es nicht.

Was hatte sie nur?

42

Ganz Frankfurt stöhnte unter der Hitzeglocke, und was machten sie? Hockten in der Sauna. Ausgerechnet.

Nur Prince Bangura konnte auf eine solche Idee kommen.

Sie waren lediglich zu zweit. Keiner der anderen war dabei.

Davor hatten sie zwei Stunden Badminton gespielt. Für Rafael war es das erste Mal gewesen. Prince hingegen hatte sich als geübter Spieler hervorgetan. Er hielt sich fit, präsentierte ausgeprägte Muskelpartien an Brust, Armen und Beinen. Während Rafael oft als hübscher Junge bezeichnet wurde, war Prince ein Mann. Attraktiv, auffallend. Und doch mit der erstaunlichen Gabe gesegnet, sich mitten unter Menschen unsichtbar machen zu können. Er genoss es, andere unbemerkt zu beobachten, das wusste Rafael.

Auch in einer Sauna war Rafael nie zuvor gewesen. Das nachlassende Zischen eines weiteren Aufgusses, die gleich darauf einsetzende Stille, der Dampf, das Wabern, das edle Holz. Irgendwie eigenartig, das alles.

Obwohl sie die Kabine für sich hatten, saßen sie dicht nebeneinander. Prince Banguras auffallend schöne Haut schimmerte wie Mahagoni. Rafael war sich der faszinierenden Präsenz dieses Mannes stark bewusst. Zugleich schwebte Celine durch seine Gedanken. Er stellte sich vor, sie würde neben ihm sitzen, ihre beinahe durchscheinend weiße Haut unter einem Schweißfilm, ihre sanften, wässrig blauen Augen, die seinen Blick suchten.

Prince schob sich noch ein Stück näher an ihn heran. Sie berührten sich nun sogar. Rafael hielt für eine Sekunde unbewusst den Atem an.

»Ich hab dir ja schon mal gesagt, du hast was in der Birne.«

»Nicht mehr als andere«, meinte Rafael, das Kinn gesenkt, die Hände zwischen den Knien gefaltet.

»Und du bist auch noch bescheiden, kein Großmaul, das gefällt mir alles wirklich gut, Bruder.«

Rafael nickte, sah ihn aber nicht an. Er wusste nicht, worauf das hinauslief.

Mit plötzlich härterem Tonfall sagte Prince: »Wir müssen das Tempo anziehen, der Gegner macht Druck.«

»Welcher Gegner?«

»Wir müssen dafür sorgen, dass wir das Geschehen bestimmen.«

Welches Geschehen?, hätte Rafael fast gefragt, aber er blieb stumm und betrachtete die vielen großen Schweißperlen, die sich auf seinen Unterarmen gebildet hatten. Ein Tropfen löste sich von seiner Nasenspitze, gleich darauf noch einer.

»Denkst du, du bist so weit?«

»Wie meinst du das?«

»Wenn ich dich in den Krieg schicken würde – wärst du bereit dafür?«

Rafael dachte an Hanno. »Ich bin bereit«, erwiderte er und gab sich Mühe, mit fester Stimme zu sprechen.

Prince lachte. »Du klingst entschlossen.«

»Das bin ich auch«, hörte Rafael sich antworten.

Wie schnell doch alles gekommen war, dachte er. Ein paar Wochen zuvor hatte er noch vor sich hin gelebt, war jeden Morgen in diese traurige kleine Fabrik gegangen und plötzlich – ja, was? Auf einmal lag alles vor ihm wie ein dunkler Tunnel. Womöglich voller Gefahren. Hatte er da hingewollt? Es war sein Schicksal, kein normales, biederes Leben zu führen, er fühlte das. Hätte er Prince nicht getroffen, wäre alles anders gekommen.

Dann wäre ihm auch Celine nie begegnet.

»Na, immer noch entschlossen?« Wieder lachte Prince. »Oder kriegst du Angst vor der eigenen Courage?«

»Ich hab keine Angst.«

»Siehst jedenfalls nachdenklich aus. Aber das ist es, was wichtig ist. Seinen Kopf einschalten, dafür hat man ihn ja.« Prince stand auf und kümmerte sich um den nächsten Aufguss, der von neuerlichem Zischen und Dampf begleitet wurde. Danach setzte er sich wieder dicht neben Rafael.

»Letztes Mal hab ich auf andere Jungs vertraut.«

Rafael nickte.

Prince legte ihm den Arm um die Schultern, was ihm nicht nur aufgrund der ungewohnten Umgebung und ihrer Nacktheit unangenehm war, doch er ließ sich nichts anmerken.

»Diesmal setze ich auf dich.«

Rafaels Kinn ruckte hoch. »Wirklich?«

Prince lachte. Der Arm verschwand von Rafaels schweißnasser Schulterpartie.

»Na los, raus hier, Bruder, mir reicht's.«

Gleich darauf machten sie es sich auf Liegen bequem, jeder ein Badetuch um die Hüften geschwungen und einen Energydrink in der Hand.

Die Neugier ließ Rafael keine Ruhe. Er schielte zu Prince hinüber, der die Augen geschlossen hielt und sich entspannte. Kein Ton war mehr über seine Lippen gekommen.

»Setzt du auf mich?«, erinnerte ihn Rafael an ihre abrupt beendete Unterhaltung.

»Hast du dir die Geschichte gemerkt? Du weißt schon. Damals, als ich Teil des Erschießungskommandos war?«

»Klar. Wieso?«

»Manchmal muss man dem Leben die Zähne zeigen.«

»Wie meinst du das?«

Ohne die Augen zu öffnen, forderte Prince plötzlich: »Gib mir dein Handy.«

»Was?«

»Los, geh zum Spind und hol dein Handy.«

Beim Aufstehen achtete Rafael darauf, dass sein Badetuch

nicht herunterrutschte. Als er zurückkam, streckte Prince ihm die Hand hin, Handfläche nach oben. Er reichte ihm das Handy.

Erst jetzt öffnete Prince die Augen. »Sag mir die PIN.«

Rafael nannte die vier Ziffern, und Prince tippte sie ein. Er scrollte, tippte, scrollte. »Aha. Hier sind deine Kontakte.« Er gähnte, offenkundig weiterhin bestens entspannt.

»Was machst du?«, wollte Rafael wissen, die Stirn gerunzelt.

»Ich suche jemanden.«

43

Nordin blinzelte durch die Windschutzscheibe in die Sonne. Er war die ganze Nacht über unterwegs gewesen. Hatte beobachtet. Hatte frühere Hinweise noch einmal neu betrachtet und gegeneinander abgewogen. Lundmark hatte Nordin mit mehreren Nachrichten darum gebeten, sich bei ihm zu melden. Aber er hatte seinen Chef nicht angerufen. Was war los in der Heimat? Bekam Lundmark kalte Füße? Womöglich gleich aus zwei Gründen? Falls dem so war, wollte Nordin es nicht wissen. Nicht jetzt jedenfalls.

Er stellte den Leihwagen in einem Parkhaus mitten in der City ab und folgte der Zeil, der Haupteinkaufsstraße, bis zum Café Hauptwache. Auf dem freien Platz vor dem alten Gebäude, einem der Wahrzeichen der Stadt, hatten sich schon recht viele Frühstücks- und Kaffeegäste eingefunden.

Er wählte einen kleinen Tisch am Rand aus und setzte sich. Rasch tauchte eine Bedienung auf, und er bestellte einen doppelten Espresso und ein Frühstück mit einer großen Portion Rührei.

Dann rief er sofort Colette Pelletier an. Er ignorierte ihre nach wie vor frostige Stimme und gab erste Hinweise durch, die sie besänftigen sollten. Als er ein zeitnahes Meeting vorschlug, willigte sie ohne Zögern ein.

Immerhin, dachte er.

Gleich darauf versuchte er Billinsky zu erreichen. Doch sie war offenbar zu beschäftigt für ein Telefonat – oder sie wollte ihn nicht sprechen.

Er stieß einen leisen Fluch aus und probierte es erneut.

44

Hohes verdorrtes Gras, rissiger Asphalt, triste zweckmäßige Gebäude. Darüber spannte sich der Himmel, ein endloser blauer Ozean. Insekten summten, die Luft flirrte.

Mara drückte Nordins Anruf weg, stellte das Handy auf lautlos und schob es in die hintere Hosentasche.

Sie stand da, die Arme vor der Brust verschränkt, die Sonnenbrille im Gesicht. Mit ihrem hellen Teint war sie für die UV-Strahlung eine leichte Beute. Doch sie merkte gar nicht, dass ihre Wangen glühten. In ihr war alles kalt. Sie versuchte sich auf die Worte zu konzentrieren, die der gerichtsmedizinische Mitarbeiter an sie richtete. »*Drei Messerstiche. Zwei in den Unterbauch, der dritte tödlich, mitten ins Herz. Die Handgelenke mit Kabelbindern gefesselt. Penis mit einem einzigen sauberen Schnitt abgetrennt und dem Opfer in den Mund gesteckt.*«

Normalerweise stellte Mara Fragen, formulierte Gedanken, äußerte Vermutungen, doch die Kälte in ihr raubte ihr die Energie dazu. Sie hatte mehr als einen Leichnam gesehen, aber dieser Anblick hatte sie völlig unvermutet getroffen. Es war ein Tritt in den Magen.

»Das wäre es für den Moment«, fuhr der Kollege im Schutzanzug fort. »Alles Weitere folgt nach der Obduktion. Dr. Tsobanelis wird sich das Opfer sicherlich so schnell wie möglich vornehmen.«

Mara nickte ihm knapp zu und wandte sich ab, aber noch immer hatte sie das Bild vor Augen. Die klaffende Wunde zwischen den Beinen, der leere Blick, das widerliche *Ding*, das ihm im Mund steckte. Die Insekten, die sich über seine Augäpfel und das eingetrocknete Blut hermachten.

Opfer. Ihm. Seine. Das wirkte so verdammt unpersönlich. Dabei war es Ramon. Der Tote war *Ramon*. Der Mann, mit dem sie erst vor Kurzem gesprochen hatte. Der ihr so oft schon mit einem Tipp die Richtung gewiesen hatte.

Mara machte ein paar steife Schritte weg von der Rückseite der Halle, fort von dem trostlosen Ort, an dem ihr Informant einen grausamen Tod hatte sterben müssen. Sie stieg über das polizeiliche Absperrband hinweg und ging an zwei uniformierten Wachposten vorbei, die den Tatort sicherten. Kein Wind ging, es herrschte Stille. Sie roch das Gras und die Sträucher, fühlte den Schweiß auf ihrer Haut, und nach wie vor war ihr Inneres kalt.

Ramon.

Warum gerade jetzt? Wer konnte ein Interesse an seinem Tod haben? Weshalb diese Grausamkeit?

Sie spulte die letzte Begegnung mit ihm im Kopf vor- und zurück. Da hatte sich Ramon nur in Andeutungen geflüchtet. Sie hatte ihn nicht zu konkreten Informationen gedrängt, auch wenn Nordin das nicht gepasst hatte. Wenn Ramon etwas zurückhielt, hatte er seine Gründe. Das hieß nicht, dass er die Informationen nicht doch noch preisgeben würde. Hatte er Dinge verschwiegen oder zu dem Zeitpunkt einfach nicht mehr gewusst?

Sie drehte sich um und verfolgte mit düsterem Blick, wie Ramons Leiche abtransportiert wurde und sich das Team aus Spezialisten daranmachte, das Terrain systematisch auf mögliche Spuren und Hinweise zu untersuchen. Ein Schwarm Vögel zog über ihrem Kopf hinweg. Sie nahm ihr Mobiltelefon zur Hand, um die Stummschaltung aufzuheben.

Mehrere Anrufe waren zwischenzeitlich eingegangen. Sowohl von Nordin als auch von Rosen. Nicht allerdings von Hanno. Sie versuchte ihn zu erreichen. Ohne Erfolg. Diesmal ertönte nicht das Freizeichen, sondern die Voicemail.

Mit einem ratlosen Heben der Schultern wollte Mara das

Handy wegstecken, als sie kurz hintereinander zwei Whats-App-Nachrichten empfing. Die erste stammte von Nordin, der auf ein Treffen im Präsidium drängte, für das er Neuigkeiten ankündigte. Sie sagte zu. Was hätte sie auch sonst tun sollen?

Zu ihrer Überraschung – und vor allem zu ihrer Erleichterung – stellte sie fest, dass die zweite Nachricht von Rafael kam. Endlich!

Auch er wollte sie sehen.

Aufs Neue ereilte sie das schlechte Gewissen. So lange hatte sie ihn vernachlässigt und einfach nur darauf gehofft, Hanno würde den Jungen finden und wieder auf Kurs bringen.

Rasch tippte sie eine Antwort ein. Keine Frage, natürlich würde sie sich Zeit für ihn nehmen, versprach sie.

Und Nordin? Der Schwede würde warten müssen.

45

Aufgrund der engen internationalen Zusammenarbeit in den zurückliegenden Wochen und des großzügigen Einverständnisses von Hauptkommissar Rainer Klimmt konnten sich Erik Nordin und Colette Pelletier mittlerweile relativ frei im Präsidium bewegen. So stellte es auch kein Problem dar, einen der Meeting-Räume zu reservieren, obwohl Mara Billinsky immer noch nicht aufgetaucht war.

Zehn Minuten über der verabredeten Zeit, zwanzig Minuten, nun schon fünfundzwanzig.

»Du könntest sie wenigstens mal anrufen«, drängte Pelletier, die in ihrer seidenen Sommerbluse ungeduldig vor der Fensterseite auf und ab ging.

»Hab keine Lust, ihr ständig hinterherzutelefonieren«, murrte er und streckte die Beine auf dem freien Stuhl neben sich aus.

Wie oft ich *dir* habe hinterhertelefonieren müssen, schien Pelletiers Blick zu sagen. Doch ihre dezent rot geschminkten Lippen blieben geschlossen.

Die Klimaanalage summte, ansonsten herrschte wieder eine Stille, die den Widerwillen der Französin unterstrich. Ihre Wut auf ihn. Wie stand es um Lundmark, den er immer noch nicht angerufen hatte? Er würde sich endlich bei seinem Chef melden müssen.

Pelletiers gereizte Stimme zerschnitt die Stille: »Ich hätte wirklich abreisen sollen.«

Sein Blick ruhte auf ihr, er sagte nichts, und sie wandte sich ruckartig ab, um aus dem Fenster zu schauen. Es war immer da gewesen. Dieses schwer greifbare *Es*, das er von Anfang an gespürt hatte. Was wäre passiert, wenn Billinsky nicht mit ihren Doc-Martens-Stiefeln in sein Leben marschiert wäre? Das hatte er sich schon häufig gefragt.

Pelletier drehte sich wieder um und nahm am Tisch Platz. »Wo immer Billinsky auch stecken mag, lass uns anfangen.«

»Okay«, stimmte er zu.

»Du weißt, ich muss Paris etwas Konkretes vorlegen.« Sie maß den Schweden mit ihren grünen Augen. »Was hast du zu bieten, Erik?«

»Einiges.« Er nahm die Füße vom Stuhl, um sich aufrecht hinzusetzen.

»Informationen zu Polaris? Wirklich?«

Er nickte. »Natürlich.«

46

Mara folgte den Anweisungen des Navigationssystems und war erstaunt, wohin der Weg sie führte: immer weiter hinaus aus der Innenstadt, in Richtung eines Industriegebiets.

Im Handy überprüfte sie noch einmal die Adresse, die in Rafaels Nachricht angegeben worden war. Seltsam. Was mochte er hier treiben? Warum bestellte er sie an einen solchen Treffpunkt?

Das System führte sie an einem Waldstück vorbei, die Bäume trocken von zu wenig Regen, an ebenso vertrockneten Wiesen, dann in eine Straße, die sich entlang eines Schrottplatzes und mehrerer Lagerhallen zog. Der Anblick erinnerte sie frappierend an den Ort, an dem Ramon gestorben war. Auf einmal war da wieder diese Kälte in ihr. Irgendetwas lief hier gehörig schief, und ihr ewiger Glücksbringer, die abgewetzte Lederjacke, half auch nichts, sie bescherte ihr nichts als zusätzliche Schweißausbrüche.

Sie musste in eine schmale Straße abbiegen, die auf der rechten Seite von Kastanienbäumen gesäumt wurde und zu einer Schotterpiste wurde. So gelangte sie zu einer einsam stehenden, verfallen wirkenden Villa, früher vielleicht einmal das Heim einer Industriellenfamilie.

Sie haben Ihr Ziel erreicht, kam es vom Navi.

Mara parkte vor dem schiefen, stellenweise kaputten Lattenzaun. Nur ein einziges weiteres Auto stand in Sichtweite, eine schwarze BMW-Limousine. Sie stieg aus und schaute sich um.

Warum hier?, fragte sie sich erneut.

Ganz einfach, antwortete sie sich selbst in Gedanken. Weil er etwas ausgefressen hat. Weil er sich verstecken muss. Deshalb war er auch nicht mehr zur Arbeit erschienen.

»Rafael, du hast großen Mist gebaut, gib's zu«, murmelte sie halblaut vor sich hin. »Ich kann die Scheiße fast schon riechen, in der du steckst.«

Sie bewegte sich auf das Haus zu.

Eingefallenes Dach, zersplitterte Fenster, ein mit Moos überwucherter Springbrunnen. Die Eingangstür hing halb in den Angeln. Mara schob sich daran vorbei ins Innere der Villa, die etwas Düsteres ausstrahlte. Glasscherben von Wein- und Schnapsflaschen übersäten die irgendwann einmal schönen, mittlerweile vielfach gesprungenen Bodenfliesen. Abfall und Schutt, jede Menge Graffiti an den Wänden, tote Insekten auf den Fenstersimsen.

Die Treppe ins obere Stockwerk war eingestürzt, also entschied sich Mara dafür, dem Korridor zu folgen, der in den hinteren Teil des Hauses führte. Noch mehr Graffiti. Stille, bis auf das leise Geräusch, das die Sohlen ihrer Stiefel auf den Fliesen hinterließen. Morgen würde sie wieder die Chucks anziehen, es war einfach zu heiß, ein echter Irrsinn, auf die gewohnten Klamotten zu setzen.

Nein, da war keine völlige Stille.

Von irgendwoher drangen die Töne eines Songs zu ihr. Rap-Musik, eindeutig. Das klang durchaus nach dem Geschmack eines gewissen Rafael Makiadi. Was hatte er angestellt?, fragte sie sich erneut.

Am Ende des Korridors, auf der linken Seite, stand eine Tür einen Spaltbreit offen. Gleich daneben begann ein weiterer Korridor, der nach rechts abzweigte. Sie näherte sich der Tür. Die Musik wurde lauter. *Motherfucker* und *Bitch*, waren Begriffe, die Mara im Sprechgesang entgegenwehten.

Sie erreichte die Tür und öffnete sie vollständig.

Vor ihr führte eine Treppe nach unten in einen offenbar vollständig im Dunkel liegenden Keller.

Sie überwand die beiden obersten Stufen und stoppte. Spähte in die Tiefe. Lauschte angespannt. Nur Musik war zu hören, keine Stimmen, nichts sonst. Beiläufig strich sie mit den Fingerkuppen über die Narbe auf ihrer Wange.

Warum war dieser Ort der Treffpunkt?

Klare Sache, weil man sich hier gut verstecken konnte.

Eine andere Erkenntnis jagte blitzartig durch ihren Kopf.

Oder weil…

Ein weiteres dieser trostlosen Industrieviertel, in denen kaum noch produziert oder gelagert wurde. Rost und wuchernde Brennnesseln, verriegelte Hallen, aufgestapelte Holzpaletten, nicht mehr genutzte Büroräume, in denen alte Regale und Rollboys vor sich hin gammelten. In Frankfurt und Umgebung gab es viele solcher Areale. Dieses hier lag in einiger Entfernung vom Stadtzentrum, abgeschirmt durch ein Waldstück.

Prince Bangura stellte den Cayenne inmitten einer langen Reihe leerer Parkplätze ab und machte die Rap-Musik aus, die während der Fahrt aus den Burmester-Boxen gedröhnt hatte. Er und Rafael stiegen aus dem klimatisierten SUV. Eine Flutwelle aus Hitze schwappte augenblicklich über sie hinweg.

Bevor sie losgingen, öffnete Prince die Heckklappe, um eine große, längliche Sporttasche aus dem hinteren Teil des Wagens herauszunehmen und sie sich über die Schulter zu werfen. »Schnapp dir die beiden Campingstühle«, wies er Rafael an, der der Aufforderung sofort nachkam. »Wer will schon auf dem Boden hocken?«

Sie betraten das Gelände durch ein Loch im mehrfach beschädigten Maschendrahtzaun und liefen auf eine Lagerhalle zu, umrundeten sie halb und näherten sich dann einer seitlich angebrachten Tür. Sie war nicht abgeschlossen, Prince öffnete sie. Die Scharniere gaben ein Quietschen von sich.

Hintereinander gingen sie hinein.

Nackte Wände, abgestandene Luft und Staub, fingerdick.

Mit jedem Schritt wuchs das Unbehagen, das Rafael schon

auf der Fahrt hierher erfasst hatte. Eigentlich bereits seit jenem Moment, als Prince ihm sein Handy abgenommen und darauf herumgetippt hatte. Er hatte es ihm nicht zurückgegeben, und Rafael hatte nicht danach gefragt. Man stellte Prince nicht so einfach Fragen.

Alles, was Prince tat, diente einem Zweck. Er machte nie etwas aus einer Laune heraus, wie Rafael in diesem Moment bewusst wurde. Unheil bahnte sich an, plötzlich war er sich dessen ganz sicher. Er dachte an Hanno, und wieder verdrängte er rigoros den Gedanken an den Mann, dem er so viel zu verdanken hatte.

»Schönes Plätzchen«, sagte Prince spöttisch und hielt inne. »Stell die Stühle da hinten auf, Bruder. Lass uns ein bisschen quatschen.«

Betont gleichmütig hatte Prince die Worte ausgesprochen, und gerade diese demonstrative Gelassenheit war es, die Rafael noch misstrauischer werden ließ.

Oder weil dieser Ort eine verdammte Falle war.

Hinter sich nahm Mara Billinsky einen Luftzug wahr. Ihr Kopf wirbelte herum, sie sah die Gestalt, die aus dem angrenzenden Korridor aufgetaucht sein musste. Ein Mann mit Dreadlocks. Mehr konnte sie nicht an ihm wahrnehmen, ehe er ihr mit beiden Händen einen kräftigen Stoß versetzte.

Sie verlor den Stand und flog nach unten, wo sie krachend auf hartem Boden aufschlug. Dunkelheit, eine Bewegung neben ihr, ein Tritt in ihre Rippen, der sie aufschreien ließ.

Jemand zerrte an ihrer Waffe, Schritte, die die Treppe herunterpolterten. Noch ein Tritt, fast dieselbe Stelle, noch größerer Schmerz. Zwei Männer drückten sie fest nach unten. Wieder sah Mara die wirbelnden Dreadlocks. Die Männer rissen an ihren Armen und fesselten sie mit Kabelbindern, die in die Haut schnitten.

Sie wurde hochgewuchtet, stand wieder auf den Beinen. Sie hatte sich noch immer nicht an die matte Dunkelheit gewöhnt, als etwas über ihren Kopf gestülpt wurde. Ein Sack?

Der Rap-Song verklang.

Stille.

»Damals musste ich eine Entscheidung treffen«, meinte Prince unvermittelt. »Als meine Familie zu den Leuten gehörte, die vor ein Erschießungskommando geführt wurden. *Fuck!* Ich musste mich entscheiden. Was blieb mir übrig. Ich *musste.*«

Rafael nickte zustimmend. Er schwieg und war noch angespannter als zuvor.

»Wenn der Weg sich gabelt, kann man nicht nach links *und* nach rechts gehen, hab ich recht?«

»Du hast recht, Prince.«

»Man muss sich für eine Richtung entscheiden.«

Wieder nickte Rafael.

»Egal, wie jung und unerfahren man ist, das Leben nimmt keine Rücksicht. Auf keinen von uns.« Er nahm die Sonnenbrille ab, klappte sie zusammen und schob sie in die seitliche Tasche seiner Hose. »Die Leute hier glauben, bei uns drüben in Afrika ist der Dschungel. Hier ist auch Dschungel, Bruder, nur eben ein anderer. Die ganze verrückte Welt ist ein einziger *Scheißdschungel.* Ich denke manchmal, die Leute hier sind genauso rücksichtslos wie die Männer der Rebellenarmee früher in Sierra Leone. Obwohl es vielen von ihnen richtig gut geht, würden sie für ein paar Scheine mehr über Leichen gehen. Sie leben ein sicheres Plüschleben. Deswegen sind sie auch so gelangweilt und schnell genervt. Findest du nicht?«

Rafael erwiderte nichts. Prince hatte offenbar auch keine Antwort erwartet.

»Und sie lieben es, unterhalten zu werden«, fuhr er fort. »Sie würden alles geben für ein bisschen Entertainment. Sie würden töten dafür. *Here we are now, entertain us.* Aus welchem Scheißsong stammt das noch mal? Ich sag dir eins: Heutzutage würde die Kreuzigung live im Fernsehen übertragen werden.«

Mara wurde die Treppe nach oben geführt, auf dem Oberarm eine fremde Hand. Im Erdgeschoss herrschte Tageslicht, der Stoff über ihrem Kopf war durchlässig, wahrscheinlich war es eine Jute- oder Stofftasche, wie man sie zum Einkaufen benutzte. Sie konnte Schemen erkennen, die Seitenwände des Korridors, die hellen Farben der Fliesen, die Fensterviereck.

Die Hände blieben auf ihren Armen, etwas wurde hart in ihren Rücken gepresst. Die Mündung einer Waffe. Womöglich ihre eigene Pistole.

Sie war in eine Falle getappt. Aber Rafael hatte sie nicht gestellt. Welchen Grund sollte er dafür haben? Wer hatte ihr die Nachricht mit Rafaels Handy geschrieben? War Rafael ebenfalls ein Gefangener? Wo war er hineingeraten?

Maras Rippen brannten wie Feuer, aber sie schaffte es, kaum darauf zu achten. Der Schmerz würde erst mit ganzer Wucht kommen, wenn sie sich aus dieser Situation befreit hätte.

Falls sich aus dieser Situation befreien würde.

Man führte sie zu einem Auto. Sie erkannte die Umrisse der schwarzen Limousine, auch das Band des Waldes in der Nähe, die Schotterpiste, über die sie hierher gelangt war.

Eine der hinteren Türen wurde geöffnet. Ein Stoß in den Rücken, und Mara saß im Fond des Wagens, neben ihr einer der Unbekannten, der ihr die Waffe in die Seite drückte. Noch immer hatte sie die alberne Tasche auf dem Kopf. Offenbar hatten die Bewacher keine Befürchtungen, Mara könnte jemandem auffallen.

Der zweite Mann stieg vorn ein und startete den Wagen. Sie fuhren los, ohne es besonders eilig zu haben. Geröll knirschte unter den Reifen, der Motor schnurrte gefällig. Es wurde beschleunigt, dann das Tempo schon wieder gedrosselt, das Knirschen verklang, sie fuhren auf Asphalt hinweg, sie bogen nach links ab, Mara versuchte alles in ihrem Kopf abzuspeichern.

Noch ein paar Hundert Meter, dann kam das Auto zum Halt, das Brummen des Motors erstarb. Sie mussten sich immer noch auf diesem Industriegebiet oder in direkter Nähe zu ihm befinden.

Raus aus dem Wagen, erneut das Brennen der Sonne, Mara schielte unter dem Taschenrand nach unten und sah den Asphaltboden.

Das Quietschen alter Türscharniere ertönte. Sie betraten ein Gebäude, vielleicht eine große, leere Halle, wie Mara dem Klang der Schritte entnahm. Sie wurde an einer bestimmten Stelle positioniert, die Bewacher entfernten sich und begaben sich zu zwei weiteren Gestalten, die sie schemenhaft wahrnahm.

Sie hörte ein Flüstern, aber nicht, was genau gesprochen wurde. Mara kämpfte gegen die Angst an, die immer stärker von ihr Besitz ergriff und jeden klaren Gedanken im Keim zu ersticken drohte. Schweißgebadet und unter höchster Anspannung versuchte sie, sich auf das Rechteck zu konzentrieren: die Tür, durch die sie hereingebracht worden war und die noch offen stand.

Jemand redete etwas von genügend Zeit und genügend Pfeilen, sodass die Beute nicht mit dem ersten Schuss erlegt sein müsste. Unter normalen Umständen hätte Mara die Stimme wohl als geradezu angenehm, als etwas Besonderes empfunden. Kehlig, eigenwillig. Auch jetzt, als sie von der Erhabenheit des lautlosen Todes sprach, halb ernsthaft, halb spöttisch. Weitere Worte drangen zu ihr. *Ziel, Visier, Bruder.* Und ein Name: *Rafael.*

Oder irrte sie sich?

Pfeil, Nocken, Sehne.

Sie fühlte sich wie gelähmt, und sie hasste nichts mehr als diese dumpfe Hilflosigkeit, diese Wehrlosigkeit.

»*Zeig uns den lautlosen Tod*«, sagte die Stimme. »*Schieß!*«

Mara konnte nicht mehr atmen, sie konnte gar nichts mehr. Nichts außer schwitzen. Wie Flusswasser strömte der Schweiß an ihr herab.

»Schieß, Rafael!«

Alles war ruhig. Völlig geräuschlos. Mara fühlte das Schlagen ihres Herzens, ein trotziger, hartnäckiger Muskel, so stark und zugleich so verletzlich. Die ganze Welt schien innezuhalten, sich aufzulösen, nur noch diese Lagerhalle existierte.

Ein surrender Laut zerschnitt die Stille.

Rafael zitterte noch immer. Er schloss die Augen für einen kurzen Moment, öffnete sie, und hätte sich am liebsten irgendwie ans andere Ende der Welt katapultiert.

Aber er war hier.

Hier in dieser Halle.

Und Mara Billinsky war auch hier, in ihrer schwarzen Rüstung. So hilflos, wie er sie sich nie hätte vorstellen können, wie er sie nie hatte sehen wollen. In seiner Erinnerung hörte er Prince Banguras spöttisch-bittere Worte: Die ganze Welt ist ein Scheißdschungel.

Das klackende Geräusch, als die Pfeilspitze über Maras Kopf hinwegschoss und die Wand hinter ihr traf, war das Startsignal. Sie rannte blitzartig los, die Hände auf den Rücken gefesselt, das verschwommene, leicht helle Rechteck im Blick, rannte wie nie zuvor, rannte um ihr Leben, durch die offene Tür hindurch und hinaus ins grelle Sonnenlicht. Sie hatte keine Zeit, sich zu orientieren, sie rannte weiter und weiter. Schritte und laute Rufe verfolgten sie. Nach einer gefühlten Ewigkeit kam endlich das waagerechte schwarze Band aus Bäumen in Sicht.

Deckung, dachte sie verzweifelt, während die Schritte und Rufe lauter wurden.

Zu hoch angesetzt!

Das waren Prince Banguras missbilligende Worte gewesen, ehe er Rafael und die anderen beiden Männer angebrüllt hatte, die Bullenlady einzufangen und an den Haaren zurückzuschleifen.

Als sie aus der Halle rannten, entdeckten sie sofort die schwarze Gestalt, die davonstürmte. Sie teilten sich auf, um der Flüchtenden den Weg abzuschneiden. Rafael hatte die linke Position eingenommen. Er war schneller, sportlicher als die beiden anderen.

Dieses *Zu hoch angesetzt!* hallte immer noch in seinem Kopf nach. Prince war wahrlich kein Dummkopf. Rafael wusste, dass er vor Wut platzen würde, falls Mara es schaffte, ihnen zu entwischen. Eine Gefesselte mit verbundenen Augen.

Er sah Mara rennen. Geradewegs auf den Wald zu, wohin auch sonst, es war der einzige Ort, der Deckung bot.

Rafael schwitzte heftig, als er geschmeidig über rissigen Asphalt, dann über trockenes Gras und gelbe Löwenzahnköpfe hinwegeilte, zwischen gestapelten Paletten und rostigen Stahlfässern hindurch.

Nun verständigten sie sich durch Rufe und wildes Fuchteln mit den Armen. Sie holten auf.

Zu hoch angesetzt!

Mit einem wahnwitzigen Kopfsprung hechtete Mara in die Wand aus Bäumen. Sie landete krachend im Unterholz. Schmerzen schossen ihr durch Gesicht, Knie und Schultern. Sie rappelte sich auf, verfluchte die Fesseln und das Dunkel des Waldes, das die Sicht durch den dünnen Stoff der verdammten Tasche über ihrem Kopf zusätzlich erschwerte.

Die Rufe der Verfolger schienen näher zu kommen.

Sie rannte noch ein Stück weiter, stolperte über eine Baumwurzel und fand sich erneut auf der Erde wieder. Diesmal verharrte sie auf dem trockenen Waldboden. Sie robbte zwischen die dichten Zweige der Sträucher und machte sich ganz klein. Um sie herum eine jähe Stille. Sie roch ihren Schweiß über dem Duft der Pflanzen und fühlte ihren trotzigen Herzschlag. Sie schloss die Augen, versuchte ruhig und rhythmisch zu atmen.

Ein Rascheln ertönte.

Das Rascheln von Schritten, die näher kamen. Oder sich entfernten, sie war sich nicht sicher, ihre Wahrnehmung spielte völlig verrückt. Sie konnte nicht einmal mehr den eigenen Sinnen trauen.

Zumindest eines war klar: Die Schritte stammten von jemandem, der nicht etwa rannte, sondern sich langsam, fast behutsam, näherte.

Hatte man sie entdeckt?

Rafael drückte mit den Armen Äste weg und hörte auf die Rufe der anderen. Schweiß strömte ihm übers Gesicht, sein Blick wanderte durch den Wald.

Er musste schon wieder an Hanno denken. Der Blick aus den Augen des Sozialarbeiters verfolgte ihn ebenso hartnäckig wie die tadelnde Stimme von Prince Bangura.

Erneut hörte er die Rufe der anderen.

Er hastete weiter, dann verlangsamte er plötzlich. Hatten sie Mara entdeckt?

Es war leise und paradoxerweise zugleich unerträglich laut, dieses *Geräusch*, dieses verdammte Rascheln.

Mara hielt den Atem an. Sie drückte sich noch tiefer in die Sträucher, bäuchlings, wehrlos, ein verfluchtes *Scheißgefühl*. Sie konzentrierte sich auf das Rascheln, ihre Kehle war staubtrocken.

Jemand entfernte sich nicht, nein, jemand kam näher. Immer

näher. Schritt für Schritt. Und blieb dicht neben ihr stehen, sie meinte fast den Schatten zu spüren, der auf sie fiel. Jemand bückte sich zu ihr herab.

Gleich darauf wurde die Tasche über ihrem Kopf gepackt, um sie … – nein, der Stoff blieb vor ihren Augen.

Die eisige Stille schien Mara zu erdrücken. Eine Stille, in der nichts zu hören war außer dem fremden Atmen. Dann ein Klicken, das sie kannte: So klang es, wenn bei einem Klappmesser die Klinge hervorsprang.

Eine Hand ergriff ihren Oberarm.

Teil 3

Wenn wir
am Abgrund stehen

47

»Nein, es ist wieder alles in Ordnung mit mir.« Jan Rosen nickte so überzeugend, als könnte seine Mutter ihn sehen. »Meinem Kopf und dem Rest meines Körpers geht es ausgezeichnet.«

»Und der Arzt, Janni? Was sagt der Arzt?«

»Er ist ebenfalls sehr zufrieden mit der Entwicklung, Mama«, sagte er und wusste, welches Stichwort fallen würde. Er befand sich nicht mehr im Büro, sondern in seiner wie immer ordentlich aufgeräumten Wohnung.

»Und der Psychologische Dienst? Hast du …?«

»Nein, beim Psychologischen Dienst bin ich noch nicht gewesen …«

»Aber, Janni!«, schimpfte sie. »Du musst dich auf jeden Fall anmelden. Das ist dir doch klar?«

»Selbstverständlich.« Erneut nickte er.

»Nicht irgendwann, sondern sehr bald!«

»Natürlich, Mama, nicht irgendwann, sondern sehr bald.«

Sie redete bereits wieder auf ihn ein.

Rosen seufzte tief und achtete darauf, dass seine Mutter am anderen Ende der Leitung nichts davon mitbekam. Er stutzte. Was hatte sie eben gesagt? »Bitte?«

»Ich rede von deiner Kollegin, Janni«, erwiderte sie. »Du weißt schon, diese schwarze Erscheinung.«

Mit einem nachsichtigen Schmunzeln schüttelte Rosen den Kopf. »*Diese schwarze Erscheinung* heißt Mara Billinsky, das weißt du doch.«

»Ich bin einfach nur froh.«

»Worüber?«, fragte er, immer noch irritiert.

»Nun ja, dass du nicht mehr mit ihr zusammenarbeitest.«

»Wieso?«

»Sie hat dir nicht gutgetan«, antwortete sie so, wie es nur eine Mutter aussprechen konnte. »Dass ausgerechnet sie deine Teampartnerin geworden ist, hat mich immer beunruhigt, Janni. Jetzt kann ich es dir ja offen sagen.«

Er hatte es auch so gewusst.

»Oder nimmst du mir das übel, Junge?«

»Selbstverständlich nicht, Mama«, antwortete er so, wie nur ein Sohn antworten konnte, der stets folgsam war und nie zum Rebellen getaugt hatte.

»Ich fand immer, du warst zu nachsichtig mit ihr. Das bist du ja mit allen.« Pikiert fügte sie hinzu: »Lieber Herr im Himmel, was du mir so alles über diese junge Dame erzählt hast.«

»Billinsky hat auch ihre guten Seiten.«

»Bestimmt hat sie die«, gab sie zurück, ohne allerdings zu verbergen, dass sie in Wirklichkeit völlig anderer Meinung war.

»Ohne sie wäre ich …« Er brach ab. Nein, es hatte absolut keinen Sinn, seiner Mutter zu erklären, dass Billinsky ihm in vielerlei Hinsicht die Augen geöffnet hatte und der Antrieb gewesen war, über sich selbst und seine Situation nachzudenken. Und es war sicherlich auch besser, ihr zu verschweigen, dass der Dienstweg ihn doch wieder mit Billinsky zusammengeführt hatte.

»Ich muss jetzt leider auflegen«, sagte er stattdessen, um das Gespräch abzukürzen.

Das Telefonat hatte seine Gedanken wieder auf Billinsky gelenkt. Er rief sie an, bekam sie aber nicht an den Apparat. Wahrlich keine Seltenheit bei ihr. Und dennoch stellte sich diesmal ein Unbehagen bei ihm ein.

Wie oft hatte er sich schon gefragt, wo sie sein mochte? Man wusste nie, was sie tat und ob sie in handfesten Schwierigkeiten steckte. *Diese schwarze Erscheinung.*

48

Erik Nordin drehte den Schlüssel im Türschloss der Altbau-
wohnung und schob sich in den schmalen Flur.

Es war immer noch ein merkwürdiges Gefühl, diese dunkle
Höhle zu betreten, in der alles auf ihre einzige Bewohnerin aus-
gerichtet war.

Billinskys Parfüm hing mit seiner eigenwillig rauen, fast mas-
kulinen Note in der Luft. *Leather* von Malin + Götz. Es passte
so gut zu ihr. Er meinte sogar, das Leder ihrer Jacke riechen zu
können, die gar nicht am Haken hing. Auf eigenartige Weise war
ihm, als könnte er ihre Präsenz fühlen, obwohl sich außer ihm
niemand in der Wohnung befand. Die Türen der wenigen Zimmer standen sperrangelweit offen, es herrschte Totenstille.

Er betrat das Wohnzimmer, zog Hemd und Hüftholster mit
der Waffe aus und legte alles auf dem Sofa ab, bevor er sich auf
den Teppich sinken ließ.

Billinskys Gesichtsausdruck. Er sah sie vor sich. Wie sie
ihm den Ersatzschlüssel überlassen hatte. Sie hatte dabei nicht
gerade Freude ausgestrahlt. Es war eher, als würde sie einem
Zwang folgen. Aber selbstverständlich hatte Nordin sie keineswegs gezwungen, nicht einmal gedrängt. Nur mit knappen
Worten angerissen, wie praktisch und zeitsparend es doch wäre,
wenn er einen Schlüssel hätte.

Nordin wusste, wie sie sich gefühlt hatte. Er kannte das von
sich selbst. Er war ein absoluter Einzelgänger, das lag in seinem
Blut, genau wie in ihrem. Während andere Jungs Eishockey
oder Fußball gespielt hatten, war er allein durch die Wälder gerannt, auf dem Rücken einen mit Bleigewichten gefüllten Rucksack, weitere Gewichte an die Waden gebunden.

Niemanden hatte er je in sein Leben gelassen.

Niemanden außer Pernilla, Polizistin wie er. Sie hatte ihn erst dazu gebracht, sich ein wenig zu öffnen und Eheglück und eventuell sogar eigene Kinder als Möglichkeit im Leben zu betrachten.

Nein, es war nicht ihre *Schuld* gewesen, dass es nicht geklappt hatte. Sondern seine. Weil er eben doch nie hatte anders können, als er selbst zu sein. Dieser sture, steinerne Schwede. Weil er sich nur etwas vorgemacht hatte, blauäugig, leichtgläubig, wie es eigentlich nicht seiner Art entsprach.

Er stand wieder auf und ging in die Küche, um ein Glas Leitungswasser zu trinken. Das Wasser wurde einfach nicht kühl, egal, wie lange er es ins Waschbecken plätschern ließ.

Eine Düsternis hatte ihn verfolgt, immer schon, und es war nur eine jämmerliche Illusion gewesen, dass er ein normales Leben hätte führen können, dass er so hätte sein können wie andere waren.

Pernilla hatte es gespürt. Lange vor ihm. Sie hatte sich von ihm abgewandt. Was war ihr auch anderes übrig geblieben?

Ja, er war eifersüchtig gewesen. Ja, er war sich schwach vorgekommen. Schwächer als je zuvor.

Dann war der Einsatz erfolgt. Der erste, der ihn und Pernilla zusammengeführt hatte, das erste Aufeinandertreffen seit der Trennung. Der Einsatz, an dessen Ende Pernilla nicht mehr am Leben war.

Er wollte nicht mehr daran denken. Billinsky hatte ihm geholfen, die Vergangenheit wegzuschieben. Und nun? Was war mit ihm und Billinsky?

Er trank noch ein zweites Glas mit der warmen Brühe. In Schweden war das Leitungswasser besser, vor allem kälter.

Er holte sich die Situation von vorhin zurück ins Bewusstsein. Der Besprechungsraum im Präsidium. Er und Pelletier an diesem leeren Tisch. Das Warten auf Billinsky. »Ruf sie wenigstens mal an«, hatte Pelletier gefordert.

Doch Billinsky war einfach nicht ans Handy zu kriegen.

Er war sauer auf sie gewesen, Pelletier ebenfalls. Sie hatten sich an den Hauptkommissar gewandt, ob er ihnen helfen könne, aber Klimmt hatte nur etwas von *Typisch Billinsky* geschnaubt.

Das leere Glas noch in der Hand, stellte sich Nordin ans Fenster, das in den engen Hinterhof des Hauses wies, wo die Mülltonnen standen. Er war nach wie vor sauer auf Mara. Doch endlich konnte er sich eingestehen, dass seine Verärgerung in Wirklichkeit nichts anderes als Sorge war.

»Wo steckst du, Billinsky?«, fragte er laut.

Er ging zurück ins Wohnzimmer und setzte sich auf den Teppich, ratlos und unruhig.

Die Minuten vergingen. Eine weitere Stunde verstrich, die Dämmerung kam, nicht jedoch Billinsky. Die Stille grub sich in sein Bewusstsein, sie war wie aus Beton, hart und undurchdringlich. Im gesamten Gebäude schien sich niemand aufzuhalten, nur Nordin, der sich häufig am Wohnzimmerfenster wiederfand, den Blick nach draußen auf die Straße gerichtet, wo Passanten lachend in Sommerklamotten und Flip-Flops vorbeischlenderten, erst noch recht viele, später fast niemand mehr.

Er rief Klimmt an, doch der Hauptkommissar hatte ebenfalls nichts von ihr gehört.

»Wo steckst du, Billinsky?«

Zwei Stunden Tiefschlaf. Wie ein Stein. Mindestens vier Stunden davor und vier danach hatte sie hingegen hellwach dagelegen, zur Zimmerdecke gestarrt und versucht, ihre aufgewühlten Sinne wieder einzufangen.

Nervenberuhigung.

So schwer das diesmal auch war.

Nun war es früher Morgen. Vor ihr lag der schmale, noch leere Korridor im Präsidium, der sie vorbei am eigenen Büro, hin zum Refugium ihres Chefs führte. Sie trug dieselbe verschwitzte und verschmutzte Kleidung wie am Vortag und fühlte sich jämmerlich.

Klimmt hatte sich nach seiner krankheitsbedingten Pause angewöhnt, besonders pünktlich zum Dienst zu erscheinen, um noch pünktlicher wieder nach Hause verschwinden zu können.

Hoffentlich war er auch heute da.

Lautlos bewegte sie sich auf seine Tür zu, die geschlossen war. Sie blieb davor stehen, atmete noch einmal durch. Sie klopfte laut an, wartete nicht auf eine Antwort und betrat den Raum.

»Billinsky!«

Sie schloss die Tür hinter sich und blieb mitten im Zimmer stehen.

»Scheiße, Billinsky, wo haben Sie sich jetzt schon wieder rumgetrieben? Ihr verdammter Wikinger hat mich gestern Abend mindestens zehnmal angerufen. Sogar noch nachts. War das ein Versuch, ihn eifersüchtig zu machen?«

Sie sagte nichts, sah ihn nur an.

»Wollen Sie da weiter rumstehen oder sich setzen?«

Wieder kam keine Antwort von ihr.

»Noch mal, Billinsky, wo waren Sie?«

»Hören Sie zu, es kommt verdammt selten vor, aber diesmal hab ich es echt nötig, mit jemandem zu reden.« Sie hob die Augenbraue. »Glückwunsch, die Wahl ist auf Sie gefallen.«

»Sehen Sie die übermenschliche Freude in meinen Augen?«, brummte er.

»Ja, sehe ich«, meinte sie trocken und warf ihre Jacke achtlos auf einen der beiden Besucherstühle.

»Dann wird Ihr Wikinger erst recht eifersüchtig sein.«

»Er ist nicht *mein* Wikinger.«

»Wie auch immer.« Er winkte ab. »Zigarette?«

»Und ob!«

Es war längst ein Ritual, dass sie ihm als Ex-Raucherin beim Qualmen Gesellschaft leistete. Aber sie hatte nicht übertrieben: diesmal brauchte sie den Glimmstängel wirklich.

Am geöffneten Fenster standen sie nebeneinander. Beim ersten Zug begann Klimmt fürchterlich zu husten.

»Klingt nicht gesund«, kommentierte Mara leise.

Der Hustenanfall ließ nach, Klimmt keuchte. »Sagten Sie nicht, ich bin der Glückspilz, mit dem Sie reden wollen? Dann mal los.«

»Okay.« Sie nickte. »Zuerst muss ich Ihnen mitteilen, dass man mir meine Pistole geklaut hat.«

»Ihre Dienstwaffe? Scheiße! Das ist echt … Das bringt Ärger.« Er schüttelte den Kopf. »Wer? Und wie?«

»Sie haben mir eine Falle gestellt.«

»Wer?«, wiederholte er.

»Auf den ersten Blick war es Rafael. Aber daran habe ich Zweifel, das kann ich einfach nicht glauben.«

»Wer zum Henker ist Rafael?«

So knapp wie möglich schilderte sie ihm ihre Freundschaft zu dem jungen Mann.

»Moment mal, Billinsky, quatschen wir hier über Ihr Privatleben oder über Ihren Job?«

»Rafael gehört zu meinem Privatleben. Aber …«

»Schon gut, erzählen Sie einfach weiter.« Er schnippte die Zigarette, nicht einmal zur Hälfte aufgeraucht, nach draußen.

Mara berichtete ihm alles, von der Nachricht auf ihrem Handy bis zu dem Angriff auf sie und ihrer Flucht. »Ich kauerte im Gebüsch, da packte mich jemand und drehte mich um. Ich weiß nicht, wer es war. Gleich nachdem die Person mir die Kabelbinder durchtrennt hatte, war sie sofort wieder verschwunden. Als ich es endlich geschafft hatte, mir diese verdammte Stofftasche vom Kopf zu reißen, war niemand mehr da.«

»Und Sie glauben, dass es Rafael war, der Ihnen geholfen hat?«, fragte Klimmt.

»Nur er kommt dafür infrage.«

»Wie ging es weiter?«

»Ich hab mich so lange versteckt, bis ich sicher war, dass sie sich verzogen hatten. Bestimmt hat Rafael die anderen von meinem Versteck weggeführt.«

»Hm.« Klimmt hustete, wenn auch nicht so schlimm wie zuvor. »Und dann?«

»Ich bin nicht zu meinem Auto gegangen, weil ich vermutet habe, dass sie mir dort auflauern würden.« Auch Mara ließ ihre Kippe ins Freie fallen. »Ich hab mich zwischen den Bäumen hindurchgeschlichen, bis ich den Waldrand und eine andere Schotterstraße erreicht habe. Sie haben mir weder mein Geld noch mein Handy weggenommen, also rief ich mir ein Taxi und ließ mich zu einem kleinen Hotel in der Stadt kutschieren.«

»Und dann?«

»Hab ich mir ein Zimmer genommen, mich unter die Dusche gestellt und anschließend für gefühlt hundert Stunden ins Bett gelegt.«

Entgeistert starrte er sie an. »Billinsky, Sie wollen mir nicht allen Ernstes weismachen, Sie hätten nicht das Geringste unternommen, um Kollegen zu verständigen und Ermittlungen einzuleiten.«

»Doch, will ich.«

»Scheiße!«

»Scheiße!«, bestätigte sie.

»Wir müssen diesen Rafael zur Fahndung ausschreiben. Und natürlich ein Team dort in die Gegend schicken, sowohl zur Villa als auch zur Halle. Jeder Quadratzentimeter muss untersucht werden …« Er hielt mitten im Satz inne, als er merkte, dass sie gar nicht zuhörte.

»Chef, es ging einfach nicht.« Ihre Stimme war vollkommen tonlos. »Ich war wie ein Zombie. Ich wollte bloß noch weg von dort. Wollte niemanden sehen. Allein sein. Nordin ist in meiner Wohnung, deshalb das Hotel. Das alles hat mich … Es geht um Rafael, ich habe ihn vernachlässigt, auch Hanno, ich muss unbedingt Hanno anrufen, um ihm …«

»Wer zum Henker ist Hanno?«

Wiederum bemühte sie sich, ihn möglichst knapp über ihre langjährige Verbindung zu Hanno ins Bild zu setzen.

»Wusste gar nicht, dass Sie so viele Freunde haben«, meinte Klimmt sarkastisch.

»Das wären dann auch schon alle.« Sie band sich ihre Haare zu einem Pferdeschwanz. »Und Informanten habe ich auch nicht viele. Jetzt sogar einen weniger.«

»Der Mord an Ramon Resendez.«

Es war merkwürdig, seinen vollen Namen zu hören. Für sie war er immer nur Ramon gewesen. Cleverer Kerl, gebürtiger Spanier, wertvoller Hinweisgeber. Jetzt war er auch noch ein Mordopfer.

»Die Gegend, in der Ramon umgebracht wurde, war vergleichbar mit der Stelle, wo ich sterben sollte«, erklärte sie. »Perfekt ausgewählte Orte. Einsam, uninteressant, kaum beachtet. Sicherlich kein Zufall.« Sie ging zu ihrer Jacke und wühlte etwas aus einer der Seitentaschen hervor: die Stofftasche, mit der man ihr den Kopf verhüllt hatte, und die zerschnittenen Kabelbinder, die sie kurz hochhielt, bevor sie alles auf Klimmts Schreibtisch ablegte. »Hab ich mitgebracht von meinem kleinen Ausflug ins Grüne. Die Kabelbinder sehen so aus wie die, die wir bei Ramon gefunden haben. Übrigens, hat sich da was ergeben? Fingerabdrücke? DNA?«

»Die Dinger sind zu schmal, zu fein, da konnte nichts festgestellt wurden. Wir werden Ihre hübschen Souvenirs trotzdem eingehend untersuchen lassen. Vielleicht haben wir ja doch Glück.«

»So viele lose Enden«, meinte sie leise.

Klimmt betrachtete sie von der Seite. »Scheiße, Billinsky, was ich mit Ihnen schon alles erlebt habe. Sie kosten mich mehrere Lebensjahre, das ist Ihnen doch klar.«

Sein verhaltener Tonfall passte überhaupt nicht zu seinen Worten, und es passte wahrlich nicht zu ihm, dass er ihr die Hand auf die Schulter legte, so kurz, dass sie fast meinte, es sich nur eingebildet zu haben. Nie zuvor hatte es eine Berührung zwischen ihnen gegeben, abgesehen von dem widerwilligen kalten Händedruck, mit dem Klimmt sie damals in seiner Abteilung in Empfang genommen hatte.

Er hatte recht, seither war verdammt viel passiert.

»Und jetzt, Billinsky?«

Sie ließ den Blick über die Dächer der Stadt wandern. »Sind Patzke und Schleyer im Fall de Jong vorangekommen?«

»Was glauben Sie?«

»Keinen Millimeter.«

Er gab lediglich ein bestätigendes Brummen von sich.

»Wie soll es da weitergehen?«

»Das wissen Sie doch auch so.«

»Sagen Sie nicht, die Sache wandert zu den Akten.«

»Früher oder später wird es so sein. Sie kennen doch das Scheißspiel. Keine Spuren, kein Motiv, keine Verdächtigen, kein Nutznießer der Tat. Es liegt nicht an Ihnen oder an Patzke und Schleyer.«

»Vor Kurzem haben Sie sich anders angehört.«

»Schon möglich. Aber es ist, wie es ist, und man kann eben nicht mit dem Kopf durch die Wand. Auch wenn Sie das gern mal versuchen.«

»Und diese merkwürdige Sache mit Bernhard Keim? Hat das nichts gebracht? Ich habe Patzke oft genug darauf hingewiesen, das nicht nur beiläufig zu behandeln. Er hat nichts in dieser Richtung unternommen, oder?«

»Nicht, dass ich wüsste. Aber Sie haben doch selbst Nachforschungen betrieben, ohne einen Zusammenhang herleiten zu können.«

»Ich war zu halbherzig«, murmelte sie.

»Machen Sie erst mal ein paar Tage Pause, um wieder einen klaren Kopf zu bekommen. Sprechen Sie mit einem Psychologen, legen Sie die Beine hoch, hören Sie Ihre grauenhafte Musik, trinken Sie Ihren Rotwein, aber nicht zu viel. All das wird Ihnen guttun. Nach einer solchen Geschichte braucht man ein Wohlfühlprogramm. Jeder, sogar Sie.« Klimmts Bürotelefon klingelte, aber er achtete nicht darauf. »Ich habe Ihnen zu viel zugemutet.«

»Von wegen, alles in bester Ordnung.« Sie grinste schief. »Na ja, fast.«

Er schmunzelte, sie sah es aus dem Augenwinkel, und ein Schweigen entstand.

»Ich habe eine Bitte«, sagte sie nach einer Weile.

»Mir schwant Übles.«

»Lassen Sie mir freie Hand.« Sie sah ihn zum ersten Mal an diesem Morgen so direkt an, wie es sonst immer ihre Art war.

»Hä?«, schnarrte er.

»Ich brauche einen gewissen … Freiraum. Sozusagen die ganz lange Leine.«

»Ausgerechnet jetzt, nachdem Sie … Mann, Sie haben wirklich einen eigenwilligen Sinn für Humor.«

»Ich muss mir Klarheit verschaffen. Und zwar in mehrfacher Hinsicht.«

»Das genaue Gegenteil wäre schlauer«, murrte er, fast wie im Selbstgespräch. »Ich müsste Sie an die kürzeste Leine der Welt legen. Null Freiraum.«

»Bisher hab ich nichts auf die Reihe gekriegt. Ich brauche einen kompletten Neustart.«

»Sie sind ein Nagel für meinen Sarg, das wissen Sie.«

»Ach ja, und ich brauche eine Ersatzwaffe.«

»Scheiße, Billinsky!«

50

Durch das Fenster konnte Rafael rostbraune Ziegeldächer von Ein- und Zweifamilienhäusern erkennen, nur selten ertönten die Motoren vorbeifahrender Autos. Prince hatte den Ortswechsel angeordnet, und nun waren sie hier, auf dem Land. Wie lange? Niemand wusste es, vielleicht auch Prince selbst noch nicht.

Der Prinz des Dschungels thronte in einem Ledersessel und spielte mit einem Pfeil herum. Die Nylontasche, auf der er den Sportbogen platziert hatte, lag neben ihm auf dem Parkettboden.

»Alle denken immer, ich mag die Dinger so gern, weil ich aus Afrika stamme. Pfeil und Bogen, primitiver Wilder. Dabei habe ich erst bei euch, in der ach so modernen westlichen Welt gelernt, damit umzugehen. Hier ist das Sport, ein netter Wettkampf am Wochenende.«

Rafael saß still auf einem Zweiersofa, hinter ihm das Fenster, das zur Straße zeigte. Die beiden anderen Männer hatte Prince Bangura weggeschickt. Sie sollten etwas zu essen und eine Ladung Energydrinks einkaufen.

Prince redete weiter vom Bogenschießen, von der Eleganz dieser Betätigung, ihrer Ästhetik und der Stille, mit der die Pfeile durch die Luft jagten. Rafael hatte Mühe, sich auf die Worte zu konzentrieren, er wartete immer noch auf das Gewitter, das bisher ausgeblieben war – kein Wutausbruch war erfolgt, kein Wort des Zorns war über Prince' Lippen gekommen. Er hatte lediglich darauf geachtet, dass sie zügig die Gegend verließen und nichts von ihnen zurückblieb.

»Was denkst du, Rafael?«

»Gar nichts.«

»Ich glaube dir nicht. Ich wette, du denkst immerzu nach.« Prince lächelte rätselhaft. »Was würdest du an meiner Stelle machen?« Harmlos, fast plaudernd wehten die Worte durch den Raum zu Rafael.

»An deiner Stelle? Ich verstehe nicht.«

»Ihr habt eine blinde, gefesselte Bitch entkommen lassen. Was habt ihr euch damit verdient? Ein Sonderlob, eine Extraprämie?« In den harmlosen Tonfall mischte sich beißender Spott.

»Wir werden sie wiederfinden.« Rafael merkte, wie lahm sich seine Antwort anhörte.

Prince erhob sich und nahm den Bogen in die Hand. »Was soll ich mit euch machen? Was hältst du für angebracht?«

»Ich weiß es nicht.« Furcht rieselte an Rafaels Wirbelsäule herab. Sein Mund war ganz trocken, seine Handflächen hingegen feucht.

»Zu hoch angesetzt, Rafael«, wiederholte Prince die Worte aus der Halle. »Kann schon mal passieren, oder? Na klar. Wenn ungeübte Schützen ihr Glück versuchen, rutscht ihnen der Pfeil von der Sehne, sie verpatzen es in Sachen Timing und Präzision. Sie schießen vorbei, auch mal zu niedrig. Aber weißt du, was so gut wie keinem Anfänger unterläuft, Rafael?«

Er schüttelte den Kopf.

»Dass sie zu hoch schießen.« Prince legte den Pfeil mit der metallisch funkelnden Spitze auf die Sehne und spannte sie an. Er zielte auf Rafaels Gesicht.

Rafael schluckte.

»Der lautlose Tod.« Prince grinste. »Hat das nicht etwas Majestätisches?«

Er spannte die Sehne noch stärker an. Dann ließ er sie los. Der Pfeil schoss auf Rafael zu.

51

Mara saß am Schreibtisch, um die zuletzt eingetroffenen E-Mails zu prüfen. Das Gespräch mit Klimmt hatte ihr geholfen. Wer hätte so etwas früher jemals für möglich gehalten?

Dennoch war da noch ein Rest dieses dumpfen Zombiegefühls in ihr. Die Rädchen in ihrem Schädel kamen nicht auf Touren, sie verspürte eine Leere. Wo blieb die Wut auf die Kerle, die ihr so übel mitgespielt hatten?

Sie dachte an Rafael und schlug mit der Faust auf den Tisch, wie um sich selbst aufzuwecken. Sie machte sich Sorgen um ihn, und das lenkte sie ab, es bremste sie.

Ihre eigenen Worte kamen ihr in den Sinn: *ein kompletter Neustart.*

Womit hatte es begonnen? Mit dem Mord an Femke de Jong. Mit Tessa Steinberg. Mit Hinweisen zu dem Tod von Bernhard Keim. Mit der Befragung von … Richtig! Das war der Nullpunkt. Hier musste sie ansetzen.

Sie suchte in ihren Notizen. Ja, eine Frage hatte sie damals nicht gestellt – nicht stellen können. *Nachholen!*, befal sie sich in Gedanken.

Neustart. So schnell wie möglich.

Rafael Makiadi zur Fahndung ausschreiben. Auch Klimmts Worte hallten irgendwo in ihrem Kopf wider. Sie würde es noch hinauszögern. Einfach nur um Rafael Zeit zu geben, dass er sich noch bei ihr melden konnte. Worauf wenig Hoffnung bestand. Es war wohl eher so, dass sie sich selbst Zeit geben wollte für den Versuch, ihn irgendwie in die Hände zu bekommen.

Sein Anschluss war jedenfalls tot, sie hatte ihn mehrfach angerufen. Bestimmt hatte er das Handy zerstört. Wenn er wirklich hinter der Falle steckte, die man ihr … Nein, nicht Vermutungen anstellen, sondern Fakten schaffen, sagte sie sich.

Auch Hanno hatte sie nicht erreicht, und sie wusste nicht, um wen der beiden sie sich größere Sorgen machen sollte.

Dann waren da noch Ramons Tod – und Nordin und Pelletier, die sie gestern zu einem dringend einberufenen Meeting einbestellt hatte. Wann hatte sie zuletzt einen wichtigen beruflichen Termin sausen lassen?

Und natürlich Rosen. Wie lautete das letzte Stichwort, das zwischen ihnen gefallen war? Richtig, es war ein Vorname gewesen. Sie griff zum Bürotelefon, um ihn in seinem Maulwurfskeller anzurufen, doch kaum hatte sie seine Nummer gewählt, stand er leibhaftig vor ihr.

»Billinsky, wo warst du denn gestern?«, fragte er und steuerte auf seinen alten Platz zu. Mit feierlichem Gesichtsausdruck setzte er sich hin. »Das waren noch Zeiten, was?« Er lächelte verlegen.

Ihr fiel auf, dass sie ihn wohl nie so entspannt gesehen hatte wie seit dem Abteilungswechsel. Wenigstens *einer*, der die richtige Entscheidung getroffen hatte, dachte sie.

Er musterte sie. »Alles okay. Du wirkst ein bisschen …«

»Wie denn?«

»Durch den Wind?«, meinte er vorsichtig.

»Nein, alles bestens«, antwortete sie rasch.

»Tatsächlich?« Er glaubte ihr nicht, aber insistierte auch nicht – das mochte sie an ihm.

»Billinsky, ich möchte dir unbedingt was erzählen. Du kannst dich sicher an den Vornamen erinnern, an dem wir …«

»Prince.«

»Exakt.« Er nickte eifrig, wie immer, wenn er etwas loswerden wollte. »Die meisten Männer mit diesem Namen waren kalte Spuren. Aber ein gewisser Prince Conateh hat eine besondere Geschichte, die mich so fasziniert hat, dass ich an ihm drangeblieben bin, auch wenn an sich nichts gegen ihn vorliegt. Wie du allerdings sagen würdest: Ich hatte so ein Bauchgefühl.«

»Okay, schieß los.«

»Also, Prince Conateh war einer von zahllosen Kindersoldaten in Sierra Leone«, begann Rosen. »Er gehörte einer Rebellenarmee an, die das ganze Land in ein Schlachtfeld verwandelt hatte. Und einmal stand er vor den entsicherten Gewehren eines Erschießungskommandos. Es muss wie in einem Hollywoodfilm gewesen sein. Ein Junge, der dem Tod ins Auge sah.«

»Aber der Tod wollte ihn nicht, nehme ich an.«

»Er wurde in letzter Sekunde gerettet. Bevor der Schießbefehl ertönte, zog man ihn und andere Kinder aus der Reihe der Todeskandidaten heraus. Nur die erwachsenen Soldaten wurden erschossen.«

»Wer hat ihn gerettet?«

»Mitarbeiter einer katholischen Hilfsorganisation namens CAW. Das steht für Children Associated with the War. Gemeinsam mit UNICEF betrieb CAW damals mehrere Zentren in Sierra Leone. Etliche Kinder, die durch den Bürgerkrieg in Mitleidenschaft gezogen wurden, fanden dort eine Zuflucht.«

»Auch unser Prince kam in ein solches Zentrum, stimmt's?«

»Richtig. Diese Kinder waren völlig verwildert. Viele drogenabhängig, fast alle ohne Hemmschwelle, wenn es um Gewalt ging. Sie verstanden sich als Soldaten und hassten es, sich von Zivilisten etwas sagen lassen zu müssen. Es kam zu Gewaltausbrüchen, regelrechten Revolten, recht unorganisiert, doch von enormer Heftigkeit. Man braucht unerschöpfliche Geduld und ein Höchstmaß an Zuwendung, um solche Kinder wieder auf einen besseren Weg zu führen.« Es war Rosen anzumerken, wie sehr ihn das Thema bewegte.

»Und was war mit Prince?«, versuchte Mara ihn trotzdem zurück auf das Wesentliche zu bringen.

»Prince war ein besonders schwerer Fall. Knallhart, unempfänglich für alles Fürsorgliche. Eine abgebrühte Killermaschine im Körper eines Jungen. Während viele Kinder aus dem Zentrum einer Wiedereingliederung zugeführt werden konnten, also bei Verwandten oder Pflegefamilien unterkamen, blieb er im Zentrum. Niemand wollte ihn. Es fiel auf, wie intelligent er war, wie gebildet. Er schulte sich im Alleingang weiter, verbrachte Stunden in der Bibliothek. Schließlich nahm ihn doch eine Familie bei sich auf, aber auch dort gab er sich kaum zugänglicher. Er ging zur Schule, machte einen Abschluss und besuchte die Universität, denn im Gegensatz zu seinen leiblichen Eltern verfügte die neue Familie über die nötigen finanziellen Mittel.«

»Da stand ihm also eine erfolgreiche Zukunft bevor«, warf Mara vielsagend ein, während sie ihr Handy überprüfte. Gerade eben hatte sie eine mit höchster Priorität gekennzeichnete Einladung zu einem neuerlichen Meeting mit Nordin und Pelletier erhalten. Mit einem raschen Klick schickte sie ihre Zusage ab.

»Vertreter von CAW und UNICEF hielten weiterhin den Kontakt zu Prince und anderen Kindern mit ähnlicher Vergangenheit«, erläuterte Rosen. »Sie führten Auswahlgespräche durch, weil mehrere Jungen nach New York geschickt werden sollten, um vor den Vereinten Nationen über ihre Kriegserfahrungen zu sprechen.«

»Prince wurde ausgewählt, schätze ich.«

Rosen nickte. »Sein Vortrag war eine Sensation. Er sprach, ohne ein Blatt vor den Mund zu nehmen, und zog seine Zuhörerschaft direkt hinein in den Dschungel. Es schlossen sich weitere Vorträge an. Prince unternahm eine regelrechte Tournee. Stell dir vor, er sprach in London, Mailand, Paris und setzte sein Studium aus der Ferne fort, übrigens mit überdurchschnittlichen Ergebnissen. Dennoch blieb er ein schwer zugänglicher junger Mann. Der Erfolg brachte ihn nicht dazu, sich zu öffnen. Alle, die mit ihm zu tun hatten, erinnerten sich an einen kaum durchschaubaren, eher kalten Menschen, der keine Freundschaften einging, dafür aber manipulative, berechnende Wesenszüge offenbarte.«

»Die Vergangenheit ist nicht tot. Sie ist nicht einmal vergangen. Ist das nicht ein berühmtes Zitat?«

»Stimmt. Von dem Schriftsteller William Faulkner«, kam es wie aus der Pistole geschossen von Rosen. »Auch Prince konnte seine Vergangenheit nicht abstreifen.«

»Keine Überraschung angesichts solcher extremen Erfahrungen.«

»Außerdem kam er auf seinen Vortragsreisen offenbar wieder in Kontakt mit Drogen. Es häuften sich unangenehme Zwischenfälle. Mehrfach war er in Schlägereien verwickelt, bei denen er Gegnern heftige Verletzungen beibrachte, auch wenn die Schuldfrage wohl nicht mehr zweifelsfrei zu klären war. Nichtsdestotrotz blieb er gefragt, der ehemalige Kindersoldat, der eloquent wie ein Hochschulprofessor auftrat. Weitere Vorträge führten ihn nach Wien, Basel und Frankfurt. Und hier in Mainhattan geschah etwas Merkwürdiges.«

»Nämlich?«

»Prince Conateh verschwand. Er verließ in der Nacht unbemerkt sein schickes Hotel und setzte sich ab. Wohin? Niemand hatte auch nur die leiseste Ahnung. Er wurde als vermisst gemeldet und wurde gesucht, doch er hat sich offenbar einfach in Luft aufgelöst.«

Maras Augenbraue hob sich. »Und der Prinz lebte glücklich und zufrieden bis an sein Lebensende. Oder wohl eher nicht.«

»Niemand konnte etwas über seinen Verbleib in Erfahrung bringen. Er wurde nie wieder auf irgendeine Weise von offizieller Seite erfasst. Sein Reisepass wurde nicht verlängert, sein Konto durch Barabhebungen bis auf null gebracht, aber nicht weitergeführt. Das war sozusagen sein letztes Lebenszeichen. Irgendwann ging man davon aus, dass er Freitod begangen hat. Keine Seltenheit bei Menschen, die vergleichbare Erlebnisse verarbeiten müssen wie er.«

»Der Name Prince Conateh wurde also nie wieder in irgendeinem Zusammenhang erwähnt.«

»Nein. Wobei durchaus die Möglichkeit besteht, dass er diesen Nachnamen abgelegt hat, weil das der Name seiner Pflegeeltern ist. Aber auch unter dem Namen seiner eigentlichen Familie ist er nicht mehr in Erscheinung getreten.«

»Wie hieß seine Familie?«, fragte Mara.

»Bangura.«

52

Nur wenige Minuten und einen schnellen Automatenkaffee später betrat Mara Billinsky den Besprechungsraum. Den Blicken der beiden Anwesenden entnahm sie, dass man trotz ihrer Zusage nicht unbedingt mit ihrem Erscheinen gerechnet hatte. Nordin trug wieder eines seiner unzähligen Leinenhemden, seine modebewusste Kollegin dagegen eine zartrosa Kurzarmbluse.

»Billinsky«, sagte Nordin, mehr nicht. Mara glaubte Erleichterung aus seiner Stimme herauszuhören. In Colette Pelletiers Ausdruck schlich sich eher eine gewisse Besorgnis. »Geht es dir gut? Wir haben gestern nichts mehr von dir gehört und waren beunruhigt.«

Du bist durch den Wind. So ähnlich hatte es Rosen genannt. Ein Erlebnis, wie es ihr der gestrige Tag beschert hatte, ließ sich offenkundig nicht so einfach verbergen.

»Bei mir ist alles okay«, sagte Mara betont gleichmütig und nahm Platz. »Also, was habt ihr denn für großartige News?«

»Es sind Eriks News«, korrigierte die Französin und wies auf ihren Kollegen.

Er betrachtete Mara noch einmal forschend, dann begann er: »Im Viertel hat sich herumgesprochen, dass bestimmte – wie heißt es auf Deutsch? – Vorstellungsgespräche durchgeführt wurden.«

»Um welche Jobs ging es?«

»Um sehr lukrative Jobs, wie es scheint. Alles läuft noch geheimer ab als sonst in diesen Kreisen. Aber offensichtlich ist ein Mann auf der Suche nach helfenden Händen.«

»Unser ganz spezieller Freund?«

Der Schwede nahm eine Fernbedienung zur Hand, über die sich der Beamer betätigen ließ. Auf der Wand erschien ein Foto, das ihnen allen vertraut war. »Das ist noch immer die einzige Aufnahme, die wir von Polaris haben«, sagte Nordin. »Sie ist bereits ein paar Jahre alt und stammt aus der Zeit, als er mit Waffenschieberei sein Geld gemacht hat. So ist er ja auf dem Radar der schwedischen Polizei gelandet. Seitdem ist er mir ein Begriff.«

Der Unbekannte war im Profil zu sehen, jedoch nur die Nasenspitze und ein wenig von Wange und Kinn, da die Krempe eines eleganten Strohhutes sein Gesicht beschattete. Ein leichter Mantel verhüllte seinen Oberkörper, seine Beine wurden von einer Hecke verdeckt.

Nordin fuhr fort: »Ich bin nicht hundertprozentig sicher, aber es deutet vieles darauf hin, dass Polaris derjenige ist, der in diesem Haus Unterstützer anwirbt.«

»Welcher Art?«, fragte Mara sofort. »Männer fürs Grobe?«

»Eher nicht. Oder zumindest nicht ausschließlich. Meinen Informationen zufolge geht es um Leute, die nicht in Gangs, sondern eher in renommierten Unternehmen Erfahrungen sammeln konnten. Um Leute, die die digitale Welt kennen. Die in der Lage sind, sich in fremde Systeme einzuhacken, Bilanzen zu frisieren, finanzielle Transaktionen durchzuführen. Was uns ja erst recht zu Polaris führt.« Mit Überzeugung in der Stimme sprach der Schwede weiter: »Der einzige polizeiliche Erfolg gegen ihn war die Festnahme mehrerer Personen, die er aus Schweden mit nach Mitteleuropa gebracht hatte. Ihr wisst das, wir alle drei waren an dem Einsatz beteiligt. Die Festgenommenen allerdings waren unter keinen Umständen dazu zu bewegen, gegen Polaris auszusagen. Sie haben so viel Angst vor ihm, dass sie noch nicht einmal verraten haben, welche Schuhgröße er hat. Und jetzt?« Er schaute von Mara zu Pelletier und wieder zu Mara. »Jetzt braucht er Ersatz. Er hat sich hier festgebissen. Er hat noch viel vor. Er ist aktiv.«

Mara hob eine Augenbraue an. »Es bleibt alles vage, wenn wir über ihn sprechen. Wie gehabt.«

»Bis jetzt schon.« Nordin grinste. »Aber ich weiß, wo diese Vorstellungsgespräche stattfinden. Er beteiligt sich an den Unterhaltungen. Versteht ihr? Wir sprechen von einer Adresse, an der Polaris persönlich anzutreffen ist. Immer nur kurz, aber eben mit einer gewissen Regelmäßigkeit.«

»Wo ist das?«

Nordin nannte eine Straße in der Nähe des Osthafens.

An der Wand erschien das Bild eines Gebäudes.

»Das Haus steht leer«, erläuterte er. »Hier hat er sich eine kleine mobile Zentrale eingerichtet. In den letzten Tagen habe ich es immer wieder unter die Lupe genommen. Es ist gar nicht so *leer*, wie es den Anschein hat. Und dank deines reizenden Chefs werden haben wir Unterstützung. Beamte überwachen das Gebäude bereits im ständigen Wechsel.«

»Du willst also, dass auch wir ein Auge darauf haben und im richtigen Moment zuschlagen?«, kam es von Pelletier.

»Und ob ich das will!«

Mara taxierte Nordin. »Wir sind in der Vergangenheit zweimal zu spät gekommen, was diesen Mann betrifft.«

Seine Stirn legte sich in Furchen. »Warum betonst du das auf diese Art?«

»Wir hatten eine vergleichbare Informationslage, und doch ist es schiefgegangen«, sagte sie in unverändertem Tonfall, als hätte er nichts erwidert.

»Umso wichtiger ist es, dass diesmal alles nach Wunsch verläuft«, warf die Französin leise ein.

»Du klingst ja schon sehr überzeugt«, meinte Mara zu ihr.

»Wir sollten positiv sein. Ich bin es.« Sie lächelte. »Jetzt jedenfalls wieder.«

»Wie bist du denn diesmal an deine Informationen gelangt, Nordin?«, wollte Mara wissen.

Er grinste schmal. »Denkst du, ich hätte es mir ausgedacht?«

»Nein, ich frage mich nur, inwieweit wir deinen Hinweisen …«

»Keine Angst«, unterbrach er sie. »Sie stammen aus einer Quelle, die du selber als zuverlässig bezeichnet hast.«

»Geht es auch ein wenig genauer?«

»Manchmal muss man eben … Wie heißt das Wort? *Nachdrücklicher* vorgehen.«

Mara richtete sich unwillkürlich auf. »Soll heißen?«, fragte sie, zwei messerscharf ausgestoßene Worte.

»Ich habe deinem kleinen Freund noch einmal einen Besuch abgestattet.«

Wie aus dem Nichts spürte Mara wieder diese Kälte in sich aufsteigen. Eine Eisschicht. »Und dann?«, fragte sie hart.

Nordin machte eine lässige Geste mit seiner Hand. »Ich finde nur, du hast dich zu schnell von ihm abwimmeln lassen. Er wusste mehr, als er dir erzählt hat, das hab ich sofort gespürt.«

»Ich auch.«

»Warum hast du dann nicht …?«

»Hast du nachgeholfen?«, unterbrach diesmal sie ihn. »Damit er etwas preisgab, was er lieber nicht gesagt hätte?«

»Es hat uns immerhin einen wichtigen Schritt vorangebracht«, meldete sich Pelletier beschwichtigend zu Wort.

Doch Mara beachtete sie überhaupt nicht mehr.

»Wieso so aggressiv, Billinsky?«, kam es von Nordin. »Seit wann bist gerade du so zimperlich?«

Sie spießte ihn mit ihrem Blick auf. »Ich bin nicht zimperlich, aber ich bin auch keine Idiotin. Es gibt Momente, da muss man Informanten ein bisschen Luft zum Atmen lassen. Erst recht, wenn man weiterhin auf sie angewiesen ist.«

»Ich verstehe das nicht. Warum bist du …?«

»Weil man meinen kleinen Freund, wie du ihn nennst, verschleppt hat, nachdem du bei ihm warst.« Ihre Stimme war ein einziges metallisches Stakkato. »Man hat ihm den Körperteil, auf den ihr Typen so stolz seid, abgeschnitten und in den Mund

242

gestopft. Anschließend hat man ihn ermordet. Willst du sonst noch was wissen?«

Sie stand auf, stürmte aus dem Zimmer und knallte die Tür hinter sich zu.

Bei der Hälfte des Korridors hatte Nordin sie eingeholt. Mit der Hand auf ihrer Schulter brachte er sie dazu, stehen zu bleiben und ihm ins Gesicht zu sehen.

»Das tut mir leid, Billinsky.«

»Erzähl das Ramon, er wird sich freuen.«

»Mara …«

Er hatte sie nie zuvor beim Vornamen genannt und sich jetzt den absolut falschen Moment dafür ausgesucht.

»Scheiß auf dich, Nordin. Es gibt absolut nichts, was du sagen könntest, um das Ganze irgendwie gutzumachen.«

»Nein, das kann ich nicht, ich weiß das.«

Sie wollte ihren Weg fortsetzen, aber er stellte sich entschlossen vor sie hin. »Bitte, Mara, lass mich nicht stehen. Es tut mir leid. Wirklich! Ich weiß, ich habe nicht nachgedacht …« Er stoppte und betrachtete sie überrascht. »Du weinst ja. Ich hatte keine Ahnung, dass Ramon dir …«

»Es ist nicht allein wegen Ramon, auch wegen Rafael, ich habe eine verdammte Angst um ihn, inzwischen auch um Hanno, und …« Sie musste Luft holen und verfluchte die Tränen auf ihren Wangen.

»Was sind das für Leute?«

»Es kommt einfach *alles zusammen*! Kapiert?« Sie fuhr sich über die Augen und fügte abweisend hinzu: »Fuck, lass mich in Ruhe.«

»Mara, was ist gestern passiert?«

»Ein Scheiß ist passiert.«

Er legte seine Hände auf ihre Oberarme und sah sie beschwörend an. »Erzähl es mir, bitte.«

»Nein!«, zischte sie.

»Warum nicht?«

»Weil ich es vorhin schon einmal erzählt habe.« Sie schüttelte seine Hände ab. »Und weil es zu sehr wehtut.«

Ohne ein weiteres Wort stürmte sie an ihm vorbei dem Ende des Korridors entgegen.

»Mara, bist du dabei, wenn wir uns Polaris schnappen?«, rief er ihr hinterher.

Sie drehte sich nicht um und gab ihm keine Antwort.

53

Nicht verwunderlich, dass es Mara schwerer als sonst fiel, sich zu konzentrieren. Es war ein Kampf – ein Kampf mit sich selbst, gegen sich selbst.

Sie zwang sich, die Bildfetzen, die durch ihren Kopf jagten, zu ignorieren. Die Erinnerungen an die Villa, die Lagerhalle und die blinde Flucht durch den Wald irgendwie auszublenden. Das Gespräch mit Erik Nordin abzuschütteln. Sie zwang sich, einfach nur zu *funktionieren*.

Ernst nickte sie Adelheid Ginzek zu, die sie mit einem höflichen Lächeln empfing.

Das war der Punkt, an dem Mara mit ihrem Neustart ansetzen wollte.

Sie saßen sich in denselben Rattanstühlen gegenüber wie zuletzt, umgeben von der gewaltigen Ansammlung aus Krimskrams. Die Puppen mit den pausbäckigen Porzellangesichtern schienen sie zu beobachten.

»Beim letzten Mal habe ich Sie nicht nach Bernhard Keim gefragt«, begann Mara wie üblich ohne lange Vorreden. »Damals war ich über einige Zusammenhänge noch nicht im Bilde. Sie kannten doch Herrn Keim, oder?«

»Selbstverständlich«, antwortete die frühere Assistentin von J&S Consulting. »Ich habe öfter Geschäftsessen oder auch private Abendessen für Femke und Tessa organisiert, bei denen sie mit Herrn Keim zusammenkamen. Tische in Restaurants reserviert und so weiter.«

»Ich gehe davon aus, dass Ihnen bekannt ist, wie Bernhard Keim ums Leben kam.«

Ein betroffenes Nicken erfolgte. »Der arme Mann.«

»Es gibt Hinweise darauf, dass Herr Keim kurz vor seinem Tod nervös und angespannt war.«

»Das kann ich nicht so recht beurteilen. Aber ich weiß, dass ...« Sie überlegte. »Also, Femke und Tessa haben sich ein bisschen lustig über ihn gemacht. *Vor* seinem schrecklichen Ende wohlgemerkt.«

»Inwiefern?«

»Sie haben gesagt, jetzt, da er endlich den Edel-Rentner spielen kann, kriegt er kalte Füße.«

»Das verstehe ich nicht.«

»Herr Keim hatte seine Firma verkauft. Später ist er wohl doch unglücklich über seine Entscheidung gewesen. Femke hat über ihn gesagt, er reime sich irgendwelche abstrusen Geschichten zusammen, nur um den Verkauf rückgängig zu machen zu.«

»Rückgängig? Das war seine Absicht?«

»Zumindest ein Gedanke, der ihn beschäftigt hat. Aber dazu kam es dann ja nicht mehr.«

»Merkwürdig«, kommentierte Mara.

»Ich wusste nicht, was ich davon halten sollte.«

»Wirkte Femke de Jong in der Zeit vor ihrem Tod ebenfalls nervös oder angespannt?«

»Nein, überhaupt nicht. Sie war aufgeräumt wie immer. Und sehr zufrieden darüber, dass sie im Gegensatz zu Herrn Keim ein Kaufangebot für die eigene Firma abgelehnt hatte.«

Mara nickte nachdenklich.

»Ich hoffe, das hilft Ihnen weiter.«

»Alles kann im Moment helfen«, erwiderte Mara, den Blick auf die Puppen gerichtet. Abrupt stand sie auf. »Ich muss weiter«, sagte sie, beinahe mehr zu sich selbst als zu Adelheid Ginzek. Mit Unbehagen dachte sie an den Ort, der als Nächstes auf ihrem Tagesplan stand.

Es war ein sonderbares Gefühl, wieder hier zu sein. Erst in der alten, verfallenen Villa, nun in der Lagerhalle. Beklemmend, bedrückend.

Mara Billinsky beobachtete noch ein paar Sekunden lang die in Schutzanzüge gehüllten Kollegen von der Spurensicherung, die mit besonnener Professionalität ihrem Job und Maras spärlichen Hinweisen nachgingen. Plötzlich musste sie ins Freie, raus aus der stickigen Luft, an der es allerdings nicht lag, dass es ihr die Kehle zuschnürte.

Hier wärst du fast gestorben!

Das war es nicht allein, was ihren Blick und ihre Seele verdüsterte, was sie erst einmal tief Luft holen ließ. Es war die Überraschung gewesen, mit der diese gefahrvolle Situation über sie hinweggeschwappt war, in einem Augenblick, als sie etwas Bedrohliches überhaupt nicht erwartet hatte. Im Gegenteil, die Aussicht auf ein Wiedersehen mit Rafael hatte ihr endlich einmal wieder gute Laune beschert.

Nun war es so weit. Sie hatte ihn zur Fahndung ausschreiben lassen. Klimmt hatte allzu sehr darauf gedrängt. Sie nahm sich vor, auf jeden Fall diejenige zu sein, die ihn zu fassen bekam. Sie wollte – *musste* – mit ihm reden, bevor das ein anderer übernehmen konnte. Sie musste unbedingt in Erfahrung bringen, was in seinem Leben vor sich ging, nachdem es doch so gut für ihn gelaufen war. Aber sie hatte sich nur wenig um ihn kümmern können, was wusste sie schon? Offenbar nicht genug.

»Scheiße«, sagte sie mal wieder leise zu sich selbst, ehe sie ihr Handy überprüfte. Die Nachrichten, die sie an Hanno geschickt hatte, waren nach wie vor ungelesen geblieben, wie ihr die Display-Anzeige verriet.

Inzwischen stand die Sonne hoch am Himmel. Es gab nicht das kleinste Anzeichen für eine Abkühlung, die Hitze waberte um sie herum. Mara hatte zuvor die Mittagspause genutzt, um mit einem Taxi nach Hause zu fahren, eine weitere schnelle Dusche zu nehmen und die Kleidung zu wechseln. Sie hatte sich wieder für Chucks und Jeansjacke entschieden, obwohl eine Jacke gar nicht nötig gewesen wäre, da sie momentan keine Waffe führte, die sie vor möglichen neugierigen Blicken verstecken musste.

Beim Gedanken an die bevorstehende Flut aus polizeilicher Bürokratie, die der Verlust ihrer Dienstpistole mit sich bringen würde, zog sich ihr Magen zusammen. Wenn sie etwas hasste, dann war es … Selbst schuld!, unterbrach sie ihren Gedankengang.

Nach der Pause hatten die Kollegen sie abgeholt, um zusammen mit ihr hierherzufahren. Sie schaute sich um. Dieser trostlose, selbst bei grellem Tageslicht dunkel wirkende Ort war kaum dazu geschaffen, ihrer altbekannten Hartnäckigkeit neuen Schwung zu verleihen. Die Erinnerung an die eigene Wehrlosigkeit, an die kalte Angst in ihr, holte sie auch hier draußen ein. Das surrende Geräusch, das metallische Klacken, die Panik, mit der sie losgerannt war, die Hände gefesselt, die Augen verhüllt.

In der Hallenwand war zuvor eine beschädigte Stelle festgestellt worden. Mittlerweile war es für Mara Gewissheit, dass man tatsächlich mit Pfeil und Bogen auf sie geschossen hatte. »Immerhin eine Premiere«, murmelte sie sarkastisch.

Warum eine solche Waffe? Wohl kaum wegen der damit verbundenen Stille an einem abgelegenen Ort wie diesem. Mit wem hatte sie es zu tun? Und mit wem hatte Rafael es zu tun?

Das sanfte Schnurren eines Motors ließ Mara aufblicken. Es war Rosens Audi, der neben den beiden Kleinbussen der Spurensicherung parkte. Ihr früherer Teampartner stieg aus und kam auf sie zu. Sie gestand sich ein, dass sie sich freute, ihn zu sehen.

»Hallo, Billinsky!«, begrüßte er sie auf seine stets irgendwie förmlich klingende Art.

»Hallo, Rosen!« Ihr Mund verzog sich zu einem schwachen Grinsen.

Er bedachte sie mit vorsichtig tadelndem Blick. »Wieso hast du mir nichts erzählt?«

»Wovon?«

»Wovon?«, wiederholte er mit sanfter Empörung und zeigte eindringlich auf die Halle. »Wir saßen doch heute Vormittag zusammen, und du hast kein einziges Wort ...« Er verstummte und breitete die Arme in einer hilflosen Geste aus.

Sie zwinkerte ihm zu. »Ich hab wohl vergessen, es zu erwähnen.«

Er schüttelte den Kopf, musste aber trotzdem lachen. »Na klar, kann ja mal passieren.«

Nach einer Pause fuhr er fort: »Ich hab nur gemerkt, dass irgendwas mit dir ist. Aber weil du ja eher die Verschwiegene bist, hab ich nach dem Meeting mal bei Klimmt angefragt. Und ausgerechnet er hat mir so einiges erzählt.«

»Eher die Verschwiegene«, wiederholte Mara grinsend.

»Vor Klimmts Büro bin ich deinem Wikinger über den Weg gelaufen.«

»Er ist nicht *mein* Wikinger«, gab sie zurück.

»Auch er hatte keine Ahnung.«

Komische Vorstellung, wie die beiden Männer, die außer der Haarfarbe nun wahrlich nichts gemeinsam hatten, sich über sie unterhielten. »Na und?«, meinte sie nur.

»Billinsky, kannst du mir mal sagen ...«

»Kannst *du* mir mal sagen«, unterbrach sie ihn leise, aber bestimmt, »was du eigentlich hier willst?«

»Was wohl? Dich unterstützen natürlich.«

»Du gehörst einer anderen Abteilung an. Schon vergessen? Aber nicht nur deshalb: Vergiss es.«

»Du kannst vergessen, dass ich dich im Stich lasse.«

»Kein Grund, melodramatisch zu werden, Rosen. Ich krieg das schon alles geregelt.«

Wie es sonst ihrer Art entsprach, ging er gar nicht darauf ein: »Also, womit soll ich anfangen?«

Ein Lächeln huschte über ihr Gesicht, so fein, dass man es kaum sah. »Mit Hanno«, sagte sie.

»Hanno Linsenmeyer? Dein alter Freund?«

»Du kümmerst dich um ihn, ich kümmere mich um Rafael. Und wenn ich mehr über ihn erfahre, dann sehe ich hoffentlich auch klarer, was es mit dem Mord an Ramon auf sich hat. Äh, du weißt Bescheid, oder?«

Er nickte. »Klimmt hat mir auch davon berichtet.«

»Okay, Rosen, dann kann's losgehen.«

In kurzen Sätzen versorgte sie ihn mit Informationen über Hanno Linsenmeyer. Sofort danach brach er auf. Mara verabschiedete sich von den Spezialisten der Spurensicherung und machte sich auf den kurzen Weg von der Halle bis zur Villa, wo noch ihr Alfa stand.

Sie schwang sich hinters Steuer und ließ den Motor laut aufheulen. Das Getöse tat ihr gut, es war wie ein Kriegsschrei. Sie fuhr los, beschleunigte, stellte die Musik an. *Knockin' on Heaven's Door* in der Live-Version von Guns n' Roses erfüllte das Wageninnere mit ohrenbetäubender Lautstärke, auch das eine Form von Kriegsgebrüll.

Sie startete bei Rafaels kleiner Wohnung. Klingelte, wartete, fluchte. Sie traf ihn nicht an, kaum überraschend, sie klingelte auch bei den Nachbarn, aber keine Tür öffnete sich für sie.

Sie fuhr weiter zu der Fabrik, in der Rafael bis vor Kurzem angestellt gewesen war, und stellte hartnäckig Fragen, ohne allerdings brauchbare Antworten zu erhalten. Niemand wusste etwas, niemand hatte Rafael getroffen, alle zuckten nur mit den Schultern.

Sie setzte sich wieder ans Steuer und fuhr los. Unterwegs verständigte sie sich mit Rosen, der bei Hannos Kollegen beim Sozialamt gewesen war und später noch das Amt für Jugendhilfe sowie zwei von Hannos Stammkneipen in Bornheim aufsuchen wollte. Bisher Fehlanzeige: keine Informationen über Hannos momentanen Verbleib.

Mara beendete den Anruf und beschleunigte.

Nordin rief an, doch sie wollte nicht mit ihm sprechen. Im Kopf stellte sie eine Liste von Orten zusammen, an denen sich Rafael möglicherweise aufhielt. Verbissen und mit zu hohem Tempo raste sie durch die Stadt.

Als könnte er ihre Stimme hören, sagte sie laut zu Rafael: »Ich finde dich.«

54

Er spürte noch die Angst, die ihm in die Glieder gefahren war. Ein Splitter aus Eis, der ihn durchdrungen und gelähmt hatte.

In diesem bestürzenden Augenblick war Rafael Makiadi tatsächlich überzeugt gewesen, Prince Bangura würde ihn umbringen.

Doch der Prinz des Dschungels hatte den Bogen im letzten Sekundenbruchteil minimal zur Seite gelenkt, sodass der Pfeil neben Rafael im Rückenpolster des Sofas stecken geblieben war, noch stark federnd, nur ein paar Zentimeter von seinem linken Oberarm entfernt. Nicht weit von dort, wo sein Herz schlug.

Prince hatte ihn mit einem undurchschaubaren Grinsen allein gelassen. Bei ihm geblieben war der Schrecken, diese knisternde Furcht, die Rafael nach wie vor in die Polster des Sofas drückte.

Im Nebenzimmer wurde Musik eingeschaltet, die Beats drangen zu Rafael, auch Gelächter und dann Schritte, die sich auf die Tür zubewegten. Unwillkürlich spannte er sich an. Er wappnete sich für den nächsten Auftritt von Prince, und schon wurde die Klinke nach unten gedrückt. Gleich darauf erfasste ihn Erleichterung. Nicht Prince kam herein, sondern Celine, die die Tür hinter sich schloss.

In knappem Spaghettiträger-Top und noch knapperen abgeschnittenen Jeans bewegte sie sich barfuß in den Hüften wiegend mit einem Lächeln auf ihn zu.

»Warum sitzt du hier allein rum wie ein Trauerkloß?«, flötete sie mit gespieltem Tadel in ihren Augen, denen man ansah, dass sie bei den bunten Pillen zugegriffen haben musste.

Weil das Leben genügend Grund zur Trauer bietet, dachte er, ließ es aber unausgesprochen.

Sie kam zu ihm und schmiegte sich an ihn. »Lass uns nach draußen gehen«, raunte sie ihm zu. »Hier gibt's überall Felder und Wald. Da kann man tolle Sachen machen. Zu zweit …«

Er tat, als verstünde er die Anspielung nicht.

»Oder wir machen einen Spaziergang zu der Burg. Du weißt schon. Wo sich Prince manchmal hinschleicht.«

»Burg?«, wiederholte er, obwohl er immer noch mit den Gedanken woanders war.

»Keine Ahnung, was er da treibt, ob er sich mit jemandem trifft oder nur allein sein will. Hm, oder er richtet sich da noch ein Versteck ein. Jedenfalls tut er deswegen total geheimnisvoll. Ich hab ihn einmal beobachtet, wie er dorthin ist. Ich hab mich gewundert, wo er zu Fuß hinwill und bin ihm … Ach, wen kümmert's?«

Sie biss Rafael spielerisch ins Ohrläppchen, doch auch das löste seine Anspannung nicht. Bestimmter als gewollt drückte er sie von sich weg.

»Was ist denn heute mit dir los, Rafael?«

»Nichts.«

»Nun komm schon. So viel Zeit haben wir nicht, ich haue bald wieder ab nach Frankfurt.«

»Wirklich?«

»Keine Angst, ich werde zurückkommen in dieses Kaff, klare Sache. Aber jetzt mal echt, hier fällt mir noch die Decke auf den Kopf, das weiß ich jetzt schon. Außerdem hab ich noch ein paar Sachen in der alten Wohnung. Nur Kram, aber Prince will, dass da alles rauskommt. Er fährt spätestens morgen rüber in die Stadt, und er hat gesagt, er nimmt mich mit.«

»Was hat er vor?«, fragte Rafael sofort.

»Das weiß man nie bei ihm, du kennst ihn doch.« Sie zog ein gequetschtes Kaugummi-Päckchen aus der winzigen Hosentasche, nahm einen Streifen heraus und befreite ihn vom Papier.

»Fahr doch mit uns mit. Prince hat mir ein winziges Apartment besorgt.«

Prince schaffte es immer wieder, einen neuen Unterschlupf zu finden, dachte Rafael, eine neue Wohnung, ein neues Auto, teure Klamotten, Drogen. Wie auch immer ihm das gelang, wo auch immer er die Kohle dafür hernahm.

»Nichts Grandioses, nur so ein kleines Einzimmerapartment«, redete Celine weiter. »Aber immerhin ist es nicht in einer doofen Pampa wie hier.«

»Du weißt also nicht, was er vorhat?«, erkundigte sich Rafael noch einmal.

»Wie sagt er immer? Big Business.« Sie lachte gelangweilt auf, schnippte das zerknüllte Kaugummipapier quer durchs Zimmer und erhob sich vom Sofa. »Fährst du nun mit, oder nicht?«

»Ich glaube nicht«, murmelte Rafael.

Sie hauchte ihm eine Kusshand zu und verschwand wieder im Nebenzimmer.

Das Alleinsein hüllte ihn ein, er musste an Hanno denken. Natürlich musste er das. Hanno verfolgte ihn ständig.

In seiner Wohnung hatte Rafael sich nach dem Streit mit dem Sozialarbeiter im seltsamen Zustand einer hellwachen Ohnmacht befunden. Wie gelähmt und zugleich völlig aufgeschreckt. Unfähig, einen klaren Gedanken zu fassen.

Er sollte auf jeden Fall mit Prince und Celine nach Frankfurt fahren, es blieb ihm ja gar nichts anderes übrig. Es drängte ihn dorthin, und zugleich wollte er so weit wie möglich entfernt sein von dieser Wohnung, auf die er beim Einzug so verdammt stolz gewesen war. Die erste Bleibe ganz für sich allein.

Eigentlich hatte er Prince alles erzählen wollen, denn der wusste immer einen Rat. Aber dann war Rafael von den Ereignissen regelrecht überrollt worden. Und vielleicht war es ja viel besser gewesen, ihn eben *nicht* einzuweihen.

Gerade jetzt, da Prince zum ersten Mal ihm gegenüber wirklich misstrauisch wirkte.

Du hast es versaut, sagte sich Rafael. Alles versaut in einem einzigen kurzen Augenblick, aufgestachelt von den Geschichten, die Prince ihm seit Wochen erzählte, und vor allem von den Pillen, die er ihm unentwegt zusteckte. Verloren in einer Welt, die binnen kurzer Zeit eine komplett andere geworden war: abenteuerlich, aufregend, aber auch völlig unvorhersehbar.

Regungslos hockte er auf dem Sofa. Seine Hand tastete in der tiefen seitlichen Hosentasche nach dem Handy. Erst jetzt erinnerte er sich wieder daran, dass Prince es ihm immer noch nicht zurückgegeben hatte. Gern hätte er damit herumgespielt, das beruhigte immer so schön die Nerven. Sein Blick fiel auf das ausgefranste Loch, das der Pfeil neben ihm im Rückenpolster hinterlassen hatte. Er holte tief Luft und blieb unverändert sitzen, um die Zeit an sich vorbeikriechen zu lassen. Angst hatte sich in seinem Bauch festgebissen wie ein bösartiges Tier.

Aus dem Nebenzimmer drang Prince Banguras kehliges Lachen zu ihm und löste einen eisigen Schauer auf seinem Rücken aus. Ihm war, als würde vor ihm im Raum plötzlich ein schwarzer Abgrund klaffen.

55

Der Tag war viel zu schnell vorbeigeflogen.

Mara Billinsky war genervt, aber noch nicht mutlos. Das hatte sie sich ausdrücklich verboten.

Alle Orte, an denen sie gehofft hatte, auf eine Spur von Rafael zu stoßen, hatten sich als Sackgassen erwiesen: seine früheren Jugendtreffs, ein häufig von ihm besuchtes Fitnessstudio, Clubs, Bars. Überall dasselbe, nämlich rein gar nichts. Das ständige Schulterzucken, welches sie auf ihre Fragen erntete, war jedes Mal aufs Neue enttäuschend.

Also zurück zum Ausgangspunkt.

Am Hauseingang drückte sie so lange alle Klingelknöpfe, bis endlich der Summer ertönte. Als sie vor Rafaels Wohnung stand, zog sie etwas aus der Brusttasche ihrer Jeansjacke, das Rosen immer Schweißausbrüche bereitet hatte: den Elektropick. Mehr als einmal hatte ihr Kollege sie davor gewarnt, sich unrechtmäßig Zutritt zu verschaffen. Und ebenso oft hatte sie darauf gepfiffen.

Das Schloss war mit einem simplen Schließzylinder ausgestattet, und es dauerte nicht einmal eine Minute, bis Mara mit ihrem kleinen, aber wirkungsvollen Hilfswerkzeug die Sperrstifte in die Öffnungsposition gebracht hatte.

Sie schob sich in Rafaels Wohnung. Stille empfing sie. Sie durchsuchte Schlafzimmer und Bad, dann die Wohnecke, schließlich stand sie in der engen Kochnische. Bisher war ihr nichts aufgefallen. Doch nun starrte sie mit düsterem Blick auf die roten, eher rostroten Schlieren auf dem billigen Laminatfußboden. Sie kniete sich hin.

Es war Blut, sie war sich sicher.

Blut, das bei dem Versuch, es wegzuwischen, verschmiert worden war. Auch an der kleinen, etwas schiefen Anrichte klebten Reste von Blut.

Sie stand wieder auf. Unter der Spüle fand sie einen blutigen Putzlappen.

Ja, jemand war nachlässig gewesen. Oder ungeschickt. Oder in Zeitdruck. War es jemand, der mit dem Rücken zur Wand stand, in Panik und überfordert mit der Situation?

Die Klingel rasselte.

Mara drehte sich um und ging zur Tür, um zu öffnen.

Draußen stand eine alte Frau mit strähnigen grauen Haaren. »Sind Sie seine Freundin?«, schnarrte sie, den abschätzigen Blick offen auf Maras Piercings gerichtet, die Hände in die Taschen ihrer ausgeleierten, blau geblümten Kittelschürze gewühlt.

»Wessen Freundin?«

»Na von dem jungen Kerl, der hier haust.« Es folgte ein Kopfschütteln. »Nee, Sie sind nicht die Freundin. Zu alt für ihn.«

»Und Sie sind offenbar eine Nachbarin.«

»Eine mit feiner Nase. Obwohl, *ha!*, so fein muss die Nase gar nicht sein.«

»Soll heißen?«

Ein krummer, hoch erhobener Zeigefinger kam vorwurfsvoll zum Vorschein. »Sagen Sie ihm, in seinem Keller stinkt's gewaltig. Ich werde die Hausverwaltung informieren, wenn dieser unsägliche Gestank nicht innerhalb …«

Mara schob sich an der Frau vorbei, ohne weiter auf deren Geplapper zu achten, das sie durchs Treppenhaus verfolgte. Im Erdgeschoss fand sie rasch die Tür, durch die sie zur Kellertreppe gelangte. Sie knipste das Licht an und lief die Stufen herab.

Unten erstreckte sich ein schmaler Gang, rechts und links befanden sich die Kellerparzellen, kleine käfigartige Gestelle aus billigem Metall.

Der Gestank war bereits hier erdrückend.

Ihre Nase führte sie zu einem Käfig am Ende des Gangs. Wenn die alte Frau recht hatte, musste das Rafaels Keller sein. Die Tür war wie alle anderen mit einem billigen Vorhängeschloss gesichert. Bis hierher drang nur ein schwacher Schleier aus Licht. Mara nutzte erneut den Elektropick. Diese Art von Schlössern konnte problematisch sein, doch nach einigen Versuchen schaffte sie es.

Der Gestank fiel regelrecht über sie her. Es war bei Weitem nicht das erste Mal, dass er sich in ihre Nase fraß, und sie dachte mit Schaudern daran, dass es eine Ewigkeit dauern würde, ihn wieder abzuschütteln.

Sie betätigte den Lichtschalter, doch die nackte Glühbirne an der Decke ging nicht an, also behalf sie sich mit der Taschenlampen-App ihres Handys.

Die Kellerparzelle war fast leer. Rechts stand ein schiefes Regal, auf dem außer zwei Paar ausrangierten Sportschuhen nichts zu finden war. Hinten an der Wand türmten sich grob zusammengefaltete Umzugskartons. Sie steckte das Handy weg, um beide Hände frei zu haben. Jetzt musste die spärliche Helligkeit der Flurbeleuchtung genügen. Sie schnappte sich den obersten Karton, warf ihn hinter sich und verfuhr auch mit allen anderen so. Zum Vorschein kamen zwei Wolldecken, unter denen etwas verborgen war.

Mara stülpte sich die linke Hand vor Mund und Nase. Sie hielt die Luft an und zog mit ihrer Rechten beide Decken auf einmal weg.

Trotz des mörderischen Leichengestanks löste sich ihre Hand vom Gesicht, was sie gar nicht merkte. Ein Schrei kroch ihre Kehle hinauf, doch bevor er ihre Lippen erreichte, erstickte sie ihn, ihr Mund eine harte, unnachgiebige Kerbe.

Sie stand einfach da und starrte nach unten in die toten Augen, die ihren Blick zu erwidern schienen, selbst jetzt noch mit der Nachsichtigkeit und der Güte, die ihr so vertraut waren.

Aus der Hosentasche zog sie das Handy, um das Präsidium zu verständigen und ihren grausigen Fund zu melden. Ihre Bewegungen, ihre Stimme, wie von einem Roboter.

Zuvor beim Gespräch mit Nordin hatte sie nur ein paar Tränen zugelassen, jetzt allerdings brachen sie förmlich aus ihr heraus.

Wann hatte sie zuletzt geweint? Als kleines Mädchen. Wahrscheinlich in dem Jahr, als ihre Mutter gestorben war. Es musste in einem anderen Leben gewesen sein. Und es hörte gar nicht auf, noch immer liefen die Tränen, noch immer stand sie stumm da, noch immer verlor sich ihr Blick in Hannos toten Augen.

56

Diese beiden Männer sahen schon eher so aus, wie Tessa Steinberg sich Kriminalbeamte vorstellte. Keine schwarzen Rocker-Lederjacken, keine Doc-Martens-Stiefel und keine herausfordernd bohrenden Blicke aus tiefschwarzen Augen.

Es waren zwei Herren im vorangeschrittenen Alter, eher Anfang fünfzig als Ende vierzig, beide mit Bauchansatz, nein, mit mehr als nur einem Ansatz. Der eine versuchte, wie die flotten Sneaker andeuteten, sich ein etwas jugendliches Flair zu geben, der andere stand in ausgelatschten Opa-Halbschuhen vor ihr. Tessa hatte ihnen nicht einmal angeboten, im Wohnzimmer Platz zu nehmen, als die beiden sie zu Hause überrascht hatten.

»Nicht falsch verstehen«, meinte der eine nun pflichtschuldig. »Das soll nicht heißen, dass wir aufgeben …«

»Für mich sieht es allerdings genau danach aus«, unterbrach sie ihn spitz.

»Wir bleiben dran, das tun wir immer. Dass nun auch wir beide hinzugezogen wurden, zeigt Ihnen, dass es keinen Stillstand gibt.«

»Und doch haben Sie zwei Minuten zuvor gesagt, dass die Ermittlungen … Wie hieß es? In eine Sackgasse geführt hätten.«

»Vielleicht im Moment.«

»Vielleicht im Moment«, wiederholte sie ätzend. »Ich frage mich, aus welchem Grund Sie mich eigentlich aufgesucht haben, Herr … äh?«

»Kriminalkommissar Schleyer.«

»Die Fragen, die Sie mir gestellt haben, habe ich bereits Ihrer Kollegin Billinsky beantwortet. Da war keine einzige *neue* Frage dabei.«

Die Männer wechselten einen Blick, der ihre Routine und ihre Dickfelligkeit widerspiegelte. Jedenfalls war das Tessas Eindruck.

»Mein Gefühl sagt mir«, fuhr sie fort, »dass Sie mir mit Ihrem Besuch zwischen den Zeilen mitteilen wollen, ich solle mir keine Hoffnungen mehr machen, dass für den Mord an Femke jemals jemand vor Gericht gestellt wird.«

»Die Spurenlage erschwert es, gegen einen Verdächtigen Anklage zu erheben, das müssen wir leider zugeben«, meinte der andere Beamte, dessen Name Tessa ebenfalls vergessen hatte.

»Weil Sie keinen Verdächtigen haben«, ließ Tessa nicht nach. »Und das war von Anfang an so. Wie dem auch sei, ich kann nicht hier sitzen und warten, dass von Ihrer Seite etwas kommt. Ich werde einen Schlussstrich machen.« Sie nickte. »Ich muss einen Neuanfang wagen. Das hatte ich mir eigentlich schon vor ein paar Wochen vorgenommen.«

»Wie meinen Sie das?«, fragte Schleyer.

Tessa informierte sie über den Entschluss, zu dem sie gekommen war. Aber auch diese Ankündigung schien die Beamten nicht aus der Reserve zu locken. Die beiden nahmen sie eher gleichgültig hin und stellten noch ein paar Fragen, ehe Tessa sie zum Ausgang brachte, um sie mit einem kurzen endgültigen Gruß zu verabschieden.

Der Eindruck, den die beiden bei hier hinterließen, bestärkte sie nur noch mehr in dem bitteren Gefühl, dass das Verbrechen an Femke für immer ungesühnt bleiben würde.

57

Die Klimaanlage hatte überfordert den Geist aufgegeben. Nicht nur im Büro des Hauptkommissars, sondern im gesamten Gebäude. Techniker nahmen sich des Problems bereits an, bald würde das beständige Summen hoffentlich wieder einsetzen.

Mara Billinsky verfolgte, wie Klimmt das Fenster öffnete, obwohl man nicht so recht wusste, was die Hitze noch unerträglicher machte: offen oder geschlossen. Schwer ließ er sich in seinen Drehstuhl sinken. Er kreuzte seine Arme hinter dem Nacken und präsentierte im Hemdstoff riesige Halbmonde.

Inzwischen war es später Nachmittag. Mara hatte sich noch stundenlang in dem Haus aufgehalten, in dem Hanno gestorben war. Keinem der Nachbarn und Anwohner war etwas aufgefallen, niemand hatte etwas gesehen, gehört, gemerkt. Abgesehen von dem Gestank, auf den alle aufmerksam geworden waren.

Mara saß auf einem der Besucherstühle, Jan Rosen direkt neben ihr auf dem zweiten. Sie hatte zusätzlich zu den Informationen über Rafael, die sie bereits vorher an ihre Kollegen weitergegeben hatte, nun auch für die Fahndung ein erst kürzlich von ihm aufgenommenes Foto weitergeleitet. Es gab nur einen Verdächtigen, der etwas mit dem gewaltsamen Tod von Hanno zu tun haben konnte, und das war, so schwer Mara es akzeptieren konnte, nun einmal Rafael selbst.

Am Hinterkopf des Opfers war eine klaffende Wunde festgestellt worden, die zum Tod geführt hatte. Außerdem wies die Leiche Verletzungen im Gesicht auf, unzweifelhaft hervorgerufen durch Gewalteinwirkung. Hannos Blut war auch in der Küche der Wohnung gefunden worden: die verschmierten Schlieren, die bereits Mara aufgefallen waren.

Sie betrachtete noch einmal das Foto auf dem Display ihres Handys. Rafael, erschöpft, aber auch mit einem stolzen Lächeln auf den Lippen. Es war nach dem Umzug aufgenommen worden. Er trug schwarze Baggy-Hosen, ein grasgrünes Nike-T-Shirt und noch nicht die Jordans, die er so heiß und innig liebte.

»Darf ich das Bild noch mal sehen?«, fragte Rosen.

Sie hielt es ihm hin.

»Danke«, sagte er förmlich. Die ganze Zeit war er schon so. Auch Klimmt. Die beiden hatten keine übertriebene Betroffenheit oder Anteilnahme gezeigt, sondern sich in eine zurückhaltende Sachlichkeit geflüchtet, was Mara auch lieber war. Sie fühlte sich noch immer wie ein Roboter, mechanische Bewegungen, betont nüchterne Sprechweise. Dass sie geweint hatte, war ohnehin nicht zu übersehen, ihre übliche Kajal-Kriegsbemalung war total verschmiert, sie brauchte keinen Spiegel, um das zu wissen.

»Also, Billinsky.« Klimmt musterte sie. »Die Suche nach Rafael Makiadi wird intensiviert, ich schließe auch eine Öffentlichkeitsfahndung nicht mehr aus. Unsere Abteilung kann sich keinen weiteren Rückschlag leisten. Was ich hingegen ausschließe, ist Ihre Beteiligung an der Sache. Sie sind persönlich betroffen, jetzt erst recht.«

Sie sah vor sich hin, äußerte keinen Ton.

»Ich rate Ihnen noch einmal dringend zu einer Pause.«

»Bloß nicht«, stieß sie aus. »Sonst drehe ich durch.«

»Wenn wir Makiadi haben, wissen wir, was in seiner Wohnung passiert ist und wie es zu Hanno Linsenmeyers Tod kam«, fuhr Klimmt fort. »Makiadi war außerdem daran beteiligt, Sie in eine Falle zu locken. Die Kabelbinder, die Sie der Spurensicherung übergeben haben, sind vom selben Hersteller wie diejenigen, mit denen Ramon Resendez gefesselt worden ist. Wir schlagen womöglich zwei Fliegen mit einer Klappe.«

»Die Frage ist nach wie vor, wer und warum Billinsky überhaupt eine Falle gestellt hat«, meldete sich Rosen zu Wort.

»Wem sind Sie zuletzt am meisten auf die Füße getreten?«, fragte Klimmt, den Blick nach wie vor auf Mara gerichtet. »Wer hat einen Vorteil davon, Sie loszuwerden? Und inwiefern hängt Ihr Freund Makiadi mit drin?«

Mara hüllte sich in brütendes Schweigen, ihr Schädel drohte zu platzen.

»Vielleicht ist Billinsky jemandem noch viel näher gekommen, als wir selbst es ahnen«, meinte Rosen grüblerisch und spielte mit einem Knopf seines leuchtend bordeauxroten Kurzarmhemdes herum.

»Ich will keine Pause«, wiederholte Mara, und ihr wurde bewusst, wie kraftlos sich ihre Stimme anhörte.

»Für heute reicht's in jedem Fall«, meinte Klimmt kategorisch. »Gehen Sie nach Hause, wir können morgen telefonieren.«

Mara nickte zögerlich. »Okay.«

Sie stand auf, wandte sich zur Tür und spürte die Blicke, die ihr folgten, bis sie draußen auf dem Gang war. Sie fühlte sich erbärmlich und wollte nur noch raus aus diesem Gebäude.

Zurück im Auto, fuhr sie einfach los, nicht so schnell wie üblich, das Handy auf Stummschaltung. Sie lenkte den Wagen ohne Ziel, das hatte sie früher schon oft in düsteren Momenten getan. Immer weiter entlang des Mains, ohne Klimaanlage, begleitet nur vom Fahrtwind, der durch die offenen Fenster hereinrauschte, und vom beruhigend gleichmäßigen Klang des Motors. Das Radio hatte sie ausgeschaltet. So tröstlich verzerrte Gitarrenklänge für sie sonst immer waren, an diesem Tag wollte sie nichts hören.

Der Abend kam, Mara tankte auf und machte sich dann doch auf den Rückweg. Sie fand eine Parklücke, die sogar einigermaßen in der Nähe ihrer Wohnung lag, und bugsierte den Alfa hinein. Auf den letzten Metern nach Hause holte sie wieder diese stille unbarmherzige Kälte ein. Ramon zu verlieren war furchtbar gewesen, aber mit ihm hatte sie keine Freundschaft verbunden, mit Hanno hingegen … Es war ein Damm-bruch, eine Flutwelle aus Schmerz, nicht in Worte und kaum in konkrete Gedanken zu fassen. Ohne Hanno hätte sie nie im Leben die Kurve gekriegt, ohne Hanno wäre sie nie Polizistin geworden. Wie lange hatte sie ihm nicht mehr gesagt, wie viel sie ihm zu verdanken hatte?

Hatte sie es ihm überhaupt jemals *richtig* gesagt?

Sie schloss die Wohnungstür auf, die nicht verriegelt war, was ihr sofort wieder in Erinnerung rief, dass sie diese vier Wände, ihren kargen Rückzugsraum, nicht mehr für sich allein hatte.

Nordin erwartete sie im Türrahmen zum Wohnzimmer. Er trug nur Boxershorts, denn auch nachdem die Dunkelheit längst eingesetzt hatte, war es immer noch drückend heiß.

Seine Augen sagten ihr, dass er Bescheid wusste. Im ganzen Präsidium hatten sich Hannos Tod und seine Verbindung zu Mara herumgesprochen. Auch dass sie ihre Dienstwaffe ein-gebüßt hatte, war bekannt. Und Gerüchte über Maras Freund Rafael Makiadi kursierten ebenfalls durch die Gänge. Sie war also mal wieder in aller Munde.

Schon oft hatte sie in Scheißsituationen gesteckt, weder ein noch aus gewusst, Druck verspürt. Aber momentan fühlte es sich an, als würde sie unentwegt unter Beschuss stehen, mitten im Kreuzfeuer, jede Sekunde ein neuer Einschlag.

Nordin betrachtete sie auf unveränderte Weise. Mitfühlend. Vielleicht auch abwartend.

Sie ging direkt auf ihn zu, aber nur um sich an ihm vorbei durch den Türrahmen zu drängen, und er machte sich bereitwil-lig schmal, um sie gewähren zu lassen.

Im Wohnzimmer warf sie die Jeansjacke, die sie in der Hand gehalten hatte, aufs Sofa und stellte sich ans Fenster, den Blick verloren in der Endlosigkeit des Sommerhimmels.

»Ich will allein sein.« Ihre Stimme durchbrach hart die Stille.

Nordin entgegnete nichts, aber sie hörte, dass er sich anzog.

Sie drehte sich um.

Er stand mitten im Zimmer und sah sie an.

»Ich will es nicht nur, ich *muss* allein sein.«

Er nickte.

»Nun hau schon ab.«

Schweigend verharrte er an Ort und Stelle, die Beine leicht gespreizt, die Arme vor der Brust verschränkt.

»Hörst du nicht, Nordin? Verschwinde endlich, lass mich allein.«

Er kam auf sie zu und zog sie an sich. Mara wehrte sich vehement. Er gab nicht nach, sie versuchte ihm ins Gesicht zu schlagen, doch seine Hand umschloss blitzschnell ihr Gelenk, wieder drückte er sie an sich. Und endlich gab sie auf, endlich ließ sie es zu. Ihre Schultern sanken herab, Nordins Arme umschlossen sie, behutsamer, sanfter, als er es je zuvor getan hatte. Sie spürte seine Muskeln, seinen Brustkorb, gegen den sie ihre Stirn presste, und sie gestand sich ein, wie gut die Berührung tat.

»Manchmal hilft es, wenn man beim Alleinsein nicht allein ist«, flüsterte er ihr zu.

Mara weinte nicht, sie hatte keine einzige Träne mehr in sich. Ihr Innerstes fühlte sich leer an. Tot.

58

Es war kein Zufall, dass Jan Rosen sich die Aufnahme, die bei Rafael Makiadis Umzug entstanden war, äußerst genau angesehen hatte.

Noch vor Feierabend und jetzt erneut, am frühen Morgen, war er in die Tiefen der Dateiensammlung abgetaucht, die er im Laufe der jüngeren Vergangenheit angelegt hatte.

Nicht nur Rafaels schlanke Gestalt, auch das grüne T-Shirt und die schwarze Baggy-Hose hatten Rosens Aufmerksamkeit geweckt. Erstaunlich, wie viele Filmschnipsel und Fotografien mit abstoßenden Inhalten er sich in der kurzen Zeit seit seinem Abteilungswechsel schon hatte ansehen müssen. So *unglaublich* viele waren das! Aber welche davon gehörten zu der Sequenz, die unablässig als vager Schatten sein Gedächtnis kitzelte?

Er saß an seinem Platz, klickte Datei für Datei an, still und konzentriert, so wie er immer war, so wie er gern arbeitete. Klick für Klick.

Geduld, sagte er sich. Geduld.

Ganz plötzlich kam der Moment, es war fast ein kleiner Überfall, obwohl er doch die ganze Zeit darauf gewartet hatte. Ja, er wusste, um welchen Film es ging. Oder täuschte er sich?

»Hm«, machte er. Nach einigen weiteren Klicks wurde er fündig.

Nein, er täuschte sich nicht.

Er verband sein Mobiltelefon per Kabel mit dem Laptop, um die entscheidende Filmsequenz zu übertragen, damit er sie rasch zur Hand hatte und vorzeigen konnte. Kein Wunder, dass es ihm schwergefallen war, sich ausgerechnet an diesen Ausschnitt zu erinnern. Im Vergleich zu vielen anderen enthielt er keine sonderlich drastischen Szenen und hatte sich daher weniger schmerzhaft in sein Gedächtnis eingebrannt.

Er stand auf, schob das Handy in die Hosentasche und machte sich auf den Weg nach oben. Wie niedergeschlagen Billinsky auch sein mochte, er wollte sich ihre Wut gar nicht erst ausmalen, wenn er ihr nicht sofort zeigen würde, worauf er bei seiner Suche gestoßen war.

Als er bei der mobilen Trennwand ankam, die Billinskys Bürobereich abschirmte, war es vollkommen still dahinter. Vorsichtig schob er sich an der Wand vorbei.

Sonst immer hellwach, bemerkte Billinsky diesmal nichts davon, dass sie nicht mehr allein war. Sie saß in ihrem Stuhl und hatte die Füße auf dem Tisch liegen.

Er wollte etwas sagen, doch aus einem Impuls heraus blieb er stumm. Nie hatte er sie so gesehen, vollkommen in sich gekehrt. Etwas beinahe Verletzliches ging von ihr aus, und das Bild, das sie abgab, offenbarte etwas an ihr, das sie sonst konsequent im Verborgenen hielt.

Nun hob sie doch den Kopf, und als sie ihn entdeckte, war dieser besondere Ausdruck sofort verschwunden. Sie gab sich sichtlich Mühe, gleichmütig dreinzuschauen und sich rasch wieder hinter ihrer üblichen schwarzen Rüstung zu verschanzen.

»Hallo«, meinte er und kam sich irgendwie ertappt vor.

»Rosen, du solltest eine Glocke um den Hals tragen«, sagte sie mit einem kurz aufflackernden Grinsen. »Was gibt's denn?«

Er zog sein Handy aus der Hosentasche. »Ich hab eine Filmsequenz, auf die wir bei den Ermittlungen in Lauterbach gestoßen sind.«

»In Lauterbach? Da fallen mir doch gleich Heckmann und Friedrich ein. Wie geht's unseren Darknet-Freunden?«

»Die Anklagen gegen sie werden vorbereitet, aber ich hatte mir mehr von ihren Aussagen erhofft. Mal sehen, ob ich sie nicht doch noch dazu kriegen kann, mehr über mögliche Partner oder Hintermänner preiszugeben.«

»Übrigens, die Jungs von der Spurensicherung haben in der Halle und der alten Villa nicht viel gefunden, was uns weiterhelfen könnte.«

»Das ist natürlich Pech.«

»Also, Rosen, was ist das für ein Film?«

Er hatte sich nie daran gewöhnen können, dass sie gern schnell von einem Punkt zum anderen sprang. Das brachte ihn durcheinander. »Äh, ja, der Film.« Er scrollte auf seinem Handy. »Eine junge Frau wird vergewaltigt«, erläuterte er. »Der Vergewaltiger ist nur von hinten zu sehen, trägt außerdem eine Skimaske und …«

»Ich hab zum Glück auch Augen, Rosen. Zeig doch einfach mal.«

Er reichte ihr sein Handy, und sie wischte über das Play-Symbol. Ihr Blick verfinsterte sich.

»Es ist nicht nur seine Figur, auch die Hose«, sagte Rosen, als kein Kommentar von ihr erfolgte. »Und hier, am Halsausschnitt seines Hoodies kommt ein Shirt zum Vorschein, das er drunter trägt. Dieses Grün ist auffällig. Grasgrün. Das sind offenbar die Sachen, die Rafael auch auf deinem Foto von gestern anhat. Klar, die Schuhe stimmen nicht überein und …« Er stutzte. »Äh, du sagst ja gar nichts.«

Billinsky schaute sich die Sequenz noch einmal an, blieb aber weiterhin still.

»Denkst du nicht, dass er es ist?«, fragte Rosen, die Stirn gerunzelt. »Das ist doch Rafael, oder? Hat er schon mal jemanden, äh …« Er suchte nach den richtigen Worten.

»Du meinst, ob er sich schon mal dabei hat filmen lassen, wie er jemanden vergewaltigt?«, meinte sie hart. »Meines Wissens nicht.«

»Sorry, Billinsky, ich wollte nicht …« Wieder verstummte er. »Es war mir nur wichtig, dass du auch, also …«

»Du klingst immer, als würdest du dich rechtfertigen, Rosen. Warum eigentlich? Du hast mir wieder einmal sehr geholfen. Ich danke dir.«

Sie stand auf und gab ihm das Handy zurück, ihr Blick nach wie vor reichlich finster.

»Es tut mir leid für deinen Freund. Rafael hat auf mich immer einen total aufrichtigen und überhaupt nicht gewalttätigen Eindruck gemacht. Also, das klingt jetzt vielleicht irgendwie seltsam, und ich bin ihm ja nicht so oft begegnet, aber …«

»Ich hab immer noch keine Ersatzwaffe bekommen.«

»Bitte?«, fragte Rosen irritiert.

»Ich hab es noch nicht mal geschafft, den blöden Bericht über den Verlust meiner Dienstpistole zu schreiben. Nicht nur, dass es *scheißpeinlich* ist, ich hab einfach keinen Kopf dafür.«

»Das glaube ich dir«, erwiderte er in verständnisvollem Tonfall.

»Und es geht auch nicht nur um Rafael.«

Erneut kniff er für einen Moment die Augen irritiert zusammen. »Äh, bitte?«

»Das Mädchen in dem Film. Oder besser, die junge Frau.«

»Was ist mit der Frau?«

»Ich kenne sie.«

»Ach?«, machte er verdutzt. »Ist sie eine Bekannte von Rafael?«

»Ich kenne sie wegen der Ermittlungen, von denen Klimmt mich abgezogen hat. Der Mordfall Femke de Jong, an dem wir alle so kolossal scheitern.«

»Was?«, kam es noch verblüffter von ihm.

»Ich habe sie in ihrer Wohnung befragt.«

»Als Verdächtige?«

»Nein, als Zeugin. Und zwar in einem weiteren Fall, der eigentlich nichts mit Femke de Jong zu tun hatte.«

»Aber wie passt das zusammen?«

»Das werde ich rausbekommen.«

Sie schnappte sich ihre Jacke und rauschte davon.

Rosen schaute ihr hinterher, sein Mund stand offen.

Nach einer selbst für ihre Verhältnisse ziemlich rasanten Fahrt durch die Stadt, stand Mara zum zweiten Mal vor der vier Stockwerke hohen Bruchbude am Rande des Bahnhofsviertels.

Wieder war die Eingangstür nur angelehnt, was wohl kein verrückter Zufall, sondern eher dem Umstand geschuldet war, dass sich das Schloss nicht mehr richtig schließen ließ.

Aber wer würde hier auch einbrechen wollen?

Sie trat ins Innere des Gebäudes und stürmte die Treppe hoch, bis sie die oberste Etage erreichte. Klingeln. Warten. Nichts. Wie beim letzten Mal. Sie strich sich die Haare zurück und legte ein Ohr an die Tür. Stille. Ohne Zögern holte sie den Elektropick aus der Jackentasche und verschaffte sich in weniger als einer halben Minute Zutritt.

Sie eilte durch die kleine Wohnung, die in der Zwischenzeit offenbar ausgeräumt worden war, allerdings nicht vollständig. Das alte Sofa, auf dem sie neben Sophie Maurer gesessen hatte, war noch da. Daneben standen drei Adidas-Sporttaschen. Mara durchsuchte sie.

Sie enthielten vor allem Kleidung, aber auch Schminkutensilien, Handtücher, billigen Modeschmuck, ein wenig Papierkram, der nicht viel hergab, vor allem Strom- und Handyrechnungen, jeweils ausgestellt auf Sophie Maurer.

Sie öffnete ein Fenster, damit die abgestandene Luft entweichen konnte. Der Himmel überzog sich mit immer neuen Wolken. Noch glühte die Stadt vor Hitze. Mara ließ sich aufs Sofa sinken und warf erneut einen Blick auf die Taschen, die anscheinend geradezu darauf warteten, dass jemand sie abholte.

Warten. Nichts gab es, was Mara mehr zuwider war. Aber sie beschloss genau das zu tun: zu warten. Vielleicht verlor sie weitere wertvolle Zeit, vielleicht war aber das erste Mal seit Langem das Glück auf ihrer Seite.

Was allerdings nicht der Fall zu sein schien.

Sekunden, Minuten, eine halbe Stunde, eine ganze.

Nein, kein Glück. Wieder einmal. Mara erhob sich, und in diesem Moment erklangen gedämpfte Geräusche. Jemand kam die Treppe herauf, entspannter, langsamer als sie selbst zuvor.

Sofort spannte sich alles in ihr an. Automatisch fasste sie an die Stelle, wo sich normalerweise ihre Waffe befand. Sie griff ins Leere.

Die Wohnungstür wurde geöffnet. Jetzt musste dem Ankömmling auffallen, dass das Schloss nicht mehr verriegelt war.

Mara stellte sich neben die Zimmertür, die einen Spalt offen stand, und presste ihren Körper fest gegen die Wand.

Schritte näherten sich, deutlich langsamer und vorsichtiger als gerade eben.

Sie stand da. Horchend. Völlig regungslos.

Die Zimmertür wurde aufgestoßen.

Ein Schatten fiel auf den Boden, jemand betrat den Raum.

59

Das Besprechungszimmer war für die Videokonferenz, die sich bereits dem Ende zuneigte, abgedunkelt worden.

Erik Nordin saß dicht neben Colette Pelletier, damit sie beide auf den Monitor schauen und zugleich von ihren jeweiligen Vorgesetzten in Stockholm und Paris gesehen werden konnten.

Noch einmal ging es um den Zeitpunkt, an dem sie zuschlagen wollten. Pelletier betonte, dass es nicht unbedingt in ihrer Hand liege, sondern es zunächst aufs Beobachten und Abwarten ankomme.

»Wenn es so weit ist, werden wir bereit sein«, fügte Nordin hart hinzu, als würde jemand an seiner Entschlossenheit zweifeln.

»Wir können es leider nicht forcieren«, ergänzte die Französin.

Ihre Arme berührten sich, Nordin fühlte kurz ihre Haut und roch ihr teures Parfüm. Nordins Chef Lundmark erkundigte sich, wo sich ihre deutsche Kollegin befinde.

Nach einem kurzen Moment des Schweigens antwortete Nordin: »Sie wurde aufgehalten. Ermittlungen vor Ort.«

Als das niemanden zu einer Nachfrage veranlasste, kam es ungewohnt vage von Pelletier: »Das ist ein wichtiger Punkt.«

»Was genau meinen Sie, Colette?«, wollte ihr Vorgesetzter wissen.

»Unsere deutsche Kollegin. Billinsky.«

Nordin warf ihr einen warnenden Seitenblick zu, doch Pelletier sprach unbeirrt weiter: »Eigentlich wollte ich es nicht erwähnen, jedenfalls nicht in dieser Runde, aber da es von euch angesprochen wurde, ist es wahrscheinlich doch der passende Moment.«

Nordins hellblonde Augenbrauen schoben sich wütend zusammen. Was sollte das?

»Fahren Sie fort«, wurde Pelletier aus Paris aufgefordert.

»Ich bin mir nicht sicher, ob unsere Kollegin nicht momentan zu sehr in ihre eigentliche Arbeit eingebunden ist. Ich meine, um uns eine wirkliche Hilfe zu sein.«

»Billinsky ist Teil des Teams«, stieß Nordin aus.

Lundmark meldete sich zu Wort: »Für uns ist das schwer zu beurteilen. Das solltet ihr vor Ort klären.«

Pelletier ließ nicht locker. »Das ist eine bedeutende Phase. Wir müssen alles tun …«

»Wir tun alles«, unterbrach Nordin sie brüsk.

»Nichts darf die Sache gefährden.«

Er sah sie an, während sie weiterhin in den Monitor blickte. »Das ist auch nicht der Fall, Colette, und das weißt du.«

»Gefährden oder auch nur von der Sache ablenken.«

»Frau Pelletier«, sagte Lundmark. »Wir sollten trotz allem nicht über eine Kollegin reden, die nicht anwesend ist und daher nicht Stellung beziehen kann. Ich für meinen Teil verlasse mich darauf, dass innerhalb Ihres Teams alles in Ordnung ist. Sollte das nicht der Fall sein, verfügen Sie und Erik gewiss über ausreichend Erfahrung, um eventuelle notwendige Schritte einzuleiten. Meine Kollegen in Frankreich sehen das gewiss ähnlich.«

Aus Paris wurde Zustimmung signalisiert.

»Das heißt, wir haben die volle Verantwortung«, schloss Pelletier.

»Sie sind vor Ort, weil wir alle Vertrauen in Sie und Erik haben«, sagte Lundmark.

»Und wir haben Vertrauen in Billinsky«, betonte Nordin, der immer noch verärgert war. »Danke an alle, wir melden uns wieder.« Schnell kappte er die Verbindung, und die Gesichter der Kollegen auf dem Monitor verschwanden. »Was sollte das?«

Sie stand auf und ließ die Jalousien nach oben fahren. »Mir ist es wichtig, die Sache nicht in Gefahr zu bringen. Es steht viel auf dem Spiel. Auch für meine Karriere.«

»Billinsky wird deiner Karriere nicht schaden«, meinte er.

Pelletier drehte sich zu ihm um und verschränkte die Arme vor der Brust. »Hast du Pernilla auch immer so vehement verteidigt?«, fragte sie mit einem schnippischen Unterton, der ihm völlig fremd an ihr war.

Er stand auf und stellte sich dicht vor sie. »Wir ziehen das zusammen durch«, sagte er beschwichtigend.

»Es tut mir leid, was ich gesagt habe, Erik. Ich hätte Pernilla auf keinen Fall …« Sie sah betrübt aus. »Aber eure private Verbindung ist möglicherweise nicht …« Mit einem Abwinken unterbrach sie sich selbst. »Vergiss meine Bemerkung, ich werde nichts mehr dazu sagen.«

»Gut.«

Sie hob den Kopf, um ihn eingehend zu betrachten. Die rötlich leuchtenden Ponyfransen hingen ihr in die Stirn. »Manchmal denke ich nur, es hätte alles anders kommen können, Erik.«

»Ich weiß, dass du das denkst.«

Sie winkte erneut ab. »Wie auch immer, ich brauche einen richtig guten Kaffee und eine Kleinigkeit zu essen. Ich suche mir ein Café oder Bistro in der Nähe.«

»Ich soll dich wohl nicht begleiten, oder?«

»Ehrlich gesagt, ich wäre lieber allein.« Sie packte den Laptop in ihre Tasche und verließ den Besprechungsraum.

Nordin setzte sich wieder und starrte vor sich hin, in Gedanken noch bei Pelletier und ihrer enttäuschten Miene.

Sein Handy klingelte. Er hoffte auf Billinsky, doch der Anrufer war Lundmark. »Was ist da los bei euch, Erik? Alles in Ordnung?«

»Natürlich.«

»Das klang eben aber nicht so. Und du weißt das, ich wünsche euch Erfolg, vor allem dir.«

»Warum betonst du das?«

»Hier wird immer noch über dich getuschelt.«

Nordin schwieg.

»Ich sage dir das nicht als Vorgesetzter, sondern als dein Freund. Nicht alle hier sind deine Freunde, denk dran. Das war schon vor Pernillas Tod so. Und seitdem erst recht.«

»Sollen sie sich doch das Maul zerreißen.«

»Hoffen wir, es bleibt bloß bei Gerede.«

»Das hängt auch von dir ab.«

»Jetzt nicht mehr«, wehrte Lundmark ab. »Ich habe in deinem Prozess als Zeuge ausgesagt. Damit muss es genug sein.«

»Ohne deine Aussage wäre es vor Gericht womöglich anders für mich ausgegangen.«

»Ich weiß, dass du kein Mörder bist. Schon gar nicht jemand, der …« Er seufzte.

»Schon gar nicht jemand, der die eigene Frau erschießt. Oder was wolltest du sagen?«

»Warum fragst du das? Klingt fast so, als …«

»Wie klingt es?«

»Erik, was ist auf einmal los mit dir? Du hast mir gesagt, du hast sie nicht erschossen, und ich habe dir natürlich geglaubt. Deshalb habe ich ausgesagt.«

»Und deshalb sitze ich jetzt nicht in einer Gefängniszelle.«

»Ich habe keine Zweifel an dir.«

»Gerade eben hast du dich anders angehört.«

»Die Kollegen sprechen mich natürlich nicht direkt darauf an. Aber …«

»Du musst standhaft bleiben«, kam es mit einem Flüstern von Nordin.

Lundmark erwiderte erst lange nichts, dann meinte er knapp: »Okay, ich muss Schluss machen, du weißt schon, der übliche Wahnsinn hier.« Er legte auf.

Nordins Kiefer mahlten. Plötzlich ging die Tür auf, und Pelletier war zurück.

»Doch nicht ins Bistro?«, fragte er.

»Ich weiß nicht, was vorhin mit mir los war. Es tut mir leid, Erik.« Sie wirkte immer noch reichlich zerknirscht.

»Machen wir kein Drama daraus.«

»Es war einfach nur ... Ich schäme mich.«

»Kein Drama«, wiederholte er.

»Du hast recht, konzentrieren wir uns lieber auf unsere Aufgabe.«

Sie setzte sich und nickte mit demonstrativer Entschlossenheit. Doch er meinte etwas in ihrem Blick wahrzunehmen, das er nicht einzuschätzen wusste.

Zweifel? Misstrauen?

Misstrauen an *ihm*?

60

Lange blonde Haare, extrem kurz abgeschnittene Jeans-Shorts.

Die junge Frau bewegte sich geschmeidig auf die Adidas-Taschen zu, ohne zu bemerken, dass sie nicht allein im Raum war.

Mara stieß die Zimmertür mit einem lauten Knall zu.

Die blonde Frau erstarrte für einen Sekundenbruchteil und wirbelte auf den Absätzen zu ihr herum.

»Hi«, sagte Mara lässig.

Die Frau überwand ihre Verblüffung schnell und brachte sogar ein Lächeln zustande. »Hallo! Wie sind Sie denn hier reingekommen? Und, äh, was wollen Sie überhaupt? Wir haben doch schon gesprochen.«

Mara erwiderte das Lächeln nicht, sondern schenkte ihr nur einen bohrenden Blick. »Die Frage ist, was Sie wollen.«

»Wieso?«

»Welches Spiel spielen Sie?«

»Gar keins. Ich habe Ihnen gesagt, ich suche eine andere Wohnung, und jetzt möchte ich noch ein paar Sachen hier abholen.«

»Das heißt, Sie haben eine neue Bleibe?«

»Was interessiert Sie das?«, erwiderte Sophie Maurer trotzig.

»Wer sind Sie?«

Es folgte ein genervtes Rollen der blauen Augen. »Das wissen Sie doch.«

»Na klar. Sophie Maurer, die fast zum Opfer einer Vergewaltigung geworden wäre, hätte es nicht Bernhard Keim und sein beherztes Eingreifen gegeben.«

»Was soll das alles?«

Erneut wirkte die Frau kindlich und zugleich abgebrüht. Mara hatte immer noch nicht entschieden, ob sie tatsächlich ein armes Opfer oder alles andere als ein braves Lämmchen war. Fast beiläufig stellte sie ihre nächste Frage: »Sonst schon mal vergewaltigt worden?«

»Gerade Sie als Frau sollten keine Witze darüber machen«, kam sofort die schnippische Antwort, begleitet von einem erneuten Augenrollen.

»Vergewaltigt von einem Typen, der eine rote Skimaske getragen hat?«, fragte Mara ungerührt weiter.

Zum ersten Mal wich Sophie Maras Blick aus.

»Keine Antwort?«

»Ich hab immer noch keinen Schimmer, wovon Sie quatschen.«

»Und ich hab da so einen Film gesehen.« Eindringlicher sagte Mara: »Wenn Sie das Opfer einer Vergewaltigung waren, sollten Sie das zur Anzeige bringen.«

»War ich nicht. Kapieren Sie das endlich?« Wieder mit diesem trotzigen Tonfall.

»Kannten Sie den Mann unter der Maske?«

»Ich hab zu tun. War echt total nett, mit Ihnen zu plaudern.«

»Kennen Sie Rafael Makiadi?«

Sophie erstarrte, ihr Mund wurde zu einem abweisenden Strich.

»Sie kennen Rafael.«

Die junge Frau drehte sich um und griff nach einer der Sporttaschen.

»Finger weg von der Scheißtasche!« Maras Stimme war ein einziges bedrohliches Zischen. Sophie ließ die Trageschlaufen so schnell los, als wären sie aus Feuer.

Mara ging zu ihr, packte sie an der Schulter und wirbelte sie herum. »Sie kennen Rafael!«

»Keine Ahnung, von wem Sie reden.«

»Dem Mann, der Sie vergewaltigt hat.«

Sophie starrte seitlich an Mara vorbei. »Es war keine Vergewaltigung, es sah nur so aus.«

»Ein *Fake*?«

»Es sollte gar nicht, also, es sollte echt sein. Es sollte …« Sie schnaufte. »Ach, ist doch scheißegal.«

»Dann haben Sie ja Glück gehabt.«

»Es war keine Vergewaltigung, okay? Und jetzt will ich …«

»Kennen Sie auch einen gewissen Prince?«

Ein abruptes heftiges Kopfschütteln.

»Wo ist er? Wo ist Rafael?«

Statt einer Antwort rannte Sophie los, wollte an Mara vorbei Richtung Ausgang stürmen.

Blitzschnell packte Mara sie am Arm, den sie ihr schmerzhaft auf den Rücken verdrehte. Sophie schrie laut auf.

Mara schob sich ganz nah an sie heran und zischte ihr ins Ohr: »Die Plauderei ist noch nicht vorbei.«

»Bin ich verhaftet, oder was?«

»Nennen Sie es, wie Sie wollen. Aber wenn Sie nicht antworten, schleife ich Sie ins Präsidium, dann geht's dort weiter.«

»Das dürfen Sie nicht!«, protestierte Sophie. »Ich habe nichts getan!«

»Ich werde Sie mitnehmen«, bekräftigte Mara, und ihr Zischen nahm sogar noch an Schärfe zu: »Sie kennen doch Zitronenpressen. Genauso mache ich es mit Ihnen. Ich quetsche Sie aus, bis nur noch Ihre Schale übrig ist.«

61

Rafael stand bis zu den Knien im hohen Gras, halb verborgen von Johannisbeersträuchern, ein ganzes Stück hinter dem Haus. Er hatte den Blick von der Stadt mit ihren roten Ziegeldächern abgewandt, und noch immer saß dieses bösartige Tier in seinem Inneren. Er spürte die kleinen, spitzen Zähne der Angst, die unablässig an ihm nagten.

Als eine Stimme direkt hinter ihm ertönte, zuckte er vor Schreck zusammen: »Es ist immer etwas Wahnsinn in der Liebe. Es ist aber auch immer etwas Vernunft im Wahnsinn.« Den Worten folgte das vertraute kehlige Lachen. »Weißt du, von wem das ist?«

Rafael musste sich erst einmal sammeln. Wie konnte man sich derart lautlos fortbewegen? Wie schaffte das Prince?

»Von Shakespeare, schätze ich.«

»Falsch. Von Nietzsche. Schon mal von dem Typen gehört?«

»Nee.« Rafael vermied Augenkontakt und schaute in die Ferne über Wiesen und Wälder hinweg.

»Was ist los, Bruder, hab ich dich erschreckt?«

»Alles gut.«

»Oder hast du ein schlechtes Gewissen?«

»Wieso sollte ich?« Jetzt kommt er auf Maras Flucht zu sprechen, dachte Rafael.

Prince stellte sich so dicht neben ihn, dass sich ihre Arme und Schultern berührten. »Scheißpampa, stimmt's? Aber für den Moment schon okay.«

»Alles gut«, wiederholte Rafael.

»Das mag ich auch an dir. Dass immer alles gut ist.«

»Ich hab gar nicht mitbekommen, dass du wieder da bist«,

versuchte Rafael die Unterhaltung in unverfänglichen Bahnen zu halten.

»Soso, hast du nicht«, wiederholte Prince auf diese Art, dass man nicht wusste, woran man war. »Hast wahrscheinlich nur an unsere kleine Blondine gedacht, hab ich recht?«

»Quatsch«, wehrte er ab.

»Falls sie dir fehlt, wird sich vorerst nichts dran ändern.«

Rafael wandte sich ihm kurz zu. »Wie meinst du das?«

»Ich bin ohne Celine aus Frankfurt zurückgefahren.«

»Wieso?«

»Weil sie verschwunden ist, Bruder. Ich hatte noch diverse Termine, deshalb hab ich sie in der Stadtmitte abgesetzt und ihr gesagt, sie soll ihren Scheiß abholen, und ich lasse sie in der Nähe der alten Wohnung wieder reinspringen für die Rückfahrt. Aber sie ist nicht beim Treffpunkt erschienen.«

»Hast du sie angerufen?«

»Mehr als einmal. Die blöde Bitch ist nicht drangegangen.« Verächtlich stieß er ihren Namen aus: »Celine.« Er lachte höhnisch. »Scheiße, sie heißt nicht mal so.«

»Echt?«, fragte Rafael überrascht.

»Du musst misstrauischer werden, Junge. Nicht alles glauben, was sie dir sagen, vor allem die Weiber.« Ein tadelndes Kopfschütteln. »Sophie. Das ist ihr Name. Klingt so langweilig, wie sie in Wirklichkeit auch ist. Ich hoffe, sie ist wenigstens so schlau, uns keinen Ärger zu machen. Wäre nicht das erste Mal, dass sie rumplappert, ohne nachzudenken. Das war noch nie besonders klug.« Beinahe im Flüsterton schob er hinterher: »Für niemanden.«

Rafael wusste nicht, was er darauf erwidern sollte. Sein Nacken war plötzlich schweißnass. Die Angst biss wieder zu, er presste die trockenen Lippen fest aufeinander.

»Ja, der Wahnsinn in der Liebe, die Vernunft im Wahnsinn. Denk mal drüber nach, Bruder.« Prince' Lachen klang unheilvoll.

62

Es war nur ein kleines, nüchternes Befragungszimmer, keiner der Verhörräume. Also keine Spiegelwand, kein Aufnahmegerät.

Stille.

Abgesehen vom leisen Summen der Klimaanlage.

Mara stand am geschlossenen Fenster und betrachtete die junge Frau in den knappen Shorts. Als sie Sophie Maurer vorhin durchs Gebäude geführt hatte, waren sämtliche Blicke der männlichen Kollegen an den langen nackten Beinen hängen geblieben.

Nein, Sophie war kein braves Lämmchen, sondern ziemlich abgebrüht. Aber trotzdem keine uneinnehmbare Festung, sosehr sie sich auch bemühte, Selbstsicherheit auszustrahlen und sich durch rein gar nichts beeindrucken zu lassen.

Mara überprüfte ihr Handy. Keine Nachricht von den beiden uniformierten Beamten, die sie zur Beobachtung von Sophies Wohnung abgestellt hatte, falls Rafael oder sonst jemand Verdächtiges dort auftauchen würde. Sie hatte durchaus darauf gehofft. Vergeblich.

»Damit es auch wirklich in Ihr Köpfchen geht, wiederhole ich es noch mal«, sagte sie schneidend. »Vortäuschung einer Straftat. Beihilfe zum Mord.«

Unbeweglich saß Sophie an dem kleinen Tisch, der die Mitte des Raumes einnahm.

Mara stellte sich neben sie und schlug mit der Faust auf den Tisch. Die junge Frau zuckte zusammen.

»Wissen Sie, wie lange Sie dafür in den Knast wandern? Und wissen Sie auch, was dort die erfahrenen Insassinnen mit Mädels wie Ihnen so alles anstellen? Das wird ein Riesenspaß. Nur nicht für Sie.«

»Sie können mir nicht drohen«, sagte Sophie. Endlich hörte Mara das, worauf sie die ganze Zeit schon wartete: ein Zittern in der Stimme.

»Ich kann noch viel mehr.« Sie setzte sich auf den Platz gegenüber. Den bohrenden Blick aus ihren schwarzen Augen unentwegt auf Sophie gerichtet. »Und glauben Sie mir, Prince Bangura ist es garantiert nicht wert, dass Sie für ihn den Kopf hinhalten. So heißt er doch, oder? Bangura.«

»Ich kenne keinen Prince.«

»Natürlich nicht. Und auch keinen Rafael Makiadi. Je länger Sie lügen, umso länger quetsche ich Sie aus. Das müssten doch sogar Sie schon kapiert haben.«

»Ich kenne keinen Rafael«, schluchzte Sophie, ein Beben auf den Lippen.

Mara beugte sich vor. »Ich habe eine gute Nachricht für Sie. Ich frage Sie nicht mehr nach diesen beiden Namen.«

Misstrauisch schielte Sophie kurz zu ihr herüber.

»Dafür kommen wir zurück zu der Sache mit Bernhard Keim.«

Sophie senkte das Kinn.

»Von Anfang an hatte ich Zweifel an der Story, und ich schwöre Ihnen, Sie kommen nicht aus diesem Zimmer raus, bevor alles auf dem Tisch liegt, was passiert ist.« Sie stand auf und stellte sich erneut unangenehm dicht neben die junge Frau. »*Na los!*«

»Ich war in einer Notlage.« Ihr Kopf blieb auf Tauchstation. »Ich hab ein bisschen Kohle gebraucht.«

»Und wie sind Sie an das bisschen Kohle gekommen?«

»Keim ist jeden Morgen um dieselbe Zeit joggen gegangen, sehr früh, immer der gleiche Weg durch den Park. Ich stand hinter Büschen und musste um Hilfe schreien. Er kam zu mir gerannt, um zu helfen, und wurde ...« Sie stockte.

»Umgebracht«, vervollständigte Mara schlicht den Satz. »Aber warum das alles?«

»Weiß nicht.«

Erneut ein Schlag auf die Tischplatte, erneut das heftige Zusammenzucken.

»Und ob Sie das wissen«, zischte Mara.

»Nein!«, kreischte Sophie auf.

»Sie wissen es!«, brüllte Mara noch lauter. Sophie brach in Tränen aus und hielt sich die Hände vors Gesicht.

»Oder sind Sie blind und taub und völlig verblödet?«, fuhr Mara mit hartem Tonfall fort. »Als Teil einer solchen Show kriegen Sie doch mit, warum sie abgezogen wird.«

»Es hatte irgendwie mit dem Verkauf von Keims Firma zu tun«, flüsterte Sophie schluchzend. »Das Geschäft ging über die Bühne, alle waren zufrieden. Dann aber hat Keim Ärger gemacht.«

»Hat er sich betrogen gefühlt?«

»Ich glaube nicht, er hat wohl …« Sophie räusperte sich. »Er hat wohl durchschaut, dass die Leute, die ihm seine Firma abgekauft haben … Na ja, wie soll ich sagen …?«

»Dass die Leute Verbrecher sind.«

»Das alles war ihm unheimlich, und er wollte den Verkauf rückgängig machen oder so was.«

»Oder so was«, meinte Mara sarkastisch.

Die junge Frau wischte sich eine Träne von der Wange. »Er hat gedroht, die Polizei einzuschalten. Oder die Staatsanwaltschaft oder was weiß ich.«

Sofort erinnerte sich Mara an die Aussagen, dass Keim vor seinem Tod nervös und angespannt gewirkt habe. »Deshalb also dieses Theater im Park mit der angeblichen Vergewaltigung«, sagte sie. Offenbar sollte Keims Tod auf keinen Fall in einen Zusammenhang mit dem Verkauf seiner Firma gebracht werden.

Rasch griff sie zum Handy, um eine Nachricht zu schreiben. Eigentlich wollte sie Patzke texten, entschied sich aber spontan dafür, die neuesten Erkenntnisse in möglichst knapper Form an Rosen zu senden.

»Kann ich jetzt gehen?«, jammerte Sophie Maurer.

»Ja klar, Sie können gehen.« Mara nahm wieder Platz. »Und zwar direkt in eine Zelle, ich lasse Sie hinbringen.«

»Aber ich habe eigentlich gar nichts getan, nur mal kurz um Hilfe gerufen und …«

»Dann sollten Sie jetzt schnell nach einem Anwalt rufen.«

»Ich kenne keinen Scheißanwalt.«

»Ich kann Ihnen einen besorgen.«

»Aber ich brauche keinen!« Sophie zog die Nase hoch.

»Soll ich noch mal alles aufzählen, was man Ihnen zur Last legen wird?«

»So eine Scheiße!«

»Stimmt, für Sie läuft es scheiße.«

»Ich bin unschuldig«, jammerte Sophie, halb trotzig, halb hilflos.

»Sicher, und ich bin im Kirchenchor.«

»Was wollen Sie denn noch?« Sie zog schon wieder die Nase hoch, ein durchdringendes Geräusch, das das Summen der Klimaanlage überdeckte. »Lassen Sie mich gehen, ich habe Ihnen alles gesagt.«

Gelassen erwiderte Mara: »Nein, Sie haben mir noch rein gar nichts über Rafael und Prince erzählt.«

Empört starrte Sophie sie an. »Aber Sie haben mir zugesichert, dass Sie mich damit in Ruhe lassen, wenn …«

»Rafael Makiadi und Prince Bangura«, unterbrach Mara sie schroff. Sophies Schultern sanken herab, sie begann erneut zu weinen.

»Machen Sie sich Gedanken, was Sie mir über diese beiden Personen mitzuteilen haben. Ich gebe Ihnen fünf Minuten, um sich zu sammeln. Dann reden wir. Und dann sehe ich, wie ich Ihnen in der Scheißsituation helfen kann, in die Sie sich hineinmanövriert haben.«

Sie stand vom Tisch auf, verließ den Raum und schloss die Tür hinter sich mit einem lauten Knall.

Am Ende des Flurs entdeckte sie Erik Nordin.

Sie maßen sich mit einem langen Blick.

Er kam auf sie zu.

63

Sie hatten sich alle im größten Zimmer des Hauses verteilt, das noch immer nur spärlich eingerichtet war. Die dumpfen Beats der Rapmusik wummerten durch die offenen Fenster nach draußen. Sie lümmelten auf Fatboys, nippten an Energydrinks und bissen von den Pizzas ab, die sie sich von einem Lieferservice hatten bringen lassen.

Rafael achtete darauf, sich völlig unauffällig zu benehmen. Was ihm auch nicht schwerfiel, galt er doch ohnehin als der Stille in der Gruppe. Er hatte sich zu einer Entscheidung durchgerungen. Einer Entscheidung, die all seinen Mut erforderte.

Jemand stellte die Musik lauter. Alle waren entspannt. Auch ihr Boss, der Prinz des Dschungels, zeigte ein lässiges Grinsen. Sein Ohrstecker in Dolchform funkelte, die Gläser der Sonnenbrille verbargen seine Augen. Man wusste nie, wohin er sah, man konnte nie erahnen, in welcher Stimmung er sich wirklich befand.

Rafael hatte nur ein schmales Dreieck seiner Salamipizza herunterbekommen und hoffte, niemand würde seine Anspannung bemerken. Er nippte an seiner Dose. Seit zwei Tagen hatte er keine einzige Pille mehr eingeworfen. Er lachte mit, wenn einer der anderen einen billigen Witz machte, und versuchte konzentriert zu bleiben, die schwelende Angst zu verdrängen.

Aus den Augenwinkeln verfolgte er, dass Prince viele winzige, mit bunten Pillen gefüllte Zellophanbeutel in der Mitte des Raumes auf dem Fußboden ablegte. Als er es sich wieder auf einem Fatboy bequem machen wollte, hielt er inne. Er zog das Handy hervor, drehte sich von den anderen weg und nahm einen Anruf entgegen. Für sein Gespräch verdrückte er sich in die hintere Ecke des Raums.

Rafael behielt ihn unauffällig im Blick. Nach wie vor hatte Prince Mara Billinsky nicht erwähnt. Er schwieg sie einfach tot. Dabei betrachtete er sie als Gefahr, sonst hätte er es nicht darauf angelegt, sie in eine Falle zu locken. Es war keineswegs nur geschehen, um Rafaels Kaltblütigkeit und Verlässlichkeit zu testen. Das hätte Prince auch auf andere Weise haben können, so viel war Rafael klar.

Das Handy noch am Ohr, schob sich Prince durch die Tür, die zu einem Nebenraum führte.

Auch Rafael verließ den Raum, allerdings durch die gegenüberliegende Tür, hinter der der Hausflur und der Ausgang lagen.

Rafael atmete ganz flach. Lautlos bewegte er sich an der Wand entlang durch den Flur.

Ja, eine Entscheidung.

Die Frage war nur, wie er es durchziehen sollte. Die Bande war im Besitz mehrerer Autos, aber die Schlüssel dafür steckten in den Hosentaschen der anderen. Es gab einen Linienbus nach Friedberg, die Haltestelle befand sich nur eine Straßenecke weiter. Und Friedberg besaß einen S-Bahn-Anschluss nach Frankfurt.

Er ging weiter. Die Angst biss immer fester zu, zerriss sein Innerstes. Er hatte die Tür fast erreicht. Nur noch zwei Schritte.

64

Mit einem Schritt Abstand blieb Erik Nordin vor ihr stehen.

Mara zog eine Augenbraue nach oben. »Hast du etwa auf mich gewartet?«

»Ich wusste, dass du da drin bist. Hatte mich bei deinen Kollegen erkundigt, wollte dich aber nicht mit einem Anruf stören oder anklopfen.«

»Wie rücksichtsvoll«, meinte sie spöttisch.

»Da ist etwas, das ich dir sagen will. Die ganze Zeit schon.« Sein Blick umfasste sie. »Die Sache mit Ramon.«

Mara verzog den Mund. »Ich weiß, es tut dir leid. Das hast du bereits erwähnt.«

»Das ist nur die halbe Wahrheit.« Ein Muskel in Nordins Wange zuckte. »Ich will offen zu dir sein, Mara. Ich bin ein Bulle, wie du auch, und wir sind uns in ein paar Punkten ziemlich ähnlich. Die Wahrheit ist, selbst wenn ich gewusst hätte, dass es für Ramon gefährlich ist, hätte ich trotzdem alles getan, um die entscheidenden Informationen aus ihm rauszupressen.«

»Das ist wenigstens ehrlich.« Mara sah ihm hart in die Augen. Stille.

Maras Kinn ruckte in Richtung Tür. »Ich muss da wieder rein.«

»Gestern Abend war ich froh, dass du mich nicht weggeschickt hast.«

Sie sah ihm an, wie schwer es ihm fiel, so etwas zu sagen. Ja, es gab tatsächlich einiges, bei dem sie sich ähnlich waren.

»Heute wäre ich genauso froh. Andererseits kann ich verstehen, wenn du ... *Jävla skit*.« Er räusperte sich. »Das heißt so viel wie verdammte Scheiße.«

»Ich dachte es mir fast.«

»Weißt du, ich stottere sonst nie so herum. Es ist nur ... Jedenfalls kann ich mir für heute auch ein Hotel nehmen, wenn du willst.«

Mara sah ihn weiterhin direkt an und nickte. »Eine Nacht wäre es mal ganz okay, wenn ...«

»Ich verstehe«, unterbrach er sie. »Schon gut, Mara, wirklich. Und ich halte dich natürlich auf dem Laufenden, wenn es losgeht. Für mich bist du ein Teil des Teams. Aber ich überlasse es allein dir, ob du bei der Aktion mitmachst oder nicht.«

Er drehte sich um und ging davon.

Mara sah ihm grüblerisch hinterher. Schon als Rosen sie morgens im Büro überrascht hatte, war sie in Gedanken bei Nordin gewesen. Der Schwede hatte sie letzte Nacht überrascht, das musste sie zugeben. Sonst war es oft wie bei einem Duell zwischen ihnen gewesen. Nordin strahlte für gewöhnlich etwas Raues aus, und das mochte sie. Schmusebären hatte sie nie leiden können, und Nordin war das Gegenteil davon. Im Bett hatte er sie oft roh an den Armen gepackt, in den Haaren, hatte sie mit Kraft herumgewirbelt. Gestern jedoch ... es war eine Zärtlichkeit von ihm ausgegangen, die sie ihm nie zugetraut hätte. Was war er für ein Mann? Es gelang ihr einfach nicht, ihn zu durchschauen.

Sie drehte sich um, ging zurück und öffnete betont forsch die Tür, um die Befragung von Sophie Maurer fortzusetzen. Die erste Befragung seit Langem, die sie bei ihren Ermittlungen voranbrachte.

65

Tatsächlich. Er saß im Linienbus.

Leicht geduckt, mit angehaltenem Atem.

Nur drei weitere Fahrgäste. Schuljungen, keine zwölf Jahre alt, die in ihre Handys starrten.

Rafael hatte unbewusst einen der vorderen Plätze gewählt, mit Blick auf den ausrasierten Nacken des Fahrers. Er sah aus dem Fenster. In der Ferne färbte sich der blaue Sommerhimmel grau. Da hinten musste Frankfurt liegen. Wahrscheinlich würde es dort gleich ein Gewitter geben.

Aus einem ständigen Drang heraus wollte er über die Schulter zurückschauen, um die Straße zu betrachten und nach möglichen Verfolgern Ausschau zu halten. Aber er traute sich nicht, er wollte es lieber gar nicht wissen.

Der Bus stoppte an einer Haltestelle am Rand einer kleineren Gemeinde. Zwei der Jungen stiegen aus, der dritte blieb sitzen, niemand stieg zu. Die Fahrt ging weiter.

Rafael hatte eine Entscheidung getroffen. Zu spät, doch sie war unumgänglich. Mit einem dumpfen Gefühl in der Magengrube dachte er an Mara Billinsky und fragte sich, ob er wirklich hart genug war, um seinen Plan durchzuziehen.

Denn dazu *musste* man hart sein, oder etwa nicht? Oder war es gar nicht der Wunsch gewesen, reinen Tisch zu machen, der ihn fortgetrieben hatte? Sondern nur die nackte Angst vor Prince Bangura?

Friedberg war lediglich noch einen oder zwei Kilometer entfernt. Rafael schaute weiter nur nach vorn, nicht zurück. Nicht einmal für einen kurzen Augenblick.

66

Er war eben penibel.

Dreimal hatte sich Jan Rosen die Nachricht durchgelesen. Es war nicht ungewöhnlich, dass Mara sich wie aus dem Nichts meldete und ihm mit wenigen Zeilen zu verstehen gab, dass es nichts Wichtigeres auf der Welt gab, als sofort das zu tun, worum sie ihn bat.

Gewissenhaft tippte er seine Antwort ein und schickte sie ab.

Mit gefurchter Stirn, das Handy noch zwischen den Fingern, machte er sich auf den Weg aus dem Kellergeschoss. Er ging in das Großraumbüro, in dem Billinsky ihren Platz hatte, begab sich aber ans andere Ende, um hinter eine der Trennwände zu schauen, wo sich eine weitere Zweierzone mit einander gegenüber aufgestellten Schreibtischen befand.

An der Wand auf der Stirnseite hingen ein großformatiger Eintracht-Frankfurt-Kalender und ein längst nicht mehr aktuelles Trikot des Vereins. Patzke und Schleyer saßen auf ihren Drehstühlen, vertieft in eine Unterhaltung. Als sie ihn bemerkten, meinte Patzke: »Rosen, was gibt's?«

Er informierte sie über die Hintergründe, die Billinsky zum Todesfall Bernhard Keim durchgegeben hatte.

»Okay«, kommentierte Schleyer wenig aufschlussreich.

»Versteht ihr nicht? Das war alles inszeniert«, erklärte Rosen, als wären sie begriffsstutzig.

Schleyer sah ihn an. »Aber sie weiß nicht, wer das inszeniert hat, oder hab ich was missverstanden?«

»Sie ist dran, die Zeugin weiter zu bearbeiten.«

»Die arme Zeugin.« Patzke grinste und tauschte einen ironischen Blick mit seinem Teampartner aus.

Schleyer lehnte sich zurück und präsentierte seinen Bauch. »Rosen, du weißt schon, dass ihr nichts mehr mit der Sache zu tun habt, oder? Weder du noch Billinsky.«

»Darum geht's doch gar nicht. Wenn es wirklich keine zufällige, sondern eine geplante Tat war, Bernhard Keim zu töten, dann …«

Patzke unterbrach ihn: »Ja: *wenn*. Wir können jetzt nicht losstürmen wegen einer einzelnen Aussage.«

»Aber …«, wollte Rosen protestieren.

»Falls da noch mehr herauskommen sollte, sag uns Bescheid.«

»Aber das würde doch dann auch den Mord an Femke de Jong …«

»Der Fall wurde Billinsky ebenfalls entzogen«, fuhr diesmal Schleyer dazwischen. »Und nach wie vor gibt es keinen eindeutigen Zusammenhang. Beide Opfer kannten sich – sonst war da nichts.«

»Vielleicht sollte man noch einmal ein Gespräch mit Tessa Steinberg führen.«

»Die Steinberg ist raus«, meinte Patzke lapidar.

»Was heißt das?«

»Sie hat ihren Laden verkauft.«

»J&S Consulting wurde verkauft?«, meinte Rosen verdutzt. »Wann?«

»Vor ein paar Tagen.«

»Habt ihr Billinsky darüber informiert?«

»Genauso gut hätten wir die Prinzessin von Saba informieren können«, blaffte Schleyer. »Billinsky ist raus. Wann schnallst du's endlich?«

Das Gespräch erinnerte Rosen daran, dass er es nicht gerade vermisste, in dieser Abteilung zu arbeiten. Er stellte sich eine altbekannte Frage: Was würde Billinsky jetzt machen?

Natürlich wusste er die Antwort darauf.

Im Befragungszimmer setzte Mara sich wieder gegenüber von Sophie Maurer an den Tisch.

Das Alleinlassen in solchen Situationen führte für gewöhnlich zu einem von zwei Effekten. Entweder die Befragten nutzten die Zeit, sich zu sammeln und sich zu festigen, oder sie fielen noch mehr auseinander.

Mara betrachtete die junge Frau. Die Haare zerzaust, die Augen verweint, die Gesichtshaut trotz eines leichten Sonnenbrands auf den Wangen eher bleich, herabhängende Schultern.

»Beginnen wir nicht mit Prince«, sagte Mara mit wohldosierter Schärfe in der Stimme. »Sondern mit Rafael.«

Sophie sog laut hörbar die Luft ein.

»Die eindeutige Filmsequenz zeigt Sie mit ihm. Was hat es mit diesem Film auf sich?«

Sophie schüttelte den Kopf. »Das war alles nicht echt. Hab ich Ihnen doch schon gesagt.«

»Ein Fake?« Maras Augenbraue zuckte. »Auch nur eine Showveranstaltung, genau wie die angebliche Vergewaltigung im Park?«

»Nein.«

»Ging es lediglich darum, Content zu generieren?«, fragte sie sarkastisch. »Um etwas ins Netz zu stellen und für jeden Scheißklick Geld zu kassieren, oder was wollen Sie mir erzählen?«

»Es wurde alles Mögliche ins Netz gestellt.«

»Wie der Mord an Ignaz Gregorius?«

»Nie gehört den Namen.«

»Der Mann, der auf einen Stuhl gefesselt und angezündet wurde.«

Schweigen.

»Sie wissen, wovon ich rede.«

»Ich hab da so was aufgeschnappt, aber ich habe nichts gesehen. Und ich hab diesen Mann kein einziges Mal getroffen.«

»Das glaube ich Ihnen nicht!«, entgegnete Mara so hart, dass Sophie zusammenzuckte.

»Ich sollte ihm nur schöne Augen machen«, platzte es aus Sophie heraus.

Das wird ja immer besser, dachte Mara. »Schöne Augen«, wiederholte sie eisig.

»Mich mit ihm verabreden, na und!? Als er zugesagt hat, war's das für mich. Ich brauchte gar nicht hingehen zum Treffpunkt.«

»Weshalb musste er sterben?«

»Keine Ahnung, echt nicht«, nuschelte Sophie.

»Zurück zu dem Film, in dem Sie vergewaltigt wurden. Fake oder kein Fake, jetzt mal raus mit der Sprache! Man sieht doch, dass Sie vorher bereits verprügelt worden sind.«

Sophie hatte die Augen gesenkt. »Ich hatte Mist gebaut, und es war wohl so eine Art Strafe.«

Mara schoss vom Stuhl hoch und sah sie ungläubig an. »Das kann nicht Ihr verdammter Ernst sein.«

»Ach, regen Sie sich nicht so auf.«

»Sie sind es, die sich aufregen sollte.« Mara schüttelte den Kopf und setzte sich wieder hin. »Wessen glorreiche Idee war es, Sie *als Bestrafung* zu verprügeln und zu vergewaltigen?«

»Jedenfalls nicht Rafaels Idee.« Für einen verschwindend kurzen Moment sah Sophie sie über den Tisch hinweg an. Doch das reichte, damit Mara erkennen konnte, dass sie Rafael mochte.

»Weiter!«, forderte sie unnachgiebig.

»Es war wohl auch so eine Art Prüfung, ob Rafael cool genug dafür sein würde.«

»Cool genug«, wiederholte Mara angewidert.

»Aber er hat es nur so aussehen lassen. Wissen Sie, Rafael ist so ...« Sie seufzte kaum hörbar. »Er ist so *unschuldig*. An ihm ist nichts Böses. Er ist nicht wie die anderen Typen, er sollte gar nicht bei ihnen sein.«

Bei diesen Worten empfand Mara Bestätigung für ihre eigenen Gefühle gegenüber Rafael. Doch das verdrängte sie rasch und versuchte, sich zu konzentrieren. »Damit wären wir bei den *anderen*. Wer sind die?«

»Typen halt. Einige sind echt schlimm, ein paar noch schlimmer. Sie haben kein richtiges Zuhause oder so was, keine Wurzeln. Sie werden von der Straße aufgelesen. Rekrutiert, heißt das dann. Und so haben sie einen Platz, wo sie hingehören.«

Hanno und ich wollten Rafael Wurzeln geben, dachte Mara traurig. »Wer rekrutiert diese Leute? Wer ist der Anführer?«

Stille.

»Wir reden natürlich von Prince.«

Stille.

»Prince Conateh.«

Stille.

»Dann eben Prince Bangura. Sie wissen, wen ich meine. Na los, ich will ein verdammtes Ja, sonst sitzen wir übermorgen noch hier.«

»Ja«, raunte Sophie Maurer, ohne die Augen zu heben.

»Wie lange kennen Sie Prince Bangura? Wie und wo haben Sie ihn kennengelernt.«

»Ich sage jetzt nichts mehr.« Sophie behielt das Flüstern bei. Ihre Finger zappelten ängstlich, die Schultern sanken immer tiefer herab. »Über Prince hören Sie kein Wort von mir. Gar nichts.«

Mara spähte durchs Fenster. Die grauen Wolken waren dichter geworden. Erste Tropfen trommelten leise gegen die Scheibe. Gleich würde es irgendwo im Himmel über Frankfurt krachen.

»Wo steckt Prince Bangura?«, fragte Mara.

»Ich sage nichts mehr.«

»Wo finde ich ihn?«

Ein ohrenbetäubendes Donnergrollen, direkt über dem Präsidium, verschluckte Sophies Worte. Im Befragungszimmer war es schlagartig dunkel geworden.

67

Sie saßen sich an einem Schreibtisch gegenüber. Der zuge-
klappte, silbern funkelnde Laptop wirkte eher wie ein De-
sign-Accessoire als ein Arbeitsgerät. Die Einrichtung des Büros
war von schlichter Eleganz, wie auch die sommerliche Kleidung
der Gastgeberin. Leichte Stoffe und helle Farben, kein steifer
Business-Look, alles von lässiger Zwanglosigkeit.

»Vielen Dank, dass Sie sich Zeit für mich nehmen«, sagte
Rosen höflich. Er raschelte mit seinen Notizen, wie immer etwas befangen bei Befragungen, die er ja ohnehin nicht mehr als
Teil seines Aufgabengebiets verstand. Seine Befangenheit wurde
noch verstärkt durch den intensiven Blick aus den dunklen Augen der Frau. Fast wie Billinsky, dachte er.

»Sollen Sie jetzt die Kohlen aus dem Feuer holen?«, fragte
Tessa Steinberg ihn direkt. Auch wie Billinsky.

»Bitte?« Er zog einen Kugelschreiber aus der Brusttasche
seines Hemds.

»Nun ja, Sie sind inzwischen der vierte Beamte, der sich mir
seit Femkes Tod vorstellt. Also muss ich annehmen, Sie haben
den Schwarzen Peter gezogen.«

»Wir arbeiten im Team«, erwiderte er.

»Selbstverständlich.« Sie lächelte maliziös, was ihre starken
Unterkiefer betonte. »Ich hoffe, Sie besitzen nicht die Frechheit
wie Ihre Kollegin und betrachten mich als Verdächtige.«

Rosen wurde rot, er spürte es. »Auf keinen Fall.«

Erneut das maliziöse Lächeln. »Sehr beruhigend.«

»Es geht um eine bestimmte Information«, begann er vorsichtig. »Wie ich hörte, sind Sie nicht mehr die Eigentümerin
von J&S Consulting. Ist das korrekt?«

»Ja, das sind wohl meine letzten Stunden in diesen heiligen Hallen. Hier wird alles leer geräumt. Aber sehen Sie, ich *selbst* habe diese Information an Ihre Kollegen weitergegeben. Sind Sie wirklich deswegen hierhergekommen?«

»Ich wollte das verifizieren.«

»Was Sie nicht sagen.«

»Wir haben neue Hinweise, die den Todesfall von Bernhard Keim in einem anderen Licht erscheinen lassen.«

Ihre feinen Augenbrauen schoben sich zusammen. »Inwiefern?«

»Das darf ich Ihnen nicht mitteilen.« Er räusperte sich. »Hat Femke de Jong vor ihrem Tod ängstlich gewirkt? Hat Sie Andeutungen gemacht, die im Nachhinein ...«

»Hören Sie, das alles habe ich bereits Ihrer Kollegin mitgeteilt. Haben Sie keine neuen Fragen mitgebracht?«

»Eine schon«, antwortete er rasch.

»Und die wäre?«

»Wer hat Ihnen Ihre Firma abgekauft?«

»Alexander Vigor. Ich glaube nicht, dass Ihnen der Name etwas sagt«, meinte sie mit gönnerhaftem Unterton.

»Doch.« Rosen nickte. »Ich habe schon in verschiedenen Manager- und Finanzmagazinen über ihn gelesen.«

»Ach, tatsächlich?« Sie verbarg ihre Überraschung nicht und nickte anerkennend. »Nehmen Sie's mir nicht übel, aber das hatte ich nicht erwartet. In jedem Fall endet hier nun ein wichtiges Kapitel meines Lebens. Und ich freue mich, dass es so ist.«

Rosen betrachtete seine Notizen, die bislang lediglich aus einem Vor- und einem Nachnamen bestanden: *Alexander Vigor.*

68

Die Tür von Klimmts Büro stand halb offen, also verlor Mara gar nicht erst Zeit mit Anklopfen.

»Sophie Maurer«, sagte sie und blieb vor dem Schreibtisch des Hauptkommissars stehen.

Er sah von seinem Laptop auf. »Hä?«

Sie setzte ihn ins Bild über ihre letzten Schritte und die Befragung der jungen Frau.

Das Gewitter ließ allmählich nach.

»Heißt das, Sophie Maurer befindet sich jetzt wieder auf freiem Fuß?«, fragte Klimmt.

»Natürlich nicht. Die Befragung ist unterbrochen. Es besteht in vielerlei Hinsicht Tatverdacht gegen sie. Und wenn es am Ende nur Mitwisserschaft ist, was wir ihr nachweisen können.«

Er schnaufte. »Machen Sie die Tür zu.«

Mara tat, was er verlangte, und stellte sich wieder an dieselbe Stelle wie zuvor, die Arme vor der Brust verschränkt.

»Die Fälle, bei denen diese Maurer eine Rolle spielt, sind nicht mehr *Ihre* Fälle, Billinsky.«

»Ja, aber ich habe nun mal Infos dazu.«

»Infos, die Sie an Patzke und Schleyer weiterleiten müssen.«

»Rosen hat mir geschrieben, er übernimmt das. Eigentlich wollte ich auch mit ihm reden, aber er ist anscheinend nicht im Haus. Wissen Sie, wo er …?«

»Ich? Bestimmt nicht«, fiel er ihr brummig ins Wort.

»Ich brauche ihn.« Sie legte ein Handy auf den Schreibtisch. »Das gehört Sophie Maurer. Sie ist drauf und dran, die Hosen runterzulassen und richtig auszupacken. Ich will, dass Rosen das Ding auswertet – oder halt irgendwer von seiner IT-Mega-Mega-Nerd-Truppe. Ich will nicht nur wissen, mit wem Maurer kommuniziert hat, sondern auch, wo das Handy zuletzt überall eingeloggt war.«

Ein Hustenanfall überfiel Klimmt. Es dauerte eine Weile, bis im Büro wieder Stille einkehrte. »Scheiße«, grummelte er mit rot angelaufenem Gesicht.

Mara betrachtete ihn schweigend, eine Augenbraue nur ganz leicht in die Höhe gezogen.

»Mir geht's gut«, murmelte er.

»Na klar.« Sie schüttelte den Kopf. »Also, Chef, wenn ich Sophie Maurer …«

»Haben Sie was mit den Ohren, Billinsky? Das ist nicht mehr *Ihr* Fall. Sie können diese Frau nicht ewig weiterbefragen.«

»Wir müssen Prince Bangura kriegen. In der Bude, in der ich Sophie Maurer aufgegabelt habe, wird er sicher nicht mehr auftauchen. Die hat er ja leer räumen lassen. Sophie betet irgendwelche Club- und Barnamen herunter, wo er angeblich öfter mal auftaucht. Aber um alle Orte zu überwachen, müssten wir Dutzende neue Leute einstellen.« Ironisch setzte sie hinzu: »Dürfte schwierig werden mit der Genehmigung dafür, schätze ich.«

»Mir schon klar, was Sie denken. Dass sich durch seine Person gleich mehrere Verbrechen aufklären lassen.« Unterstützt von seinen dicken Fingern zählte er auf: »Ramon Resendez, Hanno Linsenmeyer, Ignaz Gregorius und diese undurchsichtige Sache mit Bernhard Keim.«

»Die nicht mehr so undurchsichtig ist, weil ich weiterermittelt habe«, bemerkte sie mit Nachdruck.

»Allerdings nicht Femke de Jong.«

»Abwarten.«

»Es muss erst *bewiesen* werden«, betonte er. »Vor allem, was Maurer über den Tod von Bernhard Keim so alles von sich gegeben hat. Außerdem bin ich nicht doof. Sie wollen sich da so reinhängen, um Ihrem Freund, diesem Rafael Makiadi, zu helfen.«

»Ich will, was ich immer will. Und das ist ermitteln.« Eindringlicher sagte sie: »Halten Sie mir den Rücken frei, Chef.«

»Wo ist Makiadi? Hat die Fahndung nach ihm nichts ergeben?«

»Wenn ja, dann wüssten Sie's schon«, antwortete sie. »Übrigens, ich hab noch keine Ersatzwaffe erhalten.«

»Die Mühlen der Bürokratie mahlen langsam, erst recht bei uns, das wissen Sie doch.«

»Können Sie da nicht etwas nachhelfen?«

Er starrte müde vor sich hin und schwieg.

Ein letztes Donnergrollen erklang, neuerlicher Regen setzte ein.

»Halten Sie mir den Rücken frei, Chef«, wiederholte Mara drängend.

Die letzten Wolken lösten sich auf, und die Sonne strahlte bereits wieder mit neuer Kraft durch die noch nassen Fensterscheiben, die den langen Korridor entlang einer Seite säumten.

Mara marschierte zielstrebig an ihrem Großraumbüro vorbei, um noch einmal zu überprüfen, ob Rosen inzwischen aufgetaucht war. Immer wieder, erst recht in Situationen, wenn sie gar nicht damit rechnete, wurde sie von dem Anblick eingeholt, den sie in Rafaels Keller vorgefunden hatte. Hannos tote Augen überfielen sie in kurzen Momenten der Ruhe, aber auch dann, wenn sie eigentlich konzentriert war.

»Alles klar, Billinsky?«, holte eine rücksichtsvolle Stimme Mara aus ihren Gedanken.

Sie stoppte in der Bewegung und sah irritiert auf. »Rosen!«

In seinem Gesicht zeichnete sich das ihr so vertraute zurückhaltende Lächeln ab. »Du bist direkt an mir vorbeigelaufen.«

»Echt? Eigentlich bin ich auf dem Weg in deinen Maulwurfsbau.«

»Alles klar bei dir?«, wiederholte er. »Du siehst, äh, bedrückt aus.«

Statt darauf einzugehen, drückte sie ihm Sophies Handy in die Hand und bat ihn, sich der Sache anzunehmen.

Sorgsam steckte er es in die Hosentasche. »Ich kümmer mich drum.«

»Wo warst du überhaupt?«

Er erzählte ihr von dem ernüchternden Austausch mit Patzke und Schleyer und seinem anschließenden Besuch bei Tessa Steinberg.

»Du bist zur Steinberg gefahren?« Mara taxierte ihn anerkennend. »Danke!«

Er errötete, was sie schmunzeln ließ.

»Der neue Besitzer von J&S Consulting heißt also Alexander Vigor«, sagte sie.

»Er wird das Unternehmen gewiss umbenennen, aber das sollte für uns nebensächlich sein. Diesmal geht es also keineswegs um eine ominöse Scheinfirma, wie es bei Bernhard Keims Firmenverkauf mit Exspira der Fall war.«

»Seriös?«, fragte Mara in ihrer knappen Art.

»Absolut. Alexander Vigor ist fast schon eine Legende.«

»Aha«, entgegnete Mara wenig beeindruckt und platzierte ihr Hinterteil auf der Fensterbank.

»Vigor ist Unternehmer, Freigeist, liberal denkendes *Mastermind*.« Rosens Stimme erhielt etwas Schwärmerisches. »Er stammt aus Frankfurt, offenbar aus vermögender Familie, hat aber seine Schulzeit in der Schweiz und in Dänemark verbracht. Noch bevor er dreißig wurde, gründete er sein erstes Unternehmen. Eine Zeit lang war er Chefanalytiker bei Morgan Stanley International in London. Er initiierte eine Stiftung, die sich für wirtschaftlich schwache Regionen einsetzt, und gründete einen Thinktank, unter dessen Dach Geschäftsleute, Politiker, Aka-

303

demiker und andere Persönlichkeiten zusammenkommen. Es geht um neue Formen von Handelsbeziehungen, strukturellen Wandel ganz allgemein.« Rosen hielt in seinem Vortrag inne und nickte ihr begeistert zu. »Seriöser geht's gar nicht.«

»Verstehe. In der Tat das exakte Gegenteil von Exspira.« Sie runzelte die Stirn. »Und deshalb wohl nicht die heiße Spur, die uns weiterhilft.«

»Interessant ist noch, dass sich Vigor selbst schon länger zurückhält, was öffentliche Auftritte angeht. Er bleibt im Hintergrund, organisiert, stellt die Weichen für den Thinktank, scheut aber das Rampenlicht. Die Fotos, die man im Netz von ihm findet, sind meistens hoffnungslos veraltet, Interviews gibt er keine mehr.«

»Ob *wir* ihn mal interviewen sollten? Allerdings weiß ich nicht, wie ich das alles schaffen soll.«

»Zumal Vigor oft auf Reisen und nicht so leicht anzutreffen ist«, gab Rosen zu bedenken.

Sie sagte nichts und schaute nachdenklich auf den Boden.

»Ich kann das übernehmen«, schlug er vor.

Sie zwinkerte ihm zu. »Die Auswertung von Sophie Maurers Handy wäre mir allerdings noch wichtiger.«

»Trotzdem, ich mache das gern.«

Mit sanftem Spott meinte Mara: »Ach? So scharf auf Außendienst kenne ich dich gar nicht«,

»Vigor ist eine total beeindruckende Persönlichkeit.«

»Du hast doch auch genug anderen Kram zu erledigen.«

»Auf eine Überstunde mehr oder weniger kommt's nicht an.«

»Manchmal muss man eben raus aus dem Keller, was?«

Rosen grinste schief. »Schon möglich.«

69

In unmittelbarer Umgebung des Osthafens waren in kurzer Zeit eine große Menge neuer Wohngebäude entstanden. Von großräumigen, sehr kostspieligen Unterkünften bis hin zu Einzimmerapartments, die unter anderem in einem cremefarbenen Block in Nähe zur Hanauer Landstraße untergebracht waren.

Erik Nordin und Colette Pelletier hielten sich nun schon seit einigen Stunden in einem der etwa vierzig Quadratmeter großen unvermieteten Apartments auf.

Ein Tisch, Stühle, eine Thermoskanne Kaffee, Mineralwasser, Fruchtsäfte, Sandwiches, Äpfel. Die Klimaanlage funktionierte nicht, es war stickig und brütend heiß.

Unentwegt behielten sie das gegenüberliegende Gebäude im Blick. Mit seiner roten Backsteinfassade wirkte es fast wie aus einer anderen Zeit. Es handelte sich um eine ehemalige Fabrik, die in ein modernes Bürogebäude umfunktioniert worden war, seit einigen Monaten aber leer stand.

Hier hatten die Treffen stattgefunden, die Nordin als Vorstellungsgespräche bezeichnet hatte. Und hier tauchte angeblich Polaris höchstpersönlich von Zeit zu Zeit auf.

Nordin und Pelletier hatten sich im Netz viele Fotografien und auch die Grundrisse angesehen und sich so gut wie möglich mit den Eigenschaften des Gebäudes vertraut gemacht. Pelletiers Zuversicht, schon zuvor eher fragil, war offenbar kurz vor dem Ende. Sie wollte sich keine Blöße geben, zeigte sich zurückhaltend und sachlich, doch er kannte sie.

»Vielleicht sollten wir uns mal in dem Haus umsehen«, schlug er vor.

Sie bedachte ihn mit einem Seitenblick. »Da tut sich einfach nichts, Erik. Auch nicht, wenn wir dort reinmarschieren und dabei so ganz nebenbei unsere Deckung aufgeben.«

Seine Kiefer mahlten. Die Zeit lief ihnen davon. Vor allem ihm. Er dachte an das unangenehme Gespräch mit seinem Chef Lundmark und auch an Billinsky, die ständig in anderen Fällen herumstocherte, statt ihnen zu helfen.

Es war inzwischen spät am Abend, doch die unerträgliche Hitze war noch immer da, auch das Schweigen, das sich zwischen ihm und Pelletier staute. Während im Haus gegenüber alles unverändert blieb, blitzten in der Dunkelheit ringsum Lichtpunkte auf, als in Wohnzimmern und Küchen Lampen eingeschaltet wurden. Von Menschen, die ein normales Leben führten und normalen Jobs nachgingen.

Das hatte Nordin nie haben wollen. *Einen normalen Job.*

Ein weiterer Lichtpunkt ließ ihn zusammenzucken. »Hast du das gesehen?«

»Was?«, fragte die Französin zurück.

»Drüben im Haus.« Sein Finger wies in die Richtung.

»Was?«, wiederholte sie ruhig.

»Jemand hat sich Zutritt verschafft.«

»Sicher?«, meinte sie skeptisch.

Vor Konzentration verengten sich seine Augen. »Ich will wissen, was da los ist.«

Abrupt erhob er sich.

»Erik, was hast du vor?« Ein warnender Unterton schlich sich in ihre Stimme.

»Ich halte es nicht mehr aus. Dieses verdammte Warten.« Und noch einmal sagte er leise: »Ich will wissen, was da los ist.«

70

Mara verfolgte wortlos, wie eine uniformierte Beamtin Sophie Maurer abführte.

Minuten zuvor war die junge Frau zusammengebrochen. Erschöpft und verzweifelt hatte sie doch noch um einen Anwalt gebettelt. Auch jetzt, bei einem müden abschließenden Blick in Maras Richtung, kullerten Tränen über ihre Wangen.

Mara musste daran denken, wie emotionslos Sophie von Bernhard Keims Tod oder dem brutalen Ende des nach wie vor ominösen Ignaz Gregorius erzählt hatte, teilweise mit einem Achselzucken als einziger erkennbarer Reaktion. Es war immer wieder erschütternd, einem gewissenlosen Mörder oder Vergewaltiger gegenüberzutreten. Aber manchmal war es noch schlimmer, jemanden wie Sophie zu treffen. Ein junger Mensch, der zuerst vom Leben links liegen gelassen wurde und dann in falsche Kreise geriet, sich dadurch emotional nicht voll entwickeln konnte und letztlich *unfertig* blieb – und auch bleiben würde. Sophie hatte gar nicht in vollem Umfang begriffen, was die beiden Männer erlitten hatten und dass sie offenbar kalt lächelnd einen Beitrag dazu geliefert hatte.

Immerhin schien Rafael sie für sich gewonnen zu haben – einen Vorteil hatte Mara daraus bislang allerdings nicht ziehen können. Überhaupt war die zweite Hälfte der Befragung weniger gut verlaufen. Jedes Mal, wenn sie das Gespräch auf Prince Bangura lenken wollte, hatte Sophie regelrecht *zugemacht*. Angst hatte im Raum gestanden, wie mit Händen greifbar.

Hatte es laut Rosen bei Thilo Heckmann und Michael Friedrich nicht ähnlich ausgesehen, als es um mögliche Hintermänner gegangen war? Bangura. Sie musste ihn kriegen.

Und Rafael? Wie mochte es ihm ergehen, was mochte ihm in genau diesem Moment durch den Kopf gehen?

Die Zeit raste unbarmherzig weiter, und Mara hatte das bedrückende Gefühl, nicht Schritt halten zu können.

Noch vom Befragungszimmer aus meldete sie sich mit dem Handy in Rosens Abteilung. Doch einmal mehr erwies sie sich als zu ungeduldig. Es war viel zu früh, um bereits Ergebnisse zu erhalten, was die Auswertung von Sophie Maurers Mobiltelefon betraf.

Gerade als sie das Handy verschwinden lassen wollte, wurde sie selbst angerufen. Im Display leuchtete eine unbekannte Nummer auf.

»Ja?«, meldete sich Mara.

Stille.

Nein, da waren flache Atemgeräusche.

»Hallo?«

Plötzlich wusste sie, bei wem es sich um den Anrufer handelte, ihr Instinkt sagte es ihr. »Hier ist Mara Billinsky«, sagte sie eindringlich, ihre Lippen dicht am Handy.

Immer noch das Atmen.

»Rafael! Bist du es?«

Stille.

»*Rafael!*«

Einige Stockwerke unter Mara, im Keller des Gebäudes, machte sich eine erste vage Enttäuschung in Jan Rosen breit.

Bisher war es ihm nicht gelungen, einen Kontakt zu Alexander Vigor herzustellen, weder per Telefon noch auf digitalem Weg. Was vielleicht gar nicht so verwunderlich war. Bei seiner Recherche hatte Rosen festgestellt, dass der erfolgreiche Mann offenkundig dabei war, sich konsequent aus dem Businessleben zurückzuziehen.

Noch einmal wählte Rosen eine bestimmte Telefonnummer.

Sie gehörte zu einer Villa in Königstein, die in mehreren Quellen als Vigors Hauptwohnsitz angegeben war und anscheinend auch als Treffpunkt für Veranstaltungen seines Thinktanks genutzt wurde.

Niemand nahm den Anruf entgegen, keine Assistentin, kein Verwalter, kein sonstiger Mitarbeiter, schon gar nicht der Hausherr persönlich. Es erklang nicht einmal eine Stimme vom Band mit dem Angebot, eine Nachricht zu hinterlassen.

Ein weiterer Beleg für Vigors endgültigen Rückzug ins Privatleben?

Aber weshalb kam es dann zum Kauf einer nicht unbedingt bedeutenden Firma wie J&S Consulting?

Rosen legte auf.

Wo konnte er ansetzen? Wie weitermachen?

Während Mara Billinsky das Handy noch dichter ans Ohr presste, stieß sie mit dem Fuß die Tür des Besprechungszimmers zu. »Rafael, wo bist du?«, rief sie.

»Mara«, sagte er leise. Sonst nichts.

»Steckst du in der Klemme?«

»Es ist alles ganz schön scheiße gelaufen.«

»Was ist das für ein Handy?«, fragte sie angespannt.

»Ich hab's einem kleinen Jungen im Bus weggenommen und ihn gezwungen, mir seine PIN zu nennen.«

»Wo bist du?«, wollte sie erneut wissen, noch drängender.

»Sucht ihr mich? Du und deine Kollegen?«

»Haben wir denn einen Grund dazu?«, fragte sie zurück, jetzt konzentrierter, die Überraschung über seinen Anruf hatte sie verdaut.

Er schwieg.

»Ich war in deiner Wohnung, Rafael.«

Er schwieg noch leiser, falls man so etwas konnte.

»Ich war auch in deinem Keller.«

Jetzt drangen Geräusche zu ihr, ganz schwache Laute. Er weinte, und es zerriss ihr das Herz. Er war eigentlich ein guter Junge, in seinem Wesen war nichts Fieses, nichts Hinterhältiges. Er war gut, verflucht noch mal. Wohin hatte ihn das alles geführt?

»Rafael …«, sagte sie, und sie hasste die Hilflosigkeit, die sich ihrer in diesem Augenblick bemächtigte.

»Es war ein Unfall, es war einfach …«, stammelte er unter immer neuen Tränen, die seine Stimme erstickten. »Ich wollte das nicht. Ich war … Ich war nicht ich selbst. Es war einfach … Hanno hat gefragt und gefragt und gefragt, du weißt ja, wie er ist.«

Wie er *war*, dachte sie bitter.

»Und dabei hat er mich immer so nett angesehen, so verständnisvoll. Und das hat alles nur schlimmer gemacht.«

Er weinte nun hemmungslos.

Mara lauschte seinem Schluchzen. Sie sah sein Gesicht, seine Verzweiflung praktisch vor sich.

»Irgendwas ist bei mir ausgetickt«, fuhr er gequält fort. »Ich wurde so verflucht böse auf Hanno. Auf seine Geduld, auf seine ewige Nachsicht. Ich wollte allein sein, und er stand so dicht neben mir, und da …« Seine Worte gingen im Weinkrampf unter.

»Du hast ihn geschlagen?«

»Ich wollte es nicht«, rief er jämmerlich. »Das war nicht *ich*, das war ein anderer Rafael. Einer, den's gar nicht mehr gibt.«

»Rafael …«

»Plötzlich hab ich zugeschlagen.« Jetzt hörte er sich ganz ruhig an, seltsam tonlos und rau. »Ja, Mara. Ich hab Hanno geschlagen. Mit der Faust. Mit aller Kraft. Es ging so schnell, er hat's vielleicht gar nicht so richtig mitgekriegt. Er ist umgekippt und mit dem Hinterkopf genau auf die Ecke der kleinen Anrichte geprallt. Er lag da, und ich hab … Ich hab weitergemacht. Ich hab ihn sogar getreten, ich hab ihn auch am Kopf erwischt, und ich hab noch mal getreten, obwohl er sich doch schon längst nicht mehr gerührt hat.«

Er verfiel in kurzes Schweigen, dann sagte er dumpf: »Er war tot, Mara. *Tot*. Er hat einfach dagelegen und nicht mehr geatmet. Ich hab ihn angebrüllt, er soll aufstehen. Immer wieder hab ich geschrien und dabei auf das Blut gestarrt, das aus seinem Kopf geflossen ist. Das Blut sah aus wie roter Saft. So *echt* und trotzdem so verdammt unwirklich.«

»Rafael …«

»*Steh auf!*, hab ich gebrüllt«, redete er weiter, als würde er zu sich selbst sprechen. »Steh auf! Steh auf! Steh auf!« Er holte tief Luft. »Aber er ist nicht aufgestanden.«

»Raf…«

»Ich hab alles in meinem Leben falsch gemacht.«

»Du hast *mein* Leben gerettet.«

»Ohne mich wärst du doch gar nicht in diese Scheißsituation geraten«, entgegnete er kläglich.

»Du hast mich da rausgehauen«, beharrte sie.

»Aber das nützt Hanno auch nichts.« So leise, dass sie ihn kaum hören konnte, sprach er weiter: »Es ist alles aus, Mara. Es ist alles aus und vorbei.«

»Red keinen Mist, es geht weiter. Es geht *immer* weiter.«

»Ihr sucht mich, oder?«

»Hör zu, ich werde …«

»Ich schmeiß jetzt das doofe Handy weg, damit ihr mich nicht irgendwie orten könnt. Und dann …«

»Hör jetzt endlich mal zu …«

»Und dann mache ich Schluss. Schluss mit allem.«

71

»Da ist jemand drin«, beharrte Nordin, der schon wieder aufgestanden war, während Pelletier unverändert ruhig auf dem Stuhl saß, die Beine ausgestreckt.

In der letzten Stunde hatte es immer wieder kurz im dritten Stock aufgeblitzt. Eine Taschenlampe? Ein Handylicht?

»Da ist jemand, glaub's mir«, sagte der Schwede.

»Selbst wenn«, meinte sie bedachtsam. »Noch sehe ich keinen Grund, unsere Deckung zu riskieren.«

»Da bin ich anderer Meinung.«

»Wir haben nur eine Information zu Polaris – und diese Information ist das Haus da drüben. Wenn wir uns zu erkennen geben, dann ...«

»Ich will mich nur vergewissern.«

»Du hast überhaupt keine Geduld mehr.« Sie stand ebenfalls auf und sah ihn an. »Du willst einfach nur losstürmen. Du bist ein Getriebener, Erik, merkst du das nicht? Polaris ist das Einzige, was dich noch beschäftigt. Du denkst an nichts anderes mehr. Und das macht dich unvorsichtig.«

Nordin verspürte eine glimmende Wut in sich. Vielleicht auf sich selbst, auf jeden Fall auf Colette.

»Ich gehe jetzt und schaue mich um«, sagte er dumpf und marschierte los.

»Erik!«, rief sie ihm hinterher.

Während er mit dem Lift ins Erdgeschoss fuhr, tippte er hastig eine Nachricht an Billinsky ins Handy.

Zielstrebig verließ er das Gebäude. Aus der Entfernung war der Verkehrslärm auf der Hanauer Landstraße zu hören. Eine Straßenlaterne blendete ihn, doch nur für einen Moment, dann

stand er vor dem alten Backsteingebäude, das sie so lange beobachtet hatten.

Die Eingangstür war nicht verschlossen und ließ sich problemlos öffnen. Dunkelheit empfing ihn. Er leuchtete sich mit
dem Handy den Weg und ging an den beiden Aufzügen vorbei
zur Treppe.

Dritter Stock.

Er stieß die Tür auf, die vom Treppenhaus zu den Räumen
führte.

Dunkelheit, Stille, ein leerer Gang.

Er ging weiter.

Plötzlich meinte er etwas zu hören. Schritte? Oder war es
ein Lufthauch, den er spürte?

Er hielt inne.

Und wirbelte herum.

72

Mara hatte mehrfach versucht, Rafael zurückzurufen.

Vergeblich.

Zunächst war noch der Anrufsignalton erklungen, doch mittlerweile war der Anschluss tot.

Sie hatte alles in ihrer Macht Stehende getan, um die Suche nach ihm zu intensivieren: die Zentrale sowie verschiedene Streifen-Teams persönlich verständigt und vor allem Klimmt erneut auf die Sache angespitzt, um mehr Manpower zu aktivieren.

Jetzt hatte sich längst die Nacht herangeschlichen. Mit ihr kam die große Leere, dieses Gefühl stumpfer Hilflosigkeit, gegen das sie angekämpft hatte, indem sie in einer Wolke aus Abgasen und Hitze wie eine Verrückte quer durch die Stadt gerast war und nach der vertrauten Gestalt von Rafael Makiadi Ausschau gehalten hatte.

Auch das vergeblich. Verzweiflung spülte in Wellen an ihr empor. Seine Worte verfolgten sie, trieben sie vor sich her, jagten sie weiter durch die Straßen. Nach Hanno auch noch Rafael zu verlieren, war ein Gedanke, der sich wie ein Messerstich in ihren Eingeweiden anfühlte. Sie hatte sich immer für stark und widerstandsfähig gehalten. Doch jetzt hatte sie nicht die geringste Ahnung, wie sie das alles verkraften sollte.

Sie hatte sich so sehr an ihr einsames Leben gewöhnt, das nur für wenige andere Menschen Platz ließ. So wenige, die ihr nahe waren, die sie an sich heranließ. Und jetzt …

Sie spürte, dass sie langsam den Boden unter den Füßen verlor, und das jagte ihr Angst ein.

Der Motor des Alfas brummte leise, als sie an einer roten

Ampel stand. Die Ungewissheit, wo sie noch nach Rafael suchen konnte, machte sie vollends fertig.

Sie erhielt eine Nachricht.

Sofort riss sie das Handy aus der auf dem Beifahrersitz liegenden Jeansjacke. Die Nachricht stammte von Nordin: *wir sind auf dem posten. es kommt bewegung in die sache. endlich! WO BIST DU?*

Sie betrachtete die Worte, ihr Mund ein fester Strich in ihrem schmalen Gesicht, dann schaute sie wieder nach vorn.

Die Ampel wechselte auf Grün.

Mara legte den Gang ein und gab Gas.

73

Jan Rosen hatte noch einmal den Weg zum Präsidium eingeschlagen und parkte vor dem wuchtigen, sechsgeschossigen Kasten.

Mittlerweile war es längst nach Feierabend, aber es würden auch wieder ruhigere Zeiten kommen, in denen man Überstunden abbauen konnte. Außerdem gab es niemanden, der ihn vermisste, wenn er nachts noch arbeitete. Abgesehen von seiner Mutter vielleicht, die nicht müde wurde, ihn mit Kontrollanrufen zu bombardieren.

Er hatte sich in der City mit einem alten Bekannten getroffen, der als Wirtschaftsjournalist tätig war. Doch das Gespräch hatte ihn nicht sonderlich weitergebracht. Alexander Vigor blieb weiterhin so gut wie unsichtbar.

Als er nun wieder am Schreibtisch saß, war er bei Weitem nicht der Einzige; viele Kollegen gingen noch ihren Aufgaben nach. Dieser Sommer hatte es in sich, an allen Fronten, in keiner Weise eine Abkühlung in Sicht.

Er telefonierte weitere Nummern ab, die er recherchiert hatte und die in Zusammenhang mit den Tätigkeiten Alexander Vigors stehen konnten, aber damit kam er nicht weiter. Niemand konnte oder wollte aktuelle Auskünfte über Vigor weitergeben, und die späte Stunde war für Rosens Vorhaben auch nicht hilfreich. Noch einmal rief er in der Villa in Königstein an – ohne Ergebnis.

Er gähnte und verspürte Hunger. Du hättest vorhin doch nach Hause gehen sollen, sagte er sich.

Eine E-Mail traf ein, die einen Anhang enthielt. Er klickte sie an und öffnete das angefügte Dokument. Es war die Auswertung von Sophie Maurers Handy-Anschluss. Er überflog die Auflistungen. Und stutzte.

Merkwürdiger Zufall.

Aber wie sagte Billinsky immer? *Es gibt keine merkwürdigen Zufälle.*

74

Es war noch dunkler geworden, als Mara Billinsky in höchster Eile das Einzimmerapartment betrat, das als Überwachungsraum ausgewählt worden war.

Ein seltsam anmutendes Bild erwartete sie.

Colette Pelletier saß am Tisch, umhüllt von Stille und schwach gedimmtem Licht. Sie betrachtete durchs Fenster das gegenüberliegende Gebäude, ohne bei Maras Erscheinen den Kopf zu drehen oder sonst irgendwie darauf zu reagieren.

»Nordin hat mir eine Nachricht geschickt«, stieß Mara aus und blieb neben ihr stehen.

Die grünen Augen erfassten sie nur kurz. »So? Hat er?«

»Es hörte sich an, als …« Sie stutzte. Irgendetwas war seltsam. Die Französin wirkte eigenartig unbeteiligt, wie sie da in ihrer kurzärmeligen Seidenbluse saß. Oder *sollte* es nur so aussehen? War sie zerknirscht? Unzufrieden? Hatte sie etwa geweint?

»Wo ist er?«, fragte Mara.

Ein kurzes Nicken mit dem Kopf. »Da drüben, schätze ich.«

»Und du bist nicht bei ihm?«

»Wie du siehst.«

»Was war los?«

»Im dritten Stock ist ganz kurz Licht aufgeflackert, und das war es auch schon.«

»Aha.« Maras Augenbraue zuckte.

»Wir waren unterschiedlicher Auffassung.« Mit Bitternis fügte Pelletier hinzu: »Wie so oft in letzter Zeit.«

»Du sagst das so, als wäre es meine Schuld.«

»Ich sage es so, weil ich mich ärgere. Ich war dagegen, er war dafür.«

»Wie lange ist er schon unterwegs?«

»Seit etwas mehr als einer Viertelstunde.«

»So lange?«

»Er handelt kopflos. Und das passt nicht zu ihm. Er wird zu einem Risiko.«

Doch Mara hörte nicht mehr zu, sie hatte sich längst in Bewegung gesetzt und rannte denselben Weg zurück, den sie gekommen war. Sie überquerte die Straße und drang ins Gebäude ein.

Im dritten Stock fand sie eine offene Tür vor, durch die sie sich hindurchschob, nun weitaus vorsichtiger, längst nicht mehr so schnell. Ein Gang erstreckte sich vor ihr. Türen, die offen standen, sowohl zu ihrer rechten als auch ihrer linken Seite.

Sie bewegte sich vorwärts.

Ein sonderbares Gefühl erfasste sie, brachte ihre Nackenhaare dazu, sich aufzurichten. Es war verdammt dunkel hier. Sie hätte zu gern ihre Waffe gehabt.

Langsam zog sie das Handy aus der Jackentasche, um die finstersten Ecken dieses stillen Hauses auszuleuchten. Doch bevor sie dazu kam, erschrak sie heftig, als sie mit der Fußspitze gegen etwas stieß, das ihr im Weg war. Sie ließ das Licht ihres Handys über den Körper wandern, der regungslos auf dem staubigen Boden lag.

»Scheiße!«, zischte sie, ließ sich auf die Knie fallen und tastete nach einem Puls.

Teil 4

Was wir
dem Tod schulden

75

Er hatte einen gewaltigen Brummschädel und eine Beule über dem rechten Ohr. Und er war sauer.

Sauer auf sich selbst, wie Mara Billinsky vermutete.

Sie ging vor Erik Nordin her, um die Tür zu ihrer Wohnung aufzuschließen.

Uniformierte Beamte, die Klimmt erneut zähneknirschend als Ablösung abgestellt hatte, hatten wieder die Überwachung des alten Fabrikgebäudes übernommen. Colette Pelletier war wortlos ins Hotel aufgebrochen, während Mara und Nordin sich noch eine Weile im Haus umgesehen hatten, ohne auf etwas Bemerkenswertes zu stoßen.

»Wie erklärst du dir die Lichter, die du gesehen hast?«, fragte Mara, trat ein und ließ ihn folgen, ehe sie die Tür wieder verschloss.

»Das klingt wie eine Scheiß-Ghost-Story«, murmelte er. »Aber es war jemand in dem Haus.«

»Wie lange?« Sie gingen ins Wohnzimmer.

»Länger als eine halbe, kürzer als eine volle Stunde.« Er streifte sein Hemd ab und warf es auf das Sofa.

»Aus welchem Grund sollte jemand …?«

»Um Sachen abzuholen.«

Ihre Augenbraue zuckte kurz in die Höhe. »Sachen?«

»In diesem Haus hat Polaris an Treffen teilgenommen.« Er wirkte gereizt, immer noch stinksauer. »Vielleicht war die Location nicht nur für das Anwerben von Leuten gedacht, womöglich auch als eine Art neue Schaltzentrale. Warum hätte man sich sonst durch mich gestört gefühlt? Warum hätte man mich niedergeschlagen?«

»Wie du dich anhörst«, meinte sie mit einem Kopfschütteln. »Du bist völlig fixiert. Du *willst* einfach nur, dass Polaris da drin war.«

»Ich habe diese Information. Und die Umstände, unter denen ich diese Info bekommen habe …«

»Erspar mir die Details. Ich will lieber nicht wissen, wie sehr du Ramon unter Druck gesetzt hast.«

»Ramon hat mich nicht angelogen: Polaris war in dem verdammten Haus.«

»Du hast ihn nicht gesehen, Pelletier hat ihn nicht gesehen.«

»Nein, aber *vorher* war er drin!«, schrie Nordin, um dann mühsam beherrscht hinzuzufügen: »Natürlich könnte ich sagen, scheiß drauf, da haben wir eben Pech gehabt, vielleicht klappt's nächstes Mal. Aber so bin ich eben nicht. Ich gebe nicht auf.«

»Warum bist du so verdammt fixiert auf ihn?«

Er senkte den Blick, massierte sich die Nasenwurzel, und auf einmal war seine Stimme leise, zurückgenommen: »Bei dem Einsatz, bei dem meine Frau starb … wir hatten mit unserer Einheit eine Bande Waffenschieber eingekreist, die sich in einer Hütte verschanzt hatten.«

»Wir konnten sie alle festnehmen. Bis auf den Boss. Er war an dem Tag nicht in der Hütte. Das war das erste Mal, dass er mir entkam.«

»Bist du sicher, dass es …?«

Er nickte. »Ja, ich bin mir sicher. Es war Polaris.«

»Warum hast du mir das nie erzählt?«

»Weil ich es nicht beweisen kann. Vor allem aber, weil die Gefahr besteht, dass man mich von der Ermittlung abzieht, weil meine Frau bei dem Einsatz den Tod gefunden hat. Und ich will auf keinen Fall, dass man mich von der Jagd auf Polaris abzieht. Ich will das beenden.«

Sie maß ihn eingehend. »Du willst Polaris wegen deiner Frau zur Strecke bringen? Aber dir ist schon klar, dass …« »Natürlich weiß ich, was du denkst,« fiel er ihr erneut ins Wort. »Meine Ehe war ohnehin nicht mehr zu retten. Pernilla hatte längst beschlossen, mich zu verlassen. Sie war sogar schon ausgezogen. Aber ohne diesen Einsatz wäre sie noch am Leben. Und ich hätte mich nie vor Gericht verantworten müssen.« Seine Züge verhärteten sich noch mehr als sonst. »Es ist, als wäre da ein Loch oder ein Riss in meinem Leben, wenn ich diese Sache nicht zu einem Ende bringe.«

»Vielleicht redest du dir das bloß ein. Angenommen er wäre tot oder verurteilt und müsste für Jahre hinter Gitter. Wärst du dann wirklich über alles hinweg?«

»Das weiß ich erst, wenn es so weit ist.«

»Nordin, wir können einpacken«, sagte Mara. »Von Anfang an war alles verdammt wacklig, und wir haben nie einen echten Durchbruch erzielt. Polaris ist uns immer mindestens einen Schritt voraus. Wir kommen ihm nicht näher.«

»Doch, wir sind ihm bereits näher gekommen!«, widersprach er.

»Pelletier hat recht. Du bist besessen von der Sache.«

Wortlos verließ er den Raum. Sie hörte, wie er in der Küche nach etwas kramte. Mit einer Flasche Wild Turkey und einem Glas in den Händen kam er zurück.

Es war fast Mitternacht. Mara öffnete das Fenster, um etwas von der nur unwesentlich abgekühlten Luft hereinzulassen. Ihr Handy klingelte. Es war Rosen. Er hatte schon zuvor mehrfach angerufen, aber sie hatte keine Zeit gehabt, sich bei ihm zu melden.

»Was gibt's, Rosen?«

»Sorry für die späte Störung. Du hast doch nicht etwa schon geschlafen?«

»Wie ein Engelchen«, meinte sie. »Hast du Neuigkeiten?«

»Es gibt da einen sehr merkwürdigen Zufall«, meinte er anspielungsreich.

»Welchen?« Sie betrachtete den Schweden, der auf dem Teppich saß, den Rücken ans Sofa gelehnt, und sich von dem Whiskey nachschenkte. Er trank einen tiefen Schluck. Sie würde noch einmal mit ihm über Polaris reden müssen, ausgiebiger als bisher.

»Die Auswertung von Sophie Maurers Handy hat ein interessantes Bewegungsbild ergeben«, erklärte Rosen, der bei solchen Erläuterungen sofort wieder in seinen spröden Beamtentonfall zurückfiel. »In den Tagen vor ihrer Festnahme hat sie sich öfter in einer bestimmten Gemeinde aufgehalten. Stichwort: eher ländlich.«

»Zu spät für ein Quiz, Rosen.« Sie warf einen Blick aus dem Fenster und musste schon wieder an Rafael denken. Dieser verdammte Junge.

»In Lauterbach«, kam die Auflösung von Rosen.

»Was?«, fragte sie verdutzt.

»Du hast richtig gehört.«

»Sophie Maurer war dort sicher nicht allein unterwegs.«

»Das denke ich auch.«

»Unser Fehler! Wir hätten …«

»Nein«, unterbrach er sie entschieden. »Dass Bangura so dreist ist, sich genau dort aufzuhalten, wo Heckmann und Friedrich hochgenommen wurden, war niemals abzusehen.«

»Schon möglich. Und so was abzuziehen, würde genau zu ihm passen. Vielleicht ist ihm in Frankfurt auch der Boden unter den Füßen zu heiß geworden, und es bleibt ihm sonst kein Schlupfwinkel mehr. Die Verflechtung zwischen ihm und unseren Darknet-Jungs ist also doch viel weitreichender als anfangs gedacht. Von denen habt ihr nichts Neues erfahren, oder?«

»Die beiden haben zu viel Angst«, antwortete Rosen. »Angst vor Bangura. Er wird immer wichtiger für uns.«

Mara musste erneut voller Bangen an Rafael denken. Düster sagte sie: »Rosen, wir müssen handeln.«

»Klar, wir können gleich morgen früh …«

»Nein, nicht morgen früh.« Sie holte Luft. »Jetzt.«

»Es wird kaum möglich sein, vor den Morgenstunden Unterstützung zu bekommen«, widersprach er besonnen. »Und Unterstützung wird notwendig sein, wenn wir ...«

»Wir müssen handeln«, wiederholte sie. »Sofort.«

76

Der Morgen brach an. Die Wärme war erträglich, aber die nächste Hitzewalze kündigte sich bereits an. Ein noch beinahe dunkler Himmel breitete sich über der ganzen Gegend aus. Insekten summten, es waren fast keine Autos unterwegs, in der kleinen Stadt herrschte vollkommene Ruhe.

Billinsky und Rosen saßen in dem schwarzen Alfa, der in einer engen Gasse mit Kopfsteinpflaster parkte. Die Wagentüren standen offen, sie hatten beide die Beine bequem ins Freie gestreckt.

»Ein Kaffee wäre echt nicht schlecht«, murmelte Mara.

»Sogar einer aus dem Automaten«, stimmte Rosen zu.

Mara hatte alle Hebel in Bewegung gesetzt.

Erst hatte sie Klimmt aus dem Bett telefoniert. Dann hatte sie Rosens Vorgesetzten Pit Geyer mit einem Anruf daran erinnert, dass sie ihn vor Kurzem in Lauterbach unterstützt hatte und nun für ihn der Moment gekommen sei, sich zu revanchieren. Beide Hauptkommissare hatten erst lautstark protestiert, waren aber doch zur Tat geschritten. Ein eilig zusammengestelltes Sondereinsatzkommando wartete auf den Befehl, loszuschlagen.

Mara gähnte. Sie und Rosen hatten keine einzige Minute geschlafen und nichts gegessen außer zwei rasch an einer Tankstelle gekauften Sandwiches. Nach Rosens nächtlichem Anruf hatte sie Nordin in ihrer Wohnung zurückgelassen, um Rosen mit dem Auto zu Hause abzuholen. Sie waren kreuz und quer durch Lauterbach gekurvt, Rosen hatte dabei die Handy-Auswertung im Laptop auf dem Schoß. Letztlich waren sie zu dem Schluss gekommen, dass nur ein abseits stehendes, von außen

328

leicht heruntergekommen wirkendes Gebäude als Versteck infrage kam. Mara hatte es gesehen, und sofort hatten ihre inneren Warnlichter grell aufgeleuchtet.

Auch in diesen frühen Morgenstunden waren einige der Fenster erleuchtet. Gelegentlich huschten Silhouetten dahinter hin und her. Einmal hatte ein junger Mann mit Dreadlocks länger am Fenster gestanden und es weit geöffnet, um frische Luft hereinzulassen.

Das musste derselbe Kerl sein, der Mara in der alten Villa aufgelauert hatte, in die sie mit der Nachricht von Rafaels Handy gelockt worden war.

Sie hatte bei seinem Anblick tief durchgeatmet vor Erleichterung, und dieses Gefühl herrschte auch jetzt noch in ihr vor, selbst wenn es nicht gelungen war, einen Blick auf Bangura zu erhaschen.

Aber es bestand die Chance, dass er sich hier befand – und diese verdammte Gelegenheit mussten sie beim Schopf packen.

Scheinwerfer stachen ins dämmrige Grau. Ein Auto näherte sich, geringe Geschwindigkeit, dumpfes Motorgrollen. Es war ein alter Benz, der mit seiner schwerfälligen Breite an seinen Besitzer erinnerte. Der Wagen parkte, Hauptkommissar Klimmt kämpfte sich aus dem Fahrersitz und näherte sich breitbeinig. Auch Mara und Rosen stiegen aus.

»Hätte nicht gedacht, dass Sie persönlich vorbeikommen«, sagte Mara mit schiefem Grinsen.

»Wer würde sich das schon entgehen lassen?«, erwiderte er sarkastisch und fuhr sich über sein stoppeliges Kinn.

»Danke für Ihre Unterstützung!« Mara nickte ihm zu.

»Ist Geyer auch da?«, überging er ihren Dank.

»Ja«, meldete sich Rosen zu Wort. »Sie finden ihn und ein paar Kollegen von uns hinter dem Wohnblock. Wir wollen gleich losschlagen.«

»Betriebsausflug, was?« Klimmt hustete. »Billinsky, wenn das ein Schlag ins Wasser wird, haben Sie ein echtes Problem.«

»Es wird kein Schlag ins Wasser.« Sie dachte an den Mann mit den Dreadlocks.

Nur zwei Minuten später ging es los. Während sich Klimmt und Geyer zurückhielten, übernahm der Einsatzleiter des SEKs das Kommando und drang mit seiner Truppe, allesamt in Schutzausrüstung, in das Haus ein, gefolgt von Rosen und den übrigen Beamten seiner Abteilung.

Mara, noch immer ohne Dienstwaffe, hatte von Klimmt die Anweisung erhalten, sich ebenfalls zurückzuhalten. Doch als sie sich Geyers Leuten anschloss, ließ er es kommentarlos geschehen.

Sie folgte den anderen, angespannt und konzentriert, den Blick in den düsteren Flur des Gebäudes gerichtet. Es roch muffig. Sie hörte die Rufe des Kommandos, Befehle, Warnungen, und war gefasst auf das Dröhnen von Maschinenpistolenfeuer.

Jemand schrie erschrocken auf, ein Mann versuchte zu flüchten, wurde an den Armen gepackt.

Mara dachte an Rafael, dachte an Bangura. Ihr Blick hetzte von rechts nach links, sie eilte weiter.

Bist du hier, Rafael?

Abrupt hielt sie inne.

Neben einem Fatboy auf dem Boden entdeckte sie eine längliche Tasche, auf der ein Sportbogen und dazugehörende Pfeile lagen. Ein kurzer kalter Schauer rieselte an Maras Rückgrat herunter. Sie wollte weiter, stoppte jedoch erneut.

Der Kerl mit den Dreadlocks wurde vor ihr in Handschellen abgeführt, nach ihm weitere Männer. Die meisten waren offenbar im Schlaf überrascht worden und hatten kaum Gegenwehr geleistet.

Bangura war jedoch nicht darunter. Ebenso wenig Rafael.

»Ist oben noch jemand?«, rief der Einsatzleiter.

Zwei Beamte, die Maschinenpistolen im Anschlag, gingen voran, Stufe für Stufe die schmale Treppe hinauf ins obere Stockwerk.

Doch dort war niemand anzutreffen. Auch nicht unter dem Dach. Die Beamten im Keller waren ebenfalls auf niemanden gestoßen.

Kurz darauf war der Einsatz beendet.

Mara stand neben dem Haus im Freien und wurde von den ersten grellen Sonnenstrahlen erfasst. Kurz durchatmen, dachte sie und genoss den Moment des Alleinseins.

»Fünf Personen in Gewahrsam genommen.« Klimmt stand plötzlich neben ihr.

Sie erwiderte nichts.

»Das ist eindeutig mehr, als ich erhofft hatte.«

»Einer von denen war dabei, als ich ihnen in die Falle getappt bin.«

»Wir werden sie alle umfassend vernehmen.« Er zog die Schachtel aus der Hemdtasche. »Zigarette?«

»Gutes Frühstück.«

»Woran denken Sie gerade?« Er taxierte sie von der Seite.

»Das wissen Sie doch, oder?«

»Na klar.«

Das Feuerzeug klickte, er hielt ihr die Flamme hin, Mara inhalierte tief.

Der ganze Tag ging für die Verhöre drauf. Die Abteilungen der Hauptkommissare Klimmt und Geyer arbeiteten dabei Hand in Hand.

Alle fünf in Lauterbach aufgegriffenen Männer waren vorbestraft und in unterschiedliche kriminelle Handlungen verwickelt gewesen. Drei von ihnen wurden polizeilich gesucht. Und alle stellten sich taubstumm, zuckten mit den Achseln, schauten ins Leere, verlangten etwas zu trinken und zu essen. Sie gaben vor, weder Thilo Heckmann noch Michael Friedrich zu kennen, obwohl deren Unterschlupf nur zwei Querstraßen von dem alten Haus entfernt gelegen hatte.

Bei der Erwähnung von Prince Bangura wurden ihre Blicke starr, ihre Lippen schlossen sich. Keine Reaktion, die Mara Mut machte.

Beim Namen Rafael Makiadi war es anders. Da räumten alle freimütig ein, dass sie ihn kannten. Allerdings sagten sie auch übereinstimmend aus, dass sie ihn seit gestern nicht mehr gesehen hatten und keine Ahnung hätten, wo er sich jetzt aufhielt.

Mara war todmüde und aufgekratzt zugleich, vollgepumpt mit Unmengen an Kaffee. Außerdem hatte sie über die Hälfte der Zigaretten aus Klimmts Schachtel gequalmt. So etwas war ihr schon lange nicht mehr passiert.

Von Pelletier hatte sie während des gesamten Tages nichts mehr gehört, auch nicht von Nordin. Sie hatte das dumpfe Gefühl, ihn zu Hause nicht mehr vorzufinden. Doch sie war unsicher, ob sie darüber glücklich oder unglücklich wäre.

Und sie dachte immer wieder an Rafael, hörte irgendwo in ihrem Kopf seine leise Stimme: *Ich mache Schluss. Schluss mit allem.*

Als sie erneut vor dem Getränkeautomaten stand, stellte sie fest, dass sie keine Münzen mehr besaß. »Scheiße«, murmelte sie gähnend. »Das passt ja bestens.«

Jemand näherte sich mit schweren, schlurfenden Schritten. »Himmel, wie viel Kaffee kann jemand an einem Tag trinken? Billinsky, wollen Sie einen Rekord brechen oder so was?«

»Hallo, Chef. Ich brauche einen edlen Spender.« Sie deutete auf den Automaten.

Klimmt schüttelte den Kopf. »Sie brauchen was ganz anderes. Nämlich eine Mütze voll Schlaf.«

»Ich werde diese Typen nicht in Ruhe lassen, ehe sie …«

»Ab nach Hause mit Ihnen!«, unterbrach er sie. »Sofort. Und ja, das ist eine Anweisung.«

»Schon gut. Aber ich gehe nur, weil Sie keine Zigaretten mehr haben.«

Er grinste. »Hauptsache, Sie verschwinden. Sonst kippen Sie mir hier noch um.«

Für einen Moment war der Gedanke sogar verlockend: einfach in die Knie zu gehen und von einem todesähnlichen Schlaf übermannt zu werden. Einem Schlaf ohne Rafaels Stimme.

Als Mara wenig später ihre Wohnung betrat, hörte sie als Erstes das gedämpfte Rauschen des Duschwassers, das aus dem Badezimmer zu ihr drang.

Nordin war also noch da. Auch jetzt wusste sie nicht, ob sie darüber nun glücklich oder unglücklich sein sollte.

Ein Nachtmensch war er, genau wie sie. Wer sonst würde sich ausgerechnet um diese Uhrzeit unter die Dusche stellen? Andererseits – so schlecht war die Idee gar nicht. Wahrscheinlich hatte ihm die Hitze das Einschlafen unmöglich gemacht. Tropische Nächte in Frankfurt, ein Dauerzustand.

Mara war so platt, dass sie noch nicht einmal Hunger verspürte. Es war verdammt spät geworden. Die Unmengen an Koffein hielten sie in einem unangenehm fahrigen Wachzustand. In den eigenen vier Wänden, auch wenn sie die nicht mehr für sich allein hatte, würde sie sicherlich Entspannung finden, abschalten können.

Sie zog sich Jeansjacke und Chucks aus. In der Küche schenkte sie sich ein Glas Wein ein. Auf dem Tisch stand die Flasche Wild Turkey, die Nordin offenbar aus dem Wohnzimmer hierhergebracht hatte. Sein Whiskeyglas stand in der Spüle. Von dem Bourbon fehlte nicht so viel, wie sie erwartet hatte. Immerhin, dachte sie, und ihre Augenbrauen hoben sich kurz.

Sie nahm ihr Glas mit dem dunkelrot schimmernden Sizilianer mit ins Wohnzimmer, wo ihr Blick Nordins Hemd streifte, das er auf dem Sofa abgelegt hatte. Darunter befand sich, wie sie wusste, sein Holster mit der Pistole.

Mit gekreuzten Beinen setzte sie sich auf den Teppich. Vor

dem Fenster ballte sich Dunkelheit. Kaum ein Auto fuhr noch vorbei, kein Gelächter der sonst durch Bornheim streunenden Nachteulen war zu hören. Und trotzdem schaffte sie es nicht, abzuschalten. Ihre Gedanken trieben sie vor sich her, vor allem die Erinnerungen an Rafael, an ihre ersten Begegnungen in dem von Hanno geleiteten Jugendzentrum. Dieser sechzehnjährige, verschwiegene Kerl mit seiner wunderschönen kaffeebraunen Haut, dessen Misstrauen gegenüber allem und jedem Mara an sich selbst in jenem Alter denken ließ. Seine Art, der Welt einen herausfordernden Blick zuzuwerfen. Seine ständige Bereitschaft, ohne Zögern die Flucht antreten zu können. Seine Wut, die vor allem von Unsicherheit und Ablehnung genährt worden war.

Ja, er war wie sie gewesen, und deshalb war es ihr leichtgefallen, sich in ihn hineinzuversetzen und das zu tun, was sie normalerweise bei anderen eher vermied: eine Verbindung aufzubauen. Sie hörte, wie im Bad das Duschwasser zugedreht wurde. Sie überlegte, ob sie Musik auflegen sollte, und entschied sich dagegen, während sie immer noch an Rafael dachte. Wie er sich damals nur ganz allmählich, nach wie vor argwöhnisch, zu öffnen begonnen hatte. Wie er den unsichtbaren Panzer, den sie selbst ja auch trug, sogar jetzt noch, in ihrem Beisein gelegentlich abstreifte. Darauf war Mara stolz gewesen, was sie selbst verblüfft und Hanno mit stillem Beifall zur Kenntnis genommen hatte.

Sie erinnerte sich an die Orte, wo sie zusammengekommen waren. Häufig zu dritt, manchmal auch nur sie und Rafael, etwa am Mainufer bei dem Skater-Parcours, in einem Bistro am belebten Merianplatz und in einem kleinen Park in der Nähe der Schule, die Rafael dank Hannos Fürsprache besuchen konnte, um einen Abschluss nachzuholen.

All diese Orte hatte sie in den letzten Tagen auf der Suche nach dem Jungen, der kein Junge mehr war, immer wieder mit dem Alfa abgefahren, erfüllt von grimmiger Entschlossenheit und schwindender Zuversicht. Ein ganz bestimmter Moment kitzelte plötzlich ihr Gedächtnis. Als Rafael ihr einmal nachgeschlichen war, es war im Günthersburgpark gewesen, der ebenfalls nicht weit von ihrer Wohnung entfernt lag. An diesem Tag war das Eis gebrochen, Rafael hatte zum ersten Mal Vertrauen zu ihr gefasst und …

»Mara, bist du da?«, rief Nordin aus dem Bad.

»Ja.«

»Bin gleich fertig.«

Sie hörte gar nicht richtig hin. Der Park. Die Stelle mit der Stier-Skulptur. Hatte Rafael nicht mal beiläufig erwähnt, wie oft er früher in einsamen Stunden dorthin gegangen war, um …

Sie sprang hoch, hätte fast das Weinglas umgestoßen, das neben ihr auf dem Boden stand, und wollte in den Flur stürmen, um sich Schuhe und Jacke überzustreifen. Doch jäh hielt sie inne. Wieder fiel ihr Blick auf Nordins Hemd, das auf dem Sofa lag.

Während einer langen Nacht hatte er ihr einmal erzählt, wie sehr er sich mit seiner Waffe verbunden fühlte. Es handelte sich um eine SIG Sauer P226, also ein deutsches Produkt, mit dem sich die schwedische Kriminalpolizei ausrüstete. Auf dem Schießstand hatte Mara, wenn auch vor längerer Zeit, bereits mit einer solchen Pistole geschossen. Sie basierte auf der seit den 1970er-Jahren hergestellten SIG P220, wies jedoch eine höhere Munitionskapazität auf als das ursprüngliche Modell.

Mara schob das Hemd beiseite. Sie zog die Pistole aus dem Holster und machte sich mit dem Gefühl vertraut, das die Waffe in ihrer Hand auslöste. Knappe zweihundert Millimeter Gesamtlänge, gefüllt mit fünfzehn Neun-Millimeter Parapatronen. Das zweireihige Magazin umfasste fünfzehn Schuss. Mit der Fingerspitze fuhr sie sanft über das Auswerfer-Fenster, durch das die Hülsen herausgeschleudert wurden.

Sie schmeckte noch den Rotwein auf der Zunge. Atmete ein und aus.

Aus dem Badezimmer drangen Geräusche: Nordin zog den Duschvorhang zurück, er schlug eine Tür des kleinen Metallschränkchens zu.

Sie steckte die Waffe nicht zurück ins Holster, sondern schob sie sich hinten in den Hosenbund. Rasch tippte sie eine Nachricht an Nordin ins Handy, dass er sich keine Sorgen machen solle und sie sich seine Begleiterin ausborgen müsse, nur kurz und lediglich zur Sicherheit. Anschließend schnappte sie die Chucks, um sie sich erst im Treppenhaus anzuziehen.

Mara wollte Nordin nicht begegnen. Jetzt nicht. Keine Zeit für Fragen, Erklärungen, Abwägungen. Wie immer. Und vielleicht war ihre Intuition ja ohnehin falsch oder ereilte sie zu spät. Vielleicht war alles vergebens – *vielleicht war Rafael verloren*. Vielleicht war er längst tot. Allerdings hatte es in den vergangenen Tagen keine Meldungen über einen Selbstmord gegeben.

In zehn Minuten konnte sie zu Fuß im Park sein, schneller als mit dem Auto.

Sie schloss die Haustür hinter sich und rannte los, die stille Wohnstraße entlang, die sich menschenleer vor ihr erstreckte.

77

Die Sterne verloren an Kraft, was den Himmel seltsam stumpf werden ließ, eine bleigraue, scheinbar wogende Masse.

Es war noch nicht ganz Morgen, aber auch nicht mehr vollends dunkel. Eher diese undefinierbare Zeit dazwischen, wenn die Nacht starb, nur ganz langsam, als würde sie sich dagegen wehren, und der Horizont anfing zu bluten, ein dünnes, schwach rotes Rinnsal in der Ferne.

Mara rannte noch immer, inzwischen nicht mehr auf der Straße, sondern querfeldein durch den Park, hinweg über sanft ansteigende, ausgedörrte Wiesen, die trotz des Gewitters nach Regen lechzten.

Bereits aus einiger Entfernung schälte sich der Schreitende Stier im schwachen fahlen Licht aus dem dunklen Hintergrund. Es war eine beeindruckende Skulptur. Fast vier Meter lang und gut einen Meter breit. Mara kam näher und erblickte erst jetzt die Umrisse einer schmalen Gestalt, die auf dem Sockel der Skulptur saß, die Schulter an eines der Hinterbeine des Stiers gelehnt.

Es kam ihr fast traumähnlich vor, ihn nach der verzweifelten Suche nun einfach so vorzufinden. Dass er vollkommen ruhig dasaß, mit dem Rücken zu ihr, einsam und verletzlich wirkend. Was für ein vollkommen friedliches Bild. Es stand in drastischem Gegensatz zu der Gewalt, die sie beide begleitet hatte.

Sie kam noch näher, die Sohlen ihrer Chucks lautlos im trockenen gelbgrünen Gras. Nur einen Meter von ihm entfernt stoppte sie. Er hatte sie immer noch nicht bemerkt. Vielleicht schlief er. Die sonst stets kurz rasierten Haare seitlich an seinem

Kopf waren deutlich nachgewachsen. Seine Schultern hingen tief herab.

Maras Stimme durchbrach trotz des Flüstertons die Grabesstille ringsum: »Lauf nicht gleich weg, Rafael.«

Er erschrak nicht einmal.

Langsam drehte er den Kopf. Dann stand er auf, um sich vor sie hinzustellen, sein schmales Gesicht bedrückter, als sie es je zuvor gesehen hatte.

»Mara«, sagte er leise. Nur ihren Namen, sonst nichts, genau wie bei ihrem letzten Telefongespräch.

Sie brachte ein Lächeln zustande, das ihm Mut machen sollte. »Das Leben ist verrückt, was?«

»Meins schon.« Tränen schimmerten in seinen Augen. »Ich wollte es nicht, das musst du mir glauben.«

»Hanno?«

Er nickte.

»Natürlich glaube ich dir das, Rafael.«

Sie hatten sich niemals berührt oder so gut wie nie. Mara schreckte ohnehin vor Berührungen zurück, und ihm ging es gewiss genauso. Doch in diesem Moment trat sie dicht vor ihn und schloss ihn in die Arme. Er schluchzte, als er sein Gesicht an ihre Schulter bettete.

Auch nachdem sie ihn wieder losgelassen hatte, hielt er den Blick gesenkt.

»Ich bin verflucht«, raunte er mit bebenden Lippen.

»Wie bist du da reingeraten?«

»Weil es so *einfach* war«, erwiderte er mit einer Unkompliziertheit, die umso bemerkenswerter war, da sie den Kern der Sache ganz unmittelbar traf. »Weil es wie von selbst ging. Und auch weil es mich gereizt hat, so traurig das ist. Verstehst du, was ich meine?«

»Tue ich. Trotz allem. Ich weiß gut, wie verführerisch alles wirken kann, das weit weg von Normalität und Alltag zu sein scheint.«

»Aber das darf keine Entschuldigung sein, hab ich recht?«
Er lächelte traurig, und für einen Moment kam wieder dieser
scheue, gutherzige Rafael zum Vorschein, der Mara so sehr ans
Herz gewachsen war.

»Ich kann dir helfen«, sagte sie.

»Diesmal nicht.« Er schüttelte den Kopf. »Das mit Hanno
wird mich ewig verfolgen. Ich muss dafür die Verantwortung
übernehmen, und ich habe eine Scheißangst davor. Mara, ich
wollte mich wirklich umbringen. Ich wollte nichts mehr denken, nichts mehr wahrnehmen. Aber ich hatte nicht den Mut
dazu ...«

»Ich kann dir helfen«, wiederholte sie eindringlicher. »Was
immer auch kommt, du wirst nicht allein sein.«

»Es ist nicht nur Hanno, was mich fertigmacht. Es ist *alles*.
Ich hab zu viel mitbekommen, ich weiß zu viel.«

»Was zum Beispiel?«

Er sah sie an und gleich wieder weg. »Nichts spielt mehr eine
Rolle für mich, mir ist wirklich alles, aber auch alles völlig egal.
Und ich kann dir sagen, das ist echt ein komisches Gefühl. Als
wäre man plötzlich ein Schlafwandler. Ich hätte Schluss machen
sollen.«

»Nein, Rafael«, sagte sie hart.

»Alles begann mit Prince. Das soll keine billige Ausrede
sein, jeder ist für sich selbst verantwortlich, aber Prince ...«
Seine Stimme versiegte.

»Was ist mit ihm?«

»Er ist das Böse. Das klingt ... Scheiße, es klingt völlig be-
knackt, aber es ist nun mal so. Er ist das *Böse*.« Rafael schüttelte
den Kopf und redete bereits weiter, auf einmal seltsam über-
stürzt, wie in großer Eile, als wäre eine Schleuse geöffnet worden. »Er ist ein Abgrund, in den du runterschaust, und deine
Knie fangen an zu zittern. Ich hab nie einen Menschen wie ihn
getroffen. Am Anfang ist das natürlich nicht so. Da ist nämlich
alles okay, alles bestens, und du denkst nur, wow, was für ein

geiler Typ. Ich weiß einiges über ihn. Er war nicht immer so. Nicht immer böse. Das Böse hat ihn sich einverleibt. Gibt's das Wort? Sagt man das so? Jedenfalls hab ich es mir immer so vorgestellt. Eine große bösartige Masse, die ihn verschluckt hat, ihn für immer verdorben hat. Und jetzt gehört er dieser Masse.«

Sie wartete ruhig, dass er fortfuhr.

»Er ist schlau, Mara. Er weiß vieles. Er kennt sich in der Gosse aus, aber auch mit diesem ganzen digitalen Kram. Er ist undurchschaubar. Und er ist wirklich gewaltgeil. Ich hab früher schon echt brutale Typen getroffen, aber keinen wie ihn. Er braucht Gewalt wie wir die Luft zum Atmen. Leider hat es zu lange gedauert, bis ich das eingesehen hab. Bis ich nicht mehr geblendet war.«

»Wo ist Prince?«, fragte Mara.

»Glaub mir, das war ich wirklich. Geblendet. Auch wegen der Scheißdrogen. Pillen und so. Dieser Dreck halt. Sonst wäre das mit dir …« Er schluckte. »Und auch das mit Hanno …« Erneut standen ihm Tränen in den Augen.

»Wo ist er?«, wiederholte sie.

»Prince ist aus Frankfurt abgehauen, Mara. Er ist in einer kleinen Stadt untergekrochen. In Lauterbach.«

»Nein, da war ich schon.«

Überrascht blickte er kurz auf. »Echt? In dem Haus in Lauterbach? Aber ich glaube, es gibt dort noch ein Versteck. Celine hat das mal erwähnt.«

»Wer ist Celine?«

»Sie heißt gar nicht so.«

»Wir reden von Sophie Maurer, vermute ich.«

Erneut war er erstaunt. »Du kennst sie?«

»Ich hatte bereits das Vergnügen.«

»Sie ist nicht so schlimm, wie du wahrscheinlich denkst. Sie ist so geworden, weil sie gar nichts anderes kennt. Aber Prince …. Er lässt Menschen zusammenschlagen, foltern, vergewaltigen, umbringen. Und fast alles wird gefilmt. Manche

Szenen stellt er ins Internet. Zuerst dachte ich, er wäre im Drogenhandel dick drin. Aber das ist es nicht. Oder nicht allein. Er ist immer und überall, er ist unsichtbar und dann ganz plötzlich ...«

»Welches Versteck, Rafael?«

»Ich will nicht mehr über ihn sprechen. Über gar nichts mehr. Stille ist so schön. Ist dir das mal aufgefallen, Mara? Geräusche kann ich überhaupt nicht mehr aushalten. Wenn nur eine blöde Biene summt, habe ich schon das Gefühl, mein Schädel würde platzen.«

»Lass uns gehen, Rafael, komm mit zu mir nach Hause.« Ein spontaner Vorschlag, dem er früher oft gefolgt war, wenn er down war. Aber natürlich war es ihm nie so schlimm ergangen wie in den Tagen seit Hannos Tod. Dennoch hatte Mara das Gefühl, in ihren vier Wänden, die immer einen Zufluchtsort für ihn dargestellt hatten, positiver auf ihn einwirken zu können, ihn zum Weiterreden zu bringen.

Sachte zog sie ihn am Arm. »Nun komm schon.«

Zu ihrer Erleichterung gab er nach und ging zögerlich und mit geneigtem Kinn neben ihr her. Gemeinsam liefen sie übers Gras, den Stier ließen sie hinter sich zurück. Rechts von ihnen bildeten wild wuchernde Sträucher einen dunklen Vorhang. Dahinter führte eine Böschung leicht aufwärts zu einem Eisenzaun, der die Parkanlage vom Bürgersteig und der Straße mit ihren Wohnhäusern trennte.

Fieberhaft begann sich Mara in Gedanken die Worte zurechtzulegen, die sie in ihrer Wohnung an Rafael richten wollte. Die Sätze, die Fragen. Sie würde Kaffee kochen und ...

Ein Rascheln in den Sträuchern ließ sie sie kurz den Kopf wenden, aber ihr fiel nichts auf.

Von Rafael kam kein einziger Ton, während er einen Fuß vor den anderen setzte. Er hatte die Hände tief in den Taschen seiner schwarzen Baggy-Hose vergraben.

Erneut ein Rascheln, diesmal ein wenig lauter, und jetzt

blieb Mara stehen. Sie drehte sich um, nahm aus dem Augenwinkel wahr, dass Rafael es ihr gleichtat. Ihr entging ebenfalls nicht, dass sich sein Körper unwillkürlich versteifte.

Auf geisterhafte Weise wurden die Umrisse eines Mannes sichtbar, der sich zwischen Zweigwerk hindurchzwängte. Seine Bewegungen waren geschmeidig und kraftvoll zugleich. Er war etwa einen Meter neunzig groß und dunkel gekleidet, bis auf das weiße T-Shirt, an dessen rundem Halsausschnitt eine Sonnenbrille mit spiegelnden Gläsern hing.

In seiner Hand hielt er eine Pistole, deren Mündung auf Mara zeigte.

Auffallend waren die feinen, angenehmen Gesichtszüge des Mannes. Er war jemand, der zunächst bestimmt Wohlwollen und Sympathie hervorrief. Mara jedenfalls hatte diesen Eindruck.

Sah man ihn jedoch genauer an, wurde man auf seine Augen aufmerksam. Auf den Blick, der konzentriert war. Spöttisch. Grausam. Alles zusammen. Und dabei auch seltsam leer und kalt, fast wie die Augen eines Toten, der ins Unendliche starrte.

Mara hielt diesem Blick stand, während Rafael noch immer wie paralysiert wirkte. Sie konnte seine Starre so unzweifelhaft fühlen wie die Sommerhitze, die über dem gesamten Park lag.

»Hoffnung ist oft ein Jagdhund ohne Spur«, sagte der Mann. »Um dem großen Shakespeare wieder einmal die Ehre zu erweisen. Ich allerdings brauchte nicht zu hoffen. Ich war mir sehr sicher. Irgendwann würde mich mein Bruder zu der Polizistin führen, die sich an meine Fährte gehängt hat wie ein verdammter Terrier.« Er grinste. »Aber damit ist es nun vorbei.«

Nicht nur seine Gesichtszüge, auch seine Stimme hatte etwas Angenehmes. Mara allerdings fröstelte bei dem Klang, der sie an ihre hilflose Situation in der alten Lagerhalle erinnerte.

Sie legte die Hände auf ihre Hüften und begann mit den Fingern der Rechten, langsam und unauffällig nach hinten zu tasten. Dorthin, wo Nordins SIG Sauer im Hosenbund steckte.

»Ja, mein Freund Rafael«, fuhr er fort. »Hast du tatsächlich angenommen, du wärst mir entwischt? Ich *wusste*, dass du abhauen würdest. Ich war an dir dran, als du in dem lausigen Nest in den Bus gestiegen bist. Als du geweint hast. Als du durch Frankfurt geirrt bist. Ich war dein Schatten. Du hattest vorhin recht, als du sagtest, ich wäre immer und überall. Ich bin ein Geist, Rafael. Und jetzt bin ich hier.«

Sein Blick spießte Mara geradezu auf. »Hände hoch, Kommissarin!«

Sie rührte sich nicht, beließ die Hände dort, wo sie waren. »Nur keine Angst, ich bin unbewaffnet.«

Er lachte auf, ein rasselnder Laut, der tief aus seiner Kehle kam. »Kein Wunder, denn *ich* hab deine Pistole. Trotzdem hoch mit den Händen!«

Sie gehorchte.

»Übrigens vielen Dank für deine Waffe. Aber du hast sowieso keine Verwendung mehr dafür. Nein, für gar nichts hast du noch Verwendung.«

Er hob die Pistole an, sein Blick ruhte gelassen auf Mara.

»Goodbye, Kommissarin!«

Er schoss. Mündungsfeuer blitzte. Das Krachen des Schusses wirkte unnatürlich laut, es zerfetzte die Stille in der Dämmerung.

78

Nach der Dusche hatte Nordin sich eigentlich noch ein paar Stunden ins Bett legen wollen. Doch jetzt stand er bereits eine ganze Weile am Fenster. Unruhig starrte er nach draußen. Der neue Morgen zeigte sich als ferner Schleier aus verwaschenem Rot. Die Stille im Gebäude nagte an ihm.

Er drehte sich um und blickte ins Halbdunkel des Zimmers. Nach einem leise ausgestoßenen Fluch ging er zum Sofa, um sich hinzusetzen und nach dem Handy zu greifen, das er zuvor neben sein leeres Holster gelegt hatte. War er wütend auf sie? Und ob! Mehr als wütend. Und doch auch …

Ratlos las er noch einmal Billinskys kurze Nachricht durch. Wenn er doch nur wüsste, wo sie sich gerade rumtrieb.

Warum vertraute sie sich ihm nicht an?

Ständig machte sie ihr eigenes Ding. Ständig schien es etwas zu geben, das zwischen ihnen beiden stand. Was war das? Ihre Unsicherheit, sich auf ihn einzulassen? Auf ihn oder überhaupt auf einen anderen Menschen? Waren sie sich letztlich doch zu ähnlich?

Oder steckte mehr dahinter? Etwa Argwohn? Hegte sie einen Verdacht gegen ihn? Gelegentlich musterte sie ihn auf eine gewisse Weise: stechend, abwägend. Aber tat sie das nicht auch bei anderen?

Nicht nur die bleierne Ruhe, auch diese Fragen hatten etwas Nagendes. Er legte das Handy neben sich ab und stieß einen Fluch aus.

Ein Knall ließ ihn erschrocken aufschauen.

Gleich folgte ein zweiter, noch einer, noch weitere.

Schüsse.

Offenbar in einiger Entfernung.
Und schon war alles wieder still.
Wo steckst du, Billinsky?

79

Es war ein irritierend greller Lichtblitz, mit dem sich das Mündungsfeuer entlud.

Noch vor dem Verhallen des Schusses wurde Mara Billinsky von Rafael umgerissen, der sich mit der ganzen Wucht seines Körpers auf sie warf.

Ein zweiter Schuss dröhnte.

Behindert durch Rafaels Körper, der auf ihr lag, dauerte es eine Weile, bis Mara Nordins Waffe aus ihrem Hosenbund gerissen hatte. Ohne zielen zu können und immer noch im Liegen, feuerte sie in die Richtung, wo Prince Bangura stand.

Sie wühlte sich unter Rafael hervor und kniete sich hin, um einen weiteren Schuss auf die fliehende Gestalt abzugeben, verfehlte sie allerdings, und kam rasch auf die Beine.

Instinktiv wollte sie sofort die Verfolgung aufnehmen, doch abrupt hielt sie inne.

Rafael lag auf dem Rücken.

Rasch ging Mara wieder auf die Knie. Sie sah das Blut, fühlte es warm und klebrig mit den Fingerspitzen ihrer linken Hand. *Sein* Blut, nicht ihres, sie spürte keine Verletzung. Oder lag es nur an ihrer Aufregung?

Rafaels Augen waren nur ganz leicht geöffnet, sein Atem ging flach.

»Prince …«, flüsterte er. »Hol ihn dir, Mara.«

Sie sog die Luft ein und sprang auf. Rannte los. Zwängte sich durch die Sträucher hindurch, in die sich Bangura geflüchtet hatte.

Zwischen Ästen und Zweigen hindurch entdeckte sie gerade noch einen Schemen, der sich scheinbar mühelos und voller Geschmeidigkeit an den Eisenstreben hochzog, um über den Zaun des Parkgeländes zu gelangen.

Mara rannte weiter.

Sie hörte die ebenso leisen wie schnellen Schritte, mit denen Bangura die leere Straße überquerte. Am Zaun angekommen, blieb sie stehen und sah, wie er zwischen zwei Wohnhäusern hindurchlief.

Fast so flink wie er überwand sie den Zaun. Erst bei den beiden Häusern erlaubte sie sich ein geringeres Tempo. Nordins Pistole im Anschlag setzte sie den Weg fort, ganz dicht an der Mauer des rechten Gebäudes entlang. Ein Kiesweg führte an einem kleinen Garten vorbei.

In Erwartung eines tödlichen Schusses konnte sie kaum atmen. Jetzt war sie hinter dem Haus.

Es herrschte eine eisige Stille, die ihr unter die Haut kroch und sich in ihr Herz hineinfraß.

Wo war Bangura?

Nichts von ihm zu hören, nichts von ihm zu sehen.

Mara ging weiter.

Ein Schuppen. Wahrscheinlich für Gartengeräte. War er dahinter?

Sie erreichte den Schuppen. Schob sich seitlich an ihm vorbei. Berührte das Holz der Außenwand mit der linken Hand. Sie stoppte, hielt die Luft an und wirbelte herum, die Waffe fest in der Hand, um auf die Rückseite sehen zu können.

80

Nach der Morgendusche machte sich Jan Rosen wie immer ein gesundes Frühstück. Beim Essen überprüfte er E-Mails und sonstige Nachrichten, die ihn erreicht hatten. Eine E-Mail stammte von dem befreundeten Journalisten. Offenbar hatte ihn ihr letztes Gespräch dazu angestachelt weiterzurecherchieren. Den Informationen zufolge hatte Alexander Vigor innerhalb einer kurzen Zeitspanne noch weitere Firmen aufgekauft. Das passt nicht zusammen, dachte Rosen überrascht. Einerseits der angebliche Plan, sich aus dem Business zurückzuziehen, und dann diese Investitionen …

Offenbar hatte sich Alexander Vigor nun neue Ziele gesetzt. Bloß welche?

Während er grübelnd am Küchentisch saß, stellte sich ein unerklärliches Gefühl der Unruhe ein. Fast automatisch kam ihm Billinsky in den Sinn. In diesem Moment schlief sie bestimmt noch tief und fest in ihrem Bett. Bei ihr allerdings konnte man nie wissen …

Mara ließ die Luft zwischen ihren kaum geöffneten Lippen entweichen. Die Pistole noch immer im Anschlag verharrte sie an der Rückwand des Schuppens.

Sie ließ den Blick kreisen.

Die Sicht war besser, es war deutlich heller geworden. Gepflegte Wohnhäuser, Garagen, kleine Gärten mit Beeten, Wiesen und Kinderschaukeln.

Nichts.

Keine Spur, kein Laut, nichts ließ darauf schließen, dass Prince Bangura noch in der Nähe war. Es war, als hätte er sich in Luft aufgelöst. Die kurzen Sekunden bei Rafael hatten Banguras Vorsprung wohl zu groß werden lassen.

Auch wenn sie am liebsten weiter nach ihm gesucht hätte, musste sie umkehren. Zurück zu Rafael. Die Angst um ihn erfüllte sie von Neuem. Wieder über die Straße, wieder über den Zaun. Im Rennen verständigte sie per Handy Notarzt und Kollegen.

Die ersten kraftvollen Sonnenstrahlen erfassten Rafael, der unverändert auf dem Rücken lag. Mara warf sich auf die Knie, steckte die Waffe weg, fühlte seinen Puls. Sie strich über seine Stirn, sah sein Blut, die Tränen, die auf seinen Wangen klebten.

Er stöhnte leise auf, aus wässrigen Augen suchte er ihren Blick.

»Ein Arzt wird gleich da sein«, sagte sie und bemühte sich um einen festen Klang. »Die kriegen dich schon wieder hin.«

»Hast du ihn?« Er stöhnte erneut. »Hast du Prince?«

Es tat ihr weh, auf diese Frage nur den Kopf schütteln zu können.

»Du musst ihn …« Rafael schloss die Augen, öffnete sie aber gleich wieder. »Er ist … Da gibt es noch diesen Treffpunkt, dieses Versteck, keine Ahnung, was das ist.«

»Wo, Rafael?«

»Du musst dahin …« Seine Stimme verlor sich in der sie umgebenden Stille.

»Wo, Rafael?«, wiederholte sie.

»Das Schloss …«

»Welches Schloss?«

»Nein, eine Burg.« Erneut fielen seine Augen zu.

»Rafael …«

Sirenen erklangen in der Ferne.

»Sie kommen«, sagte Mara. »Hörst du? Gleich wird dir geholfen.«

Die Lider gesenkt, flüsterte er: »Ich hab Angst, Mara … Ich hab solche Angst.«

Jetzt waren es ihre Augen, die sich mit Tränen füllten. »Halte durch, Junge«, flüsterte sie. »Verdammte Scheiße, halte durch! Du schaffst das!«

Die Sirenen wurden lauter.

Nicht auch noch du, dachte sie verzweifelt.

Nicht auch noch du, Rafael.

Sie hatte sich den Raum vor Kurzem reservieren lassen. Ein kleines, von den meisten unbeachtetes Eckbüro, in dem sie in Ruhe Telefonate und Videokonferenzen führen und sich außerdem vertraulich mit Erik Nordin austauschen konnte.

Auch jetzt führte Colette Pelletier ein Telefongespräch. Eigentlich war es schon so gut wie zu Ende, und es hatte noch weniger Zeit beansprucht, als sie ohnehin erwartet hatte. Ihre beiden Vorgesetzten in Paris wünschten ihr eine gute Rückreise. Sie bedankte sich höflich, es folgten kurze Worte der Verabschiedung, und das war's.

Colette legte auf.

Keiner hatte auch nur die Andeutung eines Vorwurfs laut werden lassen. Es war offenkundig geworden, dass niemand in der Heimat sie für das Scheitern verantwortlich zu machen versuchte. Nicht, dass sie damit gerechnet hätte, aber es war nun mal die Polizei, Verantwortungen lösten sich nicht einfach in Luft auf. Erst recht nicht, wenn etwas schiefgegangen war, wofür nicht nur Kapazitäten, sondern auch erhebliche finanzielle Mittel bereitgestellt worden waren.

Sie atmete durch und betrachtete das Telefon. Die Klimaanlage summte leise, von außen drangen kaum Geräusche bis hierher. Als sie wieder den Hörer ergriff, war ihr bewusst, dass sie eine Grenze überschritt.

Sie wählte eine Nummer in Schweden, es knackte in der Leitung, das Freizeichen erklang.

Sie räusperte sich. »Lundmark«, meldete sich im nächsten Moment Nordins Vorgesetzter.

Sie musste sich erneut räuspern, dann begann sie das Gespräch auf Englisch. Falls er überrascht war von ihrem Anruf, ließ er es nicht erkennen, er blieb skandinavisch unaufgeregt und hörte ihr zu.

»Es ist mir etwas unangenehm«, schloss Colette.

»Das muss es nicht«, erwiderte Lundmark. »Ich höre Ihre Besorgnis, und ich bin froh, dass Sie diesen Schritt wählen.«

»Nach Eriks Freispruch war ich mir sicher, jetzt kommt alles in Ordnung. Es braucht bloß noch ein wenig Zeit, dann ist er wieder in der Spur. Nun ja, das dachte ich zumindest.«

»Das dachte ich nicht unbedingt.«

»Ach?«, entfuhr es ihr erstaunt. »Warum nicht?«

»Weil es hier immer noch eine Reihe von Leuten gibt, die …« Er hielt inne. »Aber lassen wir das. Sehen Sie, ich kenne Erik. Besser gesagt, ich kenne ihn *nicht*. Denn wer kann schon behaupten, wirklich zu wissen, was in diesem Mann vorgeht? Ich betrachte ihn nicht nur als Kollegen, sondern als Freund, und trotzdem … es gibt da eine Barriere. Auf seine Weise war er immer wie ein verschlossenes Buch. Selbst für mich. Und ich begleite seinen beruflichen Weg nun schon seit vielen Jahren. Aber er ist und bleibt ein Rätsel für mich.«

Sie erwiderte nichts darauf.

»Finden Sie das nicht?«, hakte Lundmark nach.

»Doch«, kam ihre Antwort nach einem Zögern. »Manchmal ist er wirklich nicht so leicht zu durchschauen.«

Sie wechselten noch einige Sätze, er bedankte sich ein weiteres Mal für Colettes Anruf, dann verabschiedeten sie sich voneinander.

Als sie aufgelegt hatte, blieb sie eine Weile regungslos sitzen, ein Bein übers andere geschlagen. Jenseits ihrer verschlossenen Tür wurden Stimmen laut, die rasch wieder verklangen.

Die Klimaanlage summte, Colette dachte nach.

83

Mara scrollte am Laptop über die virtuelle Karte. Die Ereignisse im Park hatten sich herumgesprochen, und man ging ihr aus dem Weg. Die Krähe zwischen Wut und Ungewissheit war jemand, dem man lieber nicht begegnete, und das war ihr nur recht.

Sie scrollte weiter. Das Stichwort, das Rafael kraftlos geflüstert hatte, hielt ihre Gedanken auf Trab.

Die *Burg*.

Handelte es sich wirklich um ein Bauwerk, oder war das eher eine Art Codewort gewesen? Darüber nachzugrübeln half ihr zumindest, nicht an Rafael zu denken, der auf der Intensivstation in der Frankfurter Universitätsklinik lag.

Sie wollte einfach nur, dass er durchkam. Natürlich wollte sie das. Was ihr dagegen widerstrebte, war es, eine bestimmte Frage zuzulassen. Was würde aus ihm werden? Wie würde es weitergehen?

So viele Jahre hatten sie und Hanno dafür gekämpft, Rafael vor einem Leben hinter Gittern zu bewahren. Und nun? Überlebte er die Schussverletzungen, stand er vor einem weiteren Abgrund. Wie unendlich traurig. Aber war das nicht immer noch besser als überhaupt kein Leben zu haben? Maras Leben hatte er jedenfalls gerettet. In jenem Sekundenbruchteil, als er sich in die Schussbahn geworfen hatte.

Auch darüber wollte sie nicht nachdenken, jetzt schon gar nicht.

Blieb die Burg.

Mara seufzte und erhob sich vom Drehstuhl, den Blick immer noch auf den Monitor gerichtet.

Nur *eine* Burg kam infrage.

Mara klappte den Laptop zu, streifte sich die Jacke über und stülpte dabei den Jackensaum über die Waffe, die hinten im Hosenbund steckte. Es wurde Zeit, sie Nordin zurückzugeben. Sie verließ das Großraumbüro, ohne auf die Kollegen und deren Gespräche zu achten. Klimmt war in seinem Büro, vertieft in ein Telefonat. Vor dem Schreibtisch blieb sie stehen, ihr Blick drängend wie immer, und wartete darauf, dass er den Hörer auflegte.

Aus seinen Worten schloss sie, dass es sich bei dem Gesprächspartner um Staatsanwalt Christian von Lingert handelte, also war der Hauptkommissar selbst auch nicht allzu erpicht auf eine längere Unterhaltung. Sosehr Ermittler und Staatsanwaltschaft auch gezwungen waren, zusammenzuarbeiten und einander zu unterstützen, so waren mit Klimmt und von Lingert doch zwei reichlich gegensätzliche Charaktere aufeinandergetroffen.

Tatsächlich, nach kaum einer Minute war der telefonische Austausch beendet.

Klimmt legte auf. Er klebte förmlich in seinem Drehstuhl, Schweiß auf der Stirn und im Stoff seines hellen Kurzarmhemds. Von unten sah er Mara an, die Augen blutunterlaufen. »Das war von Lingert.«

»Da bin ich von allein draufgekommen.«

»Er glaubt, uns wächst alles über den Kopf. Und wissen Sie was?«

»Sie glauben dasselbe.«

»Stimmt genau, Billinsky.« Er verschränkte die Arme vor der Brust und meinte in verhaltenerem Tonfall: »Ich hatte Ihnen doch geraten, zu Hause zu bleiben und erst mal den Kopf freizukriegen.«

»Können Sie sich vorstellen, dass ich in einer solchen Situation daheim herumsitze und die Füße hochlege?«

»Nein, das kann ich mir nicht vorstellen. Aber halten Sie

mich für naiv, manchmal starte ich den abwegigen Versuch, Sie zu schützen – vor allem vor sich selbst.«

»Vor mir müssten Sie eher Prince Bangura schützen«, erwiderte Mara knapp.

»Die Fahndung nach Bangura läuft auf Hochtouren.«

»Das ist gut, aber wir brauchen mehr Leute.«

Er stöhnte leise auf. »Billinsky, einerseits stürmen Sie am liebsten allein los, andererseits verlangen Sie immer wieder mehr Manpower. Als müsste ich nur ein Knöpfchen drücken, und Kollegen würden mir sofort die Tür einrennen. Sie und der Rest des Teams haben erst mal genug mit der Befragung dieser netten Herren zu tun, die wir in Lauterbach in Gewahrsam nehmen konnten.«

»Da sind wir fast ununterbrochen dran, aber es kommt zu wenig dabei heraus. Klar, wir werden diesen Typen schon etwas anhängen können, wenn es allerdings um Bangura geht ...«

»Ich weiß, das große Schweigen.«

Mara stemmte die Hände in die Hüften. »Mir geht das alles zu langsam.«

»Ihnen geht immer alles zu langsam.« Er unterdrückte ein Husten und fuhr sich über den Schnauzbart. »Im Moment kann ich nicht mehr tun. Nachher hab ich ein Meeting mit von Lingert und weiteren Leuten von der Staatsanwaltschaft, das Telefonat war bloß ein Vorspiel. Außerdem muss man vor die Presse treten, und ich habe die Ehre, dabei sein zu dürfen. Ohne natürlich die geringste Ahnung zu haben, was und wie viel ich erzählen kann. Sie wissen, wie sehr ich solche Pressetermine liebe – und Sie wissen erst recht, dass ich diesen Termin Ihnen zu verdanken haben. Stellen Sie sich vor, bei Wildwest-Schießereien in Parkanlagen werden die Jungs echt neugierig.«

»Nächstes Mal benutze ich einen Schalldämpfer.«

»Hoffen wir lieber, dass nächstes Mal nicht damit endet, dass *Sie* auf der Intensivstation liegen.«

»Es gibt das Stichwort mit der Burg und ...«

»Billinsky, machen Sie lieber weiter mit den Befragungen. Sie wirbeln immer Staub auf, aber beim Wegfegen wollen Sie nicht mithelfen, weil Sie schon wieder auf ein neues Ziel losstürmen.«

»Das stimmt nicht«, widersprach sie sofort, und doch musste sie sich eingestehen, dass etwas Wahres dran war.

»Wir setzen uns zusammen, wenn ich alle meine Termine erledigt hab, okay?«

»Die Sache mit der Burg lässt mir keine Ruhe. Das war ein Hinweis, der vielleicht …«

»Billinsky, es ist Ihnen doch absolut klar, dass ich nicht auf jedes Stichwort hin eine Einheit anrücken lassen kann.«

»Es ist nur so, dass ich …«

»Machen Sie nicht immer die alten Fehler. Ruhe und Besonnenheit, darauf kommt es eben auch an.«

Sie grinste ihn an. »So besonnen wie Sie, was?«

»Übrigens, was ist das für eine Waffe, mit der Sie geschossen haben? Ich nehme an, Sie tragen Sie jetzt auch bei sich, oder?«

»Privatsache.«

»Ich werde langsam alt, aber ich bin nicht blöd. Also?«

»Jedenfalls ist es nicht die, die mir als Ersatzwaffe zusteht.«

»Solange nicht geklärt ist, unter welchen Umständen …«

»Die Umstände sind doch klar.«

»… und inwieweit Sie Mitschuld tragen am Verlust der Dienstwaffe, dauert das eben noch eine Weile. Sie kennen unseren Laden.« Er brummte. »Und jetzt zum letzten Mal: Was ist das für eine Pistole?«

»Ich muss los, Chef.«

»He! Ich warne Sie! *Billinsky!*«

Doch Mara war schon draußen.

84

Tessa Steinberg verstand die Welt nicht mehr.

Was war da los?

Sie hatte es sich auf dem Sofa bequem gemacht, ließ die Hitze draußen und wurde umweht von der Brise des neuen Parfüms, das sie geschenkt bekommen hatte. Ein Duft, der italienisches Zedernholz, grünen Apfel und unschuldig anmutende Blauglöckchen mit einer erfrischenden Nuance von Bambus vereinte. Sie liebte dieses raffinierte Aromengemisch.

Ein Geschenk. Von *ihm*. Sein bisher letztes.

Was sie nicht liebte, war, wenn man sie versetzte. Wenn man sie im Unklaren ließ. Was war da los?

Alles war abgewickelt, alles war gut gelaufen. Haken dran. Ja, planmäßig, alles in bester Ordnung. Sie sollte sich also entspannen und einfach nur zufrieden sein.

War sie aber nicht.

Irgendetwas fühlte sich merkwürdig an. Sie wusste nur nicht, was der Grund dafür sein konnte. Es stellte sich sogar eine gewisse Nervosität bei ihr ein, und das gefiel ihr ganz und gar nicht.

War es etwa an der Zeit, sich Sorgen zu machen? Große Sorgen?

Femke de Jong. Bernhard Keim. Warum musste sie schon wieder an die beiden denken?

Etwas stimmte nicht. Aber was?

85

Mara eilte durch einen der vielen Flure im Präsidium, den Kopf leicht gesenkt, die Ellbogen ausgefahren. In der vergangenen Nacht hatte sie nur ein paar Stunden in einem Wartezimmer der Uni-Klinik geschlafen, aber sie war nicht müde. Das redete sie sich zumindest ein.

Rafael.

Noch keine Nachricht von der Klinik. Sollte sie anrufen und sich erkundigen?

Nicht denken, nicht grübeln, sondern handeln, sagte sie sich. In Bewegung bleiben. Sie hatte lange nicht mehr trainiert, und in diesem Moment sehnte sie sich plötzlich nach einer Runde Kickboxen, nach dem Gefühl, auf einen Sandsack einschlagen zu können. Jab, Cross, Jab, Cross, immer wieder, bis der Schmerz und die Angst von Erschöpfung überdeckt wurden.

Jemand rief ihren Namen, sie sah über die Schulter zurück.

In der halb offenen Tür eines kleinen Eckbüros stand Colette Pelletier, die Ponyfransen locker in der Stirn, der Blick mit dieser für die Französin typischen Mischung aus Konzentration und Besorgnis. Wie attraktiv diese Frau doch war, dachte Mara einmal mehr, und dennoch kein Püppchen, sondern sehr klar und bestimmt in ihrem Handeln, erfüllt von einer Zielstrebigkeit, die Mara Respekt abrang.

Sie stellte sich zu Pelletier und wartete, dass sie fortfuhr.

»Ich habe gehört, was letzte Nacht mit deinem Freund geschehen ist«, sagte die Französin einfühlsam, ohne es damit zu übertreiben.

»Schon okay«, antwortete Mara gepresst. Sie wollte nicht darüber reden, mit niemandem.

»Ich muss mit dir sprechen, Billinsky. Ich weiß, im Moment ist es nicht so …«

»Ich bin in Eile«, sagte sie rasch.

»Verstehe.« Pelletier nickte. »Aber wenn du in Kürze ein paar Minuten für mich hättest, wäre ich dir dankbar.«

»Alles klar.«

Mara war schon weitergelaufen, bevor die Kollegin noch etwas anmerken konnte. Sie konnte sich auch so denken, worum es ging: den Fehlschlag in Sachen Polaris. Den *letzten* Fehlschlag. Das würde der internationalen Ermittlergruppe das Genick brechen, daran gab es für Mara keinen Zweifel mehr. Niemand konnte sich auf Dauer Misserfolge erlauben.

Doch auch darüber wollte sie nicht nachdenken.

Sie verließ das Gebäude und eilte auf den Parkplatz. Im Auto gab sie ihr Ziel ins Navigationssystem ein, startete den Motor und fuhr los – womit sie nur bestätigte, was Klimmt ihr zuvor an den Kopf geworfen hatte. Aber da war etwas in ihr, das sie antrieb, das ihr keine Pause gönnte.

Mara beschleunigte. Dachte an Hanno, der tot war. Dachte an Rafael, der mit dem Leben rang. Sie beschleunigte erneut.

Klimmts Bürotür stand offen, doch offenbar war der Hauptkommissar gerade im Begriff, den Raum zu verlassen.

Rosen blieb im Türrahmen stehen und verfolgte, wie Klimmt sich in ein Sommerjackett zwängte und sich einen Ordner unter den Arm klemmte.

»'tschuldigung, wenn ich störe«, sagte Rosen, wie immer etwas befangen in Gegenwart des ruppigen Mannes. Jahrelang war Klimmt sein direkter Vorgesetzter gewesen und hatte ihm offenbar nie nahegestanden, ihm dann aber die Möglichkeit eröffnet, in der anderen Abteilung einen Neuanfang zu finden.

»Keine Zeit, Rosen«, brummte Klimmt, der eine Geruchswolke aus Schweiß und kaltem Zigarettenqualm ausdünstete.

»Es geht um Alexander Vigor«, erklärte Rosen unverdrossen, trotz des genervten Gesichtsausdrucks des Hauptkommissars. »Besser gesagt, um Vigors geschäftliche Aktivitäten.«

»Welchen Teil von *Keine Zeit* haben Sie nicht verstanden? Billinsky hat mich schon mit dieser Burg aufgehalten.«

»Welcher Burg?«

»Keine, um die ich mich jetzt kümmern kann oder will.«

»Wo ist Billinsky?«

»Unterwegs. Wie immer.«

»Geht es um Lauterbach? Soweit ich weiß, gibt es dort eine …« Rosen ließ den Satz unvollendet, da Klimmt ihn praktisch aus dem Raum schob, um die Tür abschließen zu können.

»Bis später«, meinte Rosen, erhielt aber natürlich keine Antwort.

Er machte sich auf den Rückweg in den Keller.

Auf dem Flur war er so in Gedanken vertieft, dass er fast auf einen Mann geprallt wäre, der einen Kopf größer und deutlich breitschultriger war.

Rosen wollte ein schnelles *Sorry* murmeln, als er bemerkte, dass der andere nicht von der Stelle wich. Sein Blick wanderte hoch, und er schaute direkt in Nordins kalte blaue Augen.

»Ich suche Billinsky«, sagte der Schwede mit seinem harten Akzent.

»Sie ist unterwegs«, wiederholte er unbewusst denselben vagen Begriff, den Klimmt verwendet hatte.

»Wohin?«

»Es geht um eine Burg, die vielleicht in Lauterbach …« Er stoppte sich und zuckte mit den Achseln. »Ich weiß eigentlich nichts drüber.«

Nordin kniff skeptisch die Augen zusammen. »Worum geht es?«

»Ich habe wirklich keine Ahnung.« Rosen schob sich an dem Mann vorbei. Er hatte diesen Typen nie sonderlich gemocht und wollte ihm nicht länger Rede und Antwort stehen.

»Hey!«, rief Nordin.

Doch Rosen ignorierte die guten Manieren, auf die er sonst großen Wert legte, und setzte seinen Weg fort. Im Rücken konnte er Nordins stechenden Blick spüren.

Was fand Billinsky an diesem ungehobelten Kerl?, fragte er sich und konnte es doch zu einem guten Teil verstehen. Sie war wie er, er war wie sie, jedenfalls bedingt. Stießen sich Gleich und Gleich nicht ab? Er hätte seine Kollegin gern mal dazu befragt, würde sich aber nie trauen, das wusste er.

Als er seinen Schreibtisch erreichte, war er in Gedanken immer noch bei Billinsky. War sie gerade dabei, sich mal wieder bis zum Hals in Schwierigkeiten zu bringen?

86

Der Himmel verlor sein strahlendes Blau. Es war, als hätte man ihn ausgewrungen. Zurück blieb eine graue Masse, die tief über den Feldern und Waldstücken hing. Die Hitze hatte dennoch kaum nachgelassen, es war sogar noch schwüler geworden.

Mara schwitzte. Sie hatte sich vom Navigationssystem bis hierhin leiten lassen. Nun stand der schwarze Alfa ein Stück abseits eines schmalen Schotterwegs, in den sie aus einem Impuls heraus abgebogen war. Es war eine gute Stelle, um möglichst nicht aufzufallen.

Sie ging querfeldein durch eine ausgedörrte Wiese. Zwischen zwei Anhöhen kam die Ruine in Sicht, auf die sie bei ihren Nachforschungen im Netz gestoßen war. Burg Wartenberg.

Mara blieb im Schutz einiger Sträucher stehen. Auf der Fahrt hatte sie noch einigermaßen Hoffnung verspürt, doch davon war nichts übrig. Alles hier wirkte friedvoll, beinahe idyllisch.

Die unter Denkmalschutz stehende Burgruine galt als Wahrzeichen für die gesamte umliegende Gegend. Mara betrachtete die wuchtige Außenmauer, die laut einer Beschreibung im Netz einige Jahre zuvor teilweise nachgebaut worden war, und den darüber hinausragenden, an die zehn Meter hohen Turmstumpf.

Den Weg hättest du dir sparen können, sagte sie sich stumm.

Ihr Blick verlor sich in der Weite, über ihr zog sich der Himmel dahin, immer grauer, kein Wind wehte, die Luft war wie aus feuchtem Beton.

Sie setzte sich wieder in Bewegung. Jetzt nicht mehr eilig, sondern eher bedachtsam, umrundete sie einmal die Ruine, deren grobes Mauerwerk düster und abweisend wirkte.

Plötzlich hörte sie etwas. Ein Rascheln? Schritte in hohem Gras?

Sie stand da, regungslos, ruhig atmend.

Hatte sie sich geirrt? Jetzt war wieder alles still. Trotzdem zog sie die SIG Sauer aus dem Hosenbund. Sie ging weiter, noch langsamer. Beiläufig kratzte sie sich an der Narbe auf ihrer Wange.

Gleich darauf erreichte sie wieder die Sträucher, hinter denen sie sich zuerst verborgen gehalten hatte. Sie wischte sich den Schweiß von der Stirn. Alles ruhig, hier war niemand, hier war nur sie, und sie konnte sich an keinen Moment der letzten Jahre erinnern, in dem sie sich derart verloren gefühlt hatte. Hanno, Rafael. Einsamkeit kroch ihr unter die Haut, eine tiefe Ratlosigkeit. Sie fühlte Tränen aufsteigen, und selbst in dieser Einöde schämte sie sich dafür. Sie stieß einen leisen Fluch aus, und auf einmal war jemand hinter ihr.

Ein Tritt in die Kniekehlen, und sie landete im Gras, die Waffe war ihren Fingern entglitten.

Sie wirbelte herum und packte geistesgegenwärtig die Waden in den Baggy-Hosenbeinen. Der Mann fiel direkt auf sie, seine Hände grapschten nach ihrem Hals, drückten zu.

»Ich quetsche alles Leben aus dir«, zischte er, und seine Hände drückten fester zu. Sie packte seine Handgelenke, doch er war stärker. »Meine Augen sind das Letzte, was du je sehen wirst«

Banguras Gesicht so nah. Nicht die Gewalt war das Schlimmste bei einem Kampf, sondern diese intime Nähe. Mara rang nach Atem, sie zerrte weiter an seinen Handgelenken, starrte auf seine gebleckten weißen Zähne, die wirkten, als würde er gleich damit zuschnappen. Das Weiß seiner Augen so groß, durchzogen von dünnen Blutlinien. Sein Gesicht kam noch näher, schierer Wahnsinn im Blick, ihre Stirn berührten die seine, ihr Schweiß vermischte sich, sie roch seine Ausdünstungen, roch seinen Mundgeruch, widerlich süßlich, als hätte er Sirup getrunken.

Er drückte fester zu, und Mara fühlte die Kräfte schwinden, sie schloss die Augen, und sie tat das Einzige, wozu sie noch fähig war – sie biss zu.

Er schrie auf.

Sie schmeckte seine Haut, sein Blut, sie biss erneut zu, ihre Zähne verhakten sich im Fleisch seiner Wange. Noch einmal brüllte er, sein Blut füllte ihren Mund, und es gelang ihr, ihn von sich zu drücken, sein Schraubstockgriff ließ nach. Mara schnappte nach Luft, sie entwand sich ihm, tastete verzweifelt im Gras nach der Pistole.

Doch wieder war er da, wieder packte er sie, wirbelte sie herum.

Und wieder waren seine Hände um ihren Hals.

»Ich mach dich fertig, Bitch.«

Mara röchelte, sie versuchte Luft zu holen, doch es gelang ihr nicht. Plötzlich roch sie ganz intensiv das Gras, und ebenso plötzlich roch sie gar nichts mehr.

Ihr Blick verschleierte sich. Alles wurde dunkel.

87

Jan Rosen kam die Telefonnummer, die im Display erschien, zwar bekannt vor, aber er konnte sie einfach nicht zuordnen. Er saß an seinem Kellerschreibtisch, runzelte die Stirn und nahm den Anruf entgegen: »Ja? Rosen.«

»Hier ist Tessa Steinberg.«

Er war überrascht. »Kann ich Ihnen helfen?«

»Sie haben gesagt, ich könnte mich jederzeit bei Ihnen melden.«

»Selbstverständlich, Frau Steinberg.«

»Ich mache mir Sorgen.«

»Worüber?«

»Wir haben über Alexander Vigor gesprochen.«

»Haben Sie Angst?« Rosen setzte sich auf. »Angst vor Alexander Vigor?«

»Nein«, antwortete sie rasch. »Ich mache mir keine Sorgen wegen ihm, sondern *um* ihn.«

»Erzählen Sie bitte.«

88

Die Dunkelheit wich, das gelbe, verdorrte Gras wurde wieder sichtbar, auch die Bäume und Sträucher, der graue Himmel.

Mara musste husten. In ihrem Mund war noch immer der widerliche Geschmack von Prince Banguras Blut.

Sie kam auf die Beine, noch etwas weich in den Knien. Ihr Blick fiel auf Bangura, der die Hände auf dem Rücken hatte, damit ihm Handschellen angelegt werden konnten. Seine Wange blutete, die Haut war von Maras Zähnen regelrecht zerfetzt worden. An seiner Stirn war eine Beule entstanden, wo ihn offenbar ein Schlag getroffen hatte.

Die Handschellen klickten.

»Geht es wieder?«, fragte Erik Nordin, der Bangura dabei allerdings nicht aus den Augen ließ.

Ihr Stand war fester, ihr Atem ging regelmäßiger, doch in ihrer Stimme lag ein Zittern: »Wie kommst du hierher?«

»Dein Kollege hat etwas von einer Burg gesagt. Dieser Schüchterne. Rosen oder wie er heißt. Dann habe ich nach Burgen gesucht, und als ich sah, wie nah die Wartenburg bei Lauterbach liegt …« Er grinste und zog eine Waffe aus seinem Hosenbund. Es war Maras Dienstpistole. »Das gute Stück habe ich unserem Freund abgenommen. Kein Schuss mehr drin.«

Sie nahm sie entgegen und wechselte einen langen Blick mit dem Schweden. »Danke!«, sagte sie schlicht, als würde sie allein die Waffe meinen.

»Meine Pistole hab ich auch gefunden.« Nordin hielt seine SIG Sauer in die Höhe und zeigte wiederum ein kurzes Grinsen. »Du brauchst sie ja jetzt nicht mehr.«

Sie schauten beide zu Prince, der finster vor sich hinstarrte.

»Er hat sich hier versteckt«, sagte Mara.

»Du hast sicher Fragen an ihn.« Lässig fügte Nordin an: »Ist das nicht genau der richtige Ort, um eine nette, ungestörte Unterhaltung zu führen?«

»Jeder Ort ist richtig, um diesem Schwein ein paar Geheimnisse zu entlocken.«

Erst jetzt hob Bangura den Kopf. »Ich habe nichts zu sagen.«

Mara stellte sich ganz dicht vor ihn hin. »Rafael ist mein Freund.«

Er presste die Lippen aufeinander.

»Du wirst hier nicht wegkommen, ohne geredet zu haben.«

»Was soll das sein? Eine Drohung?«

»Genau das. Eine Drohung.«

»Sie sind Polizistin, Sie können mir nicht …«

Mara packte ihn am Hals, drückte seine Kehle zusammen und sah ihm direkt in die Augen. »Rafael ist mein Freund«, wiederholte sie bedrohlich. »Vergiss das nicht. Und jetzt reden wir.«

Sie ließ ihn los, doch ihr Blick ruhte unverändert hart auf ihm. »Fangen wir an mit dem Darknet-Server.«

»Ich habe nur ein paar Filme hochgeladen.«

»Nein, du bist stärker involviert.«

»Das stimmt nicht, ich habe nichts …«

Weiter kam er nicht, da Nordin ihm einen Faustschlag in die Nieren verpasste. Prince schrie auf.

»Du sollst nicht quatschen, sondern reden«, meinte der Schwede. »Da gibt es einen großen Unterschied. Soll ich ihn dir beibringen?«

»Ich gehe davon aus«, redete Mara weiter auf Prince ein, »dass du der Drahtzieher hinter dem Server bist. Die Frage ist nur, ob das wirklich alles auf deinem Mist gewachsen ist. Verstehst du? Willst du als Boss des Ganzen verhaftet werden oder als kleiner Helfer? Auch da gibt es einen großen Unterschied.«

Prince sagte nichts.

»Du hast Filme nicht nur hochgeladen, du hast sie selbst erstellt«, fuhr Mara unbeirrt fort. »Und dann ist da die Geschichte mit Ramon Resendez. Weshalb musste er sterben?«

»Weil er zu viel mitgekriegt und zu viel geplaudert hat. Also weg mit ihm.«

»Wer hat entschieden, dass er getötet wird? Du?«

Bangura gab keine Antwort.

»Hör zu, Bangura, ich werde dir *alles* anhängen. Jede kleine und jede große Straftat. Vergiss nicht, Rafael lebt. Er wird mit der Wahrheit rausrücken, jetzt erst recht.«

Nicht mehr so selbstischer, sondern gepresst sagte er: »Ich habe nur hin und wieder Geld überwiesen bekommen, dann das Geld weiter überwiesen an die Typen in Lauterbach, an diesen Heckmann und die beiden Brüder.«

»Von wem?«

»Anonym.«

»Von Ignaz Gregorius?«

»Das war doch auch nur ein Helfer. Jemand für juristischen Kram. Firmenrecht und so weiter.«

»Warum musste er sterben?«

»Weil er sich nicht mit seinem Anteil begnügen wollte, sondern mehr verlangte.«

»Also weg mit ihm«, wiederholte sie angewidert seine Worte.

»Richtig.«

»Wer traf diese Entscheidung? Doch nicht du.«

»Irgendwer.«

»Und wer entschied, wie grausam Gregorius' Ende war?«

»Keine Ahnung.«

»Du hast das entschieden. Wie du die Leute umbringst, blieb dir überlassen. Wusste dein Auftraggeber, dass Filme davon im Netz landeten? Wahrscheinlich nicht. Das war dein großes Spiel, oder? Du entscheidest auch, was ins Netz gelangt und was lieber im Verborgenen bleibt. Deshalb ist nichts von Femke de Jong auf dem Server gelandet. Zu aktuell, zu gefährlich für dich.«

»Den Namen kenne ich nicht.«

»Auf den kommen wir zurück, keine Sorge.« Voller Abscheu schüttelte sie den Kopf. »Du bist ein Sadist. Du erfreust dich an den Qualen anderer.«

Bangura schwieg, dann umspielte plötzlich ein grausames Grinsen seine Mundwinkel. »Qualen gehören zum Leben.«

»Und vor allem zum Tod. Jedenfalls wenn du deine Hand im Spiel hast.« Mara betrachtete ihn. »Wie hieß Ignaz Gregorius richtig?«

»Das weiß ich nicht. Er hat so lange schon unter falschem Namen gelebt, dass er seinen richtigen Namen wahrscheinlich selbst vergessen hat. Wen interessiert dieser Typ? Er war einfach nur nützlich.«

»Und du? Was bist du? Ein tödliches, verlässliches, skrupelloses Werkzeug. Das ist Prince Bangura.«

»Ich bin der Prinz des Dschungels, und ich scheiß auf euch alle.«

»Der Mord an Bernhard Keim musste fingiert werden. Warum?«

Er grinste sie an.

Nordin schlug ihm noch einmal in die Nieren, und er kreischte.

»Warum?«, wiederholte Mara.

Bangura keuchte. »Weil da alles noch am Anfang stand. Es ging ja auch gut los. Keim hat seine Company verkauft. Alles war bestens. Dann hat er angefangen, Schwierigkeiten zu machen.«

»Deshalb musste auch er verschwinden. Aber ohne dass es nach einer Straftat aussah, die in Zusammenhang mit seiner Firma stand. Das hätte nur gestört. Bei anderen Geschäften. Wieso wurde dagegen der Mord an Femke de Jong so offensichtlich und brutal durchgeführt. Weil da alles nicht mehr am Anfang stand, wie du gerade sagtest?«

»Die Holländerin? Das war ich nicht.«

»Ach so, daher gibt es kein Bildmaterial davon. Aber offenkundig weißt du von ihr.«

»Diese Frau war anscheinend gefährlicher als Keim. Nach allem, was ich mitbekam, wollte sie Himmel und Hölle in Bewegung setzen, um jemanden vor Gericht zu zerren. Es gibt einen gewissen Herrn, dem sollte man nicht auf die Füße treten.«

»Du bist ja doch bestens im Bilde über sie.«

»Ich habe nun mal Augen, um zu sehen, und Ohren, um zu hören.« Bangura lächelte. »Und ich hörte, dass sie bis zum Schluss nicht wirklich kapiert hat, mit wem sie sich angelegt hat.«

»Dann bring mal Licht ins Dunkel, Bangura. Wem hat sie sich in den Weg gestellt? Wer ist der *gewisse Herr,* von dem du sprichst?«

Er lächelte erneut, ein fast sanfter Ausdruck, und Mara lief es kalt den Rücken herunter. »Ihr dummen kleinen Bullen.«

»Hast du Angst, den Mund aufzumachen?«

»Ich habe keine Angst. Weder vor dem Gefängnis noch vor dem Ende.« Er holte Luft. »Wir alle müssen sterben. Shakespeare sagt, du bist Gott einen Tod schuldig. Ja, wir alle sind ihm unseren Tod schuldig. Sonst schulden wir niemandem etwas.«

»Warum willst du den Namen nicht nennen?«, fragte Mara.

Tiefe Stille, im Hintergrund die Burgruine, über ihnen der brütende Himmel. Plötzlich zerschnitt ein dumpfer Laut die Ruhe. Mara zuckte entsetzt zusammen, als ihr eine Fontäne aus Blut ins Gesicht spritzte. Prince Banguras Augen spiegelten den Wahn wider, der diesen Mann so lange schon vor sich hertrieb.

89

Rosen war akribisch vorgegangen. Wie es eben seine Art war. Den Informationen, die er von seinem Bekannten erhalten hatte, war er Punkt für Punkt nachgegangen und hatte sie einzeln überprüft, jedenfalls so weit das möglich war. Er hatte Telefonate getätigt und viele E-Mail-Anfragen mit der höflichen Bitte um eine möglichst zeitnahe Antwort verschickt.

Das Gespräch mit Tessa Steinberg lag bereits eine Weile zurück. Er dachte nur noch am Rande daran und konzentrierte sich auf die lange Liste mit Notizen, die er in den letzten zwei Stunden angefertigt hatte.

Offenbar entsprachen sämtliche Informationen der Wahrheit. Allem Anschein nach war Alexander Vigor dabei, wieder verstärkt Investitionen zu tätigen, nachdem er sich diesbezüglich über mehrere Jahre hinweg eher zurückhaltend gezeigt hatte.

Aus Rosens Sicht war dabei nach wie vor merkwürdig, dass sich jemand wie Vigor tatsächlich auf eher unbedeutende Firmen konzentrierte. Firmen wie J&S Consulting. Welche Absicht steckte dahinter?

Wieder versuchte er Vigor oder seine Berater telefonisch zu erreichen, doch es blieb dabei: Der Mann war nicht zu fassen, nicht zu sprechen, nicht zu einer Antwort zu bewegen.

Rosen lehnte sich zurück und dachte nach. Er war so in Gedanken versunken, dass er Pit Geyers Auftauchen fast nicht bemerkt hätte.

»Los, Rosen, die Frau besteht darauf, mit Ihnen zu sprechen.«

»Frau? Welche Frau?«

»Die Dame namens Steinberg, die mir seit einer Viertelstunde auf den Nerven rumtanzt. Tun Sie mir den Gefallen, und hören Sie an, was sie zu sagen hat. Ich habe sie in eines der kleinen Besprechungszimmer gebracht. Sie erwartet Sie.«

»Okay«, meinte Rosen verwundert. Was wollte Tessa Steinberg? Sie hatten doch bereits am Telefon miteinander gesprochen.

Er stand auf und machte sich auf den Weg.

Zur selben Zeit saß Mara Billinsky an ihrem Schreibtisch, den Telefonhörer am Ohr. Sie bedankte sich knapp für die Informationen und legte auf. Holte Luft. Schloss für einen langen Moment die Augen.

Rafael lebte.

Doch er war noch nicht aufgewacht. Schwebte weiterhin zwischen Leben und Tod. Es blieb Hoffnung, immerhin.

Jenseits ihrer Trennwand war es recht ruhig, keine Diskussionen, keine klingelnden Telefone. Gut so.

Sie hob müde die Lider und schaute nach draußen, wo der Himmel nach wie vor schwer und grau über der Stadt hing. Regen wäre eine Erleichterung, zumindest für den Augenblick, auch wenn er nichts von Maras Sorgen wegspülen konnte. Sie dachte daran, sich noch einen Kaffee zu holen und in die Uni-Klinik zu fahren, damit Rafael nicht allein war, wenn er die Augen aufschlug.

Falls er das je wieder tun würde.

Ihre Gedanken wanderten von ihm zu Prince Bangura, und schon wieder sah sie, wie dessen attraktives Gesicht von der Kugel zerfetzt worden war, wie sein Blut auf sie und Nordin herabprasselte wie ein warmer Sommerregen. Noch jetzt hatte sie Spuren davon auf der Haut, sie hatte sich nur nachlässig säubern können.

Was in der Kürze der Zeit immerhin schon feststand, war

die Tatsache, dass Bangura mit einem Brügger & Thomet APR 338 getötet worden war. Dabei handelte es sich um ein Scharfschützengewehr, das für seine Treffsicherheit aus großer Entfernung bekannt war. Deswegen war es auch unmöglich gewesen, den Schützen zu stellen. Wahrscheinlich hatte er den tödlichen Schuss aus mehreren Hundert Metern Entfernung abgefeuert.

Mara und Nordin waren völlig konsterniert gewesen. Endlich schien jemand halbwegs bereit zu sein, auf ihre Fragen zu antworten, da –

Womöglich hatte Bangura sich im Schutz der alten Burgruine nicht nur versteckt, sondern auch darauf gewartet, dass er abgeholt wurde – von einem Verbündeten, der dann entschieden hatte, dass ein verhafteter Bangura zu gefährlich war.

Wo mochte Nordin jetzt sein?, fragte sich Mara, die den Schweden nicht mehr gesehen hatte, seit die beiden wieder im Präsidium eingetroffen waren. Traf er sich mit Pelletier, um sie über die neuesten Entwicklungen zu informieren?

Sie erhob sich und begab sich in den langen, düsteren Flur, an dessen totem Ende sich der Getränkeautomat befand. Es tat gut, den ersten Schluck zu trinken, selbst von dieser Brühe. Sie genoss das Alleinsein, die Abgeschiedenheit dieses versteckten Winkels.

Doch schon näherte sich jemand.

Mara sah auf. »Den Kaffee kann ich leider nicht empfehlen«, sagte sie trocken.

»Das weiß ich bereits.« Um Colette Pelletiers in dezentem Rot geschminkte Lippen spielte ein sanftes Lächeln. »Es tut mir leid, dass ich dich schon wieder überfalle.«

Mara unterdrückte ein Gähnen. »Kein Ding, alles okay.«

»Es wird noch den einen oder anderen Video-Call geben, aber ich denke, uns ist allen klar, worauf das alles hinausläuft.«

»Das alles?«, wiederholte Mara leise.

»Nun ja, die Geschichte ist vorbei. Die Ermittlung, bei der

wir den Auftrag hatten, Polaris' Identität zu lüften und ihn zur Strecke zu bringen.«

»Du weißt, was mit Prince Bangura passiert ist?«

»Erik hat mich mit allen Informationen versorgt.«

»Vielleicht waren wir die ganze Zeit über viel näher an Polaris dran, als wir es auch nur geahnt haben.«

Skeptisch legte die Französin die Stirn in Falten. »Das klingt für mich leider nach reinem Wunschdenken. Nach wie vor haben wir keine konkreten Hinweise. Keine Spuren. Im Gegenteil, wir müssen uns eingestehen, dass wir gleich mehrmals gescheitert sind.«

»Jedes Mal, wenn wir hoffen konnten, ihm näher zu kommen ...«

»Ist etwas schiefgelaufen.« Pelletier breitete kurz ihre Arme aus. »Hast du vorher jemals bei einer Ermittlung so lange und so oft im Nebel herumgestochert, ohne einen Durchbruch zu erzielen?«

»Nein.«

»Ich auch nicht. Fast könnte man meinen, Polaris gibt es gar nicht. Oder er ist ein Gespenst.«

Mara erwiderte nichts darauf. Sie musste erneut an Bangura denken. An den Moment, als er starb.

»Immer, wenn wir Informationen hatten, die angeblich vielversprechend waren, löste sich alles in Luft auf«, fuhr die Französin fort. »Wenn ich mir vorstelle, wie oft allein Erik mit Hinweisen ...« Sie verstummte mitten im Satz.

Mara wechselte einen Blick mit ihr.

»Was willst du damit sagen, Colette?«

»Dass wir endgültig in einer Sackgasse gelandet sind. Dass uns jegliches Argument fehlt, um die Chefetage ...«

Mara unterbrach sie bestimmt: »Nein, du willst etwas anderes sagen.«

»So?« Beiläufig zuckte die Französin mit den Achseln. »Nicht, dass ich wüsste.«

»Was ist mit Erik?«

»Du kannst aus meinen Worten schließen, was du willst, aber ...« Wiederum verstummte sie.

»Aber?«

»Es ist auffällig, findest du nicht? Immer, wenn Erik sicher war, dass wir die Chance zum Zugriff hatten, hat es nicht geklappt. Für mich hatte das eine Form von Besessenheit angenommen, aber vielleicht lag ich vollkommen falsch.«

»Vielleicht«, wiederholte Mara knapp. Sie dachte an das, was Nordin ihr über den Einsatz in Schweden berichtet hatte. Daran, dass für ihn Polaris in direktem Zusammenhang mit Pernillas Tod stand. War das gelogen gewesen? Ein Vorwand, um ihr sein stures Dranbleiben an Polaris leichter erklären zu können? Sie hätte es Pelletier erzählen können, doch sie fand, das war seine Sache.

»Es ist auffällig«, sagte die Französin noch einmal.

»Du weißt, was heute passiert ist. Wäre Nordin nicht da gewesen, könnte ich jetzt nicht mit dir plaudern.«

»Er hat dich rausgehauen.«

»So ist es.«

»Irgendeinen anderen Kollegen hätte er in einer solchen Situation bestimmt nicht so hartnäckig gesucht.« Pelletier verschränkte die Arme vor der Brust, ihr Ausdruck wurde erst hart, dann auf einmal weich. »Tut mir leid, das hätte ich nicht sagen sollen.«

»Ich werde drüber hinwegkommen«, meinte Mara spöttisch.

»Aber ganz ehrlich, Billinsky, das ist es ja. Allein die Tatsache, dass Erik vor Ort war ... er scheint immer da aufzutauchen, wo gerade etwas passiert. Ich muss einfach über ihn nachgrübeln. Schon seit dem Vorfall in dem Bürohaus am Osthafen.«

»Dort wurde Nordin niedergeschlagen.«

»Ich bitte dich, er hatte eine Beule am Kopf, mehr war da nicht.«

»Du misstraust ihm also. Um es endlich einmal auszusprechen.«

»Und du? Würdest du – wie sagt man auf Deutsch? – die Hand für ihn ins Feuer legen?« Pelletier strich sich eine Haarsträhne aus der Stirn. »Liebe macht blind. Das sagt man doch auch, oder? Du bist immer so cool und präzise. Du kannst Kopf und Herz trennen. Oder etwa nicht?«

Mara sah ihr direkt in die Augen.

»Hast du nie selbst an diese Möglichkeit gedacht, Billinsky?«

»Hast du Erik irgendwann darauf angesprochen?«

»Nein, und zwar ganz bewusst nicht. Ich wollte erst mit dir reden. Früher hätte ich keine Sekunde an Erik gezweifelt, aber das hat sich geändert. Hältst du es für so abwegig, dass er uns etwas vorspielt?«

Mara betrachtete sie zweifelnd. Und wieder äußerte sie nichts.

»Wie gesagt, es lässt mir keine Ruhe. Ich musste es unbedingt loswerden.« Mit diesen Worten drehte sich die Französin um und ging den Flur hinab.

Mara stand da, den Becher in der Hand, und blickte ihr hinterher.

Im Besprechungszimmer traf Jan Rosen auf Tessa Steinberg, die einmal mehr ungeduldig auf und ab lief.

»Endlich!«, sagte sie zur Begrüßung.

»Aber wir hatten doch telefoniert«, meinte er irritiert.

»Anrufe haben oft nicht die gewünschte Wirkung. Besser, man vergewissert sich persönlich. Und ich mache mir nun mal wirklich Sorgen um Alexander Vigor. Ich habe versucht, ihn anzurufen, ich habe ihm Nachrichten geschrieben, ohne Erfolg. Wenn man bedenkt, was mit Femke de Jong und Bernhard Keim passiert ist, wundert es Sie wohl kaum, dass ich wissen will, was Sie erreicht haben.«

Rosen setzte sich, woraufhin Tessa Steinberg aufhörte, im Raum auf und ab zu gehen, und ebenfalls auf einem Stuhl Platz nahm.

»Warum haben Sie eigentlich nun doch Ihre Firma verkauft?«, fragte Rosen.

»Weil es der richtige Zeitpunkt war. Sozusagen das Ende eines Kapitels in meinem Leben. Und auch weil Vigor die richtige Person dafür ist, meine Firma weiterzuführen. Er hat eine glänzende Vita, er ist eine absolut faszinierende Persönlichkeit.«

»Gehe ich recht in der Annahme, dass Ihre Faszination für den Herrn sich nicht aufs Berufliche eingrenzt?«

Sie schmunzelte, nicht verlegen, sondern eher kokett. »Drücken Sie sich immer so vorsichtig aus?«

»Äh …«

»Wie auch immer, Kommissar Rosen, ich widerspreche Ihrer Annahme nicht, aber ich bestätige auch nichts.« Ihr Lächeln löste sich im Nu auf. »Alexander hat gesagt, dass er sich in den nächsten Tagen in Königstein aufhält, aber – keine Spur von ihm. Finden Sie nicht, dass das selbst bei einem Mann wie ihm Grund zur Sorge ist?«

Rosen nickte. »Sicher, das finde ich auch.«

»Und was gedenken Sie zu unternehmen?«

»Wenn Sie eine Vermisstenanzeige …«

»Verstehe. Sie wollen das Ganze an die nächste Abteilung weiterreichen.«

»Ganz und gar nicht«, sagte er.

»Sie können es Vermisstenanzeige nennen oder sonst irgendwie, das ist mir egal. Aber ich will, dass mir geholfen wird. Deshalb geht man doch zur Polizei. Wollen Sie mir nicht helfen, Kommissar Rosen?«

»Selbstverständlich«, antwortete er, dabei fühlte er sich immer noch völlig überfahren von ihr.

Tessa Steinberg bedachte ihn über den Tisch hinweg mit einem zufriedenen Blick. »Sehr gut!«

»Übrigens, es ist sehr schwer, aktuelle Fotos von Herrn Vigor zu finden. Haben Sie ein Bild von ihm? Vielleicht in Ihrem Handy?«

»Er ist eher der kamerascheue Typ.«

»Können Sie ihn mir bitte beschreiben?«

Tessa Steinberg begann, Alexander Vigor präzise zu beschreiben, und Rosen tippte sich die entsprechenden Stichwörter rasch in sein Handy.

Mara hatte sich am Automaten gerade den nächsten Kaffee geholt, als der Anruf kam. In Gedanken war sie noch bei dem Gespräch mit Colette Pelletier gewesen. Die mehr oder weniger direkten Andeutungen der Französin schwirrten ihr unentwegt im Kopf herum.

Mit der freien Hand zog sie das Handy aus der Hosentasche. Sie war so tief in ihren Grübeleien versunken, dass es eine lange Sekunde dauerte, bis sie registrierte, dass der Anschluss, der auf dem Display angezeigt wurde, zur Universitätsklinik gehörte; sie hatte dort sowohl Festnetz- als auch Handynummer hinterlassen.

Sofort war sie wie erstarrt, ihr Mund war ganz trocken, sie fühlte eine plötzliche Anspannung wie eine Fieberwelle.

»Hier Billinsky«, rief sie ins Telefon, lauter als beabsichtigt, und sie zwang sich förmlich dazu, Zuversicht aufkommen zu lassen, an das Positive zu glauben.

Es war keine Schwester, sondern der Oberarzt persönlich.

»Ja, hier ist Kommissarin Billinsky«, bestätigte sie nach einem erneuten Nachfragen seinerseits.

Dann gab er ihr die Informationen durch.

90

Es war eine schöne Gegend, erst recht in diesen Sommertagen, selbst bei dem trüben Wetter, das sich nach Wochen strahlenden Sonnenscheins durchgesetzt hatte.

Nicht weit von Frankfurt entfernt lag das als Kurort renommierte Königstein an den Hängen des Taunus. Viel Wald, jede Menge Ruhe. Genau wie die Nachbarstadt Kronberg war auch Königstein bekannt für seine Villen, einen gepflegten Lebensstil und die enorm hohe Kaufkraft seiner weniger als siebzehntausend Einwohner.

Jan Rosen folgte den im Display angezeigten Angaben des Navigationssystems, das er wieder einmal auf stumm geschaltet hatte. Er wurde quer durch die Stadt geleitet, bis er den Ortsrand erreichte. Er folgte nun einer Landstraße, die außer ihm niemand befuhr. Das Asphaltband schlängelte sich durch ein Waldstück, dessen Bäume plötzlichen Schatten warfen, sich aber rasch wieder lichteten und den Blick auf eine abseits stehende Villa freigaben, zu der man über eine Abzweigung gelangte.

Rosen erinnerte sich daran, wie Billinsky in solchen Situationen immer vorgegangen war, und fuhr deshalb an der Villa vorbei, um ein ganzes Stück davon entfernt im Schutz einer weiteren Baumgruppe zu parken. Man muss ja nicht gleich mit einer Trompetenfanfare auf sich aufmerksam machen, hatte Billinsky oft gesagt, obwohl sie bisweilen genau dazu neigte.

Er dachte nicht nur an ihre Worte, sondern vielmehr an den letzten Vorfall, bei dem er allein unterwegs gewesen war und der mit der Thermoskanne gegen seinen Kopf geendet hatte. Damals war er aufgrund einer dienstlichen Anweisung unterwegs gewesen, heute aus eigenem Antrieb. Vielleicht auch deswegen, weil es ihm in der Tat geschmeichelt hatte, wie vehement Tessa Steinberg darauf gedrängt hatte, dass ausgerechnet er sich der Sache annahm. Hinzu kam, wie er sich eingestand, die unzweifelhafte Neugier auf Alexander Vigor.

Selbst noch aus der Entfernung war das Gebäude beeindruckend. Offenbar war an alles gedacht, was das Leben schöner machte: von einem Außenlift, der von der Tiefgarage bis ins Dachgeschoss führte, über den großzügigen Einsatz von Glas, das für Lichtdurchflutung sorgte, bis hin zu den beiden großflächigen Balkonen, die gewiss eine grandiose Sicht boten.

Rosen behielt seinen Abstand bei und beobachtete mit Geduld das Anwesen, das den Eindruck vermittelte, unbewohnt zu sein. Doch er wollte keine voreiligen Schlüsse ziehen und wartete weiterhin ab.

Nach einer Weile tauchte eine Limousine auf, die nicht in die Tiefgarage fuhr, sondern direkt vor der Villa zum Stehen kam. Zwei Männer in Anzügen stiegen aus, die Haustür wurde ihnen geöffnet, ohne dass Rosen sehen konnte, wer das übernahm, und sie verschwanden im Inneren. Nur um Minuten später wieder aufzutauchen. Sie zogen Trolleys hinter sich her, die sie im Kofferraum des Autos verstauten. Danach kehrten sie ins Haus zurück.

War Vigor auf dem Absprung? Eine Geschäftsreise? Oder gehörten die Trolleys gar nicht Vigor?

Rosen spähte in den trüben Himmel. Es war schwül, Regen lag in der Luft.

Er wartete weiter ab. Keiner der Männer war Vigor gewesen, wenn die Beschreibung, die er von Tessa Steinberg erhalten hatte, verlässlich war. Er hatte keinen Grund, daran zu zweifeln.

Als die Zeit weiter voranschritt, ohne dass sich etwas ereignete, entschloss sich Rosen doch dazu, seine Deckung aufzugeben. Noch länger den Beobachter zu spielen, erschien nicht sonderlich vielversprechend zu sein. Erst recht nicht, da die Trolleys auf eine baldige Abreise hindeuteten.

Er lief über eine sauber gemähte Rasenfläche zum Eingang und entdeckte ein kleines, in Bronze gefasstes Klingelschildchen ohne Namen. Er betätigte den Knopf. Ein dezentes Glockensignal ertönte.

Die Tür ging auf, und er wurde aufmerksam von einem der beiden zuvor eingetroffenen Männer betrachtet. Dunkelblauer Seidenanzug, weißes Hemd, kastanienbraune Halbschuhe. Er hatte ordentlich gestutzte, sehr dichte, krause Haare, war glatt rasiert und etwa dreißig Jahre alt.

»Entschuldigen Sie die Störung.« Rosen zeigte seinen Dienstausweis. »Ich bin Kommissar Rosen und möchte Herrn Alexander Vigor sprechen.«

»Einen Moment«, sagte der Fremde und lehnte die Tür an.

Rosen wartete. Er sah sich um, lauschte in die Stille.

Der Mann in Dunkelblau tauchte erneut auf. »Bitte schön«, sagte er schlicht und wies den Weg ins Gebäude.

»Ach?« Rosen war überrascht, damit hatte er irgendwie überhaupt nicht gerechnet. »Er ist also da? Herr Vigor, meine ich.«

»Ja, er ist da.«

»Und er empfängt mich?«

»Richtig, er empfängt Sie. Hier entlang.«

Rosen schritt voran. Der Mann bat ihn in knappen Worten, eine Treppe hinaufzugehen und im ersten Stock einem Korridor zu folgen. Bodenfliesen aus Granit, abstrakte Gemälde an den Wänden, das Summen einer Klimaanlage. Ein angenehmer, überhaupt nicht aufdringlicher Geruch, vielleicht von einem Duftöl, schmiegte sich um Rosen, dem bewusst wurde, wie stark er draußen ins Schwitzen geraten war.

Schließlich wurde ihm in einem großen Raum mit bodentiefen Fenstern ein Ledersessel angeboten, in dem er sich bequem niederließ.

»Einen kleinen Moment, bitte.«

Nun war er wieder allein. Er rieb die schweißfeuchten Handflächen aneinander und betrachtete den teuren, makellos beigen Teppich, den großen Schreibtisch mit blitzender Oberfläche und an der Wand den riesigen B&O-Bildschirm, der wohl ähnlich viel gekostet hatte wie Rosens Auto.

Eine offene Seitentür gab den Blick auf ein Badezimmer frei, das wie aus einer Suite im Fünfsternehotel wirkte, mit zwei Waschbecken, freistehender Wanne, italienischen Fliesen und dem holzverkleideten Zugang zu einem Saunabereich.

Ein Mann erschien, den Rosen zuvor noch nicht gesehen hatte, und schloss beiläufig die Badtür. Dann blieb der Mann stehen, um Rosen, der eilig aus dem Sessel hochfederte, die Hand zu schütteln. »Herzlich willkommen, Herr ... äh, Verzeihung ...«

»Kommissar Rosen.«

»Freut mich sehr. Was verschafft mir die Ehre Ihres Besuchs?« Er setzte sich in den anderen Sessel. Rosen, der ebenfalls wieder Platz nahm, schätzte Vigor auf Anfang vierzig. Er konnte sich hervorragend vorstellen, wie dieser eine Rede hielt oder eine bedeutende Wirtschaftsauszeichnung entgegennahm. Er war zweifellos ein charismatischer Mann, mit seinem leicht gewellten, dunklen Haar das ein paar graue Strähnen aufwies, und seiner eindrucksvollen Adlernase. Das volle Gesicht wurde von einem gleichsam grau durchsetzten, perfekt gestutzten Vollbart eingerahmt. Er war größer als Rosen, wirkte muskulöser, bestens im Training. Offenbar jemand, der sich nicht nur auf die Karriere konzentrierte, sondern auch auf den Körper.

»Es geht um etwas Geschäftliches«, sagte Rosen.

Sein Gastgeber lachte. »Das tut es immer bei mir.«

Rosen betrachtete ihn aufmerksam. Seinen anthrazitfarbenen Anzug, das elegante blaßrosa Hemd, die dezenten Manschettenknöpfe. Durchs Zimmer wehte der herbe Duft eines Eau de Toilette.

»Ich habe gehört, Sie haben J&S Consulting der Eigentümerin abgekauft.«

»So? Haben Sie? Gestatten Sie mir die Gegenfrage, was daran für die Polizei von Interesse ist?«

Rosen räusperte sich. Die selbstsichere Art des Mannes machte ihn leicht nervös, das kannte er schon von Begegnungen mit ähnlich einnehmenden Persönlichkeiten.

»Lassen Sie mich anders anfangen: Es gibt jemanden, der sich Sorgen um Sie macht.«

»Das täte mir leid. Denn es besteht keinerlei Veranlassung dazu. Um wen handelt es sich?«

»Um Tessa Steinberg.«

»Tessa? Verstehe. Deshalb das Stichwort J&S Consulting. Wie gesagt, mir geht es bestens, kein Grund zur Besorgnis. Sie können Tessa gern ausrichten, dass ich wohlauf bin.«

Vigor sprach mit einem leichten Akzent, den Rosen nicht einzuordnen wusste. Dabei war der Geschäftsmann in den wenigen Beschreibungen im Netz als deutscher Staatsbürger ausgewiesen worden. »Darüber wird Frau Steinberg sicher erleichtert sein«, meinte er verbindlich.

»Ich habe die schreckliche Angewohnheit, das Business über das Menschliche zu stellen. Tatsächlich, ich hätte mich längst bei Tessa zurückmelden sollen. Aber ich habe mal wieder viel um die Ohren. Momentan bereite ich einen Auslandsaufenthalt vor.«

»Was hat den Ausschlag für Sie gegeben, J&S Consulting zu erwerben?«

»Sehen Sie, Kommissar Rosen, ich investiere eigentlich nicht in Firmen, ich investiere in Wissen.« Er räusperte sich. »Gestatten Sie mir erneut, mich zu erkundigen, aus welchem Grund das für Sie einen Besuch bei mir wert ist?«

»Es gab im Vorfeld des Verkaufs verschiedene Vorfälle, auf dir wir aufmerksam wurden.«

»Vorfälle?«

»Im Umfeld von J&S Consulting.«

»Wer ist *wir*? Welche Abteilung der Polizei vertreten Sie?«

»Ich gehöre zu einer Einheit, die sich vornehmlich mit Cybercrime beschäftigt. Aber es geht um weitaus mehr.«

»Ich habe von Femke de Jongs traurigem Ende erfahren, das wird keine Überraschung für Sie sein.«

»Kannten Sie Femke de Jong?«

»Nein, ich bin ihr nie begegnet.«

»Und Herrn Bernhard Keim?«

»Nein.«

»Wie ist es mit Ignaz Gregorius?«

»Nie gehört diesen Namen.«

»Wie haben Sie Tessa Steinberg kennengelernt?«

»Einer meiner geschäftlichen Berater hat mich auf J&S Consulting und die dortige Geschäftsführerin aufmerksam gemacht. Ich habe mir daraufhin einen Überblick verschafft und mich schließlich an die Dame gewandt, um eine eventuelle geschäftliche Transaktion mit ihr zu erörtern.«

»Was ist an dieser Firma von solchem Interesse für Sie?«

»In erster Linie die geschäftlichen Kontakte, die die Firma aufgebaut hat. Ich investiere nicht nur in Know-how, wie ich es gerade eben erwähnte, sondern immer auch in Verbindungen. Das ist sozusagen auch eine Business-Währung, und zwar eine besonders wichtige.« Vigor lehnte sich entspannt zurück. »Ich kann Kopien sämtlicher Papiere, die die Geschäftsübergabe betreffen, für Sie zusammenstellen lassen. Aber um jemandem, selbst wenn es sich um Behörden handelt, einen derartig tiefen Einblick in Interna zu liefern, wüsste ich durchaus gern, warum Sie sich überhaupt mit mir beschäftigen.«

»Das kann ich verstehen«, antwortete Rosen ausweichend. Ihm wurde bewusst, dass er gar keinen roten Faden für seine Unterhaltung mit Vigor vorbereitet hatte. Ein Anfängerfehler. Wahrscheinlich weil er nicht erwartet hatte, dass es überhaupt zu diesem Gespräch kommen würde. So würde es schwierig werden, die Befragung zu steuern.

»Darf ich Ihnen etwas zu trinken anbieten? Eistee, Mineralwasser? Lieber einen Espresso oder einen Cappuccino?«

»Nichts für mich, danke.« Rosen versuchte sich wieder besser zu konzentrieren. »Sie haben nicht nur J&S Consulting gekauft, auch andere Unternehmen.«

»Nun machen Sie mir beinahe Angst, Kommissar Rosen. Sie
scheinen sich ja wirklich eingehend mit mir befasst zu haben.«

Vigor betrachtete ihn unverändert gelassen, und Rosen fand
ihn als Gesprächspartner durchaus sympathisch. Aber er kam
nicht weiter mit ihm. Was würde Billinsky jetzt fragen?

»Kannten Sie Prince Bangura?«

»Ich kenne einige Adelige, aber ihn nicht.« Ein feines Lächeln umspielte Vigors Lippen.

»Nein, das ist kein Adelstitel, sondern ein Vorname«, korrigierte Rosen spröde.

»Entschuldigen Sie bitte den albernen Scherz.« Vigor hob
kurz die Hand. »Ich dachte mir schon, dass es ein Name ist. Sie
sagten *kannten*? Es geht also um jemanden, der verstorben ist?
Wie auch immer, der Name ist mir leider völlig unbekannt. Ich
hoffe, Sie nehmen es mir nicht übel, aber Ihre Art der Befragung
erscheint mir ein wenig konfus. Worauf wollen Sie hinaus? Und
noch einmal ganz offen gefragt: Wie kommt es, dass gegen mich
ermittelt wird?«

»Nein, nein«, beeilte sich Rosen zu antworten. »Es wird keineswegs gegen Sie ermittelt. Ihr Name tauchte nur im Zuge einiger Nachforschungen auf.«

»Es liegt demnach nichts gegen mich vor?«

»Aber nein.«

»Es gibt keine Verdachtsmomente gegen mich?«

»Überhaupt nicht.«

»Wer schickt Sie, Herr Kommissar?«

»Schicken?«, wiederholte Rosen verdattert. »Niemand
schickt mich.« Inzwischen war es eher so, dass *er* befragt wurde.

Zum ersten Mal taxierte ihn Vigor auf andere Weise. Unter

der Freundlichkeit kam etwas Prüfendes zum Vorschein, wie bei einem Professor, der ein Versuchskaninchen beäugte, ohne Sympathie, aber mit professioneller, bestens geschulter Aufmerksamkeit.

»Es ist auch niemand bei Ihnen?«, setzte der Gastgeber die Befragung fort, die eigentlich Rosen in die Hand hatte nehmen wollen.

»Warum wollen Sie das wissen?«

Vigor lächelte erneut und antwortete in amüsiertem Ton: »Nicht, dass ich auf einmal von einem Sondereinsatzkommando überrascht werde, das mein Haus stürmt.«

»Wie gesagt, ich wollte nur mit Ihnen sprechen, um …«

Vigor hob die Hand, und Rosen verfiel automatisch in Schweigen. »Schon gut, Kommissar Rosen. Sie müssen sich wirklich nicht entschuldigen. Erlauben Sie mir, dass ich Ihnen etwas zeige?«

»Äh, bitte schön«, meinte Rosen verwirrt. Ihm kam es eigenartig vor, wie sich diese Unterhaltung entwickelt hatte – oder eher, dass sie sich eben *nicht* entwickelte.

Vigor stand auf und winkte Rosen jovial zu, ihm zu folgen.

Es ging denselben Weg zurück. Durch den Korridor und über die Treppe nach unten.

Dort wurden sie von dem Mann im blauen Anzug erwartet. Er öffnete eine Tür, die in den Keller führte.

Rosen blieb irritiert stehen.

Vigor deutete zur Tür. »Bitte, gehen Sie ruhig voran.«

Rosen betrachtete die im Dunkel liegende Kellertreppe, als hätte er nie zuvor eine gesehen, und öffnete den Mund, um zu fragen, was Vigor ihm zeigen wolle. Doch schon im nächsten Moment verspürte er einen Schlag auf den Hinterkopf. Mit flatternden Armen stürzte er der Finsternis unter sich entgegen.

91

Jab, Cross, Aufwärtshaken.

Jab, Cross, Aufwärtshaken.

Immer wieder, immer wieder.

Schweiß strömte an ihr herab, ihre Lungen brannten, jeder Muskel vibrierte vor Schmerz. Zu lange Zeit hatte sie zu wenig für ihre Fitness getan, und jetzt war sie seit über zwei Stunden in ständiger Bewegung.

Frontkick, Axekick.

Der Sandsack pendelte, ringsum herrschte Stille, nur die dumpfen Geräusche der Schläge und Tritte erfüllten den kleinen Trainingsraum. Und Mara Billinskys Keuchen.

Sie schlug, sie trat, sie schlug, sie trat.

Außer ihr war niemand hier. Früher Morgen, zaghaftes Tageslicht, die Stadt noch in behäbiger Ruhe.

Roundhousekick, Sidekick. Dann wieder Frontkick, mehrere Wiederholungen. Sie zählte mit, kam durcheinander, begann neu zu zählen. Ihr Keuchen wurde lauter, rasselnder. Schweißtropfen regneten.

Sie fühlte einen jähen Schwindel. Ihr war, als müsste sie sich übergeben. Als würde sie jeden Moment zusammenklappen. Sie machte weiter, längst nicht mehr so schnell, so kraftvoll wie zu Beginn, ihre Aktionen wurden mit jeder Sekunde schwerfälliger, erhielten etwas unfreiwillig Komisches, doch Mara machte weiter und weiter und weiter.

Keine Tränen!, zwang sie sich. *Keine Tränen! Nichts als Schweiß, nur Schweiß.*

Noch ein Kick, sie bekam das Bein nicht mehr hoch genug, keine Dynamik, keine Energie, keine Präzision, nichts mehr davon, aber sie weigerte sich störrisch, sich das einzugestehen.

Würde sie innehalten, würde sie aufs Neue die Stimme hören. Die Worte, die der Oberarzt gestern am Telefon ausgesprochen hatte.

Leider keine guten Nachrichten ... alles versucht ... die Schussverletzungen zu verheerend ... Patient verstorben.

Keine Tränen, sondern Jab, Cross, Aufwärtshaken. Noch langsamer, noch kraftloser.

Sie sank auf die Knie, fiel nach vorn, ihr Gesicht landete in ihrem eigenen Schweiß, der die Matte bedeckte und sich mit ihren Tränen vermischte.

92

Janni?

Janni?

Von weit her drang die Stimme an Jan Rosens Ohr. Eine überaus vertraute Stimme.

Janni? Was ist denn nun mit dem Termin beim Psychologischen Dienst? Hast du endlich …

»Ja, hab ich«, unterbrach er seine Mutter barscher als beabsichtigt. Was ihm sofort mächtig leidtat. Er unterbrach sie nie. Und er log sie eigentlich auch nie an.

»Sorry«, beeilte er sich hinzuzufügen, obwohl sie es nicht mochte, wenn er englische Begriffe verwendete. »Das wollte ich nicht, ich wollte dir nicht ins Wort fallen. Äh … Mama?«

Warum erwiderte sie nichts?

War sie beleidigt?

Hatte sie aufgelegt?

Nur ganz langsam lichtete sich der Nebel, der ihn umschlossen hielt.

Wo befand er sich? Was war passiert?

Erinnerungen kamen zurück, allerdings nur bruchstückhaft und verwirrend schnell, eine Treppe, eine Stimme, nicht die seiner Mutter, sondern eine männliche. Er telefonierte auch gar nicht, wie ihm da erst vollends bewusst wurde, er lag auf dem Bauch, und auf einmal war der Nebel wieder da.

Nein, kein Nebel, sondern eine Dunkelheit, die sich sanft um ihn herum ausbreitete und ihn fortzog. Irgendwohin.

93

Obwohl Klimmt ihr freigestellt hatte, zu Hause zu bleiben, hatte sie nach dem Kickboxen ins Präsidium fahren wollen. Jetzt allerdings schaffte sie es einfach nicht. Allein der Gedanke an die Blicke der Kollegen machte sie fertig.

Wohl nie hatte sie sich leerer und besiegter gefühlt als in diesen bedrückenden Vormittagsstunden.

Mara fand keine Parklücke in der Nähe ihrer Wohnung, was einen weiteren Weg zu Fuß mit sich brachte. Auch egal, sagte sie sich, als sie ausstieg.

Der unverändert graue Himmel schien immer tiefer zu sinken, als wollte er die Stadt unter sich zerquetschen. Regen wäre eine Erleichterung, dachte Mara, auch wenn es ihr so vorkam, als ob es nichts mehr gäbe auf der Welt, das ihren Zustand irgendwie erträglicher gemacht hätte.

Hannos Tod war ein Schock gewesen, ein knallharter Knock-out, als würde man plötzlich am Ende der Welt stehen.

Doch jetzt … auch noch Rafael.

Maras Universum war so überschaubar gewesen. Seit dem Tod ihrer Mutter vor über zwei Jahrzehnten und seit Carlos Borkes unerwartetem Ende ein paar Jahre zuvor hatte sie niemanden mehr betrauern müssen. Seit damals hatte es sich nicht mehr so angefühlt, als würde man ihr den Brustkorb aufreißen, um das Herz in all seiner Schutzlosigkeit freizulegen. Sie hatte sich auf der sicheren Seit gewähnt, zumindest emotional. Wie schlimm die Verbrechen, deren Zeugin sie geworden war, auch immer gewesen sein mochten, ihre eigene Welt war davon nicht betroffen gewesen. Bis jetzt.

Sie ging langsamer als sonst, die Sporttasche mithilfe eines

Trageriemens über der Schulter. Jeder Schritt kam ihr fremd vor, als wäre sie nicht mehr sie selbst, und das hatte nichts mit dem sich bereits jetzt ankündigenden Muskelkater zu tun. Es lag an etwas, das wie ein scharfkantiger Felssplitter in ihrem Inneren festsaß und ihre Lebensenergie unaufhaltsam wegfließen ließ.

Als sie die Wohnungstür hinter sich schloss, warf sie die Tasche achtlos in eine Ecke.

Sie spürte sofort, dass er da war. Ihre Lippen wurden zu einem harten Strich. Es herrschte tiefe Stille, nicht nur in ihren vier Wänden, sondern im gesamten Gebäude.

Nachdem sie kurz Luft geholt hatte, betrat sie das Wohnzimmer und blieb stehen. Erik Nordin saß nicht auf dem Boden, sondern auf dem Sofa. Er trug Boxershorts und ein ärmelloses weißes Shirt. Mara machte keine Anstalten, auf ihn zuzugehen, und auch er rührte sich nicht.

Sie musterten sich gegenseitig.

»Was ist passiert?«, fragte er.

»Was soll passiert sein?«, erwiderte sie in sachlichem Ton.

Er betrachtete sie weiterhin.

Sie zog ihr Handy aus der Hosentasche. Rosen hatte ihr mehrere E-Mails geschickt, deren Inhalte sie nachlässig überflog. Offenbar war alles penibel aufgeführt, wie sie es von ihm kannte. Sie würde sich später eingehender damit befassen, hoffentlich mit mehr Konzentration.

Nordin stand auf und schien versucht zu sein, sich ihr zu nähern, doch dann verharrte er. Für einen Moment durchzuckte sie die Erinnerung an seine unerwartete Fähigkeit, zärtlich und einfühlsam zu sein. Wünschte sie sich das? Jetzt?

»Was ist passiert?«, wiederholte er rau.

Sie steckte das Handy weg und zuckte mit den Achseln. »Nichts.«

Leiser sagte er: »Ich weiß, dass Rafael Makiadi tot ist.«

Ihr Blick blieb unverändert. »Warum tust du dann so, als ob du es *nicht* wüsstest?«

»Weil ich wollte, dass du es mir erzählst. Von dir aus, ohne Aufforderung.«

»Aha«, erwiderte sie knapp und schaffte es, in diese Silbe eine Ruppigkeit zu legen, die sie nur zu gut von sich kannte. Erst recht, wenn sie *verletzlich* war.

»Weil ich wollte, dass du mir vertraust«, schob er hinterher.

Sie merkte, dass sie nicht mit ihm darüber sprechen konnte. Etwas in ihr blockierte. Sie wollte mit niemandem darüber sprechen. Außer vielleicht mit Rosen, wie sie beiläufig und mit einem gewissen Erstaunen feststellte.

»Ich dachte wirklich, du vertraust mir.«

Das war das falsche Stichwort. Unwillkürlich musste sie an Colette Pelletiers Andeutungen denken. Oder waren es eher Warnungen?

»Du musst gehen«, sagte Mara plötzlich. »Ich halte heute keinen Menschen aus, nicht mal mich selbst.«

Nach außen hin nahm er es emotionslos hin. »Banguras Blut hat noch stundenlang an mir geklebt, ohne dass ich es bemerkt habe«, meinte er dann übergangslos.

»Warum sagst du mir das?«

»Ich weiß es nicht. Vielleicht weil ich will, dass du es nicht vergisst. Ich meine, dass ich dort draußen dabei war. Dass ich es war, der dir beigestanden hat.«

»Wie könnte ich das vergessen? Und wenn du auf ein liebevoll hingehauchtes Dankeschön wartest, musst du dich noch gedulden. Wie gesagt, heute bin ich nicht …«

»Darum geht es mir nicht.«

»Worum dann?«

»Um dich, Billinsky. Irgendetwas hat sich verändert.«

»Eine Menge hat sich verändert«, antwortete sie bitter.

»Misstraust du mir?«, fragte er leise, seine Stimme klang erneut rau.

»Ich misstraue allen.«

»Ich war dabei dort draußen«, betonte er noch einmal. »An deiner Seite.«

Sie nickte stumm.

Nun stellte er sich doch ganz dicht vor sie hin. Mit der Fingerspitze strich er sanft über die Narbe in ihrem Gesicht, und jetzt war sie es, die keine Emotion erkennen ließ.

»Du kannst dich auf mich verlassen«, meinte er.

»Ich sag's dir noch mal: Ich muss allein sein.«

Er ließ die Hand sinken. »Okay, ich gehe.«

Im Schlafzimmer zog er sich an, dann verschwand er ohne ein weiteres Wort. In dem Moment, als er die Wohnungstür ins Schloss fallen ließ, atmete sie durch.

Sie spürte, dass ihr genau wie in der Trainingshalle Tränen in die Augen stiegen, und sie kämpfte gegen das Weinen an, indem sie ins Bad ging, um sich mit energischen Bewegungen die Kleidung vom Körper zu reißen. Obwohl sie nach dem Training geduscht hatte, stellte sie sich noch einmal unter die Brause. Sie drehte wild am Regler, doch das Wasser wurde nicht richtig kalt. Am liebsten hätte sie es gehabt, mit Eiswürfeln überschüttet zu werden.

Danach trocknete sie sich nicht ab, das würde sich innerhalb weniger Minuten von selbst erledigt haben. Sie ging ins Schlafzimmer, um frische Kleidung zu holen. Als sie an dem großen Spiegel vorbeikam, war es, als hätte ihr das eigene Spiegelbild förmlich aufgelauert.

Unwillkürlich hielt sie inne, um diese Frau zu betrachten, die ihr da scheinbar gegenüberstand. Der prüfende Blick wanderte von den Schuhgröße-36-Füßen hinauf zu den schmalen Hüften, dem flachen Bauch, den kleinen Brüsten und den schmalen Schultern bis hin zu dem ebenfalls schmalen Gesicht, das von langen, feuchten Haarsträhnen umrahmt wurde und in dem die Augen dominierten, groß und dunkel, zwei schwarze Seen.

Selbst jetzt im Sommer war ihre Haut so auffallend weiß.

Ein Eindruck, der noch verstärkt wurde durch mehrere Tattoos, darunter die Krähe, die sie sich auf den Oberschenkel hatte stechen lassen, als sie ihren Spitznamen erhalten und sich gegen alle Widerstände in der Mordkommission durchgesetzt hatte.

Der Vogel mit dem eindrucksvoll glänzenden Gefieder schien ebenso intensiv zurückzustarren.

Ja, *durchgesetzt*. Ihren Platz erkämpft. Mit Jabs und Frontkicks die Welt herausgefordert. Sie hatte eingesteckt und ausgeteilt, um dahin zu kommen, wo sie war. Sie war zur *Krähe* geworden, wahrlich nicht immer gemocht, aber inzwischen respektiert. Ja, *ihr* Platz.

Doch war das tatsächlich so? War sie tief in ihrem Inneren diejenige, die sie nach außen hin präsentierte? Oder kannte sie sich in Wirklichkeit noch gar nicht so genau? Sie dachte an Hanno und Rafael, und wieder überkam sie das übermächtige Gefühl, ihre Welt wäre gerade dabei einzustürzen. Galt das auch für sie als Person? Sie dachte an Nordin und schob den Gedanken an ihn sofort rigoros beiseite.

Weiterhin bedachte sie sich mit diesem intensiven, bohrenden Blick, den sie auch in Verhören anwandte. Die schwarzen Augen, die weiße Haut. Wie fragil und zerbrechlich sie doch wirkte. Sie wollte weder das eine noch das andere sein.

Gedämpft ertönte das Anrufsignal des Handys. Wo war es? Noch in der Tasche der Jeans, die auf dem Badezimmerboden lag und in die Waschmaschine gehörte?

Mara riss sich von ihrem nackten Spiegelbild los und eilte ins Bad.

Dunkelheit wurde wieder zu Nebel, und der Nebel löste sich auf, schneller als zuvor. Auch die Erinnerungen kamen zurück, diesmal klarer.

Eine stumpfe Helligkeit umgab Jan Rosen. Seine Lider flatterten, er stöhnte leise auf. Die Helligkeit kam von der Treppe, die er nach dem Schlag heruntergestürzt war. Offenbar stand die Kellertür offen und ließ Tageslicht hineinfließen.

Wie lange hatte er bewusstlos da gelegen? Die ganze Nacht? Möglich. Die steifen, schmerzenden Kochen bestärkten ihn in diesem Eindruck. Auch sein Kopf tat weh. Vom hinteren Teil des Schädels, wo ihn der Hieb mit einem Gegenstand getroffen hatte, ging ein gnadenloses Pochen aus. Diesmal war es wohl keine Thermoskanne gewesen.

Er lag noch immer auf dem Bauch, die Hände waren auf den Rücken gedreht und an den Gelenken gefesselt, die Fußknöchel ebenfalls. Er fühlte, dass sein Handy nicht mehr in der Hosentasche steckte. Erneut musste er stöhnen, ein winziges, verlorenes Geräusch in der ansonsten vollkommenen Stille.

Verzweifelt und von Angst gepackt, sah er sich in dem großen Kellerraum um. Leere Regale, ein paar gestapelte Kartons, ausrangiertes, offensichtlich teures und geschmackvolles Mobiliar: Stühle, ein altmodischer Sekretär, eine Anrichte.

Je wacher er wurde, desto größer wurde seine Furcht. Und erneut wurde ihm trotz der Situation eine gewisse Ironie bewusst: Diesmal hatte er sich auch noch freiwillig, ohne jegliche dienstliche Anweisung, vom sicheren Platz an seinem Schreibtisch fortbegeben.

Du gutgläubiger Idiot!, schimpfte er kläglich in sich hinein.

Plötzlich drangen von oben Stimmen zu ihm herab, und er erstarrte mit angehaltenem Atem. Spürte sein Herz trommeln und die Schweißperlen, die sich auf seiner Stirn bildeten.

Männliche Stimmen. Alexander Vigors Stimme war nicht darunter, aber die des Mannes im dunkelblauen Anzug, der Rosen am Eingang empfangen hatte. Eine leise, ruhig geführte Unterhaltung. Es ging um Koffer oder Taschen, die offenbar noch aus dem oberen Stockwerk geholt werden sollten.

Sofort erinnerte Rosen sich an die Trolleys, die zum Auto gebracht worden waren.

Das Gespräch brach ab, dafür wurden andere Geräusche

hörbar. Als würde man Möbel verrücken, Schubladen aufziehen, Schranktüren öffnen. Man war also offenbar tatsächlich
dabei, den Abgang vorzubereiten. Aber was bedeutete das für
ihn?

Nichts Gutes, so viel stand fest.

Rosen war immer noch völlig erstarrt. Angstschweiß bedeckte mittlerweile sein gesamtes Gesicht. Er schloss die Augen, die sich mit Tränen füllten. Warum nur war er hierhergekommen?

»Oh Gott«, stieß er kaum hörbar aus, und seine Lippen beb-
ten, als hätte er Schüttelfrost.

Das Anrufsignal hielt an. Da war anscheinend jemand recht
hartnäckig.

Mara Billinsky, noch immer nackt, hob die zerknautsche
Jeans vom Boden auf und zog das Handy aus der Tasche.

Ein Blick aufs Display.

Mara wunderte sich, als sie Klimmts eingeblendeten Namen
sah. Sie verspürte nicht gerade den innigsten Wunsch, sich ausgerechnet in diesem Moment mit ihm auszutauschen.

Was wollte er von ihr? Seine Anteilnahme ausdrücken? Seine
Besorgnis um ihren Gemütszustand? Eigentlich nicht Klimmts
Art. Schon gar nicht telefonisch.

»Was gibt's?«, fragte sie verhalten.

»'tschuldigung, wenn ich störe«, murmelte er ähnlich verhalten, was weder zu ihm noch zu ihr passte.

»Schon okay.«

»Ich weiß, dass Sie gerade …« Der Hauptkommissar
räusperte sich und setzte neu an: »Hören Sie, Billinsky, es geht
um Rosen.«

»Rosen?«, wiederholte sie verdutzt.

»Normalerweise muss ich mich immer fragen, wo Sie stecken, diesmal ist es bei ihm der Fall. Er ist nicht zum Dienst

erschienen, niemand kann ihn erreichen. Auch Geyer hat nicht die geringste Ahnung, wo er sich aufhält.«

Sie erinnerte sich an die Nachrichten, die Rosen ihr geschickt hatte, unterrichtete Klimmt davon und fügte hinzu: »Ich muss mir das alles erst genau anschauen.«

»Merkwürdig ist die Sache auf jeden Fall«, brummte er.

»Und vollkommen untypisch für Rosen«, bestätigte Mara, die eine plötzliche Unruhe verspürte.

94

Jemand kam die Treppe herunter.

Schritt für Schritt, Stufe für Stufe.

Rosen fuhren die Geräusche durch Mark und Bein. Eine ganze Weile war es still gewesen in der Villa, dann waren Autotüren zugeknallt worden. Er hatte das Starten eines Motors gehört, das Losfahren eines Wagens. Anschließend hatte wieder eine erdrückende Stille geherrscht.

Und nun vernahm er die Schritte einer einzelnen Person, die sich ihm anscheinend ohne Eile näherte.

Rosen presste die Augen zu. Er lag nach wie vor auf dem Bauch. Seine Arme waren wie abgestorben, in seinem Kopf herrschte ein einziges Durcheinander aus Verzweiflung, Hoffnungslosigkeit, nackter Angst.

»Na, Bulle. Wie geht's dir?«

Rosen öffnete die Augen und drehte den Kopf ein wenig, um zur Seite spähen zu können.

Elegante kastanienbraune Halbschuhe und darüber die Hosenbeine aus feinem dunkelblauem Stoff. Der Mann, der ihm bei seinem Eintreffen die Tür geöffnet und ihn zu Alexander Vigor gebracht hatte.

»Gut geschlafen?«

Der Mann grinste auf ihn herab. In der rechten Hand trug er lässig ein Gewehr, dass er nun auf dem Kolben abstellte und an die Wand lehnte. Er zückte ein Messer, ging in die Knie und schnitt Rosens Handfesseln durch. Rasch erhob er sich wieder, das Messer verschwand. Er schnappte sich erneut das Gewehr, dessen Mündung sofort auf Rosen gerichtet war.

»Na los, Bulle, mach schon. Die anderen Fesseln.«

Rosen drehte sich um und hoffte, der Fremde würde nicht die Tränen sehen, die ihm immer noch in den Augen standen, auch wenn ihm der Anflug von Verlegenheit in dieser Situation unglaublich töricht erschien. Seine Arme waren so steif, dass er sie kaum bewegen konnte. Hunderte Ameisen schien unter der Haut umherzukrabbeln.

»So lange gepennt, dass du ein bisschen sportliche Betätigung brauchst, was?«

Der herausfordernde Tonfall zerrte an Rosens Nerven. Mit zitternden Fingern gelang es ihm, die Fußfesseln zu lösen, die aus einfachen Stoffstreifen bestanden.

»Hoch mit dir!«

Rosen stand auf. Seine Knie waren ganz weich. Nicht nur wegen mangelnder Bewegung, da machte er sich nichts vor.

»Dann mal los, Bulle.«

Mit vorgehaltenem Gewehr ließ der Mann im blauen Anzug Rosen vorangehen, die Treppe hinauf, dann vom Erdgeschoss durch die bereits offen stehende Eingangstür ins Freie. Auf dem Boden lag eine Schaufel. Am Schaufelblatt klebten noch trockene Reste von Erde.

»Aufheben!«, lautete die Anweisung, der Rosen mit unverändert zittrigen Händen Folge leistete. Bei der Berührung mit dem Holzgriff musste er sofort an Femke de Jongs furchtbaren Tod denken, und er spürte förmlich, wie seine erst vor Kurzem so mühsam zurückgewonnene Selbstgewissheit endgültig zerbröselte. Am liebsten hätte er laut aufgeschrien. Die Einsamkeit der Gegend und der traurige graue Himmel, aus dem noch immer kein einziger Regentropfen fiel, machten ihm die Ausweglosigkeit seiner Lage nur noch bewusster.

»Hopp, hopp. Auf zu einem netten kleinen Spaziergang.«

Sie umrundeten die große Villa, von deren Rückseite ein Schotterpfad in Richtung eines Waldstücks führte. Unter den Sohlen ihrer Schuhe knirschte es, als sie dem Weg folgten.

Dann begann es doch.

Rosen dachte an Billinsky. An seine Mutter. Sogar an Klimmt, den alten Brummbären. Er dachte an Anyana, die einzige Frau, die er wirklich geliebt hatte und deren brutales Ende ihn völlig aus der Bahn geworfen hatte.

Jetzt stand sein eigener Tod bevor. Er schwitzte, und ihm war doch seltsam kalt. Kein Ausweg, keine Chance.

»Weiter, Bulle!«, befahl der Mann mit dem Gewehr hinter ihm.

Sie erreichten den Wald. Die Tropfen drangen aufgrund des dichten Blätterdachs kaum noch bis zu ihnen herab. Rosen verspürte eine dumpfe Schwermut, die fast noch schlimmer war als die lähmende Angst.

Zielsicher gab der Mann mit knappen Worten Rosen die Richtung vor. Sie gelangten an eine Lichtung. Das Gras war von der langen Hitze vertrocknet und von einem hellgelben Farbton. Am Rand der Lichtung, im dürftigen Schatten einiger Schwarzerlen, war die Erde aufgewühlt und dann wieder festgetrampelt worden. Rosen gefror schier das Blut in den Adern, als er genau an der Stelle haltmachten musste.

»Dann fang mal an, Bulle.« Der Fremde stieß ihm kurz die Mündung der Waffe in den Rücken. »Graben! Ich will nicht den ganzen Tag verschwenden. Die anderen sind schon fort, und ich will auch endlich wegkommen von hier.«

Rosen schluckte. »Ich will nicht sterben«, hörte er sich sagen, seine Stimme so unsagbar schwach und leise.

»Graben! Jetzt!«

»Ich will nicht jämmerlich ersticken.«

»Das wirst du auch nicht.«

»Hast du das auch zu Femke de Jong gesagt?«

»Mit ihr war das doch was anderes.«

»Sie ist jämmerlich erstickt.«

»Selbst schuld. Sie hätte einfach das Geld für ihre Firma einsacken sollen, statt ihre Nase in unsere Angelegenheiten zu stecken.«

Rosen hob den Blick und sah dem Mann in die Augen, der seitlich von ihm stand, das Gewehr im Anschlag, und in aller Gelassenheit fortfuhr: »Du hast es besser, du wirst nicht ersticken. Einfach nur sterben. Durch eine schnelle Kugel. Das ist eine Gnade, findest du nicht?«

Hilflos starrte Rosen auf die aufgeworfene Erde, dann auf die Schaufel in seinen Händen. Noch immer konnte er nicht einmal ansatzweise erfassen, in was er durch eine simple Fahrt nach Königstein hineingeraten war.

»Graben, Bulle! Ich würd's selbst tun, aber ich hab es schon zweimal machen müssen, und ich sag dir, heute hab ich keinen Bock, ins Schwitzen zu kommen. Ich hab vorhin geduscht, verstehst du?«

Rosen verstand überhaupt nichts mehr. Es wirkte alles so absurd, dass es gar nicht wahr sein konnte.

Als er wieder mit dem Gewehrlauf gestoßen wurde, jetzt heftiger, wusste er allerdings, dass es leider nur allzu real war.

»Graben!«

Ein Gedanke schoss ihm durch den Kopf: *Schlag einfach mit der Schaufel zu, mit aller Kraft.* Doch gleichzeitig sah er ein, dass das Unsinn war. Der Kerl hatte sich nach dem Stoß mit dem Lauf wieder weiter weggestellt. Eben ein Profi. Allein schon seine Ruhe, seine ironische Art zu sprechen und alles unter Kontrolle zu haben, zeigten Rosen, mit wem er es zu tun hatte.

Die gefährlichsten Typen sind die, die dir nicht beweisen müssen, dass sie hart sind. Wer hatte das einmal gesagt? Billinsky, na klar.

Aus dem grauen Himmel tröpfelte es immer noch.

»Graben!«

»Ich kann nicht«, kam es Rosen kläglich über die Lippen.

»Du lässt mir keine Wahl, Bulle.«

Im nächsten Moment ertönte der Schuss.

Maras Muskelkater schien zu einem wahren Muskeltiger auszuwachsen, aber sie achtete nicht auf die pochenden Arme und Beine, dachte einfach nicht daran – sie dachte an gar nichts.

Außer an Rosen.

An diesen peniblen, schüchternen, manchmal unfassbar humorlosen Bullen-*Nerd*.

Nicht auch noch er, hämmerte es in ihrem Schädel. Nicht auch noch er!

Sie saß auf dem Fahrersitz, hatte das Steuerrad fest in den Händen und drückte das Gaspedal durch. Linke Autobahnspur, atemberaubendes Tempo, keine Rücksicht.

Du wirst an der Leitplanke enden, sagte sie sich und brachte es doch nicht über sich, langsamer zu fahren.

Nach dem Anruf von Klimmt, dessen üblicher brummiger Tonfall nicht seine Besorgnis kaschieren konnte, hatte sie, weiterhin splitternackt, auf dem Teppich mit den Totenköpfen gesessen und war Rosens Nachrichten im Detail durchgegangen.

Der möglicherweise entscheidende Hinweis war ganz am Ende der letzten Nachricht gekommen, beinahe versteckt in einem Nebensatz. Darin hatte Rosen angekündigt, doch nach Königstein aufzubrechen, um sein Glück herauszufordern und bei Alexander Vigor zu klingeln.

Verrückter Kerl, dachte Billinsky kopfschüttelnd, und ihr wurde klar, dass er oft ähnlich über sie gedacht haben musste. Vertauschte Rollen. Sonst war es immer Mara gewesen, die aufgrund ihrer Spürnase einen gewissen Stolz empfunden hatte. War es möglich, dass diesmal Rosen den richtigen Riecher gehabt hatte? Immer wieder hatte er auf diesen Vigor hingewiesen.

Hatte er sein Glück zu sehr herausgefordert?

Ein paar verlorene Regentropfen landeten auf der staubigen Windschutzscheibe.

Mara beschleunigte noch stärker, und sie schien geradezu an den Autos rechts von ihr vorbeizufliegen.

Nicht auch noch Rosen!

Nicht auch noch er!

Die Kugel war um Zentimeter an Rosen vorbeigepfiffen und mit einem trocknen Plopplaut ins Erdreich eingedrungen. Das Dröhnen des Schusses lag noch in der Luft, als Rosen die Schaufel mit wilden Bewegungen in den Boden trieb.

Der Mann im blauen Anzug kommentierte das mit einem halb zufriedenen, halb spöttischen Auflachen.

Nur langsam wurde die Mulde größer, das Loch am Rande dieser Lichtung, irgendwo in der Nähe von Königstein. *Das ist der Ort, an dem du sterben wirst,* sagte sich Rosen. Die Schlichtheit dieses Gedankens verstörte ihn. Als wäre es ein Gedanke über das Wetter oder über schmackhaftes Essen. Als wäre es vollkommen alltäglich. Auf jeden Fall war es unumstößlich. Eine ausweglose Lage.

Er schwitzte, er schaufelte, er spürte die Muskulatur seines Körpers, und nie war ihm dieser Körper wertvoller erschienen. Sein Dasein, sein ganzes verdammtes Leben war auf einmal etwas zutiefst Wertvolles, Schützenswertes. Es gehörte *ihm*, es war *seins*. Und die offenkundige Leichtigkeit, mit der es beendet werden konnte, ohne dass die Welt davon Notiz nahm, entsetzte ihn mit jedem Schaufelstoß mehr, mit dem er tiefer in die Erde vordrang.

»Du hast echt ein schlechtes Timing gehabt, Bulle«, sagte der Mann, das Gewehr mittlerweile lässig in der Armbeuge, im Mundwinkel eine Zigarette.

Rosen nickte vor sich hin. Das war sein Schicksal. *Schlechtes Timing.* Es erfasste ihn der trostlose Eindruck, immer schon irgendwie zur falschen Zeit am falschen Platz gelandet zu sein.

»Immerhin ist dir etwas gelungen, was die wenigsten schaffen«, fuhr der Mann fort. »Nämlich den Boss zu überraschen. Er hatte keine Ahnung, woran er mit dir war. Anscheinend hat er geglaubt, du wüsstest mehr über ihn, als es der Fall ist. Oder du hast noch eine Einheit im Rücken, die bereit ist zuzuschlagen.«

Rosen grub weiter, hilflos und stumm, ergeben in sein dürftiges Schicksal.

»Deswegen wollte er selbst ein paar Worte mit dir wechseln. Um der Sache auf den Grund zu gehen.«

Rosen schaufelte weiter und immer weiter. Nieselregen fiel, die Erde wurde nasser, sogar schon ein wenig schwerer.

Er war in Schweiß gebadet.

»Dann hat er uns signalisiert, keine Gefahr, du seist harmlos.«

Das war der abschließende Tritt in den Hintern: *harmlos*. Das konnten sie auf seinen Grabstein schreiben, falls man ihn hier jemals finden würde und er ein ordentliches Grab bekäme: *Jan Rosen. Ein harmloser Typ.*

»Wie gesagt, schlechtes Timing. Allein schon weil du den Boss gesehen hast, war dein Schicksal besiegelt.«

»Halt die Fresse!«, platzte es aus Rosen heraus, und er war darüber wohl selbst am meisten erschrocken.

»Schon gut, Bulle«, erwiderte sein Bewacher unbeeindruckt. »Reg dich ab und spar dir die Luft fürs Graben.«

Immerhin, der plötzliche Wutausbruch hatte Rosens Kopf klarer gemacht. Er schielte zu dem Typ hinüber. Gab es nicht doch noch irgendeine Möglichkeit, aus dieser Situation ...

»Mach dir keine Illusionen, du bist am Arsch«, unterbrach der Mann seinen Gedankengang, als hätte er ihn erraten. »Du kommst hier nicht mehr raus. *Rest in Peace.*«

Die Zigarette war zu Ende geraucht, das Gewehr zeigte wieder direkt auf Rosen.

Das war's also, dachte er. Das war eine weitere Alternative für den Grabspruch: *Schlechtes Timing.*

Der Regen wurde stärker, das Grab tiefer. Rosen stand darin, der Rücken gebeugt, die Beine leicht gespreizt. Seine Schuhe waren dreckverschmiert, auch der Saum seiner Hosenbeine. Erneut trieb er das Schaufelblatt voller Verzweiflung in die Erde.

»Hast es bald hinter dir, Bulle. Nur noch ein paar Schaufeln.«

Sein Audi war nirgendwo zu entdecken. Auch keine anderen Fahrzeuge.

Rosen, wo bist du?, fragte sich Mara lautlos, als sie vor der Villa parkte und aus ihrem Wagen stieg. Hier wirkte alles verlassen.

Sie ging zum Eingang und klingelte.

Stille.

Sie drückte noch ein paarmal auf dem Klingelknopf, allerdings in dem sicheren Gefühl, dass niemand öffnen würde.

Nach wie vor herrschte Totenstille, abgesehen von dem schwachen Regen.

Noch einmal versuchte sie vergeblich, Rosen telefonisch zu erreichen. Dann fing sie an, in einige der Erdgeschossfenster zu spähen, doch sie hörte schnell wieder damit auf. Es war nichts Bemerkenswertes festzustellen. Elegante, kostspielige Einrichtung. Keine Anzeichen dafür, dass sich im Moment jemand hier aufhielt. Mara umrundete die Villa. Auf der Rückseite fiel ihr ein Pfad auf, der zu einem Wäldchen führte. Hier entdeckte sie Spuren: Schuhabdrücke, die vom Regen langsam weggespült wurden.

Sie ging weiter, bis die ersten Bäume hinter ihr lagen, und hielt irgendwann inne. Du verlierst nur Zeit, sagte sie sich.

Sie seufzte und checkte ihr Handy, obwohl es ohnehin keinen Ton von sich gegeben hatte. Dann ging sie doch wieder weiter, fast gegen ihren Willen, mindestens hundert Meter.

Die Baumkronen fingen den Regen ab, es roch nach Erde, die Luft war noch erfüllt von der Hitze der letzten Wochen.

»Stopp!«, kam es Mara halblaut über die Lippen. Erneut hielt sie an. Nein, das brachte wirklich nichts.

Oder waren da Geräusche? Abgesehen vom Regen?

Sie stand regungslos und horchte angestrengt.

»Okay, das ist tief genug, Bulle.«

Rosen spähte hinauf zum bleigrauen Himmel. Der schönste, den er je gesehen hatte. Schöner als jedes Postkartenblau. Alles war schön, die ganze Welt, das Leben an sich. Er bekam es immer noch nicht in seinen Schädel hinein, dass es vorbei sein sollte. Warum hatte er sein Dasein nicht mehr genossen? Warum hatte er alles immer so schwer genommen?

Zu spät.

»Du kannst die Schaufel jetzt hinlegen.«

Das Ding fiel einfach aus seinen Händen, er merkte es kaum. Er sah auch nicht, dass der Mann nun direkt auf seinen Kopf zielte. Er zitterte nicht mehr, stand ganz ruhig da, völlig fassungslos, den Blick gesenkt, und sein Hirn versuchte sich irgendwie auf den Schuss einzustellen, der gleich die friedliche Ruhe auf der Lichtung zerreißen würde.

»Waffe runter! Sofort!«, sagte der Mann, was Rosen völlig verwirrte. *Moment mal, das war gar nicht die Stimme des Mannes gewesen, das war …*

Verwirrt sah Rosen auf.

Da stand sie. Natürlich ganz in Schwarz. Seitlich von dem Fremden im blauen Anzug. Nie war Rosen auch nur annähernd so froh über Mara Billinskys Anblick gewesen.

Sie hielt ihre Waffe auf den Mann gerichtet, der sich nicht regte und sie nur mit einem gelassenen Seitenblick bedachte.

»Waffe runter!«, wiederholte sie. Ihre Stimme hob sich messerscharf gegen das sanfte Plätschern des Regens ab.

Der Mann drehte den Kopf. Er sah zu Rosen, grinste ihn an – und wirbelte herum.

Zwei Schüsse ertönten fast gleichzeitig.

95

Erik Nordin beendete das Telefonat mit Colette Pelletier und steckte das Handy weg. Er saß an der zweckmäßigen, nicht sonderlich gut bestückten Bar des kleinen Hotels, in das er sich zurückgezogen hatte, und leerte seinen zweiten Scotch auf Eis.

Von Billinsky hatte er nichts mehr gehört. *För helvete*, fluchte er stumm in sich hinein. *Verdammt noch mal!*

Manchmal verspürte er den Drang, sie anzurufen oder ihr eine WhatsApp zu schicken, tat es dann aber doch nicht.

Für den morgigen Tag stand ein bereits länger anberaumtes Meeting mit seinen beiden so gegensätzlichen Kolleginnen an. Eigentlich war es dazu gedacht, die internationale Zusammenarbeit endgültig zu Grabe zu tragen. Zumindest so lange, bis irgendwelche neuen Erkenntnisse oder Hinweise auf dem Tisch lagen. Lundmark beschäftigte ihn ebenfalls. Wenn sein Vorgesetzter auch nur andeuten würde, dass er sich bei seiner Aussage vor Gericht doch nicht so sicher …

Nordin verscheuchte den Gedanken. Plötzlich überfiel ihn noch einmal die Erinnerung an Prince Banguras Ende. An jenen Moment, als dieser rätselhafte Mann gestorben war. Zu gern hätte er mit Billinsky wenigstens darüber ein paar Sätze gewechselt, aber dazu hatte keine Möglichkeit bestanden. Ihr Gesicht war wie aus Granit gemeißelt gewesen.

Er verdrängte beide Bilder. Sowohl das des toten Bangura als auch Maras steinerne Miene. Dafür musste er wieder an Pelletiers Stimme bei dem Gespräch gerade eben denken.

Sie hatte *anders* geklungen.

Weshalb hatte sie ihn überhaupt angerufen? Wirklich nur,

um ihn an das Meeting am Folgetag zu erinnern? Rechnete sie damit, er würde nicht erscheinen?

Mit dem leeren Glas signalisierte er dem gelangweilt am Handy herumspielenden Barkeeper, dass er noch einen Scotch wollte.

Ja, Colette hatte anders geklungen. *För helvete.*

96

Als Jan Rosen an diesem Abend nach Hause kam, fühlte er sich wie ein Zombie. So hätte Billinsky es ausgedrückt. Er konnte kaum noch laufen, er war physisch erschöpft und psychisch total am Ende.

Wie gewohnt verriegelte er die Wohnungstür dreimal. Er legte eine Vinyl-Scheibe von Chet Baker auf. Die gefühlvoll, geradezu fragil gespielten Töne der Trompete sollten seine Nerven beruhigen, doch das Gegenteil war der Fall. Er musste die Musik sofort wieder ausschalten.

Lautlosigkeit. Das war wesentlich besser, das tat *gut*. Auch wenn die Bildfetzen dieses albtraumhaften Tages nach wie vor in seinem Schädel aufblitzten. Er war verdreckt, seine Klamotten zerknittert und schmutzig, er gehörte sofort unter die Dusche, aber jetzt, da er saß, war es ihm unmöglich, wieder aufzustehen. Er sah sich außerstande, auch nur einen Finger zu rühren.

In seinem Innersten herrschte noch immer ein Kampf, und er fragte sich, welcher Eindruck der stärkere war. Der Schock, als er dem Tod ins Auge hatte sehen müssen, oder die Erleichterung darüber, dass er gerade noch mal davongekommen war. Ein bizarrer Kampf zwischen dem Tal der Depression und dem Gipfel der Euphorie.

Er saß da. Spürte das weich gepolsterte Sofa. Lauschte der Stille.

Jetzt würde er doch noch einen Termin beim Psychologischen Dienst vereinbaren müssen.

Nicht nur Bilder, auch Worte, die heute gefallen waren, jagten durch sein lädiertes Bewusstsein. *Mein Bein!*, hatte der Mann im blauen Anzug mit schmerzverzerrtem Gesicht aufgebrüllt. *Hätte ich auf deinen Kopf zielen sollen?*, hatte Billinsky geantwortet, die das Projektil aus dem Gewehr nur um Zentimeter verfehlt hatte. Wahrscheinlich weil der Mann so rasch herumgewirbelt war und augenblicklich geschossen hatte, ohne wirklich zu zielen.

Ja, Billinsky. Wie oft hatte Rosen sie bewundern müssen. Nicht dafür, dass sie keine Furcht kannte, so war es nicht, sie war schließlich auch nur ein Mensch, wenn auch ein höchst eigenwilliger. Nein, sondern dafür, dass es ihr irgendwie gelang, Angstgefühle unter Kontrolle zu kriegen. Konnte man das so sagen? War es so? Sie hatte *Schiss*, wie sie es nennen würde, natürlich hatte sie Schiss. Aber irgendetwas an ihr war anders als bei allen übrigen Kollegen, die er kannte. Nur was? Gut, sie war hartnäckiger als die meisten, aber sie besaß nicht mehr Mut, auch nicht mehr Kaltblütigkeit, ganz und gar nicht. Hatte ihre Entschlossenheit damit zu tun, dass sie weniger zu verlieren hatte als viele andere Menschen?

Wie kannst du nur so etwas denken, schalt Rosen sich sofort. Oder hing ihr Verhalten vielmehr damit zusammen, dass Abgründe auf Billinsky eine morbide Faszination ausübten?

Hör auf, dir all diesen Unsinn zusammenzureimen, schimpfte er erneut mit sich selbst, du wirst Billinsky sowieso nie verstehen, auch wenn du hundert Jahre alt wirst. Sei lieber froh, dass du *überhaupt* älter werden darfst …

Er dachte daran, was er ihr nach den Schüssen mit tränenerstickter Stimme gesagt hatte: *Wenn du nicht gewesen wärst …*

Sie hatte es mit einem Achselzucken abgetan und bereits auf den angeschossenen Mann eingeredet, der im Gras saß und mit den Händen versuchte, dem Blut, das aus seiner Oberschenkelwunde strömte, Einhalt zu gebieten. Vor allem wollte sie von ihm wissen, wer sich in dem offenkundigen Grab befand, das direkt neben dem gerade entstandenen Loch lag, in dem Rosen hätte enden sollen.

Als der Kerl auch nach mehrfachem Drängen ihrerseits eine

Antwort verweigerte, wies sie Rosen mit dieser ihr eigenen Be-
stimmtheit an, sich wieder die Schaufel zu schnappen und das
Rätsel umgehend zu lösen

Und Rosen fügte sich, wie immer. Völlig perplex fand er sich
erneut dabei, in der Erde zu graben. Es regnete immer stärker,
aber Mara war entschlossen, erst die Kollegen und einen Arzt
zu verständigen, wenn sie mehr wusste.

Es kostete eine gewisse Zeit und viele weitere Schweißtropfen von Rosen, bis genug Erde entfernt worden war, um den
Leichnam betrachten zu können. Es handelte sich um einen älteren Mann, der schon einige Tage, vielleicht auch wenige Wochen an dieser Stelle lag. Angefressen von Würmern und anderen Schädlingen, die verwesende Haut so grau wie der Himmel,
aus dem es weiterhin unablässig prasselte.

Rosen seufzte in die Stille des Wohnzimmers und schloss die
Augen. Trotzdem sah er immer noch den Toten vor sich. Und
dieses Bild würde ihn noch die ganze Nacht begleiten. Eine
Nacht, in der er mit Sicherheit keinen Schlaf finden würde. Das
tote Gesicht würde ihn verfolgen, ihn gnadenlos niederstarren,
die Schüsse würden immer wieder aufs Neue die Stille zerstören.

97

Es war ein neuer Morgen und der Himmel von seinem erdrückenden Grauschleier wie leer gefegt. Ein unendliches Blau erstreckte sich über der Stadt, doch zum ersten Mal hatte die Hitze nachgelassen. Als wäre sie vom anhaltenden Regen des Vorabends weggespült worden.

Stunden zuvor war der Schlaf mit der jähen Wucht eines Fallbeils über Mara Billinsky gekommen. Doch nach nur vier Stunden im Bett saß sie bereits wieder im Auto und fuhr durch überfüllte morgendliche Straßen. Diese Tage waren ein nicht enden wollender Marathon, eine unentwegte Jagd voller Rückschläge.

Jetzt befand sie sich auf dem Weg zur Universitätsklinik. Zu dem Ort, an dem Rafael Makiadi sein kurzes Leben ausgehaucht hatte.

Im Grunde war sie über den ohnmachtsähnlichen Tiefschlaf erleichtert gewesen, er war ein Schutz gegen Trauer und Wut, eine Mauer gegen die Welt da draußen. Wie auch die Musik, die so laut aufgedreht war, dass sie die Motorengeräusche mühelos übertönte. »I'm your eyes while you're away, I'm your pain while you repay«, sang James Hetfield von Metallica. »You know it's sad but true …«

Wie mochte es Rosen gehen?, fragte Mara sich. Er hatte bestimmt keine einzige Sekunde Ruhe gefunden. Am Vorabend hatte es eine Weile gedauert, bis er ihrem Drängen, nach Hause zu gehen, nachgegeben hatte. Angst vor der Einsamkeit der eigenen Wohnung hatte in seinem Blick gelegen, die Haut bleich, die Augen gerötet, das Gesicht verschmutzt von Schweiß und Erde.

Mara selbst war nicht untätig geblieben, hatte stundenlang weitergearbeitet und mithilfe fast des gesamten Teams der Spurensicherung die ersten Erkenntnisse gesammelt, die dieser überraschend verlaufene Tag gebracht hatte.

Erkenntnisse, die es nun zu nutzen galt.

Sie parkte vor einem der großen Klinikgebäude. Minuten später lief sie einen Korridor entlang, vor dessen letzter Zimmertüre gleich zwei uniformierte Beamte postiert waren. Sie erfuhr von ihnen, dass es im Laufe der vergangenen Stunden zu keinerlei Vorkommnissen gekommen sei, und betrat forsch den Patientenraum. Darin standen zwei Betten, von denen nur eines belegt war.

Der Mann schaute ihr stumm und misstrauisch entgegen. Er war zwar deutlich bleicher als gestern, aber er wirkte dennoch nicht sonderlich geschwächt, jedenfalls nicht wie jemand, dem man Stunden zuvor ein Projektil des Kalibers 5,7 mal 28 Millimeter aus dem Oberschenkel herausgeholt hatte.

Mara blieb an seinem Bett stehen und bedachte ihn mit einem bohrenden Blick.

Er brachte ein provozierendes Grinsen zustande. »Es tut mir von Herzen leid, aber leider ist gerade keine Besuchszeit.«

»Zu nett von Ihnen, dass Sie für mich eine Ausnahme machen«, erwiderte Mara exakt im selben Tonfall. »Übrigens, mit wem habe ich das Vergnügen?«

»Ich leide an Amnesie und habe alle Daten vergessen, die in Zusammenhang mit meiner Person stehen.« Er grinste sie weiterhin frech an. »Das kommt von dem Schuss, den gestern jemand auf mich abgefeuert hat. Ich glaube, Sie wissen, wer so unfreundlich gewesen ist.«

In Maras Gesicht hingegen fand sich nicht die kleinste Spur eines Grinsens. »Dann werde ich Ihrem Gedächtnis mal auf die Sprünge helfen. Sie heißen Tim Bernhard Weller, auch wenn Sie seit geraumer Zeit mehrere falsche Namen und gefälschte Papiere verwenden. Wir haben Sie anhand Ihrer Fingerabdrücke identifiziert, aber das war Ihnen schon klar, als ich hereinkam, nicht wahr? Es bringt also nichts, hier irgendwelche Spielchen abziehen zu wollen. Mein Kompliment, Sie haben Karriere gemacht. Erst kleinere Straftaten, dann zusehends größere, bis Sie die Sparte Kapitalverbrechen erreicht haben. Seit drei Jahren hat man allerdings nichts mehr von Ihnen gehört. Es gab Gerüchte, dass Sie sich als Auftragsmörder verdingen, aber noch keine stichhaltigen Beweise dafür. Die haben Sie jetzt nachgeliefert.«

Sein Grinsen erhielt allmählich einen eher verkrampften Zug. »Was Sie nicht sagen.«

»Oh, ich hab noch mehr«, gab sie gelassen zurück. »Die Waffe, mit der Sie meinen Kollegen erschießen wollten, ist ein Brügger & Thomet APR 338. Ein Scharfschützengewehr, bekannt für Treffsicherheit aus großen Entfernungen. Und darauf kam es für Sie an, richtig? Nicht gestern, aber kürzlich. Ausschließlich Ihre Fingerabdrücke sind auf der Waffe festgestellt worden. Was bedeutet, dass es schwer bis unmöglich für Sie wird, den Kopf aus der Schlinge zu ziehen. Der Mord an Prince Bangura geht auf Ihr Konto, genau wie der Mordversuch an meinem Kollegen.«

Sein Grinsen war endgültig verschwunden. Seine aufmerksamen Augen musterten sie. Er hatte krause Haare, und ein scharf geschnittenes Gesicht. Keine Frage, ein gut aussehender, alles andere als einfältig wirkender Mann. Trotzdem war er dumm genug gewesen, sich für die falsche Laufbahn zu entscheiden.

»Sie können Ihre Situation verbessern, indem Sie kooperieren«, fuhr Mara fort. Ihre Ironie hatte sich völlig aufgelöst, der Tonfall war schneidend. »In den letzten fast sechzehn Stunden haben sich unsere Einheiten nicht nur mit Ihnen beschäftigt. Auch mit dem Toten, den wir an der Stelle gefunden haben, wo Sie meinen Kollegen ermorden wollten.«

»Ermorden? Ich wollte ihn nur ein wenig erschrecken.« Offenbar versuchte er krampfhaft, seine spöttische Art von vorher wiederzubeleben. Es gelang ihm nicht.

»Selbstverständlich stellte es auch kein Problem dar, die Identität des Mannes herauszufinden«, redete Mara weiter, ihre Stimme ein präzises Stakkato. »Ebenfalls nicht, dass er umgebracht worden ist. Erst wurde er mit einem stumpfen Gegenstand bewusstlos geschlagen. Und zwar dem Kolben Ihres Gewehrs, wie die Spuren seines Blutes beweisen, das in nicht ausreichender Weise abgewaschen worden ist. Dann wurde er bis zum Eintritt des Todes stranguliert. Die Tatwaffe fanden wir in dem BMW, der noch in der Tiefgarage parkte und in dem ebenfalls Ihre Fingerabdrücke festgestellt werden konnten, und zwar massenhaft. Bei der Waffe handelt es sich um eine Drahtschlinge, wie sie häufig von Auftragsmördern benutzt wird. Ich gehe jede Wette ein, dass sich die Fingerabdrücke, die wir auf den Griffstücken der Schlinge fanden, als Ihre herausstellen werden.«

»Mit anderen Worten, es könnte besser aussehen für mich.«

»Ich mag Ihren Humor. Sonst nichts an Ihnen. Wie Sie erahnen können, war es leicht, den Toten aufgrund seiner DNA zu ermitteln. Es handelt sich um Alexander Vigor. Den *echten* Alexander Vigor, nicht den Mann, der sich unter diesem Namen meinem Kollegen vorgestellt hat.«

Erst jetzt ließ Mara eine Stille einkehren, die rasch den gesamten Raum ausfüllte. Sie maßen sich mit Blicken.

»Und nun?«, fragte Tim Weller.

»Und nun sind Sie an der Reihe.« Sie verlagerte ihr Gewicht aufs andere Bein und ließ den Mann keinen Sekundenbruchteil aus den Augen. »Machen Sie den Mund auf. Ich weiß, warum Prince Bangura sterben musste. Auch er stand auf der Lohnliste Ihres Bosses. Damit er nicht plaudern konnte, haben Sie ihn mit Ihrem Präzisionsgewehr um die Ecke gebracht, als ich ihn verhaften wollte. Aber warum haben Sie Alexander Vigor getötet?«

Er taxierte sie nach wie vor aufmerksam, schien zu überlegen.

»Egal, welchen Ausweg Sie in Gedanken gerade auch suchen, Herr Weller, es gibt keinen. Sie sind erfahren genug, um das einzusehen. Also noch mal: Wieso musste Vigor sterben?«

Zum ersten Mal, seit sie hereingekommen war, senkte Weller den Blick. »Die genauen Gründe kenne ich nicht. Es ging um Geschäftliches. Mein Boss hat sich mit Nachdruck in die Business-Welt gedrängt. Soweit ich weiß, hat er mehrere Firmen aufgekauft. Wer sich ihm in den Weg stellte, hatte ein Problem. Je standhafter man war, desto größer wurde das Problem. Anfangs dachte Vigor wohl darüber nach, sich auf Geschäfte mit meinem Boss einzulassen, aber wahrscheinlich ging ihm irgendwann ein Licht auf, mit wem er es zu tun hatte. Genau wie dieser Holländerin, die sogar vor Gericht ziehen wollte.«

»Wir sprechen also von Wirtschaftskriminalität«, sagte Mara bestimmt.

Weller spielte mit seiner strahlend weißen Bettdecke herum und zuckte mit den Achseln. »Nennen Sie es, wie Sie wollen, ich kenne keine Details und bin nur ein kleiner Fisch.«

»Immerhin ein Killerfisch«, bemerkte sie trocken. »Bei Alexander Vigor ging es nicht nur darum, ihn aus dem Weg zu räumen, was dem Zustand seines Leichnams nach zu urteilen schon vor einigen Wochen geschehen ist. Ihr Boss hat Vigors Villa als zeitweiligen Stützpunkt auserkoren, richtig?«

»Schon möglich.«

»Deswegen hatten Sie und weitere Helfer auch damit zu tun, den Kram Ihres Chefs aus der Villa zu räumen. Mein Kollege hat das gehört, als er verschnürt im Keller lag. Worum hat es sich dabei gehandelt? Computer? Server? Waffen?«

»So in etwa«, antwortete er murmelnd. Der Ernst seiner Lage war ihm endgültig bewusst geworden, wie es schien.

»Ein Stützpunkt. Bleiben wir bei diesem Ausdruck.«

»Er wechselt ständig seinen Standort. Er bleibt immer in Bewegung und ist nie länger als ein paar Tage, höchstens zwei, drei

Wochen an ein und demselben Fleck. Er ist immer hellwach, er bildet sich weiter, saugt Wissen in sich rein. Wie ein verdammter Professor.«

»*Er*. Der *Boss*. Der *Chef*. Geben wir ihm doch einen Namen.« Mara holte Luft. Ein entscheidender Moment, sie spürte es. Und sie vertraute ihrer Intuition. »Wir sprechen von dem Mann, der hier in Frankfurt Polaris genannt wird. Richtig?«

Tim Weller starrte seine Bettdecke an und nickte.

Sie atmete durch. Schon seit Pelletier einen Verdacht hinsichtlich Nordin geäußert hatte, vielleicht bereits seit Bangura mit einem Präzisionsgewehr professionell aus dem Weg geräumt worden war, hatte eine Ahnung in Mara zu glimmen begonnen. Ja, Polaris. So nah waren sie noch nie an ihn herangekommen. Nun wussten sie sogar, wie er aussah, immerhin hatte Rosen persönlich mit ihm gesprochen. »Wie heißt er wirklich?«

»Keine Ahnung.«

»Nur um kurz Ihre Erinnerung aufzufrischen: Auf Sie warten Mordanklagen. Je bereitwilliger und umfassender Sie jetzt kooperieren, desto besser ist das für Ihre Situation.«

»Jemanden wie Prince Bangura zu erschießen, ist doch kein Mord«, meinte er verächtlich. »Das ist Müllentsorgung.«

»Bangura gehörte also auch zu Polaris«, sagte Mara schnell, um ihn zum Weiterreden zu bewegen. Alles hatte vor ihnen gelegen, aber es hatte sich als unmöglich erwiesen, diesen Zusammenhang herzustellen. Es waren nicht *mehrere* Puzzles gewesen, die es zu lösen galt – sondern ein einziges von beträchtlichen Ausmaßen. Und der letzte Teil davon war Polaris.

»Ja, Bangura hat für ihn gearbeitet, sogar länger als ich. Hat Blutaufträge erfüllt, sich aber auch mit diesem digitalen Scheiß ausgekannt, von dem ich keinen Schimmer hab. Irgendwann gab es Ärger zwischen ihnen.«

»Warum?«

»Weil Bangura ein Mistkerl war und jede Chance genutzt

hat, um in die eigene Tasche zu arbeiten. Er war die treibende Kraft hinter dem Darknet-Server, der aufgeflogen ist.«

»Hatte Polaris damit nichts zu tun?«

»Ich bin mir nicht sicher, aber ich glaube nicht. Außerdem kam raus, dass Bangura hin und wieder Opfer, die kurz und schmerzlos verschwinden sollten, foltern ließ und den Dreck gefilmt hat, um alles ins Netz zu stellen.«

»Zum Beispiel den Mord an Ignaz Gregorius. Aus welchem Grund musste der Anwalt dran glauben?«

»Er war ein Rechtsverdreher, der für Polaris tätig war. Dadurch hatte er natürlich Einblicke in alles, was vor sich ging. Irgendwann wusste er zu viel und wurde vom Boss als mögliche Gefahr betrachtet. Ihn zu liquidieren war eher eine Vorsichtsmaßnahme.«

»Sie sagten, es gab Ärger zwischen Polaris und Bangura. Also war Banguras Situation ohnehin prekär geworden, selbst wenn wir ihn nicht geschnappt hätten.«

»Wissen Sie, auch Polaris hat schon Folterbefehle gegeben. Aber nur wenn er daraus einen klaren Nutzen ziehen konnte. Er bevorzugt unspektakuläre Lösungen, möglichst ohne Aufwand. Er ist ein absoluter Profi. So ziemlich der professionellste Typ, den ich je getroffen habe. Effektiv, effizient, kalt. Aber Bangura …« Angewidert schüttelte er den Kopf. »Der war wahnsinnig. Total durchgeknallt. Ein Psychopath, ein echter Sadist. Man wusste bei ihm nie, woran man war. Dem Typen hätte ich auf keinen Fall den Rücken zugekehrt. Als es hieß, er stecke in der Klemme und warte darauf, dass ihn jemand von uns abholt, wollte ich das nicht übernehmen, aber ich erhielt den Befehl. Mit dem kleinen Zusatz, Bangura dürfe unter keinen Umständen in eure Hände fallen. Der Boss traute ihm endgültig nicht mehr über den Weg. Ehrlich, ich war erleichtert, als ich sah, dass Bangura in eurer Gewalt war.«

»Erleichtert, weil das sein Todesurteil bedeutet hat.«

Tim Weller erwiderte nichts. Noch immer sah er Mara nicht an. Sein Blick verlor sich im Weiß der Bettwäsche.

»Kommen wir zurück zur entscheidenden Frage. Wer verbirgt sich hinter dem Namen Polaris?«

»Es war keine Lüge, ich weiß es tatsächlich nicht. Er nennt niemandem seinen richtigen Namen. Es gibt kaum Informationen über ihn. Er stammt offenbar aus Stockholm, aber niemand kann mit Sicherheit sagen, ob er auch die schwedische Nationalität hat. Seine Fingerabdrücke müssen irgendwann einmal registriert worden sein, denn er war anscheinend so konsequent, sich mit voller Absicht seine Fingerkuppen mit Säure zu verätzen. Man kann keine identifizierbaren Abdrücke mehr von ihm nehmen.« Weller lachte leise, irgendwo zwischen Ungläubigkeit und Anerkennung. »Ich sagte ja, das ist ein Vollprofi.«

»Wo hält er sich im Moment auf?«

»Keine Ahnung.«

»Sie waren als Einziger von seinen Leuten noch in der Villa. Wohin sollten Sie fahren, nachdem Sie meinen Kollegen aus dem Weg geräumt hatten?«

»In ein nettes kleines Hotel im Frankfurter Westend. Dort ist auf den Decknamen Timmermann ein Zimmer für mich reserviert. Das können Sie nachprüfen. Ich sollte ein paar Tage die Beine hochlegen und in Ruhe auf weitere Anweisungen warten.«

Mara betrachtete ihn schweigend und dachte über seine Worte nach.

»Hören Sie zu«, sprach er weiter. »Sie werden diesen Mann nicht kriegen. Er ist zu schlau und vor allem zu vorsichtig. Er hinterlässt keine Spuren. Er denkt *größer* als jeder Boss, mit dem ich je zu tun hatte, und er denkt viel weiter voraus. Wer weiß, wo er untergetaucht ist. Wer weiß, was er noch vorhat. Ich würde jede Summe der Welt darauf wetten, dass Sie ihn niemals kriegen.«

Aber ich bin ihm ein ganzes Stück näher gekommen, sagte sich Mara.

Sie stellte sich die Gesichter vor, die Nordin und Pelletier machen würden, wenn sie ihnen beim später anberaumten Meeting von dieser Befragung berichtete.

Sie rief sich die Worte in Erinnerung, die die Französin bei ihrem letzten Aufeinandertreffen unter vier Augen geäußert hatte. Die kaum verhüllten Warnungen. Und auf einmal kam Mara eine Idee, die ihr ein schmales, kaum wahrnehmbares Grinsen aufs Gesicht zauberte. Das erste seit Langem.

98

Die vergleichsweise kühle Luft hatte sich gehalten, sogar während der ansonsten besonders heißen Mittagsstunden. Die ganze Stadt schien angesichts der gefallenen Temperaturen durchzuatmen.

Mara Billinsky begab sich von ihrem Büro in Richtung des Besprechungsraums, der für das internationale Team reserviert worden war. Eigentlich hatte sie sich noch bei Rosen melden und nach seinem Befinden erkundigen wollen, doch sie war einfach nicht dazu gekommen.

Es war wie öfter schon: Ihre beiden Kollegen saßen bereits an dem länglichen Tisch und mussten auf sie warten. Erik Nordins Gesichtsausdruck war verschlossen, Colette Pelletiers Züge strahlten etwas Neutrales, Sachliches aus. Mit einer beiläufigen Bewegung strich sie sich ihre neu wirkende, zartgelbe Seidenbluse glatt.

Mara setzte sich ebenfalls. »Stimmung wie bei einer Trauerveranstaltung, was?«, meinte sie.

Nordin reagierte nicht, Pelletier lächelte kurz. »So weit würde ich nicht gehen«, antwortete sie. »Aber eine Party wäre wohl auch nicht angebracht.«

»Abwarten.«

»Es hätte uns übrigens nicht überrascht, wenn du unser Treffen abgesagt oder verschoben hättest.« Der Tonfall der Französin erhielt etwas aufrichtig Mitfühlendes. »Ich kann mir gut vorstellen, dass du mit den Gedanken ganz woanders bist.«

»Ich bin mit den Gedanken genau hier«, erwiderte Mara, die gerade jetzt nicht an Rafaels Tod erinnert werden wollte. »Und ich habe Informationen mitgebracht, die für euch sicherlich interessant sein dürften.«

Nordins Kopf ruckte hoch. Zum ersten Mal schaute er Mara ganz direkt an, aber es kam kein Laut über seine Lippen.

»Wir sind gespannt«, sagte Pelletier, doch ihr Tonfall ließ keineswegs auf allzu große Spannung schließen. Sie wollte wohl nur freundlich sein.

In gewohnt kurzen Sätzen schilderte Mara die Befragung von Tim Bernhard Weller und zumindest teilweise, was sie am Vortag in der Nähe von Alexander Vigors Villa erlebt hatte.

Danach breitete sich erst einmal Stille aus. Die Französin und der Schwede wechselten einen langen Blick, dann sagte sie nur: »Wow!«

Das Wort hallte in dem Zimmer nach, in dem zwei Fenster gekippt waren, sodass leise und monoton die Motorengeräusche von der wie immer überfüllten Adickesallee zu ihnen drangen.

»Na, Kollegen, was sagt ihr jetzt?«

»Dass wir uns schleunigst mit allen Vorgesetzten kurzschließen.« Pelletier nickte entschieden. »Damit haben wir ja eine vollkommen neue Situation.«

»Das heißt, dass wir Polaris die ganze Zeit über viel näher waren, als wir es selbst für möglich gehalten hätten.« Nordins Stimme war leise, sein Akzent wirkte härter als sonst.

»Das war gestern auch mein erster Gedanke«, stimmte Mara zu.

»Und trotzdem wissen wir im Grunde nicht mehr über ihn«, gab die Französin zu bedenken. »Nicht einmal, wo er sich im Moment aufhalten könnte.«

»Auch das ist richtig.« Mara sah von ihr zu Nordin, der nachdenklich wirkte. Auf seiner Stirn hatten sich tiefe Furchen gebildet.

»Billinsky, glaubst du, wir werden von Tim Weller noch mehr erfahren?«, fragte Pelletier.

»Ich werde natürlich nicht lockerlassen, weiter Informationen aus ihm rauszuholen. Mein Eindruck war allerdings, dass er wirklich nicht weiß, wo Polaris steckt.«

»Dein Kollege kann aber eine exakte Beschreibung von ihm liefern.«

»Er ist etwas angeschlagen, aber klar – durch ihn haben wir eine Beschreibung.«

Pelletier antwortete in hoffnungsvollem Tonfall: »Vielleicht können wir jetzt verhindern, dass Polaris uns immer einen Schritt voraus ist. Was denkst du, Erik?«

»Wann immer sich eine Chance bietet, werde ich da sein.«

Pelletier lächelte. »Gut.«

»Besser als gut.« Mara lehnte sich zurück und streckte die Beine bequem unter dem Tisch aus. »Denn eine Sache habe ich euch noch gar nicht erzählt. Die Chance ist groß, dass ich einiges mehr herauskriegen werde.«

Beide sahen sie an, jetzt durchaus erwartungsvoll und gespannt.

»Ich werde mich mit jemandem treffen, der weitere Informationen bezüglich Polaris hat.«

»Mit wem?«, fragten sie unisono.

Mara schmunzelte. Ihr Blick wanderte wieder zwischen den beiden Kollegen hin und her.

»Mit wem?«, wiederholte Pelletier.

»Mit einem Informanten, von dem ihr bisher noch nichts wisst. Er hat angedeutet, dass es in unseren Reihen eine undichte Stelle gibt. Ich bin wirklich gespannt, was ich da erfahren werde. Und anscheinend werde ich auch Hinweise über den derzeitigen Aufenthaltsort von Polaris erhalten.«

»Eine undichte Stelle?«, wiederholte Nordin. »Aber das ist unmöglich.«

»Abwarten.«

»Du zauberst diesen Informanten aus dem Hut wie ein Magier das Kaninchen«, meinte er.

»Abrakadabra.«

»Sollen wir dich begleiten?«, bot er an. »Oder zumindest einer von uns?«

»Auf keinen Fall. Die Person ist ziemlich besorgt, was die eigene Anonymität betrifft. Und seit der Sache mit Ramon …« Sie ließ den Satz unvollendet.

»Wann findet das Treffen statt?«, wollte Nordin wissen.

»Noch heute, gegen Abend.«

»Und wo? Hier in Frankfurt?«

Mara stand auf. »Ich muss jetzt los.«

99

Es kam Jan Rosen immer noch vor, als würde er sich wie ein Zombie vorwärtsbewegen, aber er wollte nicht klagen. Schon gar nicht angesichts der Tatsache, dass alles viel schlimmer hätte enden können.

Was waren schon ein schockartiger Taumelzustand, eine schlaflose Nacht und Schwielen an den Händen vom ungewohnten Hantieren mit einer Schaufel gegen eine Kugel im Kopf?

Also hatte er sich morgens aufgerafft, ein Frühstück runtergewürgt und sich mit einer kalten Dusche halbwegs zurück ins Leben geholt. Nach einigen Telefonaten mit Kollegen hatte er sich hinters Steuer geklemmt, um nach Wiesbaden ins Landeskriminalamt zu fahren.

Zombie hin oder her, Jan Rosens Pflichtbewusstsein ließ gar nichts anderes zu.

Jetzt saß er in einem hell und modern eingerichteten Büro an einem Schreibtisch neben Liane Horczyk, einer knapp fünfzigjährigen Frau mit Kurzhaarschnitt. Sie war eine erfahrene Phantombildzeichnerin, deren Fähigkeiten über die Grenzen Hessens hinaus gerühmt wurden. Es war bekannt, dass sie sogar an Lehrgängen im FBI-Hauptquartier in Quantico teilgenommen hatte, ein ganz besonderer Ritterschlag.

Er versuchte sich zu konzentrieren und den Mann haargenau zu beschreiben, mit dem er in der Villa bei Königstein das im Grunde höchst angenehm verlaufene Gespräch geführt hatte.

Aus den Details, die er nannte, setzte Liane Horczyk am Computer nach und nach ein Bild zusammen. Schon seit vielen Jahren wurden dafür nicht mehr Stift und Blatt verwendet, sondern eine Software, mit deren Hilfe in Sekundenschnelle und mit enorm großem Variantenreichtum das Bild angepasst werden konnte.

Sie kamen gut voran, als Rosens Handy einen leisen Anrufton von sich gab.

»Entschuldigung«, sagte er und stand auf, um sich in eine Ecke des Büros zurückzuziehen und in Ruhe telefonieren zu können.

Es war seine Mutter. Dabei hatten sie doch schon ausgiebig miteinander geredet. Er eröffnete ihr gleich, dass es schlecht passe, aber davon ließ sie sich nicht abhalten. Ihre nicht sonderlich überraschende Frage kam wie aus der Pistole geschossen: »Hast du einen Termin bei Psychologischen Dienst ausgemacht, Janni?«

»Ja, ich habe vorhin angerufen.« Diesmal war es keine Lüge.

»Wann wirst du mit deinem Vorgesetzten reden, um deinen Abschied in die Wege zu leiten?«

Auch diese Frage kam eigentlich alles andere als unerwartet, und doch war Rosen überrascht. Er selbst hatte bisher gar nicht über diesen Schritt nachgedacht: »Reden?«, fragte er lahm zurück, um etwas Zeit zu gewinnen.

»Janni, du wirst es ihm schon sagen müssen.«

»Aber das geht nicht.«

»Was? Mit ihm reden? Ist er nicht da?«

»Nein, ich meine, den Dienst quittieren.« Er musste tief Luft holen und fügte hinzu: »Ich bleibe.«

Erst als er es aussprach, wurde ihm so richtig bewusst, dass er diesen Entschluss getroffen hatte.

»Aber, Janni, denk doch mal dran, was dir zuletzt alles zugestoßen ist.«

Genau daran wollte er *nicht* denken. Nicht an silbern funkelnde Thermoskannen, die als Schlagwaffe genutzt wurden, und schon gar nicht an Schaufeln, mit denen man Gräber ausheben konnte.

»Es ist, wie es ist«, meinte er leise.

Seine Mutter stöhnte. »Junge, mach dich nicht unglücklich.«

»Ich kann doch nicht alle paar Wochen sagen, dass ich aufhöre. Das geht einfach nicht, Mama. Ich habe meinen Platz gefunden. Glaub mir, alles ist in Ordnung.«

»In Ordnung?«, rief sie. »So würde ich das auf keinen Fall bezeichnen.«

»Ich bleibe«, sagte er noch einmal, legte auf und setzte sich wieder neben Liane Horczyk. Sie nickte ihm zu und zeigte auf den Monitor. »Na, was sagen Sie?«, fragte sie.

Rosen betrachtete das künstlich erstellte Gesicht.

Das leicht gewellte, dunkle Haar mit grauen Strähnen, die eindrucksvolle Nase. Der ebenfalls grau durchsetzte, perfekt gestutzte Vollbart.

»Ist es gut?«, wollte die Phantombildzeichnerin wissen. »Oder haben Sie noch Korrekturen?«

Rosen schüttelte den Kopf. »Keine Korrekturen.«

So sah er aus, der rätselhafte Mann aus Königstein. Das war Polaris.

100

Mara trat ins Freie und sog die Luft ein.

Die Hitze war tatsächlich verschwunden. Es wehte sogar ein leichter, angenehmer Wind.

Das Präsidium warf einen monströsen Schatten, den sie mit schnellen Schritten hinter sich ließ. Im bereits schwächer werdenden Sonnenlicht ging sie auf ihren Wagen zu. Sie ließ sich auf dem Fahrersitz nieder, startete aber noch nicht den Motor. Sekunden verstrichen, eine halbe Minute. Sie schaltete Musik ein, aber gleich wieder aus. Jetzt nicht, sagte sie sich. Sie wollte konzentriert bleiben, sich durch nichts ablenken lassen.

Erst jetzt brachte sie den Alfa dazu, laut aufzubrüllen. Dann steuerte sei aus der Parklücke, um die Parkplatzausfahrt zur Adickesallee zu nehmen und sich in den zäh fließenden Verkehr einzufädeln.

Nur langsam ging es voran, doch das störte sie ausnahmsweise nicht, im Gegenteil.

Sie folgte dem schnurgeraden Verlauf der Habsburger Allee Richtung Ostend und stand lange an der roten Ampel der Abzweigung zur belebten Berger Straße. Ab und zu warf sie einen Blick in den Rückspiegel. Das Signal sprang auf Grün, und sie konnte die Fahrt fortsetzen. Sie passierte die Bar Destino, in die sie früher öfter eingekehrt war, und viele Wohnblöcke, die sich zu beiden Seiten aneinanderreihten.

Das graue Asphaltband beschrieb eine Kurve, es ging für mehrere Hundert Meter leicht bergab. Weiterhin ohne Eile fuhr Mara am Italienischen Konsulat vorbei. Nicht weit von hier ragte der Keil der Europäischen Zentralbank in den Himmel, der sich dunkel zu verfärben begann.

Nur wenige Minuten später stellte sie ihren Alfa am Rand einer weitaus ruhigeren Straße ab. Sie machte sich auf den Weg zum Osthafen, einem am nördlichen Mainufer gelegenen Industriegebiet. Tagsüber war hier viel los, jetzt aber, gegen Abend, kehrte Ruhe ein. Sie konnte das Wasser riechen, während sie an schmucklosen Bürogebäuden vorüberschritt. Dann bog sie auf einen schmalen Fußweg ab, der sie noch näher zu den Hafenbecken führte.

Außer Mara befand sich keine Menschenseele hier. Eine ungewohnte Ruhe setzte ein, das Brummen des Verkehrs auf der nahen Hanauer Landstraße war nur schwach zu hören. Nicht weit entfernt befand sich die Schraubenfabrik, in der Rafael Makiadi gearbeitet hatte. Auch das Gebäude, in dem sie darauf gehofft hatten, Polaris anzutreffen, lag in der Nähe.

Mara spähte kurz über die Schulter. Niemand schien ihr auf den Fersen zu sein.

Sie bog erneut ab und gelangte auf ein ausgedehntes Areal, auf dem Frachtcontainer gestapelt waren. Es war ein wahres Labyrinth aus kastenförmigen Bergen, zwischen denen enge Pfade verliefen. Die High Cube Container in ihren vielen verschiedenen grellen Farben wirkten wie überdimensionierte Bauklötze, eine Spielecke für die Kinder von Riesen. Darüber wölbte sich der Himmel, der noch dunkler geworden war. Wolkenfetzen zogen vorüber.

An der Ecke eines flammend roten Frachtcontainers hörte Mara die Geräusche. Leise, kaum wahrnehmbar.

Anspannung stellte sich sofort ein. Es war eine gute Idee gewesen, diesen Ort auszusuchen. Sie stoppte, trat zur Seite und drückte ihren Rücken an den Stahl des Containers.

Wieder die Geräusche. Sohlen auf rissigem Asphalt. Jemand, der versuchte, sich möglichst leise fortzubewegen.

Maras Hand tastete nach ihrer Pistole im Hüftholster.

Die Schritte kamen näher.

Noch näher.

Mara zog die Waffe und steckte sie doch wieder zurück ins Holster.

Die Schritte hielten inne.

Mara schob sich blitzschnell um die Ecke des Containers.

»Vorsicht, sonst verlierst du mich noch aus den Augen«, sagte sie.

Sie starrten einander an.

Grabesstille.

Jan Rosen hatte nach der Rückfahrt aus Wiesbaden kaum an seinem Schreibtisch Platz genommen, als es hieß, eine Besucherin bestehe recht nachdrücklich darauf, ihn unter vier Augen zu sprechen.

Eigentlich hatte er gerade vorgehabt, das von Liane Horczyk am Computer erstellte Phantombild mit erläuternden Angaben seinerseits an verschiedene Kollegen und seine Vorgesetzten zu versenden, doch mit einem Seufzer stand er wieder auf.

Das Gespräch würde sicher nicht allzu viel Zeit in Anspruch nehmen. Außerdem wollte er die E-Mail mit dem Bild in Ruhe schreiben, um nun ja keine wichtigen Angaben zu vergessen und dann noch eine weitere Nachricht hinterherschicken zu müssen. Das wäre ihm peinlich gewesen.

Sie erwartete ihn im gleichen Besprechungszimmer wie zuletzt. Und erneut hatte ihr Blick etwas Tadelndes.

»Guten Tag, Frau Steinberg«, sagte er steif und fragte sich, warum er in ihrer Gegenwart immer sofort befangen war.

Sie schüttelten sich die Hände und nahmen einander gegenüber Platz.

Tessa Steinberg verzichtete auf eine Begrüßung. »Kommissar Rosen, kann es sein, dass Sie mich vergessen haben?«

»Äh, wieso?«, meinte er.

»Ich habe nichts mehr von Ihnen gehört, seit Sie mir zugesagt haben, die Suche nach Alexander Vigor aufzunehmen.« Sie sprach vorwurfsvoll, wie eine Chefin mit einem Untergebenen, der nachlässig gewesen war.

Woher nahmen manche Menschen nur diese Selbstsicherheit, diese Dreistigkeit, wunderte sich Rosen, der sich zu konzentrieren versuchte.

»Gibt es Ergebnisse?«, fragte sie unverdrossen im selben Tonfall weiter.

»Einen Moment, bitte«, antwortete er kleinlaut. Er merkte, dass er rot anlief, und er ärgerte sich darüber. Ungeschickt zog er sein Handy aus der Hosentasche, es fiel ihm auf den Boden, er hob es auf, wurde erst so richtig rot, und schließlich gelang es ihm, ein Bild des echten Alexander Vigors zu zeigen – es war in der Villa gefunden worden, und er hatte es fotografiert.

Sie bedachte ihm mit einem amüsierten Schmunzeln und schaute sich dann aufmerksam die Aufnahme an. »Wer ist das?«

»Sie sind diesem Mann also nie begegnet?«

»Würde ich sonst fragen, Kommissar?« Ihr Schmunzeln umspielte noch die Mundwinkel ihrer dezent geschminkten Lippen. Sie war eine Frau, die sehr auf sich achtete. Sportlich, aber nicht übermäßig durchtrainiert. Elegant, aber nicht übertrieben schick. Sie wirkte jünger, als sie war, und das schien sie zu wissen.

»Das ist ein kürzlich verstorbener Herr«, begann Rosen umständlich mit seiner Erklärung. Es gelang ihm nie, locker oder spontan zu sein, erst recht nicht bei einer Unterhaltung, auf die er sich vorher nicht in Gedanken hatte einstellen können.

»Aha. Das tut mir außerordentlich leid für ihn, aber warum zeigen Sie mir sein Foto?«

»Das ist – oder eher war – Alexander Vigor.«

In ihren Augen blitzte es verblüfft auf. »Bitte?«

»Die DNA-Analyse, die durchgeführt wurde, lässt keinen Zweifel«, entgegnete er in seiner spröden Art, die vor allem dann durchdrang, wenn er nervös war. Und diese stets fordernde Dame machte ihn nervös.

»Aber wer ist dann der Mann, mit dem ich mich …« Sie ließ das Ende ihrer Frage offen.

»Wir sind dabei, seine Identität festzustellen.« Er erhob sich zum Zeichen, dass für ihn die Unterhaltung beendet war.

Das musste sie erst einmal verdauen. Noch immer wirkte sie völlig verblüfft. »Und das war's jetzt, oder was?« Sie blieb sitzen.

»Äh, ich bin leider nicht befugt, Ihnen mehr …«

»Papperlapapp, ein bisschen was möchte ich schon noch wissen, Kommissar Rosen.«

Er nickte. »Selbstverständlich. Doch wie gesagt, momentan darf ich Ihnen nicht …«

»Wann dann?«

»Also …« Er fuhr sich durch seine schütteren Haare. »Das weiß ich noch nicht.«

Immerhin, auch sie erhob sich jetzt. Offenbar hatte sie sich ein wenig von ihrer Überraschung erholt. »Besteht denn die Möglichkeit, in einigen Tagen mehr zu erfahren? Ich fühle mich als direkt Betroffene, wie Sie sicher verstehen.«

»Und ob ich das verstehe«, stimmte er beflissen zu. »In einigen Tagen? Nun ja, ich hoffe.«

»Gut.« Sie umrundete den Tisch und hielt ihm die Hand hin, die er erneut schüttelte. »Vielleicht können Sie mir die Ermittlungsergebnisse einmal in Ruhe mitteilen, Kommissar Rosen.«

»Äh …«

»Wie wäre es mit einem gemeinsamen Abendessen?«

»Äh …«

Die Andeutung eines Lächelns huschte auf einmal über ihr Gesicht. »Ich melde mich einfach bei Ihnen.«

Mit diesen Worten schritt sie aus dem Besprechungsraum und ließ einen verdatterten Jan Rosen zurück.

Gemeinsames Abendessen? Was war das denn?, fragte er sich mit großen Augen. Hatte Tessa Steinberg etwa gerade mit ihm geflirtet?

Noch immer starrten sie einander an.

Rechts und links von ihnen stapelten sich meterhoch die bunten Frachtcontainer, sodass sie sich wie in einer engen Schlucht befanden.

Mara Billinsky legte die Hand auf die Dienstwaffe, beließ sie aber im Holster. »Da wären wir also.«

»Ich bin einfach zu neugierig, ich musste dir hinterherfahren.« Melodisch hing die Stimme mit dem Akzent in der Luft.

»Das Stichwort mit der undichten Stelle hat dich in Aufregung versetzt, stimmt's?«

»Ich wollte nur unbedingt wissen, um wen es sich handelt«, sagte Colette Pelletier.

»Du bist die undichte Stelle, Colette. Nicht etwa Nordin. Und du bist mir nicht nur aus Neugier heimlich gefolgt, sondern vor allem aus Angst.«

»Das ist Unsinn.«

»Hättest du keine Angst gehabt, dein Spiel würde auffliegen, hättest du mit Nordin gewartet, bis ich euch mögliche neue Hinweise liefere. Aber du bist hier, das ist es, was für mich zählt. Ich werde dich durchleuchten. Dein privates und dein Diensthandy, deinen Laptop. Ich werde rekonstruieren, was du an deinen freien Abenden getan und mit wem du dich getroffen hast. Mich wirst du nicht mehr los. Ich mache weiter, bis ich etwas Entscheidendes finde. Du weißt genau, dass man nicht alle Spuren verwischen kann.«

»Es gibt gar keinen Informanten, richtig?«

»Es war mir einen Versuch wert. Ich dachte mir, mal sehen, wer sich aus der Deckung locken lässt.«

»Hast du mit mir gerechnet oder mit jemand anderem?«

»Ich hab mit jemandem gerechnet, der ein mieses Verräterspiel abzieht. Und zwar schon recht lange. Deshalb war uns Polaris auch immer einen Schritt voraus. Deshalb tauchte er nicht mehr in dem bestimmten Haus auf, nachdem Nordin darauf aufmerksam geworden war. Und deshalb musste Ramon sterben. Weil er immer an Informationen herankam, sogar über Polaris.« Mara fügte hinzu: »Dein Fehler war es, dass du auf einmal so unverblümt einen Verdacht gegen Nordin geäußert hast. Da wurde ich stutzig. Warum hast du das getan?«

Die Französin holte tief Luft. »Weil er einfach nicht aufhören wollte, Polaris hinterherzujagen. Erik hat sich da völlig in was hineingesteigert. Ohne ihn hätte es unsere Truppe vielleicht schon gar nicht mehr gegeben. Ich traute ihm sogar zu, auf eigene Faust weiterzumachen, ohne dienstlichen Auftrag. Er hätte niemals lockergelassen, und deshalb dachte ich, es wäre hilfreich und ein guter Zeitpunkt, einige Zweifel an ihm zu säen.«

»Sprechen wir lieber über *deinen* Auftrag. Und ich meine nicht den dienstlichen. Sondern deine jämmerliche Aufgabe, Hinweise über den Stand unserer Ermittlungen und unsere nächsten Schritte weiterzugeben.«

Colette Pelletier lächelte, doch es war ein bitteres Lächeln. »Warum ist dein Kollege … Wie heißt er noch? Rosen? Warum musste er unbedingt zu dieser Villa fahren? Wäre das nicht passiert …« Sie ließ ihre Stimme verklingen.

Ein leichter Wind spielte mit ihren kecken Ponyfransen. Sie trug eine enge Hose, die ihre langen Beine betonte, und nach wie vor die Bluse in dem zarten Gelbton, darüber eine sommerlich leichte Jacke.

Was für eine hübsche Frau, dachte Mara wieder einmal beiläufig, um dann mit harter Stimme zu sagen: »Das habe ich nie verstanden. Ist Geld wirklich so verlockend, dass man dafür alles verrät, was man sich über viele Jahre hinweg aufgebaut hat? Nein, ich meine nicht die Karriere, drauf geschissen, ich meine das, was uns im Herzen antreibt. Was einen erfüllt. Wofür man kämpft. Was im eigenen Gesicht aufschimmert, wenn man in den Spiegel sieht.«

»Willst ausgerechnet du mir eine Moralpredigt halten?«

»Ich spreche nicht von Moral.«

»Wovon dann?«, rief die Französin voller Verachtung aus.

»Wenn du nicht von allein darauf kommst, ist es sinnlos, es dir zu erklären.«

»Wie sagst du immer so reizend? Drauf geschissen.«

»Schlimm ist es, wenn man auf sich selbst scheißt. Und das machst du. Oder ist es nicht allein wegen des Geldes, das Polaris dir gibt?« Spöttisch setzte Mara hinzu: »Verbinden dich nicht nur Gier, sondern auch Gefühle mit ihm? Bist du etwa so naiv zu glauben, dass es für einen Menschen wie ihn Liebe geben kann?«

»Ich bin nicht naiv.«

»Wie hat er dich rumgekriegt?«

»Von mir erfährst du nichts.«

»Doch, ich werde vieles rauskriegen. Wie gesagt, mich wirst du nicht mehr los. Ich bin schon gespannt auf eure Lovestory.«

»Mit Lovestorys kennst du dich ja bestens aus.«

»Hat sich das etwa entwickelt, weil es mit dir und Nordin nichts wurde? Oder hat es schon früher angefangen? Wie ist Polaris an dich herangetreten?«

Pelletier gab keine Antwort.

»Dann sag mir erst mal, wo Polaris sich verkrochen hat.«

»Ich weiß es nicht.«

»Niemand scheint das je zu wissen.«

»Nur er selbst. Darauf beruht sein Erfolg.«

»Ich finde, du bist etwas zu sehr von ihm beeindruckt.«

Wieder lächelte Pelletier, diesmal jedoch mit einem verkniffenen Zug.

Mara wusste sofort, was das bedeutete.

Die schlanke Hand der Französin verschwand im Jackenaufschlag. Wie Mara auch wusste, trug sie gelegentlich ein Schulterholster. Sie versuchte erst gar nicht, nach ihrer eigenen Pistole zu greifen. Aus dem Stand federte sie durch die Luft, die Arme ausgestreckt. Sie riss die Französin um. »Ich will dich lebend!«, zischte sie.

Die beiden Frauen rangen auf dem nackten Asphalt. Pelletiers gepflegte spitze Fingernägel krallten sich in Maras Wange. Wie bei dem Kampf mit Bangura war es die Nähe, die so seltsam wirkte. Mara hörte das Keuchen ihrer Gegnerin, roch ihr teures Parfüm, den Pfefferminz- und Cappuccino-Atem, den Schweiß.

»Lebend kriegst du mich nicht, Billinsky!« Die schlanke Französin war erstaunlich stark. Es gelang ihr, sich unter ihrer Gegnerin herauszuwinden, Mara hatte sie unterschätzt, wieder der Griff ihrer Hand, blitzschnell. Der blauschwarze Stahl der Pistole schimmerte auf. Im letzten Sekundenbruchteil gelang es Mara, die Hand wegzudrücken, der Schuss löste sich krachend, dröhnte in ihren Ohren. Sie packte das Handgelenk der Französin, zerrte wild daran, immer wieder, bis Pelletier die Waffe entglitt. Mara kämpfte sich auf die Beine, sie riss Pelletier an ihrem Haarschopf ebenfalls nach oben, und im nächsten Moment entluden sich all ihre aufgestaute Wut und ihre tiefschwarze Trauer in einem einzigen gewaltigen Faustschlag.

Die Französin wurde mit voller Wucht gegen den roten Container geschleudert, und bevor sie zu Boden ging, erfolgte der nächste Schlag, der sie wiederum gegen die unnachgiebige rote Wand drückte. Ein trockner Laut, als das Nasenbein brach. Blut spritzte.

Jab, Cross, Jab.

Mara hielt inne.

Pelletier glitt am Container nach unten, bis sie mit dem Hinterteil auf der Erde saß. Aus blutüberströmtem Gesicht starrte sie zu Mara herauf, sie keuchte, ihr Mund stand offen, Ober- und Unterlippe waren aufgeplatzt.

Die Sonne ging unter, ihre Strahlen brachen in der Ferne, und in die engen Schluchten aus Containern sickerte Finsternis.

Mara hob Pelletiers Pistole auf, steckte sie ein und zog das Handy aus der Jackentasche. Bevor sie die Kollegen verständigte, sagte sie knapp: »Siehst du, ich hab dich lebend gekriegt.«

101

Zwei Tage waren vergangen, seit die Neuigkeit wie eine Bombe eingeschlagen war und die Mauern des Präsidiums scheinbar hatte erbeben lassen. Eine Verräterin in den eigenen Reihen, wenn man die beiden ausländischen Ermittler als Teil der Mannschaft betrachten wollte, obwohl sie nur mit wenigen Beamten in Berührung gekommen waren. Und es war nicht etwa der unnahbare Schwede, den keiner mochte, sondern die attraktive, stets freundliche Französin, der alle männlichen Kollegen bei jeder Gelegenheit hinterhergeschaut hatten.

Jan Rosen konnte es immer noch nicht fassen. Pelletier. Unglaublich. Seit die Sache aufgeflogen war, hatte er sie nur noch einmal zu Gesicht bekommen, auch nur kurz. Sie hatte ganz schön ramponiert ausgesehen, und das war untertrieben ausgedrückt.

Er erreichte den Kaffeeautomaten und zog sich einen Becher. Kaum hatte er den ersten kleinen Schluck getrunken, tauchte jemand neben ihm auf, den er schon an den schweren Schritten erkannte.

»Wie geht es Ihnen? Wieder besser?« Hauptkommissar Klimmt schob eine Münze in den Geldschlitz und drückte eine Taste.

»Eigentlich ganz gut.«

»Zuerst dachte ich, die letzten Erlebnisse würden Sie wieder auf den Gedanken bringen ...« Er beendete den Satz nicht und nahm seinen Becher in die Hand. »Na, Sie wissen schon.«

»Meine Mutter dachte auch, dass ich aufhören will. Nun ja, *sie* wollte es.« Rosen senkte verlegen den Blick, wie immer, wenn es zu einer solch vertraulichen Plauderei mit Klimmt kam, was zum Glück selten der Fall war.

»Aber Sie wollen es nicht?«

»Nein.« Rosen bemühte sich um einen festen Klang.

»Das freut mich.« Der Hauptkommissar sah ihn nicht an, als er das aussprach, und trank von seinem Kaffee.

»Wirklich?« Rosen wusste nicht, was er sagen sollte.

»Ich halte es nach wie vor für eine gute Idee, wenn Sie ein Teil der Cybercrime-Truppe sind. Und Geyer sieht das genauso.«

»Schön zu hören.« Er wurde rot. Wieder einmal.

»Nicht nur Sie, auch Billinsky hat ganz schön viel mitgemacht, was?«

»Das kann man wohl sagen. Sie wissen, wo Sie jetzt gerade ist, oder?«

»Auf dem Friedhof.«

»Wie wird es weitergehen?«

»Mit ihr? Sie wird dranbleiben. Wie immer. Sie und dieser Nordin werden versuchen, Tim Weller und vor allem Colette Pelletier wie Zitronen auszuquetschen.«

»Also gibt es noch nichts Neues über Polaris.«

»Nicht, dass ich wüsste. Was Billinsky nur noch mehr anspornen wird. Sie wird sich wie besessen da reinhängen, Sie kennen Sie ja. Dabei wäre es mir lieber, sie würde mal durchatmen. Das habe ich ihr auch nahegelegt, doch sie hat nicht mal zugehört.« Klimmt trank erneut und fügte an: »Verdammter Dickschädel.«

»Wollen Sie, dass ich … äh, also, dass ich ein bisschen auf Billinsky achtgebe?«

»Was schwer genug ist.« Der Hauptkommissar grinste. »Aber ja, das wäre mir tatsächlich ganz recht. Mir fällt sonst nur noch ein Mann ein, der auf sie einwirken könnte. Und den hab ich auch schon angerufen, um ihn ins Bild zu setzen.«

»Wen?«, fragte Rosen mit gerunzelter Stirn.

Doch in diesem Augenblick klingelte Klimmts Handy. Er zog es aus der Hosentasche, gab Rosen ein kurzes Handzeichen und nahm den Anruf entgegen. »Hallo, Herr von Lingert«, sagte er und entfernte sich beim Sprechen langsam von Rosen.

Der Staatsanwalt, dachte Rosen, das könnte ein längeres Telefonat werden. Er blieb stehen und nippte am Becher.

Wen hatte Klimmt bezüglich Billinsky angerufen?, fragte er sich erneut. Dann wanderten seine Gedanken weiter zum bevorstehenden Abend, und er verspürte sofort Nervosität. Kein Wunder, wann hatte er zuletzt ein Date gehabt? Das musste Jahrhunderte zurückliegen. Nannte man es eigentlich noch Date? War es *überhaupt* ein Date?

Tessa Steinberg hatte sich jedenfalls nicht viel Zeit gelassen. Bereits am Vortag hatte sie sich bei ihm gemeldet und im zweiten Satz ein kleines Restaurant im Westend erwähnt, das sie unbedingt ausprobieren wollte.

Ja, Jan Rosen war verflucht nervös. Und das schon Stunden vor dem Treffen. Das konnte ja heiter werden.

Dann musste er wieder an Billinsky denken. Wie es ihr wohl jetzt gerade erging? Wie schwer mochte dieser Tag für sie sein?

102

Der Himmel bestand aus einem dichten Teppich grauer Wolken, die neuerlichen Regen ankündigten. Ein angemessener Rahmen für diesen Tag, dachte Mara.

Die kurze Zeremonie, an der außer ihr nur Rafaels Mutter, sein früherer Vorarbeiter und ein paar Kollegen aus der Schraubenfabrik teilgenommen hatten, war vorüber.

Alle waren gegangen, auch Rafaels zutiefst erschütterte Mutter, allein Mara stand noch da. Sie hob den Blick. Platanen, Buchen, Hecken, die langen Reihen der Gräber. Der Frankfurter Hauptfriedhof. Eine Welt für sich inmitten der Stadt.

Erneut betrachtete sie das frisch aufgeworfene Grab vor sich. Den Namen, der auf dem einfachen Holzkreuz stand. Sie dachte an den Siebzehnjährigen, der in Wohnungen eingebrochen war und keine Ahnung gehabt hatte, was er mit seinem Leben anfangen sollte. Dann an den Zwanzigjährigen, der es fast geschafft hatte. Einen Weg, eine Richtung gefunden hatte. Dann an den jungen Mann, der im Günthersburgpark blutüberströmt auf dem Boden gelegen hatte. Rafael Makiadi. Wie gern hatte sie den fast musischen Klang seines Namens gemocht, wie oft hatte sie sich ausgemalt, was er noch alles erleben möchte.

Aus und vorbei.

Schon am Vortag hatte sie eine Beerdigung besucht. Bei Hannos Abschied von dieser Welt waren sehr viele Menschen auf den Friedhof gekommen. Im Gegensatz zu Rafael hatte er ein pralles, vollgepacktes Leben gelebt. Etliche Weggefährten, sogar einstige Studienfreunde waren erschienen. So traurig Hannos Ende war, seine Beerdigung zumindest war nicht ganz so trostlos gewesen wie Rafaels.

Mara drehte sich um. Ihr Blick fiel auf einen Mann, der in respektvoller Entfernung von ihr dastand, offenbar schon etwas länger. Sie war überrascht ihn hier zu entdecken. Er hatte Rafael Makiadi zwar nie persönlich getroffen, war aber von dessen Bedeutung für Mara durchaus im Bilde. Woher wusste er von dessen Beerdigung?

Sie ging auf ihn zu und blieb vor ihm stehen.

Neu aussehender Maßanzug, perfekt gebundene Seidenkrawatte, blütenweißes Hemd, elegante Stiefeletten. Obwohl die ausgeprägte Vorliebe für junge Frauen und alten Rum Spuren im Gesicht ihres Vaters hinterlassen hatten, wirkte er immer noch attraktiv, wie ein Best-Ager-Modell für italienische Edelklamotten.

»Hallo, Mara«, sagte Edgar Billinsky, der erfolgreiche Rechtsanwalt, der gern von seinem nahen Ruhestand sprach, aber dem der endgültige Schritt in diese Richtung äußerst schwerfiel.

»Hallo«, antwortete sie. Nie – oder wenigstens schon sehr lange nicht mehr – hatte sie das Wort *Papa* für ihn verwendet. Viele Jahre hatten sie nur Hass füreinander übriggehabt, aber zu den größten Überraschungen in Maras Leben gehörte die Tatsache, dass sie sich angenähert hatten. Mehr als das. Bei der Aufklärung eines komplizierten Falles hatte Edgar sogar einiges riskiert, um ihr zu helfen.

»Keine leichte Zeit für dich«, meinte er auf eine mitfühlende Art, die er früher nicht an den Tag gelegt hätte.

Sie nickte.

»Was dagegen, wenn ich dich mal kurz in den Arm nehme?«

Sie schüttelte den Kopf.

Er umfing sie mit seinen langen Armen, und so standen sie da, zwei einsame Gestalten.

Als er sie nach einer Weile losließ, fragte er: »Warum hast du dich kein einziges Mal bei mir gemeldet?«

»Warum hätte ich das tun sollen?«

»Weil ich dein Vater bin und weil es nicht mehr so zwischen uns ist wie früher.«

Es war kein Vorwurf in seinen Worten, nur Enttäuschung und Sorge, und das tat ihr gut. »Ich war wirklich ganz schön im Stress.« Sie lächelte traurig. »Du kennst mich ja.«

Er erwiderte ihr Lächeln.

»Es geht um einen Mann, der schon lange gesucht wird und dem es perfekt gelingt, seine Identität geheim zu halten. Jetzt haben wir eine französische Polizistin in Gewahrsam, die für ihn als Spitzel gearbeitet hat und ...« Sie winkte ab. »Ich will und darf dich nicht mit Details überschwemmen.«

»Ich dachte, es geht bei dir eher um einen Mann aus Schweden.« Er beendete den Satz mit einem Schmunzeln.

»Wer hat dir das denn gesteckt?«

»Dein Chef. Ja, Klimmt hat mich angerufen und mir zumindest in Teilen erzählt, was bei dir los ist. Von ihm wusste ich auch von der Beerdigung. Und er erwähnte eben den schwedischen Kollegen, der offenbar nicht nur in deinem Berufsleben eine gewisse Rolle spielt.«

»Klimmt«, wiederholte sie verdutzt. Komische Vorstellung, dass sich ausgerechnet der Hauptkommissar und ihr Vater über ihr Liebesleben unterhielten. »Ich hatte ja keine Ahnung, dass ihr beiden euch miteinander austauscht.«

»Es gibt tatsächlich nicht vieles, was wir gemeinsam haben. Anfangs hielt ich Klimmt einfach nur für einen ungehobelten Bullen. Aber er bekommt mehr mit, als man denkt. Und in seinem Kopf passiert mehr, als man es für möglich halten würde.«

»Das sehe ich mittlerweile auch so.«

»Also, was ist mit diesem Nordin? So heißt er doch, oder? Wie stehst du zu ihm?«

»Ich kann diesen Typen einfach nicht durchschauen. Er ist auch eine ganz spezielle Art Bulle.«

Erneut schmunzelte Edgar Billinsky. »Meine Frage hat auf etwas anderes abgezielt.«

»Das ist mir schon klar.«

»Wie lautet deine Antwort?«

»Nordin stand – oder steht immer noch – unter dem Verdacht, seine Frau erschossen zu haben.«

»Auch davon hat Klimmt mir erzählt.«

»War wohl ein längeres Gespräch, was?«, meinte sie ironisch. »Jedenfalls weiß ich noch nicht, ob ich ...« Sie fuhr jäh mit der Hand durch die Luft. »Ach, egal.«

Er musterte sie prüfend. »Ich glaube, im Gegensatz zu dir weiß ich es.«

Epilog

Beinahe schien es, als wäre alles nur eine Illusion gewesen. Als hätte es die tropischen Nächte und die unablässig brütende Hitze nicht gegeben. Als hätte sich alles nur in einem wilden, verzerrten Albtraum abgespielt.

Heute war der erste wirklich kühle Tag gewesen, ein Anflug von Herbst.

Mit dem einsetzenden Abend wurde es noch kühler. Frische Luft rauschte in Böen durch die Straßen von Bornheim. Mara Billinsky kam gerade von ihrem Lieblingsweinladen am Luisenplatz. In der Hand trug sie eine schwarze Stofftasche, in der sich ein Nachschub an Rotwein befand: drei Flaschen Cygnus, der von dem sizilianischen Weingut Tasca d'Almerita stammte und den der Händler ihres Vertrauens ihr ans Herz gelegt hatte.

Von hier benötigte sie nur wenige Minuten, um die Herbartstraße zu erreichen. Früher am Tag hatte sie für ihren Alfa sogar eine Parklücke in Sichtweite der eigenen Wohnung gefunden, in dieser Gegend ein seltener Glücksfall.

Schon aus der Entfernung entdeckte sie den Mann, der an ihrem Auto lehnte, den Hintern lässig auf den vorderen rechten Kotflügel geschoben. Die ganze Welt benutzte Trolleys, aber neben ihm auf dem Asphalt stand natürlich die altmodische, abgewetzte Reisetasche, die Mara so gut kannte.

Sie setzte ihren Weg fort und blieb erst stehen, als sie fast schon an ihm vorbei war. Sie sah ihn an. Wortlos.

»Telefonisch warst du nicht zu erreichen«, sagte Erik Nordin sachlich, ohne jeglichen Vorwurf im Ton. »Und auf meine Nachrichten hast du auch nicht reagiert.«

»Ich musste innerhalb kürzester Zeit zwei Beerdigungen

hinter mich bringen. Hm, und jetzt habe ich vor, mich drei Tage in meiner Höhle zu verkriechen. Mit schwerem Rotwein und lauter Musik. Eigentlich war es Klimmt, der mir eine kurze Pause so unmissverständlich empfohlen hat, dass ich nicht ablehnen konnte.«

»Ja, so in etwa hat er mir das auch erzählt, als ich mich bei ihm nach dir erkundigt habe.«

»Dann bist du ja bestens informiert«, kommentierte sie trocken.

»Billinsky, wir haben noch viel zu tun. Ich sage nur Tim Bernhard Weller. Und vor allem Colette Pelletier. Zum ersten Mal haben wir wirklich jemanden in der Hand, der uns weiterhelfen kann. Zwei Personen aus dem direkten Umfeld von Polaris. Er ist uns noch einmal entwischt, aber ab jetzt sehen die Vorzeichen anders aus.« Seine Stimme wurde eindringlicher: »Es ist noch lange nicht zu Ende.«

»Was genau meinst du mit es?«, fragte Mara anspielungsreich.

Sie wechselten einen Blick, Sekunden verstrichen.

»Du weißt, was ich meine.« Nordin schmunzelte. »Oder etwa nicht?«

Beinahe wie aus dem Nichts plätscherten plötzlich Regentropfen auf sie herunter.

Mara spähte kurz zum Himmel. »Eine Scheißwetterfront im Anmarsch. So, wie ich es mag.«

»Das ist das erste Mal, dass du ausweichst.«

Sie hob kurz die Augenbraue. »Nordin, worauf wartest du hier eigentlich?«

»Darauf, dass du sagst: Na los, komm mit rein.« Durch ein knappes seitliches Kopfnicken wies er zu den Fenstern ihrer Wohnung.

Mara schaute die Straße hinab, in der sie nun schon seit einigen Jahren lebte. Regenwasser sammelte sich in ihren Haaren, floss über ihre Wangen. Natürlich war nichts Illusion gewesen, weder die Hitze noch die eisige Stille, die sie in den letzten Wochen immer wieder erfasst hatte. Es war allzu real gewesen. Das war das Leben. Ihr Leben.

Erst jetzt sah sie den Schweden wieder an. Sie sagte: »Na los, komm mit rein.«

Mit einem schmalen Lächeln löste er sich von ihrem Auto. Er strich sich Regentropfen aus der Stirn und schnappte sich mit festem Griff die Reisetasche.

Als sie nebeneinander auf das Haus zugingen, hallten seine Worte in Maras Kopf wider: Es ist noch lange nicht zu Ende.

ENDE